JN310265

名探偵のキッシュをひとつ

エイヴリー・エイムズ　赤尾秀子 訳

The Long Quiche Goodbye

by Avery Aames

コージーブックス

挿画／後藤貴志

夢をもつことを教えてくれた
父と母に
夢をかなえるのを応援してくれた
夫に

名探偵のキッシュをひとつ

主要登場人物

シャーロット・ベセット……………チーズ&ワイン専門店店主
ラグズ……………………………………シャーロットの飼い猫
マシュー・ベセット………………シャーロットのいとこで共同経営者。元ソムリエ
エイミー・ベセット………………マシューのふたごの娘
クレア・ベセット…………………マシューのふたごの娘
バーナデット・ベセット…………シャーロットの祖母。現職の町長
エティエン・ベセット……………シャーロットの祖父
レベッカ・ズーク…………………シャーロットの店の従業員
ヴィヴィアン・ウィリアムズ……骨董店店主
メレディス・ヴァンス……………シャーロットの親友。学校教師
エド・ウッドハウス………………町一番の不動産業者。シャーロットの店の地主
クリスティーン・ウッドハウス…エドの妻。ブティック店主。町長選挙の立候補者
ウンベルト・アーソ………………警察署長。シャーロットの同級生
ジョーダン・ペイス………………チーズ製造業者
フェリシア・ハスルトン…………博物館理事

1

「わしはまだ死んどらんぞ、シャーロット」祖父のエティエンはそういった。

「だけど引退はしたでしょ？」

わたしは祖父の桃色のほっぺたをつねった。そして素朴な木のテーブルに、ペンキよけのクロスをかける。いつもなら、このテーブルにはチーズを円形《ホイール》のままのせている。たとえばピレネー産のアベイ・ド・ベロックとか、スペインの有名なマンチェゴ、ハンボルト・フォグなどで、とくにハンボルトはシャルドネとの相性が抜群だ。広げたクロスの端が床に触れて、埃《ほこり》が舞った。

「隠居にだって、いいたいことはある」

「うん、きっとそうでしょうね」わたしはにっこりした。「でも、お店のことはわたしに任せてくれたんじゃないの？」

「おまえとマシューに任せたんだ」

マシューというのは、わたしのいとこだ。もしわたしに兄弟がいたら、きっとマシューみたいだったと思う。頭はきれるし面白いし、祖父がかたくなで譲らないときは、わたしと強力なタッグを組んで対抗してくれた。

「マシューはこの件で何といっとるんだ？」

祖父は樽《たる》のようなお腹の上で腕を組んだ。青いストライプのシャツのボタンが、いまにもはじけとびそうだった。祖父はお医者さまから、体重とコレステロールに問題あり、と注意をうけた。だから孫のわたしとしては、祖父の食べるチーズはできるだけハードチーズにするよう気をつけている。ところが本人は脂肪分たっぷりのクリームチーズが大好きで、しかもつまみぐいがとてもお上手。

わたしは祖父の肩を軽くつかんでいった。

「ね、おじいちゃん《ペペール》、わたしはこのお店を愛しているの。それはマシューだっておなじだわ。わたしもマシューも、お店のためになることなら何でもしたいのよ。だからわたしたちを信じてちょうだい。任せてくれたおじいちゃんの信頼を裏切ったりしないから」

「はっ！　あっちもこっちも変えちまって。壊れてもいないのに、なんで修理なんかする？そんなことをせんでも、繁盛してたんだ」

「なぜなら、人生とは変化だからよ。人間はチーズだけじゃ生きていけないの」

わたしの軽口に、祖父はにこりともしなかった。

うちのお店〈フロマジュリー・ベセット〉は――ここ、オハイオの小さな町プロヴィデンスでは、みんなたんに〝チーズ屋さん〟と呼ぶ――時の流れにとり残されないよう、店舗を拡充することにした。近くにアーミッシュのコミュニティがあることから、年々観光地化が進んでいるのだ。その結果、ちっぽけな町でも朝食つき宿泊施設《B&B》やギャラリー、キャンドルとキルトのショップ、粋《いき》なレストランなどが軒を連ねるようになった。そこでマシューとわたしは、せっかくの観光ブームにあやかるには店舗のリニューアルが必要だと判断。チーズは店舗改装が完了するまでウォークイン冷蔵庫にしまい、店の入口のサインも、ここしばらくは〝準備中〟だ。

「ねえ、菜園までお散歩してこない？」生協の菜園と温室が、ホープ通り商店街の裏の路地にある。「バジルを少しとってきてほしいの。それから、エアルーム・トマトも」わたしは手作りのバジル・ペストを瓶入りで販売したいと思っていた。地元産のシェーヴル・タイプのチーズにバジル・ペストをかけ、平パン《フラットブレッド》とジューシーなエアルーム・トマトをスライスして添えれば、経済的かつグルメな一品となる。

祖父はフランス語でぶつぶついった。その意味はこうだ――「馬に自由を与えたら、乗り手はすぐに振り落とされる」

　わたしは三十年とちょっとのあいだ、祖父のしゃれた言い回しを聞きながら、チーズに関する深い知識を学んで育った。だけどきょうは、とりあわない。それよりもっと、やらなきゃいけないことがあるからだ。新装開店の準備は、いまのところは滞りなく進んでいるけれど、来週までに完了させるなら、今後もスケジュール厳守でいくしかなかった。そしてインテリア・デザイナーが、キッチン設備と照明機器を最新のものにしたがっている。そのどれも、一九五七年から一度も交換していないのだ。古色蒼然《こしょくそうぜん》としたものは、自宅ならともかく、商売の面では感心できない。きょうは塗装業者が正午に来て、壁のペンキ塗りをし、店の奥にある三メートル半の木製カウンターを塗り替える予定だった。だからチーズの展示《ディスプレイ》テーブルにペンキよけのクロスをかけたのだ。カウンターの色は、ぬくもりのあるハニーブラウンに決めていた。この色なら、御影石《マドウラゴールド》のテイスティング用カウンターの前に置いたラダーバックの椅子とマッチする。そして壁の色は、トスカーナ・ゴールドだ。きのう、壁に新しく作った棚には、新製品のパテやチャツネはもちろん、ペクチンも保存料も使わない手作りジャム、高級オリーヴ、クラッカー、こだわりで焼きあげたおいしいパン、なんてものを並べるつもり。そして店内にばらばらと、オークの樽を五つほど置いて、その上にチーズの盛り合わせバスケット、ギフト品、アクセサリーをのせる。ギフトのなかでもとくにわたしが気に入っているのは、柄がオリーヴ材のフランス製ナイフと、イタリアのフォンデュ用の銅鍋、アイルランド製のクリスタルのチーズ・トレイで、これをお店の中央、一番大きな樽の上に置きたいと思っている。インターネットのおかげで、去年は世界じゅうの魅力的な町を訪れ、掘り出し物を見つけることができた。ほんと、なかなかの仕事ぶりだわ——というわたしの自己満足の回想を、祖父の声がさえぎった。

「マシューはどこだ？」

「ワイン・アネックスを見にいったわ」

マシューは、クリーヴランドの高級レストランのソムリエだった。ところがひと月まえ、人生最悪の出来事に見舞われて、都会暮らしに嫌気がさした。マシューの奥さんが、彼とふたごの娘を捨てて、イギリスの草ぶき屋根の司祭館で暮らす〝パパとママ〟のもとに帰ってしまったのだ。するとうちの祖父母が――もともと彼女を気に入っていなかった――マシュー親子をこちらに呼びよせなさい、とわたしをせっついた。もちろん、それを拒否する理由なんてわたしにはひとつもない。そして祖父がわたしとマシューに、〝チーズ屋さん〟を共同経営しないかともちかけて、マシューは一も二もなく了承。経営に関するアイデアをたくさん抱えてこの町に引っ越してきた。そしてそのひとつが、〈フロマジュリー・ベセット〉のような名店はワインも販売すべきだ、だいたいプロヴィデンスにはまだワインショップが一軒もないだろう、というものだった。わたしは全面的に賛成、さっそくふたりで準備にとりかかった。

まず、お店のとなりの空き地を借りて別館《アネックス》をつくり、そことお店をアーチ道でつないだ。路面には、高級感のあるトラバーチンのタイルを敷く。そしてアネックスの壁はダークマホガニーの鏡板にして、カウンターとスツールのバーを設け、ワインのボトルをずらりと並べると――ほらこのとおり！　あっという間に、本格的ムードのただようテイスティング・ルーム《ヴォワラ》ができあがった。噂を聞きつけた地元のワイン業者が、連日サンプル持参で押しよせたほど。

「はっ！　何が進歩だ、発展だ」わたしのすてきな祖父はぶつぶついいながら、裏口から出ていった。

わたしはにっこり。祖父がリニューアルに反対するのは織りこみ済みだったのだ。第二次世界大戦後、祖父と祖母はフランスからこちらに移住し、人生を〝チーズ屋さん〟にささげた。そんな祖父は、わたしが新しいことに挑戦するのを嫌うけれど、わたしにはわたしの夢がある――チーズとワインのテイスティング会を開き、秋には通信販売の開始。そして、お料理教室。チーズ料理の本を書こう、なんて計画もあるし。

だめだめ、一度にひとつずつよ。わたしは自分にいいきかせ、くすっと笑った。人生もチーズとおんなじで、一枚のお皿にあれもこれもとのせすぎたら、香りも何もあったもんじゃない。

お店の玄関の、葡萄の葉の形をした呼び鈴がちりんちりんと鳴った。

「いやあ、シャーロット、このテーブルは最高だよ」マシューが天然マツ材の床の上を跳ねるようにしてやってきた。まるで脚の長いグレートデンみたいだ。運んできたのはS字脚のビストロ・テーブルふたつで、天板はモザイク。どちらもわたしが、ご近所にあるアールヌボーの骨董店〈ユーロパ・アンティークス&コレクティブルズ〉に注文したものだった。

「じつに《トレ》すばらしい！　おまえは見る目があるよ」

マシューのうしろから、骨董店のオーナー、ヴィヴィアン・ウィリアムズが入ってきた。テーブルに合う、黒のマット仕上げのモザイク・チェアを二脚もってきてくれたのだ。彼女の姿にわたしは、帆船を思い出した。堂々として優雅で、順風満帆の船だ。〈アン・テイラー〉のスーツに身を包み、顎まである髪は揺れていた。

「さ、この椅子を――」ヴィヴィアンがいった。「わたしはつぎの椅子をもってくるから」

わたしは彼女から椅子をうけとりながら、あらためて、このモザイクの丸椅子はテーブルにぴったりだわ、と思った。これならお客さんの評判もいいだろう。わたしはマシューのうしろについてアネックスに入っていった。

すぐにヴィヴィアンが、椅子をまた二脚もってきてくれた。

「そういえば、お嬢さんたちが学校へ行くのを見かけたわ。ほんとにかわいらしいわねえ」

お嬢さんというのは、マシューのふたごの娘で、いま八歳。

「あの子たち、ベッドをきれいにしてから出かけた？」わたしが訊くと、マシューの口が右によじれた。

「上掛けはベッドの上に広げて掛けていたけどね」

わたしはためいきをひとつ。その程度じゃ、きれいにしたうちには入らない。

「エイミーのほうが小さくて、やんちゃみたいね」ヴィヴィアンは椅子をバランスよく配置しながらいった。「ふたごでも、それぞれ個性があるわ。エイミーは母親似なのかしら？」

「あら、ぜんぜん似てないわよ」その点は、神さまに感謝だ。わたしたちはマシューがいる場で、彼女の名前はいっさい口にしなかった。

「わたしの曾孫は、わたしに似ているんですよ」祖母がつかつかと、お店に入ってきた。そのようすは、さながら機関車。ただし、ブレーキはない。左右の肘を突き出し、パッチワークのスカートがひるがえる。祖母は年じゅう忙しそうで、しかもエネルギーは底なしときている。わたしも七十二歳になったとき、あれくらいエネルギッシュでいられるかしら……。

祖母は灰色のショートヘアをかきあげると、ペンキよけの布をかぶせたバー・カウンターに、マクラメ編みのバッグを置いた。

「どうしたの？」わたしは祖母に訊いた。「劇団のリハーサルがあるんじゃないの？」近づいて、両手で軽く抱きしめる。祖母のからだはずいぶんちっちゃくなったけど、本人はけっしてそれを認めようとしない。背筋をのばして立つのがつらくなっても、わたしはむかしダンサーだったの、いまでもそうよ、と祖母はいいはる。

「リハーサルはもっとあとなのよ、お嬢ちゃん《シェリ》」祖母は骨ばった両手をぴしゃっと合わせた。「さ、何を手伝えばいいかしら？」

わたしは祖母をチーズ・ショップのほうに連れていきながら、ウィンドウのディスプレイを手伝って、といった。

「わたし《モア》が？」祖母は小首をかしげた。いつもの、ちょっと色っぽいしぐさ。

「そう、あなた《トワ》よ」軽口で返す。

「わたしには無理だわ」

「あらあら、ご謙遜を。お得意のはずでしょ」祖母はこの小さな町の町長を務めるだけでなく、プロヴィデンス劇場の経営者でもあった。だから演出に関してはベテランで、劇場は地元の演劇関係の賞をずいぶんたくさんいただいている。大舞台を装置や衣装、観客へのアピールという観点からながめ、分析する祖母の目にまちがいはなかった。

「わたしも手伝いたいんだけど」ヴィヴィアンがいった。「いまは時間がないのよ、つぎの予定が迫っていて。そうだ、それで思い出したわ。インテリアのデザイナーから電話があって、こちらに向かっているけど少し遅れますって。たぶん、あなたの携帯電話の番号がわからなくなったんでしょう。それじゃまたね！」ヴィヴィアンは、帆船が波頭に乗るようにして、店から出港していった。

　すると、外に出たところで、うちの店員のレベッカと、あやうくぶつかりそうになった。レベッカはいつになくあわてている。ひょろ長い手足に、フリルのついたブラウスとカプリパンツ。きょうはありがたいことに、五月のわりに涼しかった。だから人の出入りが多くても、エアコンは過重労働をしいられずにすむだろう。

「来ましたよ！」

　レベッカは両手をふりまわした。バプテストの集会で歌をうたっているようで、彼女にしてはとてもめずらしい。レベッカはアーミッシュだから、ふだんは感情を抑えがちなのだ。ただ、〈フロマジュリー・ベセット〉とおなじく、彼女もいまはリニューアルの最中だった。去年、二十一歳になったのを機にコミュニティを離れ、現代社会に一歩足を踏みいれた。といっても、信仰を捨てたわけではなく、俗世で暮らすのを選んだだけだ。それから二十二歳になり、三つの大発見をした――インターネット、フェイスブック、そして、〈ヴィクトリアズ・シークレット〉（女性もののブランドで下着はセクシー路線）。

「だれが来たの？」わたしが訊くと、

「彼女です！」レベッカはお店の正面を指さした。

あらあら、レベッカは赤いマニキュアまでしている！　わたしは笑いをかみころした。

「あの人です。ゾーイ、ゼルダ、ゼブラ……。ほら、あの、Ｚで始まる名前の女の人」

「『デリシュウ』の記者ね？」

脇の下で、汗がふきだした。『デリシュウ』は人気急上昇中のグルメ雑誌で、うちに取材をしたいと申し込んできたのだ。祖父とマシューとわたしが、アネックスの増設や、チーズとワインのペアリングなど適度な変化をまじえつつ、どのようにして古いフランスの伝統を守ってきたかを知りたいという。すると祖父は、雑誌記者と話すなんてごめんだ、この五十年、お客さんの口コミだけで堅実な商売をしてきたんだ、と拒否。だけどマシューとわたしには夢があるから、少しでも雑誌にとりあげられるのは大歓迎だった。

わたしはリンネルのシャツの裾を引っぱった。デニムのパンツのブランドは〈ノット・ユア・ドーター〉だ。卑見では、どんなときでもカジュアル・シックがベスト！

「どう？　これで大丈夫？」わたしが小さな声で訊くと、祖母がわたしのフェザーカットの髪を軽く整えてくれた。

「おまえはいつだって輝いていますよ。そのまま自然に、おいしい自分でいればいいから」ウィンクをひとつ。「わかった？　フランス語で〝おいしい《デリシャス》〟は〝デリシュウ〟。これでもしゃれたつもりなの」

わたしは小さく笑った。

「あっ、彼女はまだここには到着していません」レベッカはブロンドの長い髪をクリップでとめながら訂正した。「いまは〈カントリー・キッチン〉にいます。コーヒーを飲んでから、こちらに向かうそうです。あそこには農場の人たちもいましたけど……あの人たちとは十時に打ち合わせる予定でしたよね？」

「変更になったのよ、あしたの八時に」わたしは習慣から、つい時計に目をやった。予定が迫るとおちつかず、血圧があがる。まったくねえ……良いことはどうして一度にまとまって起きるのかしら？　逆に悪いことは、どうして一度や二度では終わらず、かならず三度あるのか？　ああ、早く一日が終わって、クイーン・アン・チェアでゆったりと、ワインのグラスを片手に、アガサ・クリスティでも読めたらいいのだけど……。

「あのラカーユが……」祖父がぶすっとして、裏口から入ってきた。両手はトマトとバジルでふさがり、足で蹴ってドアを閉める。

わたしは祖父のほうへ行った。

「どうしたの？　だれがごろつき《ラカーユ》なの？」

「エド・ウッドハウスだよ」町いちばんの大地主。最強の有力者。わがままな奥さんのお尻に敷かれ、その奥さんはうちの祖母に対抗して、町長選挙に出馬した。投票日は来週、六月の頭だ。この日に決まっているのは、町の創設者であるエドの高祖父が、息子の誕生日に合わせたかったからだという。そして皮肉なことに、それから十六年後、息子はまさしくその日を選んで、馬車一台分の牛糞を町の緑地公園にまき散らした。目的は、若者の夜間外出禁止を主張する父親へのいやがらせだ。

「エド・ウッドハウスが何をしたの？」

「あいつ、ここを売る気なんだ」

心臓が口から飛び出しそうになった。祖父は長年、この建物を買いとりたいといいつづけ、エドは首を縦にふらなかったのだ。

「よかったじゃないの」わたしはいった。「これでようやく買いとって、あの地主さんとは縁が切れるわ」

エド・ウッドハウスは、けっして良い地主とはいえなかった。手心を加えることなく賃料をあげ、アーチ道をつくるときだって、お願いですからつくらせてくださいと、ひたすら懇願するしかなかったのだ。一度など、祖父母がフランス人というただそれだけで、商売ができないようにしてやる、といわれたことがある。

「あいつのことだ、うちには売らんさ」

「えっ？」頭のてっぺんから声が出た。「そんなことができるの？」

「知るもんか《ジュヌセパ》」

祖父はフランス語で二言三言つぶやいた。ならず者でも赤面しそうな内容だ。するると祖母が夫の肘をつかみ、ウォークイン冷蔵庫の横のキッチンに連れていった。そこで祖母が何をいったのかは、わからない。でも祖母は、ただやさしくキスするだけで夫の気持ちをしずめることができた。ふたりの愛情には、おとぎ話にでてくるような、どこか別世界を思わせるものがあり、見ている者としてはうらやましくて仕方がない。それからしばらくして、祖母だけがキッチンから出てきていった。

「そろそろリハーサルに行くわね」

「この夏の演目は何ですか？」レベッカがペンキよけの布を広げながら訊いた。彼女はこの町に来るまで、観劇というものをしたことがなかった。

「《ヘアスプレー》のバレエ版よ」

祖母の企画はとにかくユニークだった。去年など、《ジーザス・クライスト・スーパースター》をバレエでやったのだ。

レベッカは目を丸くした。「そんなことができるんですか？」

「あのね、お嬢さん、わたしは町民から反対されないかぎり、自分の好きなことをやっていいのよ」

「いえ、でも、《ヘアスプレー》って、ロック・ミュージカルじゃありませんでした？」

「ビリー・ジョエルにできるなら、わたしにだってできるでしょ。じゃあね《アデュー》」祖母は膝をちょこっと曲げてお辞儀をすると、両手を大きく広げ、ジュテ（バレエの跳躍のひとつ）をしながらショップの玄関へ向かった。と、ちょうどこちらへ入ってこようとしていた女性と衝突。女性はわたしの親友、メレディス・ヴァンスだった。祖母はすぐに体勢を立てなおし、「あら、あなた《シェリ》、ごめんなさいね」とあやまった。

「いいえいいえ、わたしのほうこそ」メレディスはプロヴィデンス小学校の教師で、〝大好きな先生〟の一位に選ばれたこともある。気どらず自然体の、そばかすだらけのステキな先生だ。太陽は彼女の肌をやさしく焼いて、小麦色の髪も焦がしはせず、つやつや光らせる程度にした。そして何より、メレディスはいつだってにこにこしている。ところが、なぜかいまは笑顔じゃなかった。それにこの時間なら、学校はまだ授業をやっているはずだ。メレディスは戸口に立ったまま、くちびるをかたく結んでいる。

わたしの口のなかで、いやな味が広がった。

「何かトラブルでもあったの？」

メレディスがつかんだ腕を引っぱると、つまずくようにして、ふたごの小さいほうのエイミーがあらわれた。おちゃめな顔はうつむき、カカオ豆のような目はまんまる。今度はいったい何をやらかしたのだろう？

わたしは小走りでふたりのほうへ行き、マシューと祖父がついてきた。戸口につっ立っているメレディスとエイミーを、わたしはショーウィンドウのそばの空いた場所に連れていった。わたし、祖父、マシューの三人は、メレディスとエイミーをとり囲んだ。

「話しなさい」メレディスがエイミーにいい、エイミーのくちびるが震えた。

「わ、わたし……」グミキャンディくらいの大きな涙がこぼれ落ちる。「わたし……」

「まったくね」メレディスが横からいった。「エイミーは、ウッドハウスさんの娘の顔を殴ったのよ」

その瞬間、まぶしい光がきらめき、わたしはそちらをふりむいた。玄関から一歩入ったところに、がっしりした体格の女性が立っている。そのTシャツには、大きな百日草の花の絵。

彼女はカメラをかまえ、またシャッターをきった。

わたしは顔から血の気が引くのを感じた。Zは百日草《ジニア》のZ。『デリシュウ』の記者。彼女はこの光景を、そのカメラにしっかと収めたのだ。

2

あくる日の朝七時。わたしはふたごのお弁当をつくってからポーチに出た。わが家はヴィクトリア様式の二階家で、ポーチが建物の周囲をぐるっと囲んでいる。シナモン・コーヒーのカップを両手でもって、わたしはエイミーに与えたおしおきについて考えた。マシューは母親に捨てられた娘をしかるのが怖いらしく、わたしに任せっきりなのだ。ふむ。少し甘すぎたかしら？　それとも厳しすぎた？　わたしにはわからない……。

気持ちをきりかえて、『デリシュウ』の初取材をふりかえる。で、こちらはもう大満足。記者のジニアは最初のうち、涙いっぱいのエイミーと怒れる家族を撮った写真の権利をなかなか手放そうとしなかった。わたしに対し、あなたは取材時の写真撮影を許可したじゃないか、というのだ。そこでわたしは話題をかえて彼女に、仕事の経歴や家族、名前の由来について訊いてみた。すると名前については、ヒッピーだった彼女の母親が〝フラワーパワー〟に心酔していたから、と教えてくれた。わたしはふたたび、うちの家族写真が必要なら、新装開店パーティの夜に何枚でも撮ればいいわ、といってみた。でも彼女は石頭のまま。ところがしかし、トスカーナ産のタルトゥーフォでおもてなしするや、ころっと態度が変わって屈服した。タルトゥーフォはイタリアの絶品チーズで、羊の生乳が原料のペコリーノと黒トリュフ、白トリュフからつくられ、これだけでも美味だし、木の実入りの蜂蜜ソースをかけてもいい。ちなみに、〝屈服した〟という表現は、まだ控えめなほう。実際のところ、彼女はほとんど気を失いかけた。まあね、たいていみんなそうなるんだわ。祖父によれば、成功の秘訣は粘り強さである。そして、賢さ。

七時半になってシャワーを浴び、忙しい一日のための身支度をする。それから猫のラグズを床からすくいあげて抱っこ。こいつはわたしが里親として引きとったオス猫で、何をしてもおかまいなしの、毛がふわふわしたラグドール種だ。毛はウサギっぽくて、色は銀色。しっぽの近くにぽつんとひとつだけ、茶色の丸がある。わたしはラグズを抱いたまま、ショップに行った。ふたごの世話と朝ごはんは、マシューにお任せ。

一年のうち、そろそろ六月というこの時期のプロヴィデンスはとてもいい。ハナミズキにアザレア、カンゾウがいっせいに咲き誇るのだ。わたしは足どり軽く、わが家に似たヴィンテージものの家が色鮮やかに並ぶ通りを歩き、右折した。緑地公園のまんなかに立つ時計塔が朝陽にきらめき、白い杭垣ぞいに茂るライラックの香りにうっとりする。そしてホープ通りで右に曲がると、緑の日よけがついたレンガ造りの店舗がつづく。たとえば〈ミスティック・ムーン・キャンドル・ブティック〉や〈ユーロパ・アンティークス&コレクティブルズ〉、〈ソー・インスパイアード・キルト〉などで、わたしはそれぞれのショーウィンドウをながめては、うちでも使えそうなものを心にとめながら歩いた。

それから数分で、わがチーズ・ショップに到着。きょうはきのうとちがってドタバタせず、おちついた一日になりますように。

わたしが着いてまもなく、祖母が深刻な面持ちであらわれた。まだここを経営していたころ、祖母は朝早くやってきては、わたしを軽く抱きしめて、まっすぐ事務室に向かい、帳簿づけなどの経理事務をした。でもけさは、そういう仕事をする気はなさそうだ。小さな足でこつこつと、釘をうちこむように床をたたく。そのうしろから、レベッカが入ってきた。口を引きむすび、両手を脇にぴしっとつけている。これで銃でももたせたら、さしずめ前線の兵士だ。

「おはよう！」わたしは明るく声をかけた。ただし心臓は、多少ドキドキ。

すると祖母がこちらにつかつか近づいてきた。ヤシの実色の目には怒りがあらわだ。

「明るく挨拶できる気分ではありませんよ」と、祖母。

「わたしもです」と、レベッカ。

「あら、どうして？」なんて訊きはしたけれど、わたしにはその理由がわかっていた。エイミーの件で、わたしがメレディスに約束した内容が気にくわないのだ。たぶん、甘すぎる、ということ。

「出席停止の期間中、あの子をここで働かせるなんて、油をしぼるうちには入らないわ。それくらい、おまえだってわかっているでしょ」祖母はそういい、レベッカがつづけた。

「エイミーはシャーロットにひけをとらないくらい、このお店が大好きです」

たしかにね。こちらに引っ越してきて以来、学校が終わるとここに来るのがエイミーの日課になった。そして店内をぶらつきながら、丸《ホイール》のままのチーズをながめ、いつの間にか、香りだけで種類を当てられるまでになっていた。優れた嗅覚は、神さまからの贈り物だ。わたしもそうだし、祖父もそう。エイミーがお気に入りの場所でもっと長い時間を過ごし、将来のためになる何かを身につけるのは、そんなにいけないことかしら？

お店で内輪もめするのはみっともないので、わたしは祖母とレベッカをキッチンのとなりの狭い事務室に連れていった。パンの容器よりはまだ広いけど、わたしと祖母、レベッカ、ラグズ、加えて十六歳の少年が詰めこまれると、さすがに窮屈だ。この少年はわたしが雇ったコンピュータの達人で、仕事はチーズ・ショップの新しいウェブサイトをつくること。

「ねえ、ボズ――」わたしは彼に声をかけた。「仕事にとりかかったばかりで悪いんだけど、ちょっとだけ席をはずしてくれない？」

少年はオークのデスクで猫背になっている。肩にショールまがいにのっているのは、猫のラグズだ。耳には、ｉＰｏｄのイヤホン。指は携帯電話のボタンをめまぐるしく押しているけど、何のテストかは神のみぞ知るだ。

「おーい、ボォズくーん」

少年の生産性は非常に悪く、リニューアル・オープンまでにウェブサイトが仕上がるかどうかは、はなはだ疑問だった。けれどウェブのデザインができるのは、この町には彼ひとりしかいない。当初はわたしもコミュニティ・カレッジで勉強するつもりだったのだけど、やっぱりそちらまでは手がまわらなかった。マシューは教養人とはいえ、コンピュータに関しては無知蒙昧だ。

一度にひとつ――。これは急速に、わたしの新しいモットーになりつつある。

十六歳男子の耳から、わたしはイヤホンを引きぬいた。

「ボズ、ちょっと外に出てくれない？　部屋が混みあってるから」

「了解、ミス・B」少年は歯を見せてニッと笑った。ラグズをつかんで椅子にのせ、てれんてれんと歩いて部屋を出ていく。

わたしはコンピュータのモニターに目をやった。ウェブサイトの一部はできあがっていて、なかなかいい感じだ。金色の背景にカリグラフィ・フォントが使われ、画面の左には、いろんなチーズとワインのボトル、チーズとワインを楽しむ人びとの画像が並ぶ。撮影したのはクリーヴランドのプロのカメラマンで、ギャラも控えめで助かった。仕上がったものを早くアップできるといいのだけど。オンライン注文をさばくのに、従業員をもうひとり雇わなくてはいけなくなるかもね……と、夢はふくらむ。

わたしがドアを閉めるなり、祖母がくってかかってきた。

「子どもに自由を与えすぎると、破滅の道をたどるわよ」

「はい、そのとおりだと思います」と、レベッカ。「このまえテレビで見た《ロー&オーダー》でもそういってました」

「ねえ、お願いよ――」わたしはうんざりした。「なにも、ウッドハウス家の子を殴ったエイミーに金メダルをあげるわけじゃないでしょ？　それに相手の女の子だって、身から出たさびだわ。友だちといっしょに――」わたしは祖母に指をつきつけた。「おばあちゃん《グランメール》をばかにして、エイミーをからかったんだから。あの子の母親が家を出たこともあげつらってね」

「そんな話は聞いて……」祖母の顔がこわばる。

「マシューがあの子を家に帰すまえに、本人からこっそり聞いたのよ。だって、ほら、クリスティーン・ウッドハウスは町長選挙で、なんとしてでもおばあちゃんに勝ちたいわけでしょ。それで娘を使って噂を流しているんだから、とんでもない話よ」

祖母はわざとらしく咳払いし、レベッカは小ぶりなバストの前で腕を組んだ。

「ね、だから大目に見てやってちょうだい。エイミーはここに来てまだ日が浅いのよ。まわりにとけこもうとがんばっているわ。家族を守ろうとするなんて立派だと思う」

「だからといって、こぶしをふりあげちゃいけません」

「うん、そうね、あの子には言葉を使いなさいって、いっておくわ」わたしは過去幾度となく、最強の武器は言葉である、と祖母にいわれた。「エイミーはわたしの家で暮らしているんだから、責任はわたしにあるわ」育児とか、しつけとか、わたしにはさっぱりわからないけど、わかろうとがんばってはいるつもりだった。「きょうは農家の人たちとの打ち合わせがあるの。だからこの話はもう打ちきりってことでいい？」

「わかったわ《ウィ》」と、祖母。

「ウイ」と、レベッカ。彼女はフランス語の単語を二つ三つしか知らないけれど、理解力はすばらしく、しかも祖父のお行儀の悪い表現に興味をもちすぎる傾向にあった。

わたしはデスクの下のひきだしをあけて、ハーシーのキス・チョコを三つとると、祖母とレベッカにひとつずつ渡した。三つめは、もちろん自分用。わたしはキス・チョコの大ファンなのだ。チョコレートはチーズとワインのあとで、口のなかをリセットするのにも、とてもいい。みんなは無言でチョコを食べ、それからわたしはショップへ――。すると祖父がいて、フランス語のお下品なお言葉をつぶやいている。わたしはあきれて首をふった。

「何があったの、エティエン？」事務室から出てきた祖母が駆けより、夫の両手を握った。

ここで余計な口出しをするほど、わたしはばかではない。とはいえ、しっかり聞き耳をたてながら、テーブルや樽にかけたクロスをレベッカとふたりではずしていく。あたりにペンキのにおいがたちこめたものの、ドアを開けはなてば、じきに消えるだろう。オハイオの自慢のひとつは、すがすがしい、きれいな空気だ。

「〈カントリー・キッチン〉で耳を疑うようなことを聞いたんだよ」祖父は毎朝、通りの向かいにある五〇年代スタイルの小さなレストランに行くと、ひとりきりでエスプレッソを飲む。プライベート・タイムっていうやつだよ、と祖父はいうけど、じつは祖母は、料理上手なわりに、おいしいコーヒーをいれるのが苦手だった。「クリスティーン・ウッドハウスが、あ、あの記者に……」顔と首が真っ赤になる。

「『デリシュウ』の記者？」祖母が訊き、祖父はうなずいた。

「あの女記者に、バーナデット・ベセットは町長の器じゃない、なんていいやがるんだ。おまえはとっくに旬《しゅん》を過ぎているとな。しかも……」怒りで頬がひくひくする。

「あなた《モナミ》、おちついて。クリスティーン・ウッドハウスが何をいおうと、わたしは平気よ。さあ、それからどうしたの？」

「この店は恥さらしだと……。まがいものを売って、町の名を汚しているといいおった」

「まがいもの？」わたしの声が裏返った。なんてことを！

「自分がワインショップを開けばよかったと――」

「気にしない、気にしない」祖母は夫の髪をなで、おでこにキスした。「どうってことないわ。ただの挑発よ」

葡萄の葉の形をした呼び鈴がちりんちりんと鳴って、扉が開いた。ふりむくと、八時に約束していた農家の人たちだ。んー、このタイミング。まいった《メルド》な。

入ってくる人たちのなかに、ジョーダン・ペイスがいた。ごつい顔で、銀幕のカウボーイのような野性味にあふれている。わたしは――頭がおかしいといわれそうだけど――彼の姿を見るときまって膝が震え、派手な映画音楽や、拍車のかちかちいう音まで聞こえるような気がした。いつもブルー・ジーンズにワーク・シャツ。袖はかならずまくりあげ、日に焼けた腕はたくましい。彼がもし、あの腕をわたしの腰にまわしてキスしてきたら、わたしはたぶん抵抗できない……。まあね、そんなことにはなりっこないのだけど。わたしたちは、ただの友人。うちの職人《アルチザン》チーズの大部分は彼のところから仕入れていて、どれも新鮮な材料を使った手作りだ。〝地元の品物を買う〟が、わたしのもうひとつのモットー。

ジョーダンが、くつろいだ気楽なようすで近づいてきた。

わたしはあわてて髪を手ですき、ターコイズ・ブルーの半袖ニットの皺《しわ》をのばした。パンツのポケットにリップ・グロスをつっこんでくればよかったと後悔。くちびるが乾いてぱさぱさだわ。

「おはよう、シャーロット」

わたしはにっこり。家を出るとき、歯にブルーベリーがひっついていないかどうか、鏡でチェックしておいてよかった。

「おはよう、ジョーダン」

「改装も最終段階かな」

「そうなの」

「きれいな壁の色だね」

「ありがとう」もっと何かいったほうがいいかしら？

「ところで……」ジョーダンはジーンズのベルトループに指をかけ、問いかけるような目でこちらを見た。

わたしのなかの何かが震えた。

「店の前の、あの騒ぎはなんだ？」

わたしはショーウィンドウに目をやり——愕然とした。ジョーダンは、わたしを誘惑する気であんな目をしたわけではなかったのだ。そう、店の前の歩道で、日よけの帽子をかぶった女性が列をなしている。しかも、「クリスティーンに投票しよう！」という看板をかかげて。

その先頭には、クリスティーン・ウッドハウスがいた。痩せぎすのブルネット。鼻はかぎ鼻。花柄のスカートが、棒きれのような足のまわりでひらひらしている。

「ちょっと《モンデュ》！」山を下る列車の勢いで、祖母が外に飛び出した。

わたしはあわててあとを追った。祖母がもっている言葉の武器は、ベセット家のなかでもとりわけ切れ味鋭いのだ。

「クリスティーン・ウッドハウス、うちの敷地から出ていきなさい」祖母は厳しい口調でいった。

すると集団のなかから、三人が前に出てきた。クリスティーンのとりまきの、お高くとまった連中だ。つばの広い帽子をかぶり、シフォンの服を着ているけど、どれもクリスティーンのブティックで買ったのは疑問の余地がない。三人はクリスティーンを囲むと、両手を腰にあて、頭をふりふり、何やらまくしたてている。そのようすはまるで、やかましいめんどりの群れ。

クリスティーンは片手をあげて仲間を黙らせた。

「みなさん《ガールズ》、ご支援ありがとう」

女の子たち《ガールズ》？　あら、冗談よね？　お仲間はみんな、どう見ても五十代。クリスティーン本人だって四十代で、娘が生まれたときは周囲も驚いた。

「これは公共の歩道よ、バーナデット・ベセット。だれでも自由に歩いていいんじゃない？」クリスティーンは祖母に近づくと、ばかにした態度で見おろした。「あなた、町長なんだから、それくらい知ってなくちゃ。ここのところ、ずいぶん記憶力が低下したようね」

仲間を見回し、めんどりたちはうれしそうにコココッと笑う。

祖母はフランス語で、祖父さえ口にしないような言葉をつぶやいた。

「そうそう、それでね――」クリスティーンはつづけた。「この町のためには、頭がはっきりして将来を見通せる町長が必要なのよ。あなたと、あのろくでもない劇場は、気がふれているとしか思えないわ」

「あれは芸術です！」祖母は大きな声をあげた。

「ふん、あれはただの錯乱よ。みんな陰で笑ってるわ。町民は、クラシック・バレエを観たいの」

「町民じゃなくて、あなたはでしょう。あなたが扇動しているだけよ」

祖母のいうとおりだった。演目はシーズンごとに、プロヴィデンスの住民による投票で決まるのだ。そして大勢が――クリスティーンを除く――上演された前衛的な演目が世間の関心を集め、賞賛されるのを喜んでくれる。

「それにあなたの曾孫ときたら――」クリスティーンは止まらなかった。

祖母の手が左右とも、げんこつになる。家族まで侮辱されたらたまったもんじゃない。祖母はふーっと息を吐いた。冷静さを保つ精一杯の努力。

「あの子、野蛮よねえ」クリスティーンのほうはいいたい放題だ。「だいたい親が――」

「よしなさい！」祖母はこぶしをふりあげた。

「どうぞどうぞ。殴りなさいよ。あんたたち異人種には、それが自然よね」

「異人種？　あなた、いったい――」祖母はクリスティーンに向かっていった。

ショップの入口から祖父が飛び出してきて、間一髪のところで妻のからだをつかんだ。

「まあ、この程度にしてあげましょうか」クリスティーンは、とんがった顎をつん、と上に向けた。自己満足に浸り、くちびるがぴくぴく震えている。「ところで、シャーロット」くるっとわたしをふりむいて、顔に指をつきつけた。「夫はこの建物をあなたにも、あなたのいとこにも絶対に売りませんからね。わたしが断言します。わかった？　わたしが夫にいえば、あなたたちは賃貸契約が切れる来年に、ここから出ていくことになるのよ。夫に追いだされるってこと」彼女はそれだけいうと、ハイヒールの踵《かかと》をきゅっと回して背を向け、意気揚々と歩いていった。お仲間たちが看板をかかげ、シュプレヒコールをさけびながら、彼女のうしろをついていく。

祖母はふりかえり、夫を見つめた。目には涙がたまっている。

「ああ、あなた《モナミ》、もう終わりだわ。クリスティーンとお金持ちの取り巻きは、町民に圧力をかけるでしょう。わたしたちがこの町で築いてきたものをすべて台無しにする気よ」

祖父は妻のからだに両手をまわし、やさしく抱きしめた。

「ばかをいうな。店は繁盛するよ。いくらエドだって、賃料をきちんきちんと払っているテナントを追い出したりはしないさ」

ほんとにそうだろうか？

祖父は妻を連れてお店にもどり、わたしは集まった野次馬を見まわした。なかにはクリーヴランドからバスで来た、ワインを楽しむツアーの一行もいる。

「さあさあ、おしまいですよ、みなさん。どうかもうお帰りください」

野次馬が散っていくと、〈カントリー・キッチン〉のわきの歩道にエド・ウッドハウスがいるのがわかった。わたしは彼の姿を見ると、決まって背筋が寒くなる。いつも黒いスーツに身をつつみ、顔はぎすぎすして骨と皮だけだ。女たらしという噂だけど、わたしにはどうしてもそれが理解できなかった。あの男にくらべれば、死神のほうがまだマシな気がする。

わたしは血管のなかでアドレナリンが暴れるのを感じながら、お店にもどった。祖母の名誉を守り、〈フロマジュリー・ベセット〉の将来が暗くならないようにするには、どうしたらいいだろう？　ジョーダン・ペイスをはじめ、農場の経営者たちは騒ぎのあいだに帰ってしまったようで、むしろほっとする。こんな状態では職人チーズの話などできっこないから。男性を男性として意識することももちろんね。打ち合わせは、来週の月曜日にやりなおすことにしよう。〈フロマジュリー・ベセット〉は今月いっぱいで店じまいする、なんて彼らが思っていないという前提でだけど。

「あのォ……ミス・B？」ショーウィンドウのそばにボズがいた。痩せた肩をすぼめ、めずらしいことに、指は携帯電話のボタンをたたいていない。少年は目にかかったブロンドの毛をはらっていった。「ちょっといいですか？」

あら、ま。ウェブの仕事をやめたいの？

「いいわよ」わたしがむりやり笑顔をつくると、少年はつぶやくようにこういった。

「ミス・Bがこの建物を買いとる方法が、ひとつだけありますよ」

3

あくる日、ボズはウェブ上で、わたしを「Q・ロレーヌ社」なるものに仕立ててくれた。Qはパイ料理〝キッシュ《quiche》〟のQだ。なんて頭がいいんだろ、とわたしは感心した。個人ではなく会社名を使えば——ボズの叔父さんのルイージはいつもそうしているらしい——わたしも不動産の競売に参加できる。エド・ウッドハウスが会社の社長の名前をあえて見ないかぎり、匿名性が保たれるのだ。わたしはどうかそうあってほしいと祈る半面、結果については気をもまないことにした。というのも、それよりもっと差し迫った問題があるからだ。デモ隊は、クリスティーンに忠誠を誓うという立派な心構えで〈フロマジュリー・ベセット〉の前を行進し、うちの新装開店のボイコットや祖母の町長辞任を狙っている。つまりこの運動になんとか手を打たなければ、ショップの経営はたちゆかなくなり、建物の所有どころの話じゃなくなるのだ。

*

新装開店の朝、わたしは高揚して元気はつらつ、お店の窓を片っ端から開けて、すがすがしい空気を店内に入れた。鼻歌をうたいながら、円板《ホイール》を切り分けた楔形《くさび》のチーズの表面をとのえ、ラッピングする。おいしいものは、まず目で味わいましょう――。

ところが、そんな高揚感も、祖母の姿を見て一気にしぼんだ。テントくらいありそうな灰色の服をまとった祖母が、ふらふらした足取りでお店に入ってきたのだ。どこであんな服を見つけたのだろう？　祖母は蒸気の抜けた機関車みたいだった。すると、祖父がドアを閉め、わたしにウィンク。どうやらおじいちゃん《ペペール》は事情を知っているらしい。

わたしは祖母を抱擁し、さあ、これでも食べて、とチーズをさしだした。でも、祖母は大好きなデリス・ド・ルージュモンを受けとっても、そのまま祖父に渡してしまった。このチーズはスイス産で、バター気が多くこってりしている。それにしても祖母の状態――わたしには手の施しようがなかった。

わたしは祖父を呼び、おばあちゃん《グランメール》が夜のパーティに耐えられそうになかったら、出席しなくていいからね、といった。祖父は小さくうなずく。その顔を見れば、傷ついた妻の姿に心を痛めていることがいやでもわかった。

午後に入ってからは、レベッカとマシューとわたしの三人で、ワイン・グラスを並べ、ワインのボトルをあけ、ウィンドウのディスプレイに手を加えたりした。クレアが放課後に顔を出し、エイミーといっしょにチーズナイフを磨く。

パーティ開始まであと二時間しかなくなり、マシューとふたご、そしてわたしは、全速力で走って家に帰った。わたしは部屋の鏡の前で、髪をふわっとふくらませ、ほお紅と口紅をつけた。それからニットとズボンをぬぎ、ゴールドのシルクのブラウスを着て、テーパードの黒いシルクのパンツをはく。靴はビーズのフラットシューズ。アンティークの卵形《オーバル》の姿見でチェックして、まあまあよね、と思う。さ、胸をはりましょう。

マホガニーの階段を駆けおり、玄関ロビーでマシューや娘たちと合流。ふたごはおそろいの白いドレスに、バレエシューズをまねた白い靴というでたちだ。とはいえ、雰囲気はまるでちがった。クレアは明るく、エイミーは暗い。身長も、クレアのほうが頭ひとつ高かった。天井の、葡萄をモチーフにしたシャンデリア——わたしがペンシルヴェニアの遺品セールで購入したもの——が、ふたごの女の子をやさしく照らしている。

「まあ、おふたりとも美しいこと！」

わたしの言葉に、ふたごは膝を曲げてお辞儀をし、くすくす笑った。

それからわたしはマシューのネクタイを微調整。

「あなたはとびきり最高のビジネス・パートナーだわ」

「おまえだって、そう捨てたもんじゃないよ」

マシューはわたしの顎を、軽くたたいた。

ラグズの飲み水がたっぷりあるのを確認してから、わたしたち四人はショップへ向かった。

パーティ開始の三十分まえに、ジョーダン・ペイスがやってきた。普段着の白いボタンダウンのシャツは、襟元があいている。そして黄褐色のスラックスに、ローファー。それはもう、極めつきの格好よさ。手にしたハチミツ色のバスケットは、ゴールドの輝きのヒマワリと、ビロードのような赤いバラ、そしてシダの葉とカスミソウであふれんばかりだ。

「やあ、シャーロット。すばらしい店になったじゃないか。といっても、ひとつだけ……」ジョーダンは顎をかいた。「足りないものがある」わたしにバスケットをさしだしながら、にやっとする。ほほえみは口元から目元へと広がって、視線がわたしを貫いた。まるでキューピッドの矢のように！「うちの温室の花だ。もっと早くにもってきたかったんだが、時間がなくて。きみの姪っ子たち用に、リストコサージュもふたつ入れてあるから」

「まあ、ありがとう」首まで真っ赤になったけど、どうしようもない。すてきな男性がわたしに……わたしたちに、お花を贈ってくれるなんて！

「今夜のきみは……」ジョーダンは口ごもった。

わたしは続きの言葉を超能力で彼に送ろうとした――すてきだよ、かわいいね、とびきりセクシーだ。

「そのヘアスタイルはよく似合ってるよ」

うん、十分うれしい。

「ところで」と、ジョーダン。「きみさえよければ、外で少し話を――」

そのとき、レベッカがわたしの肘をつかんだ。

「なに？」わたしは真っ赤な顔でふりむいた。もしかしたら、レベッカをにらみつけたかもしれない。ジョーダンの前でそんなことはしたくないのだけど。レベッカはただ、わたしがジョーダンといっしょに出かけては困ると思っただけだろう。かたやジョーダンのほうは、たんに契約条項について話しあいたかったのだと思う。

「おばあちゃんが、いらっしゃいましたよ」と、レベッカ。

「あ、そう、わかったわ」わたしはくちびるをしめらせ、にっこりした。「悪いけど、レベッカ、このお花を花瓶に入れて、コサージュを子どもたちに渡してくれる？ さ、ジョーダン、あのチーズを試食してちょうだい」わたしが指さしたのは、布で巻いて《クロスバウンド》熟成させたキャボットのチェダーだ。ヴァーモント産で、やや結晶化している。わたしが自信をもってお奨めする一品。

「だったら、あとでかならず話せるね？」

「ええ、もちろん」わたしはそう答えると、祖父たちのようすを見に行った。老夫婦がながめているのはメインのディスプレイで、そこにはクリスタル・ガラスのチーズの大皿、銅のフォンデュ鍋、その他付属品が並べられている。加速しっぱなしだったわたしの心臓の鼓動が、正常にもどった。祖母は元気になったようで、目は生気をとりもどし、ほっぺたもピンク色だ。これならクリスティーン・ウッドハウスが何をいおうと、舌鋒鋭く切り返せるにちがいない。

「すてきなドレスね」

わたしが声をかけると、祖母はくるっと一回転してみせた。黒いレイヤード・スカートが、年齢を重ねたダンサーの脚のまわりでひるがえる。その上は、袖と身ごろがゆったりした、白いレースのペザントブラウスで、銀の箔押しベルトが粋に巻かれていた。

「このブラウスはわたしのお手製よ」と、祖母はいった。まったく何でも自分でやっちゃう人だ。

わたしは祖母の頰にキスすると、ワイン別館《アネックス》を指さしていった。

「マシューと子どもたちが来ているわ」祖母が何かいうまえにつづける。「心配しないで。娘たちには、つくりたてのレモネードを用意したから。一時間もすればベビーシッターが来るし」

祖母はわたしの頰をつねった。

「おまえはいずれ、いい母親になるわ」

いずれ……。時間は刻々と過ぎてゆく。

葡萄の葉の呼び鈴が鳴った。

「さ、幕が上がりましたよ」祖母がいい、わたしは胃が縮むのを感じた。祖母は小走りで玄関まで行くとドアをあけ、フレームの下にドアストッパーをはさんだ。

一番乗りは、地元の人たち数人で、みんなめかしこんでいる。

そのうしろから、ヴィヴィアン・ウィリアムズが入ってきた。このまえとおなじく、風をはらんだ帆のようで、長袖のシルクのドレスは海の青。瞳の色とよく合っていた。

「すてきなお店だわ。ほんと、すてきよ」ヴィヴィアンはそういいながら、わたしの横を通って奥に進んだ。

わたしは思わず笑顔になった。ヴィヴィアンにほめられると、すなおにうれしい。

彼女のすぐうしろから、エド・ウッドハウスが入ってきた。連れはいなくて、ひとりきり。ずかずかと、お店の奥へ向かっていく。

それから、小学校の先生ご一行。そのなかにメレディスもいた。すがすがしい黄色いサンドレスで、明るい褐色の髪が揺れ、耳たぶには小さなダイヤモンド。彼女は店内をぐるっと見わたし、わたしと目が合って手をふると、走りよってきた。わたしの腕をつかみ、部屋の隅に引っぱっていく。

「あのね、信じてもらえないだろうけど……」メレディスは目を輝かせ、興奮ぎみだ。

「どうしたの？」

「ある人とおつきあいすることにしたの」

「ある人って？」

「まだ話せないわ」

「あら」

「タイミングをみて話すわね。でも、とてもすてきな人なの。詩を朗読してくれて、すっごくやさしくて」

「申し分なしね。ついでに名前もいっちゃいなさいよ。学校の先生？」

「ううん、ちがうわ」

「スポーツ・ショップをやってる人？　芸術家？　家具職人さん？」わたしはメレディスが熱をあげた男性はみんな知っていた。

彼女は口に鍵をかけ、そのキーを投げ捨てるふりをした。わたしたちが小学四年生のときによくやった、大きな秘密を守るときのジェスチャーだ。

「わかったわ、これ以上追及しない……いまのところはね」

メレディスはにこにこしながら、「で、そちらのあの人はどうなの？」と訊いた。わたしは肩を落としてため息。

「あとちょっとでデートできそうだったんだけど」

「〝あとちょっと〟を喜ぶのは、蹄鉄投げで遊ぶときだけよ。もたもたしないでがんばって、シャーロット。もちろん、今夜のパーティもね」

メレディスはわたしの頬にキスすると、足早に教員仲間のところへもどった。そして彼らがアネックスに向かったところで、おそろいの茶色のTシャツを着た一団が入ってきた。クリーヴランドから来たワイン・ツアーのお客さんたちだ。ツアーガイドの名前は忘れてしまったけれど、色っぽい女性で、髪は脱色した金髪。シルバーの多連のネックレスに指をしょっちゅうからめている。団体が、うねる川の流れのようにアネックスに向かい、さまざまなチーズと付け合わせに歓声をあげるのを聞いて、わたしの緊張もいくらかやわらいだ。

すると、カウンターの向こうにいたレベッカがわたしの横に来て、顔をしかめた。

「まったく。ウッドハウスさんときたら、ウイスキーのにおいをぷんぷんさせてます。あれじゃそのうち、味覚がなくなっちゃいますよ」

わたしはほほえんだ。レベッカは、チーズとワインのエキスパートとしての芽を出しかけている。肩から髪をはらい、彼女はつづけた。

「お花はカウンターに置いたんですけど、すっごくきれいですね」

そう、ほんとうに美しい。飾りつけの仕上げとして申し分なしだ。あしたジョーダンに、うちのオリジナルの便箋で礼状を送ろう。お花のお礼を書いて、それから……それから……デートをほのめかして。

「あっ、お客さまを忘れちゃいけませんね」レベッカはあわてて木のカウンターにもどると、マンチェゴの十二カ月ものをスライスして、ツアー客数人に試食してもらった。みんな口々に、これはおいしいといってくれる。

わたしはあたりを見回した。でも、ジョーダンの姿はない。それどころか、ぎょっとする光景が目にとびこんできた。祖母がエド・ウッドハウスをハチミツとジャムの棚に追いつめ——ひょっとして逆かもしれないけれど——いい争っていたのだ。祖父のほうは部屋の中央で、町の人たちとなごやかにおしゃべりしている。

祖母はエドの胸に指をつきつけ、声を荒らげた。

「わたしたちを追い出すなんて、とんでもありませんよ！　そんなことをしたら、秘密が秘密でなくなるのを覚悟しなさい！」

エドは祖母をつきとばし、憤然としてアネックスに向かった。

祖母はなんとか倒れずにすんだものの、わたしは急いで駆けよった。

「いったいどうしたの？」

「あのろくでなし！」祖母はぷりぷりしながらブラウスとベルトを整えた。「エド・ウッドハウスという男は……あいつには、ほんと、はらわたが煮えくりかえるわ」

わたしはアーチ道の向こうに目をやった。エド・ウッドハウスは、ワイン・バーで友人とおしゃべりしているメレディスに近づいていくと、なんとまあ、彼女のウエストに手をまわした。メレディスはすぐに身を引く。と、エドはくすくす笑い、今度は茶色のTシャツとシルバー・ネックレスのツアーガイドに近づいた。そして大きなお尻を軽くたたく。わたしはくちびるをかみしめた。あの男、恥というものを知らないのかしら？

「賃料はきちんと払っているでしょ？」と、祖母。「滞ったことは一度もありませんよ。エドとクリスティーンは……あの夫婦は……」片手をふる。「救いようがないわ」祖母はそういいのこし、カウンターをまわって事務室に姿を消した。

わたしが合図を送ると、祖父があとを追って事務室に入る。そこへメレディスが来て、ウインクした。

「うまくいったわよ」メレディスは試食用の大皿のほうへ行った。そこには、わたしがスティルトンとマスカルポーネを重ねてつくった特製トルテを並べてある。「エイミーはあしたから学校にもどれるわ。いやがらずに登校してくれるかしら？」

「ええ、もちろん行くわよ」

メレディスはシルバーのチーズ・スプレッダーを手にとると、クリーミーな特製トルテをバター・クラッカーにぬり、口に入れた。

「んん、おいしい……。ねえ、これにはどんなワインがあうの？」

「ソーヴィニヨン・ブランかしら」わたしは今夜に向けて、マシューからレクチャーを受けていた。ワインと料理の組み合わせ《ペアリング》に関し、マシューはじつに冴えている。「ここにもボズート・ワイナリーのものを置いてるわよ」ボズ家は二代にわたるワイン醸造業者だ。「パイナップルとメロンの風味がある、爽快でしまった口あたりのワインよ」

「いい感じね。ぜひ、いただかなくちゃ」

「で、さっきの話だけど、だれとつきあってるの？」わたしは知りたくてたまらなかった。

「あら、あの人は『デリシュウ』の記者じゃない？」メレディスは話をそらし、親指をたてた。「がんばって！」

メレディスはアネックスにもどり、かたやジニアはわたしのほうへ一直線でやってくる。きょうは花柄のTシャツではなく、堅苦しいスーツ姿だ。これじゃ角ばった体形を強調するだけだけれど、もちろんそれを口にする気はない。ともかく彼女には、好意的な記事を書いてもらわなきゃ。片手にカメラ、反対の手にペン付きのメモ帳をもった彼女は、わたしが拒否する間もなく、シャッターを押した。こういうのは困るわねえ……。わたしはスナップ写真できれいに写ったためしがないのだ。とはいっても、もめている最中の家族写真よりは、はるかにましだけど。

するとジニアが、わたしに顔を寄せてこういった。

「さっきレストランで、びっくりする話を聞いたんですけど」何時間もしゃべりつづけたようなしゃがれ声だ。「エド・ウッドハウスが、ここの東側の建物をデベロッパーに売ったそうですよ。それから、いまわたしが泊まっているB&Bの〈ロイス・ラベンダー&レース〉は、ガレージを営利目的で使えるよう、町に申請しているといっていました。このB&Bはとてもしゃれていて、屋根の窓《ドーマー》も格子フェンスもすてきなんですよ」

その点は、うちのヴィクトリア様式の家も同じだ。オリジナルのデザインを損ねないよう、外装は十一色も使ってカラフルにした。

「それから、ほかにもこんな話を――」

「はい、はい、はい」クリスティーン・ウッドハウスの声がした。甲高いから、人が大勢いてもよく聞こえ、ジニアの噂話をさえぎった。お金持ちのご友人たちを従えて、わが〈フロマジュリー・ベセット〉に、しゃなりしゃなりと入ってくる。みんな白い手袋をもち、復活祭の礼拝にでも行くような装いだ。クリスティーンは手袋をファッションとして復活し流行させたいとか？

女性軍団は、訓練を積んだ部隊さながら、中央のディスプレイ・テーブルの近くでぴたっと停止した。そして手袋をはめ――まず左手、それから右手――クリスティーンのうなずきを合図に、さらに奥へと出発進行。指先であらゆるものに触れるようすは、埃がかぶっていないか確かめているようだ。

わたしはジニアに失礼しますといってから、クリスティーンのほうへ行った。彼女はさまざまなアルチザン・チーズをのせたテーブルの前に立っている。そして手袋をはずし、オードブルをひとつつまんで口に入れた。あれはわたしのお気に入りの、ラベンダーの山羊乳《ゴート》チーズで、ツー・プラグ・ニッケルズ牧場からの差し入れだ。このパーティが終わるまでに、どうしても食べたいのだけど……もし、ひとつでも残っていれば。

「いらっしゃいませ、クリスティーン」わたしは声をかけた。「お忙しいなか、ありがとうございます」

「あら、シャーロット」クリスティーンは、ばかにしたように手をふった。「この夜会《ソワレ》、少しやりすぎじゃない？　だって、ほら……お客さんがぎゅうぎゅう詰めだわ。〝過ぎたるは及ばざるがごとし〟っていうのを知らないの？」

わたしはちょっと身を引いた。嫌味な物言いのせいではなく、彼女から鼻をつくにおいがただよってきたからだ。香水を多めにふりまいてきたらしいけど、それでも夫とおなじく、お酒を飲んでいることはわかった。ここにある極上のチーズと、市販のプロセスチーズの区別もつかなくなっているのでは？　わたしはぴしっといってやりたいのをこらえ、彼女の友人たちに挨拶した。

「来てくださってありがとう、フェリシア、プルーデンス、ティアン」

フェリシアは燃えるような赤毛をカールさせ、年齢を重ねたスカーレット・オハラといったところ。いまは口をきゅっと結んで沈黙し、その彼女に何やらささやいているのが、痩せっぽちのプルーデンスだ。フェリシアとちがって口元に冷たい笑みを浮かべ、つぎにティアンに耳うちした。ティアンはもともとニューオーリンズの人で、町がハリケーン「カトリーナ」に襲われたあと、この町に引っ越してきた。ほかの人より十歳くらい若く、三人のなかではいちばん太っている。彼女はプルーデンスの冗談をクリスティーンにくりかえし、四人がいっせいに下品な高笑いをした。ひょっとすると、ここに来るまで、ポーカーでもやりながら強いお酒を飲んでいたのかもしれない。

「あそこにいるのは――」フェリシアが手をふっていった。「エドじゃないかしら、クリスティーン？」

全員がそちらをふりむく。

テイスティングのカウンターに、エド・ウッドハウスがいた。しかも、あのブロンドのツアーガイドといっしょにだ。エドは――ここには自分たちふたりきりしかいない、といったようすで――ぶ厚い陶器のボウルに入ったオリーヴオイルにパンを浸すと、それをツアーガイドの口にもっていき、食べさせた。彼女はエドの指先をなめ、くくくっと笑う。

「みっともない……」クリスティーンがつぶやいた。

プルーデンスがこっそりと、肘でフェリシアをつつく。

クリスティーンは咳払いをひとつ。いかり肩を張って背筋をのばすと、仲間についてくるよう手をふった。そしてグリュイエール・チーズがホイールごと置かれたテーブルの前で立ち止まる。その顔つきはまるで、重さ二十五ポンドのホイールを、夫の顔に投げつけてやろう、と考えているような……。

どうか騒ぎは起こさないでね。わたしは心のなかでお願いした。

緊迫した時間が過ぎて、クリスティーンとお仲間はアネックスへ向かった。どうせまた飾りつけを笑ってばかにするつもりなのだろう。きりきり痛む胃をしずめるため、わたしはエメンタールを一切れつまんでから、ふたたびお客さんのようすを見てまわった。

とくに何事もなく、一時間が過ぎた。わたしが子守をたのんだティーンエイジャーの子がふたごを迎えに来て、家に連れて帰った。店内も人が減り、お客さんの大半は、また来るわねといって帰っていった。そうこうして、わたしは少しずつ展示品を片づけはじめ、祖父母がテイスティング・カウンターのスツールにすわっているのに気づいた。祖父は妻の手に自分の手を重ねている。わたしは思わずほほえんだ。祖母も気持ちがおちついているようだ。

その向こう、裏口の近くでは、エド・ウッドハウスと巻き毛のフェリシアが見つめあっていた。クリスティーンに知られたらたいへんだ。そしてアーチ道の先、ワインのアネックスに、とってもステキなジョーダンの姿が見えた。彼は片手に赤ワインのグラスをもち、地元のワイン業者が、そのグラスの内側を垂れる脚《レッグ》を指さしてしゃべっている。

わたしは両手で髪をふわふわっとふくらませると、わずかな女っぽさを奮い起こしてアーチ道へ向かった。と、そこでだれかに肩をつかまれ、ぐいっとむりやりふりむかされた。

「ちょっと!」クリスティーンだった。ヒールの高い靴でぐらつきながら、あからさまな軽蔑の目でわたしを見おろす。「いいかげんにしてほしいわ、あなたも、あなたの家族も——」

「もうよしなさいよ、クリスティーン」フェリシアがクリスティーンの腕をつかんだ。エドよりも、女同士の友情を選んだらしい。賢明な選択。「さあ、帰りましょう」

ほかのお仲間もフェリシアに賛同し、おなじようなことをいった。

「いやよ」クリスティーンはフェリシアの手をふりはらった。「じっくり話しあわなきゃいけないことがあるんだから、ここの……この……」

わたしは緊張した。両手が自然にこぶしをつくる。でもそこで、祖母がおじいちゃんにいった言葉がよみがえった――これはただの挑発よ。わたしは大きく息を吸いこんで、気持ちをおちつけてからいった。

「だったら、あした話しあいましょうか？」

「だめよ。いますぐでなきゃ。ずっといいたいのを我慢してきたんだから」多少ろれつが回らない。「あなたの姪は――なんて名前なのか知らないけど、ずいぶん下品よね」

「ずいぶん……何ですって？」つい声が大きくなった。心のおちつきなんて、たちまち吹きとぶ。これはまずいと思いつつ、どうしようもなかった。「いまの言葉、とりけしてくれる？」

「あなたがいけないのよ。ほったらかして、好き勝手にさせるから。あなたのおばあさんも、あなたにおなじことをしたんでしょうね。家族みんな、いやしくて――」

「いいかげんにしてください、ウッドハウスさん」レベッカがやってきて、クリスティーンに指をつきつけた。「あなたにそこまでいう権利はないと思います」

「出しゃばらないで」クリスティーンはレベッカの指を払いのけた。そしてまた、わたしを見る。といっても、目の焦点はほとんど合っていなかった。「おたくの問題児が、わたしのかわいい娘に暴力をふるったのよ」

「それはあなたの娘が、うちの祖母を中傷したからです」わたしはいいかえした。

「真実は耳に痛いこともあるんじゃない？」

「もう結構！」祖母がつかつかと進み出て、クリスティーンの手首をつかんだ。長年、劇場の裏方仕事で培った腕力で、クリスティーンをショップの玄関へと引っぱっていく。「うんざりですよ、クリスティーン・ウッドハウス。二度と店には来ないでちょうだい。さあ、お帰りなさい」祖母はクリスティーンを歩道へ連れ出し、友人三人があわててそのあとを追った。

「エド！」ヴィヴィアンがテーブルにグラスを置いて、エド・ウッドハウスのところへ行った。中央の展示テーブルでは、彼がまたべつの、今度はわたしの知らない女性といっしょにいた。「つぎからつぎへと女の人に色目を使ってる暇があったら、もっと奥さんの世話をしなさいよ」

エドはヴィヴィアンをにらみつけ、「おれにはかまうな。自分の面倒だけ見てろ」といった。

「ええ、わたしは自分の面倒は自分で見るわ。だからあなたたち夫婦もそうすれば？」

エドはぶつぶついうと、となりの女性に何やらささやき、不機嫌そうに玄関に向かった。祖母もクリスティーンもお仲間も、出ていったきりもどってこない。祖母はおそらく、散歩でもして気持ちをしずめているのだろう。それがいつものやり方だから。祖父の姿もないのは、たぶん、祖母を追いかけていったからだ。

ヴィヴィアンはあきれ顔で首をふっている。ワインに酔ったのか、ほっぺたが赤い。

「大丈夫？」わたしはヴィヴィアンのそばに行った。

「エドは彼女と結婚すべきじゃなかったのよ」ヴィヴィアンはそういった。「どっちもお金持ちの家の生まれで……」言葉がとぎれる。「性格が正反対だもの。エドって人は、ほんとに……」

「シャーロット！」ジョーダンがやってきた。「あの記者が、きみの話を聞きたいそうだよ」

「ハムとパイナップルの――」ヴィヴィアンがわたしの手を握った。「キッシュを、これからもうひと口いただくつもり。あのおいしさの秘密は何？」

「クラストに白胡椒をふったの」

「あれは絶品だわ」ヴィヴィアンはそういいながらカウンターにもどった。

「彼女と取材の約束をしたんだろ？」ジョーダンがわたしに訊いた。きらきらした瞳が笑っている。「おなじ約束をぼくにもしてくれないかな？」

はい、いつでも！　わたしはクリスティーンとの不愉快な出来事を廃棄処理した。

「ええ、いいわよ。だったら――」

「ベセットさん――」ジニアが割りこんできた。「みんな、このショップを絶賛していますよ」

わたしとジョーダンの盛り上がりは、たちまち気の抜けたソーダのようになった。彼はサヨナラを告げ、去ってゆく。

「では、お話をうかがいます」ジニアはカメラをポケットにつっこみ、メモ帳をめくってペンをかまえた。「どうしてチーズ・ショップを継ぐことに？」

それを訊かれるだろうと思い、答えは何日もまえから準備していた。

「わたしの両親は、わたしがまだ小さいころに交通事故で亡くなったんです。だからわたしは祖父母のもとで育てられて」

「まあ、ごめんなさい、存じ上げませんでした」

「もうずいぶんまえのことですから」と答えたものの、悲しい記憶はいまでもまだ生々しい。

「それで小さいころから〝チーズ・ショップ〟にいると慰められるような気がして、わたしなりにいろんなことを勉強したいと思うようになったんです」

「今夜、試食させていただきましたが、あなたの料理の腕はすばらしいですね」

「お料理教室に通ったり、講義を受けたりしました」祖父にいわせると、チーズ屋はチーズにまつわるあらゆる分野の専門家でなくてはいけない。

「ベセットさんはこれまで、料理雑誌やウェブで記事を書いていらっしゃいますが、今後、執筆に力を入れるおつもりは？」

「うーん、そうですね、やりたいことはたくさんあって……」〝一度にひとつ〟よ。例のモットーが頭に浮かんで顔がほころぶ。

と、そのとき、耳をつんざくような悲鳴が聞こえた。場所は外の歩道だ。

わたしはジニアに声もかけず、お客さんのあいだを駆けぬけ、外に飛びだした。すると歩道のすぐ右手に、メレディスがいた。ひざまずき、祈りをささげるように両手を握り締め、口を大きくあけている。彼女の前で横たわるのは、エド・ウッドハウス。その胸には、ナイフが突き刺さっていた。わたしが愛用する、握りがオリーヴ材のチーズナイフだ。メレディスのすてきな黄色のサンドレスには、点々と赤い染み。

わたしは彼女の横にしゃがみこみ、肩に腕をまわした。

「メレディス、あなた……」

彼女はわたしをふりむいた。その目がくいいるようにわたしを見てから、ゆっくりとそれていく。視線の先にはショップの壁、そしてその陰で、うずくまっている人影があった。

バーナデット・ベセット。わたしのおばあちゃん《グランメール》。一見して放心状態で、その手は真っ赤な血に染まっていた。

4

祖母はショップの壁ぎわにうずくまり、祖父にしがみついていた。わたしが駆けよると、自分は無実だ、何もしていないとフランス語でつぶやいていたけれど、数分もたたないうちに、けたたましいサイレンの音が鳴りひびいて、ウンベルト・アーソ署長が到着した。パトカーから出てきた署長は、たとえるなら、アメフト選手なみに成長したテディ・ベアといったところだ。

それから十五分後、小雨がふりはじめた。アーソ署長はまだ現場を調べ、わたしはショップの壁ぎわでなすすべもなく、ただ呆然と立っているだけだ。わたしにとってかけがえのない、年老いた女性に手を差しのべることもできない。どうしてアーソはわたしに何も話しかけないのだろう？

しかたなく、わたしは勇気をふるいおこして、自分から彼に近づいていった。そしてすぐ、巨大なからだに近づきすぎたと後悔する。彼のこわばった顔を見るには、頭をのけぞらすしかないからだ。攻撃態勢としては、よろしくない。

「ねえ……」わたしは思わずニックネームをいいそうになった。でも小学校時代はべつにして、同級生はだれひとり、人前では彼のことをニックネームでは呼ばない。ウンベルト・アーソという人は、それだけ敬意を払われているのだ。ちっぽけな町ながら、プロヴィデンスが低い犯罪率を誇っているのは、若くして署長になった彼のおかげといえた。

「あの……アーソ署長、まさかわたしの祖母が人を殺したなんて思ってるわけじゃ……」

「いまのところは何もいえないよ、シャーロット」

わたしなら、彼をキックボールやフラッグフットボールのチームにぜひともスカウトしたいと思う。ともかく強靭でまっしぐら、かつ俊敏。わたしの身体くらいなら、あの大きな手で引き裂けそうだ。その彼が両手をふっていった。

「みなさん、うしろにさがってください。歩道に近づかないで。さあ、さがって」

ウンベルト・アーソは家業を継ぐんだろう、とわたしはずっと思っていた。彼の小さなお母さん（中学生くらいの背しかないのだ）は、ツー・プラグ・ニッケルズ牧場を営んでいて、両親はともにシチリア島の出身だった。牧場でつくられるリコッタ・サラータは、わたしが知るかぎり最高品質で、ゴート・チーズはすばらしくなめらかだ。お母さんによれば、拡声器を使ってオペラをやりながらチーズをつくると、出来上がりがちがうらしい。そんな夫婦の息子、つまりアーソは、異なる道を歩んだ。奉仕活動に励み、ボーイスカウトでも最高位の〝イーグル・スカウト〟となったし、わたしたちの高校ではクラス委員長だった。そして町議会議員になったとき、わたしは彼がプロヴィデンスを出て、国政に参加するかも、と想像した。彼なら大統領にだってなれるだろう。歴史上、もっとも体格のいい大統領だ。でなければ、声が朗々としていることもあり、牧師も選択肢のひとつだったのでは、と思う。

救急隊が遺体を救急車に運び、副署長が黄色い立ち入り禁止テープを張っていく。

わたしはさらに勇気をかきあつめ、アーソにたずねた。

「あの……祖母をお店のなかに連れていってもいいかしら？」

「いや、それはだめだ。きみの店にあったものが凶器かもしれないから、その場合、店も犯罪現場の一部とみなされる」

「だったら、祖母への質問はあしたにしてもらえない？　雨がふりだしたから。祖母が具合を悪くするかもしれない」

「なんであれ、記憶が新しいうちに訊いておきたい。この日よけがあれば、濡れないさ」

「でも……」

「では、きみから始めようか」

全身に、震えがはしった。歩道で尋問されるなんて、想像したこともない。何を話せばいいのだろう？　わたしは何も見ていない。祖母がかかわっていたのかいないのか、それすらまったくわからないのに。

アーソは仕事一色だ。帽子をちょこっと上にあげると、茶色の制服の胸ポケットから紙とペンをとりだした。

「事件が起きたとき、きみはどこにいた？」

背筋をのばし、わたしは精一杯冷静な口調で答えた——お店のなかにいて、『デリシュウ』の記者の取材をうけていたわ。と、そこで、ジニアはどこに行ったんだろう、と思った。見ればジョーダンが、少し離れた歩道で、携帯電話に口を押しつけるようにして話している。どうか、『プロヴィデンス・ポスト』にスクープを教えているわけではありませんように。野次馬はまだそんなに集まっていなかった。マシューが来て、メレディスにワインのグラスを渡していた。彼女は祖母に負けないくらいがたがた震え、耳のダイヤモンドに手をやっている。ヴィヴィアンはレインコートの前を両手で絞り、いまにも凍りつきそうなようす。そしてクリスティーンと友人たちの姿は、どこにもなかった。

「何か気になることはなかった？」と、アーソ。

「エド・ウッドハウスは、女の人たちといちゃいちゃしていたわ。あんなに女好きだって、知っていた？」ゴシップは嫌いだけど、こんな状況では気にしていられない。ともかく、祖母がエドと口論していたのは内緒にしておくつもりだった。あんなこと、たいしたことじゃないわよね。と、わたしとしては思いたい。

「噂なら聞いたことがあるよ」

「そういう女性のひとりが、彼に……しつこく、いいよられたとか」わたしはレストランを指さした。「そうだ、クリスティーンが怪しいかも。人前で恥をかかされたも同然だから。町長に立候補して、夫の不品行はその障害になると考えてもおかしくないでしょ？　彼女の居場所はわかってるの？」

アーソはわたしの話をメモしていった。

「オーケイ。ようすはわかった。で、ほかには何かないか？　きみがおばあちゃんの姿を最後に見たのは何時ごろ？」

口のなかが、からからになった。できれば答えたくない質問だ。舌を動かし、乾いたくちびるをむりやりあける。

「八時四、五十分くらいかしら。クリスティーンとふたりで外に出ていったの。ちょっと、その……口喧嘩になって」アーソは確実に、その点を調べるだろう。「でもね、それはクリスティーンがうちのふたごのことを悪くいったからなのよ」あわてて説明する。

「そのあと、バーナデット・ベセットを見た人はいますか？」アーソは周囲にいる人たちに訊いた。「だれかいませんか？」

ひとりもいないようだ。

「祖母は動揺していたから」わたしはつづけた。「きっと散歩したのよ。いつもそうなの」

「どなたか、彼女が散歩しているのを見かけませんでしたか？」アーソが両手を大きく広げ、まわりの人びとを見まわす。

ここでも、祖母を援護してくれる人はいない。

「つまり、散歩はしなかったということかな」

わたしはアーソの向こうずねを蹴ってやろうかと思った。うまくはめられたような気がしたからだ。わたしには祖母のアリバイを証明することができない。だけど祖母を見かけた人は確実にいるはずだ。きっと、いる。かならずいる！

「祖父もお店にいなかったから、ふたりで散歩したんじゃないかしら」

「おじいちゃんに関しては、さっき話を聞いたよ」と、アーソ。「散歩はしていなかった。それに、きみが悲鳴を聞いて外に飛び出したときも、おじいちゃんはこの近くにいなかっただろ？」

わたしはくちびるを噛んだ。殺人事件が起きたとき、祖父はどこにいたんだろ？　そもそも、みんなどこにいた？　クリスティーン、彼女の友人、ツアー客は？　開店祝いには、たくさんの人が来てくれた。そのなかのひとりが、エドが外に出るのを虎視《こし》眈々《たんたん》とねらっていたわけだ。そしてわたしが愛用する、柄がオリーヴ材のナイフをこっそり盗み、それを人殺しの道具とした。ぎざぎざの歯で、鋭く、ひと突き。

（よしなさい、シャーロット。恐ろしいことは考えないの）わたしはため息をついた。死は陰惨で恐ろしい。

目の前の状況に気持ちをもどしてみる。いったいだれが、あのナイフを盗めたか？　中央の展示テーブルには、たくさんの人が集まっていた。事件が起きる一時間まえに片づけたとき、ナイフは残らずテーブルにあったか？　わたしは細かいことが得意なたちだ。だから何百とあるチーズの名前や原産国、朝つくられるか夜つくられるかまできちんと覚えられる。これまで訪ねた農家の棟飾りだって思い出せるくらいだ。そのわたしが、たった一時間まえのテーブルのようすを、そんな単純きわまりないものを思い出せないわけがない。

「そういえば――」わたしはふと思いついた。「ナイフを入れていたプラスチックの箱に、指紋が残っているかもしれないわね」

「指紋はあるかもしれないし、ないかもしれない」と、アーソ。「箱は証拠品として扱うが、結果が出るには何カ月もかかるよ。うちのような町警察は《CSI》ほど手際がよくないんでね。あんなにうまくはいかない」

「でもこの殺人は、ずいぶん……おおっぴらじゃない？　わたしのお店のまん前よ。いったいどういう人がこんなことを？」

「よほどエドに腹が立ったんだろ」

わたしは笑いそうになるのをこらえた。そういう人なら、この町には大勢いる。エドは相手かまわず権力をふりかざすからだ。それでもいまこの瞬間、いちばん怪しく見えるのは祖母だろう。

だけど……クリスティーンはどこにいる？　どうしてここに来て、夫の死を悲しまない？

「ねえ、アーソ、もし祖母が犯人だったら、殺害現場でうずくまったりしないんじゃない？」

「ショック状態で、動けなかったのかもしれない」

あら。そこまでは考えなかった……。

「なあ、シャーロット、きみのおばあちゃんは血まみれだったんだよ」

「血を止めようとして、傷口を押さえたからだわ」わたしは祖母の説明をくりかえした。アーソが到着するまえ、六十秒のあいだに聞いたのだ。祖母は第二次世界大戦中、まだ痩せっぽちの少女だったころ、そうやって兵士の命を救った経験があった。兵士はよろめきながら、祖母の家にあらわれたという。

アーソは片手をあげた。

「わかったよ、これからおばあちゃんの説明を聞くから。きみもそばにいていいよ。ただし、口を出しちゃだめだ。いいね？」

アーソは祖父母がいるほうへ向かった。祖母はこちらに背を向け、夫にしがみついている。

「ベセットさん、お話を聞かせてもらえますか？」

祖父が妻のからだを離し、こちらをふりむかせた。

祖母の顔は血の気がなく、湿った髪の毛がはりついている。

「わたしは何もしていない」祖母は血に染まった手を握りしめ、つぶやいた。

アーソは首をすくめた。だれだって無罪を主張するんですよ、といわんばかりだ。

「ベセットさん、この一時間くらい、どこにいましたか？　シャーロットの話では、クリスティーン・ウッドハウスといっしょに店を出たようですが」

「わたしたちは……」祖母はくちびるをなめた。「わたしがあの人を追い出したの。あの人は店にもどりたがったけれど、わたしはもうダメだといって。彼女と……友人たちは……酔っていたのよ。それからみんなで通りを渡って、レストランに入っていった」

「〈カントリー・キッチン〉に？」

「え、ええ」祖母は息が苦しそうだった。「わたしは少し散歩をして」

「どちらのほうへ？」

祖母は北を、ヴィレッジ・グリーンのほうを指さした。

「時計塔に行きました」

「まちがいありませんか？」

もちろんわたしは信じるし、どうか、アーソも信じてほしい。煉瓦《れんが》と白材の時計塔は、祖国を守るために戦ったプロヴィデンスの兵士たちを記念して建てられたものだ。祖母はちょくちょく時計塔まで散歩し、ときには塔の横にすわって脚本を読んだり、鳥に餌《えさ》をやったりして、午前中をまるまる過ごすこともある。戦没者の灰が埋められた場所に行くとインスピレーションがわくのよ、と祖母はいった。

「だれかに会いませんでしたか？」アーソが訊いた。

「もう暗かったから……」

「具体的な人間の名前を」

「だって、だれもいなかったのよ」祖母は懇願するようにいい、祖父をふりむいた。「あなた、あそこでわたしを見たって証言して」

「おまえ《シェリ》……」皺だらけの顔の、その目に涙がたまる。祖父は妻の両手をとった。「わしはたまらなく恥ずかしい……」

「何が恥ずかしいの？」祖母が訊いた。

わたしもおなじ疑問をもった。まさか祖父は自分の、あるいは祖母の人生をだいなしにするような何かをしたわけじゃないわよね？　わたしは祖母の顔を、つぎに祖父の顔を見た。

「わたしも知りたいわ。ねえ、おじいちゃん《ペペール》。いったい何をしたの？」

祖父は首をすくめていった。

「ほしくてたまらなかったんだよ」

ほしい？

「何がほしかったの？」わたしは答えを聞くのが恐ろしかった。

祖父はふーっと長い息を吐いてからいった。

「アイスクリームだよ。それで〈イグルー〉に行ったんだ」

「あれだけオードブルがあったでしょ！」わたしはつい大声を出した。「チーズもたっぷり用意したわ！」

アーソは笑いをかみころし、わたしは彼をにらみつけた。といっても、自分が場違いな反応をしたことはわかっている。人がひとり、ここで殺されたのだ。祖父がチーズではなくアイスクリームを食べようが、どうだっていい。ただ、それでも〈イグルー〉まで行くなんて合点がいかなかった。

祖母が目に涙をためてつぶやいた。

「いいのよ、あなた《モナミ》。甘いものが好きなのは、よくわかっているから」

アーソの頬がぴくぴくっとした。老夫婦の愛情に心が動いたのかもしれない。アーソの奥さんは三年まえ、彼のもとを去り、当時はさまざまな噂が流れた。いま、彼は老夫婦から目をそらし、集まった野次馬をざっと見わたしていった。

「時計塔でベセットさんを見かけた人はいませんか？　だれか、いないかな？」

眠りこけた羊の群れのごとく、あたりは静まりかえった。

アーソは祖母の腕に手をかける。

「さ、ベセットさん……」

「ちょっと待ってよ！」わたしは大きな声をあげた。

ジョーダンがすっと横にやってきて、わたしの肩に手をのせた。

「シャーロット……」

「やめてよ、ジョーダン」わたしはきつい口調でいい、すぐに後悔したけれど、感情をおさえることはできなかった。「ねえ、アーソ、お願いだから祖母を連れていかないで」

「すまない、シャーロット、これがおれの仕事なんだよ」その目は、心から詫びているように見えた。「ベセットさん、あなたのアリバイを証明してくれる人がいないかぎり、あなたを勾留せざるをえないんですよ」

「シャーロット……」ジョーダンがわたしのからだを自分のほうに向け、真剣なまなざしで見つめ、ささやいた。「刑事事件のいい弁護士を知っているから、必要なら紹介するよ」

どうしてそんな弁護士を知っているのだろう？　わたしは彼にたずねる余裕もなく、ただこう答えた。

「ええ、紹介して」

5

あくる日、雨はやみ、外の気温は着実に上がっていった。〈フロマジュリー・ベセット〉内部の感情温度も同様。お客さんたちは店内をめぐりながら、ゴシップでわきたった。中央の展示テーブルにはオリーヴの柄のチーズナイフがあり、ここが井戸端会議の場所になっているようだ。周囲に張られていた立ち入り禁止テープはもちろん、なくなっている。アーソと副署長が昨晩遅くまでかけて、片端から指紋を採取していった。

「おばあちゃんのようすはいかがです？」チーズ・カウンターで試食係をやっているレベッカが訊いてきた。きょうの試食はキャボットのクロスバウンド・チェダーとクレミネッリのサラミ・カーサリンゴだ。そしてお買い上げいただければ、わたしが包装する。マシューはまだ姿を見せていなかった。

「よくないわね」わたしは開店するまえ、祖母を訪ねていた。弁護士がアーソとかけあい、拘置所でなく自宅にいることを許可されたのだ。外出禁止の在宅拘禁は、たいていの人にはそうたいへんではないだろうが、出かけることの多い祖母には——劇団の活動や、週に一度教えているダンス教室、そしてもちろん町長としての公務もある——息苦しくてたまらず、たちまち虚脱状態となった。また、在宅拘禁の状態では町長としての公務にたずさわることができない。といっても、アーソに厳命されたように、動かずじっとしているなんて、祖母には不可能といえた。そしてありがたいことに、アーソは足錠を強要はしなかった。そんなことになったら、祖母は確実に気がふれていただろう。わたしが訪ねたとき、祖母は家のなかをさまよい歩き、お化粧もせず、髪はタワシでといたようにぼさぼさだった。

「事件はすぐに解決しますよ」レベッカがいった。

「そうあってほしいけど」

これが引き金になったのか、お客さんたちが矢継ぎ早に質問を浴びせてきた。

「ねえ、シャーロット、ほんとにバーナデットがやったの？」

「シャーロットはそれを見たの？」

「町長がやったと思う？」

いいえ、いいえ、いいえ。

「動機は何だったのかな？」そう訊いたのは、ナカムラさんだ。数年まえにプロヴィデンスに引っ越してきた小太りの男性。〈ナッツ・フォー・ネイル〉という、品揃えの豊富な工具店を経営している。

「そんなものはありません」わたしはきっぱりといった。

「先週、ふたりでいっしょに役場から出てくるのを見かけましたよ」とは、聖母修道院の尼さんだ。

わたしが通っている病院の歯科衛生士が、クイズ番組の解答者が正解をさけぶように大きく手をふり、「あたしも見たわ！」という。

　だからといって、わたしには何ともいいようがなかった。祖母の行動を逐一把握しているわけではないからだ。祖母とエドがおなじ時刻に町役場にいる可能性はいくらでもある。そもそも、バーナデット・ベセットは町長なのだ。エドのほうは町役場相手のビジネスもやっていて、不動産関係の部署は、役場のビルの二階にあった。

「ふたりは愛人関係だったりして？」これはハワイから引っ越してきた養蜂家。うちは彼から瓶詰めのハチミツを仕入れていた。それにしても、彼がこんなことを訊くなんてびっくりだ。町のゴシップなんか無縁のナチュラリストなのだけど。

　きょうがイヤな一日にならないよう、わたしはあえて返事をしないことにした。

「愛人関係なんて、とんでもない」ティアンが人をおしのけながら前に出てきた。お花の香水ぷんぷん。肌はつるつるで皺ひとつない。そして、したり顔のきどった笑み。

　あらめずらしい、とわたしは思った。クリスティーンの金魚の糞になってから、ティアンはめったに来店しなくなったのだ。それ以前はひとりでちょくちょく顔を見せ、わたしは彼女がハリケーンで家を失い、新しい生活を始めたことに同情した。そしてふたりでおいしいものやおもしろい本についておしゃべりし、わたしは彼女ののんびりした、あまったるい話し方に好感をもった。ところが、クリスティーンの取り巻きになるや、ひとりではあらわれなくなった。彼女が最後にひとりで来たのがいつだったか、思い出せないくらいだ。もちろん、夫が殺害された翌日に、クリスティーン・ウッドハウスがうちのお店にあらわれるとは思えず、だからよけいティアンが来たことにびっくりした。いつもなら、町のゴシップ最前線にいるのはフェリシアとプルーデンスなのだけど、なぜか姿を見せない。ふたりでアリバイ固めに奔走しているとか？

「エドとバーナデットは、高校時代に交際していたって聞いたわ」ティアンの横にいた年配の女性がいった。動物救助《レスキュー》をしている人で、わたしは彼女からラグズを引きとった。

「ばかばかしい……」ヴィヴィアンが荒海をのりきる快速帆船さながら、集まった人をかきわけて前に出てきた。そしてふりむき、みんなと向きあう。「バーナデットはエドより二十も年上なのよ」

それに、祖母がアメリカに移住したのは十八歳のときだし——と、いいたいのをわたしはこらえた。ゴシップの祭典をもりあげる気はないからだ。そこでヴィヴィアンの注文品をまとめ、祖母をかばってくれてありがとうとお礼をいった。彼女はわたしの手をたたき、あまあまり心配しないようにね、とささやいた。バーナデットが犯人だなんて、ありえないもの。

午前もなかばになると、胃はきりきりし、くいしばった歯がぎしぎし痛んだ。ボタンダウンのシャツとスラックスを着替えたかったけれど、そんな時間はない。記者が五、六人押しかけ、なかにはクリーヴランドから来た人までいて、それぞれカメラマンを連れていた。新聞や雑誌に〈フロマジュリー・ベセット〉をとりあげてもらいたいとは思っていたけど、まさかこんなかたちになるなんて……。

記者対策として、わたしは木製の大皿にゴーダ・チーズを盛りつけた。紙のように薄くスライスしたダブルクリームのゴーダで、ペイス・ヒル農場の手づくりだ。口に入れると、とろりと溶ける。これを記者やカメラマンがおいしそうに食べるそばで、わたしはこのショップを引き継いだこと、リニューアルしたことを話した。そして祖父母がいかにプロヴィデンスを愛しているか、その発展に尽力したかも語る。町に彩りを添え、活力と〝生きる喜び《ジュワ・ド・ヴィーヴル》〟に満ちた町にしようと努めてきたのだ。でもそんな話をしたところで、結局、記者たちは殺人事件についてあれこれ訊いてきた。

「バーナデットはエド・ウッドハウスと恋愛関係にあったのですか？」イタチに似た記者が訊いた。やたら大きなフレームのトンボメガネをかけている。この人はたしか、開店祝いの日にも来ていたと思う。

「エドがバーナデットの求愛を拒否したとか？」べつの記者。イタチに負けないくらいイヤなやつ。

「それが動機で殺したんですか？」女性の記者で、ここにいるなかではいちばん若い。厚化粧。服はからだにぴっちぴちで、髪はワックスで光りまくり。

「なんてことを！　とんでもありません！」わたしは金切り声をあげてしまった。「祖父母はしあわせな結婚生活を送っています。祖母が人を殺すなんて――」

　レベッカがわたしの腕に手を置いてささやいた。

「少し休みませんか？　あとはわたしが応対しますから」レベッカは二十二歳とは思えない

冷静さで——少なくとも、わたしはこうじゃなかった——カウンターから外に出て、記者たちに自分に質問するよういった。そして最初の質問にこたえながら、女っぽく髪をはらい、カメラに向かってほほえむ。見たところ、新人女優そのもの。これなら祖母制作のお芝居の主演はほぼ決まりだ。

ちょうどそこへ、〈ソー・インスパイアード・キルト〉のオーナーが小走りでやってきた。四十歳の女性で、顔にそばかす《フレックルズ》があるから、みんなは〝フレックルズ〟と呼ぶ。とってもかわいらしい人で、好きな色はオレンジ。人生を存分に楽しみたいタイプなのか、ひと言しゃべるたびに、ほぼきまってくすくす笑う。

「シャーロット、ちょっといい？」

わたしはカウンターから連れだされ、アネックスに行った。数十人のお客さんが、販売用のワインをゆっくりと見てまわり、ショップ特製の美しい六本用ワインホルダーをもっている人も多い。そしてだれも、わたしたちをふりむきすらしなかった。

「どうしたの？」わたしはフレックルズに訊いた。

「あのね、クリスティーン・ウッドハウスがね、とんでもないことをやってるのよ」なんだか楽しそうに鼻を鳴らす。

最新情報という点で、わたしはフレックルズを信用している。毎朝、娘を自宅教育《ホームスクーリング》し、お昼から夕刻まではお店に出て、ホームスクーリング仲間のお母さんやほかのお客さんたちから最新ニュースを仕入れているのだ。

「とんでもないことって？」わたしが訊くと、彼女は派手なオレンジのパーカーのジッパーをいじりながらこういった。

「クリスティーンったらね、赤・白・青の星条旗色の服を着てるのよ。おまけに美人コンテストのたすきみたいに、胸のところに『ウッドハウスに一票を』って書いてあるの。それでチラシを配りまくってるわ」

夫が死んだ翌日に？　わたしはうめいた。でもいいわ、祖母が在宅拘禁で苦しんでいるのを逆手にとって、好きにおやりください。と思いつつ、クリスティーンもだえ苦しめばいいのに、と願う自分がいた。もちろん、〝死〟を望んでいるわけじゃなく、たとえば朝から晩までイヤなことがつづくとか、個人情報が漏れるとか、そういった類だ。

わたしは慎重に言葉を選んでいった。

「ベーシックな黒にこだわらなくてもいいと思うわ。彼女なりに、エドの人生をありのままの色合いで称えているのよ」

「あら、ずいぶん寛大ねえ」

わたしの心の内が見えたら、べつの感想になるでしょう。

フレックルズは片手でぴしゃっとカウンターをたたきつけた。

「あのね、わたしはバーナデットを助けたいの。何かわたしにできることはない？　戸別訪問するとか、集会を開くとか。きょうの午後はキルトの会があるのよ。それから八時にはTシャツの教室で――」

　ほんと、フレックルズにはときどきびっくりさせられる。彼女は週に二回、午後にキルトの理論と実践を教え、週に三晩、ラインストーンを使ったTシャツづくりの教室を開くうえ、土曜には、子どもたち向けの工芸教室と誕生会を仕切るのだ。

「でもね、その合間を見て何か――」

「できることはないと思うわ」

「ない？」からからと笑う。「いいえ、いいえ、そんなことはありませんよ。ゲリラ作戦だっていいじゃない」わたしの肩をぱちっとたたく。「ほら、これは全員参加の戦いなのよ。わたしたちは、クリスティーン・ウッドハウスを自分の町の町長にさせるわけにはいかないの」

「まだニュースを聞いてないの？　じつはね、うちのおばあ――」

「よしなさいって」フレックルズは苦笑した。「バーナデットみたいな人が、だれかを傷つけたり殺したりできるわけがないじゃないの。アーソ署長もそのうちわかるわよ。だからともかくいまは……」両手をこすりあわせる。「わたしに何かをさせてちょうだい」

　そこへマシューがとぼとぼやってきた。いじけた目をして、背をまるめている。グレートデンというよりは、バセットハウンド。ストライプのシャツの裾は外に垂れたままで、ストーンウォッシュのジーンズは、たんにうす汚れて見えるだけだ。彼が押しているワゴンには、届いたばかりのワインがのっていた。

　わたしはとりあえずフレックルズに、少し考えさせてといった。

「ええ、こっちはこっちで、じっくり考えてみるわね」フレックルズはわたしの腕をやさしく握ると帰っていった。

祖母のことや選挙について心配するのと、お店の運営とはまったくべつもので、わたしの胃は、ラグズが毛玉を吐くときのようにひくひくした。とはいえ、励ましが必要なのは、どうやらわたしよりマシューのほうらしい。

「ゆうべは遅くまで用事があったのね」わたしは彼に話しかけた。きのう、わたしはベビーシッターに支払いをしたあと、重い足を引きずって二階にあがり、子どもたちがぐっすり眠っているのを確認してから、ベッドに倒れこんだ。だけどなかなか寝つけずに、深夜の三時くらいまでは悶々とした。そしてマシューが帰ってきたのが、二時前後だったのだ。

「ん、ちょっと……話が長引いてね」彼はシェフ・エプロンを腰のうしろにぶらさげていた。

「なんとか理解してもらおうと思ったんだが……」かぶりをふる。

わたしは両手のこぶしで彼のほっぺたをはさんだ。

「元気だしてよ。弁護士さんも、問題ないっていってるから」はたしてほんとにそうなのか、わたしにはわからない。でも〈フロマジュリー・ベセット〉の経営権が祖父から移行されたときをのぞいて、わたしは法律家に縁がない。今度の弁護士は、ジョーダンの紹介だった。

「しかし、大丈夫じゃなかったらどうするんだ？」

「きっと大丈夫なのよ」

マシューはとぼとぼとアネックスに向かった。わたしは彼についていく。

「エイミーたちは知っているのかしら？」

「けさ、ニュースを見ていたよ。だからテレビを消した」ぱちっと指を鳴らす。「こんなふうにね」ワインを数本とりだして、カウンターに並べる。きょうのテイスティング用ワインは、白を三種。ヒールズバーグ産のソーヴィニョン・ブラン、ナパ産のシャルドネ、そしてイタリアのピノ・グリージョだ。マシューの提案で、ショップでは毎日、赤または白ワインを限定で試飲してもらうことにした。プロヴィデンスの人びとに、世界各地のさまざまなワインを知ってもらいたい、というのがマシューの願いだ。彼によれば、短時間では三種類が限度、それ以上だと味の区別がつかないとのこと。そして月に一度は、もっと範囲を広げたテイスティングを実施し、全国からワインの専門家を招いて、レクチャーをしてもらうという計画もある。もちろん、オハイオの州法で許可される範囲内でだ。

「おばあちゃん《グランメール》の具合はどうだい？」

「うん、元気みたい」わたしは嘘をついた。お昼になったら、クラッカージャック・チキンとカプレーゼ・サラダを串に刺してもっていき、元気づけをしようと思う。

「記者連中はどうした？」

「心配いらないわ。レベッカがうまく――」

「とんでもない！」どよめきとともに、レベッカの大声が聞こえた。「シャーロットのお母さんは、エド・ウッドハウスとバーナデット・ベセットの庶子ではありません！　むしろふたりは反目してます！　エド・ウッドハウスはベセット家を脅したんですからね、ここから追い出すぞって」

わたしはぽかんとした。レベッカには荷が重すぎたらしい……。

記者は彼女の話に飛びついた。まるで大量の生肉を放りこまれた池のピラニアだ。レベッカのかわいい顔にマイクをつきつけ、質問をわめく。彼女はよろよろっと、陳列したチーズのほうにあとずさった。五十ポンドもあるモルビエ・チーズのホイールが、どすっと音をたてて床に落ちた。

わたしは自分のおでこをたたき、そちらへ向かった。

「そこで終了。さあ、みなさん、お帰りください」わたしは記者たちをアヒルの群れのように追いたてると、彼らが外の歩道に出たところでドアを閉めた。そしてくるっとふりかえる。と、お客さんたちが目をまんまるにしてこちらを見ていた。わたしはむりやり笑顔をつくり、こういった。

「ハンボルトの霧《フォグ》を味見なさいませんか？」これは若い山羊乳のチーズで、中央に野菜の灰の層がある白かびタイプ。さわやかなレモンのような酸味がある。「きょうは特別価格で、半額とします」まさか、ハンボルト・フォグを半額で提供するはめになるなんて。まさか、まさか……。だけど、さっきの騒ぎからお客さんの気持ちをそらすには、何だってやらなくちゃ。

わたしはモルビエをもとの場所にもどすと、チーズ・カウンターまで行った。上気した顔のレベッカが、両手で口を押さえている。

「気にしないのよ」わたしは彼女に小声でいった。

「わたし、とんでもないことを……わたし……」また両手で口をふさぐ。

わたしはレベッカの肩をたたいた。

「気楽にいきなさい。真実はじきにはっきりするんだから。おばあちゃん《グランメール》は潔白なのよ」

レベッカは首を横にふっただけで、事務室に走っていった。

ほぼその直後、ボズが首にラグズを巻いてあらわれた。

「彼女、どうかしたの？」

「うっかりしゃべっちゃったのよ」わたしは常連のお客さんに試食用のハンボルト・フォグをさしだした。「ところで、きみはここで何をしてるの？　学校はどうした？」

「保護者面談なんです。昼も夜もね」ボズは木皿に並んだダブルクリーム・ゴーダをひと切れつまみ、口に入れた。そしてごくりと丸のみ。ティーンエイジャーにしかできない芸当だ。

「これ、気に入ったな」

わたしは苦笑した。ボズはどのチーズでも、味見をするとかならずこういうのだ。

「サイトの調子はどう？」

「いいですよ。リンク先の一部がおかしいけど」

「どういうふうに？」

「エラーになるんです。たぶん閉店するとか、したとか、そういうことだと思うけど」

わたしはショップの力になってくれた会社をサイトで宣伝したかった。うちのお客さんな

Gouda Cheese

ゴーダ・チーズ

オランダを代表するチーズのひとつで、セミハードタイプ。

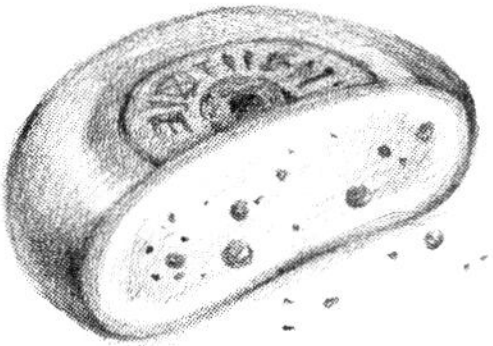

Morbier Cheese

モルビエ・チーズ

伝統的な製法では、一日のうち、異なる時間帯の牛乳二種類を用いてつくる。ひとつは朝搾りの、もうひとつは夕方の牛乳だ。二層のあいだに野菜の灰が入っているのが特徴。

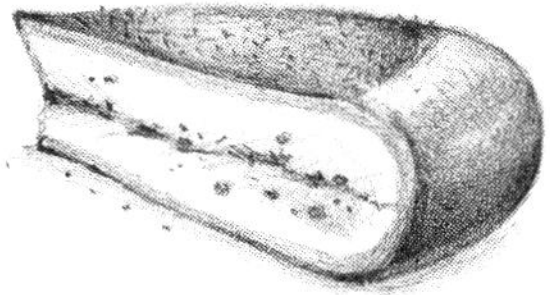

ら、ひいきにしてくれると思うからだ。そんな会社の一部が店じまいするなんて、とても悲しい。

「でも、この周辺の手づくりチーズの農家やワイナリーのリンクはどれも問題ないですよ」

ボズはラグズの足を引っぱって遊んだ。ラグズは前足でボズの耳に猫パンチ。「父さんがリンクをはってくれてありがとうっていってました」

「お礼なんていいのよ」ボズの家族は善人の見本のような人たちだった。うちとは祖父母同士が長年の友人で、おばあちゃん《グランメール》が在宅拘禁になって最初に訪ねてきてくれたのが、ボズのおばあちゃんだった。

「ラグズをお散歩に連れていってくれる？」わたしは裏口のフックにかけた青いリードをとった。ラグズはたいていいつも、自分のことを犬だと思っている。

ボズとラグズが散歩に出かけると、入れ替わりに〈カントリー・キッチン〉のオーナー、デリラ・スウェインが飛びこんできた。黒髪の美人でスタイルもよく、ニューヨークで女優とダンサーを目指していたが、五年まえに夢をあきらめ、無一文でプロヴィデンスに帰ってきた。そして父親からレストランを譲りうけたのだけど、お父さんはその後も一日じゅうお店で働いている。

「ねえ、シャーロット、あなたのおばあちゃん――」デリラは息をきらしていた。

彼女は鋼の神経の持ち主で、パニックになるタイプではない。去年、〈カントリー・キッチン〉が火事にあったときも気丈に乗りきって改築し、美しい顔には皺の一本も刻まれなかった。祖母の劇団では何度も主役を務めて、台詞をまちがえたことなど一度もない。そんな彼女が息をきらしているのだ。わたしの体内でアドレナリンがさかまいた。

「祖母がどうしたの？」

「お店に行く途中、家の前を通りかかったら……。さ、あなたも早く行って」

「何があったのよ？」

「早く行きなさい！」

6

祖母はわたしがそばにいなかったせいで、何か思いきったことをやったのかもしれない。わたしは不安に襲われてエプロンをはぎとると、奥に行ってレベッカに店番をたのんだ。そしてウォークイン冷蔵庫でお弁当のバスケットをひっつかみ、腕にかけ、外に飛びだす。

昼近くの太陽に頬を焼かれながら、わたしはホープ通りを駆けて、チェリー・オーチャード通りへ向かった。角を曲がり、祖父母の家が見えてきたところで――古いヴィクトリア様式の家は、きれいなオリーヴ・グリーンに白い縁どりがあり、建物全体をポーチが囲んで、屋根は赤色だ――わたしは心臓が止まりそうになった。抗議のプラカードをもったデモ隊が歩道を行進しているのだ。プラカードの文句は――「出ていけ、ベセット」。デモ隊のなかにクリスティーン・ウッドハウスの姿はないけれど、これを主導したのが彼女なのはまちがいないだろう。ほかには、さっきうちに来た記者も何人かまじっていた。そのひとり、あの巨大メガネをかけたイタチ男がわたしに近づいてくる。手にはテープレコーダー。

わたしは手のひらで彼をさえぎり、「ノーコメントです」といった。

「しかし――」

「もうかまわないで……わたしのことも、家族のことも」険しい顔をして、白い門扉を押す。赤いアザレアが咲く盛土を過ぎ、石畳を玄関へと急いだ。

祖父がポーチで、ブランコのそばに立っていた。お腹の上で両手を握りしめ、顔は苦痛にゆがんでいる。

わたしは祖父に抱きついていった。

「ねえ、おじいちゃん《ベペール》もお店に来ない?」

「あいつをひとりにはできないよ、こんな……こんな騒ぎのなかで」デモ行進のほうに手をふる。

「じゃあ、わたしがしばらくいるから、せめてお散歩くらいしてきてよ。〈カントリー・キッチン〉でコーヒーでも飲んで」

「みんな、わしと話したがるだろう……」口を引きむすぶ。「しかし、わしは話したくない」

祖父はゴシップが嫌いだから、〈フロマジュリー・ベセット〉をその種の溜《たま》り場にしたくない、とよくいっていた。でもそのために具体的な策を講じる、というわけでもない。祖父はショップに来た人たちに、のんびりとくつろいでもらえればそれでよかったのだ。わたしはその思いをしっかりと引き継いでいくつもり。

「でなきゃ、何かをつくる?」祖父は手仕事が好きだった。いろんな形、いろんなサイズの小鳥の巣箱をつくっては、ツグミ、ムシクイ、ミソサザイ用に、あちこちに置いてまわった。工具店〈ナッツ・フォー・ネイル〉のナカムラさんは冗談めかして、自分が仕入れた板や鳥餌を祖父が買ってくれるから、うちの商売もなりたっている、という。

「ね、工作をするといいわ」

祖父はうなずいた。

「おばあちゃん《グランメール》はどこ？」

「家のなかだ」くちびるがゆがんだ。「いつものあいつとは……ちがうぞ。大目に見てくれ」

祖父は作業場をかねているガレージにとぼとぼと歩いていった。そしてわたしは、気持ちを引き締めて家のなかに入る。リビングのアーチの戸口でいったん立ち止まり、植木のヤシの葉のあいだからなかをのぞきこんだ。

祖母は羽毛飾りのあるピンクの部屋着とスリッパ姿で、ペルシア絨緞の上を檻《おり》のなかの動物さながらうろついていた。片手にもったタンブラーのなかで泡をたてているのがミルクじゃないのは明々白々。あれはたぶん、ジンフィズだ。祖母はおいしいカクテルをつくるのが上手で、わたしは一度したたか酔って、もう二度とフィズは口にしないと誓った。

「ごきげんいかが？」わたしはためらいがちに声をかけた。祖母の心は微妙なバランスを保っている状態だろうから、それを乱したくはない。不本意な在宅拘禁に強く抵抗するか、あるいはなんとかうまくやりすごすか、そのどちらにころんでもおかしくないのだ。

「かわいい部屋着ね」わたしはバスケットをゆらゆら振りながら祖母に近づき、左右の頬にそれぞれキスした。

「わたしがこれまでしてきたことなんて、あっという間に忘れられてしまうのね」くるっとふりむき、部屋着の裾が足首のまわりでひるがえる。「ケス・ク・ジュ・ヴェ・フェール？」

「どうしたらいいかって？」わたしはいつものように、声に出して訳した。祖母の早口のフランス語をちゃんと理解したかどうかの確認だ。「戦うのよ、もちろん」

「目に見えない悪魔と戦うことはできませんよ」

わたしは祖母の肩をたたいた。胃がきりきりする。もし祖母が有罪になったら？　懲役刑が科されたら、残された祖父はどうなるだろう？　わたしはどうなる？　そして、この町は？　自分よりも町のほうを心配する人間を失うことになるのだ。

だめだめ、そんなふうに考えてはだめ。祖母は潔白なのだから。無実であることは、かならず証明されるはず。そのためなら、わたしにできることは何だってやる。

「バーナデット・ベセットのことを知っている人は、忘れたりしないわよ。ほかの人たちだって、無実が証明されたら思い出すわ」

「わたしはどうしたらいいの？」

こちらをふりむいた祖母の目は涙に濡れ、わたしはいたたまれなくなった。祖母は並外れて気丈な人なのに……。

「何か新しい証拠を見つけましょ。大丈夫、きっと見つかるって」

「わたしはあの人を殺してなんかいませんよ」

「わかってますって」

祖母は肘かけ椅子の横を通りすぎようとして、カエデ材のコーヒーテーブルの脚に部屋着を引っかけた。それを引っぱってはずしたとたん、その勢いでワインレッドのベルベットのカウチの上、羽毛のクッションのあいだに倒れこんだ。さいわい、グラスの中身は大きく揺れたものの、こぼれるほどではない。

「エド・ウッドハウスは、下品な男の見本のようだったわ。だけど、それでもわたしは……」きちんとすわりなおし、目をつむる。本人が感じる以上に、酔っているようだ。

「そのグラスをちょうだい」わたしは手をさしだした。

祖母はまばたきしてから、グラスを見つめた。なかの液体に、どうしたらよいかとたずねているようだ。

「これがあると、神経がしずまるの」

「おばあちゃん《グランメール》の神経は丈夫よ。鉄製だもん」わたしはさらに腕を伸ばした。

しばらくして、祖母はカウチから腰をあげると、グラスをわたしにつきだした。

ほっとして、わたしはそれをキッチンにもっていき、シンクに置く。そしてバスケットは、テラゾタイルのカウンターに。

「ランチをもってきたのよ。おばあちゃんの好きなものばかり。フレンチ・ポテトもあるわ」

「フリーダム・ポテトでしょ」祖母がつぶやく。

思わず笑みがこぼれた。祖父母はこちらに移住してから、アメリカ的なものすべてをうけいれた。その過程でおもしろい表現をいくつも見つけ、時代遅れになったものもあれば、いまだに使っているものもある。

「クラッカー・ジャックをつくったのよ。それから串に刺したカプレーゼ・サラダも」どちらもつくるのは簡単だ。チキンのほうは、むね肉にオリーヴオイルをかけ、塩・胡椒して硬くならないように炒める。そしてスライスしたものをブリー・チーズとセサミ・クラッカーの上に重ねる。こうすると、口のなかでとろりとしつつ、クラッカーのぱりぱり感があってとてもおいしい。串に刺したカプレーゼのほうは、マリネにした完熟トマトとバッファロー乳のモッツァレラ、バジルの葉を交互に短い木串に刺したものだ。

「お皿はどれにしたらいい？」祖母のところにお皿は三セットある。ニワトリの絵と、お花の絵と、そして——

「何もない白がいいわ」

いつもの祖母なら、ニワトリ模様を選ぶところなのだけれど——。ここのキッチンは広くないものの、使い勝手がいい。天井は高く、軽食コーナーはゆったりして、シェーカー様式の長方形テーブルとベンチが置かれている。そしてニワトリのお皿が何枚か壁にかかっているけれど、これはあくまで飾りだ。

祖母がテーブルに無地の食事用マットと紙ナプキンをセットしはじめた。

わたしは胸が詰まった。なんとかして、この暗いムードを吹き払わなくては。でも、どうやって？　歌をうたってみるとか？　だけどわたしは多少ハスキーで、祖母は音楽には厳しいから、むしろ逆効果かも。というわけで、わたしは歌のかわりにタップダンスをしながら、ガラス戸の食器棚からクリスタルのグラスをふたつとりだした。祖母はしかし、ニコリともしない。わたしはおどけるのをやめ、お弁当が気晴らしになってくれるのを期待した。グラスに冷たい水をつぎ、マットの右上に置く。お料理をいただくのは、一回一回が、それぞれひとつの行事なのですよ。と、わたしは祖母に教わった。

「おじいちゃんはどこ？」祖母はわたしに訊いた。

「おばあちゃんのために鳥の巣箱をつくってるわ」

祖母はあきれたようにため息をついた。

「自分と自分の小鳥のために、でしょ」

「おじいちゃんがネズミ好きじゃなくて、よかったじゃないの」

祖母の目が、かすかに笑った。でも、すぐにまた暗くなる。わたしはもっと軽口をたたこうと脳みそをしぼったものの、ひとつも浮かばなかった。どたばた喜劇ふうの冗談はどうも苦手だ。

「さあ、すわりましょ」わたしは祖母にいった。

バスケットからお弁当を出して、白いお皿に盛り、それをテーブルの中央にセットする。そしてふたりのマットに白い取り皿を置いて、わたしはベンチに腰をおろした。料理をながめたとたん、じわっと唾液がわいてくる。でも祖母のほうは、まともに見る気もなさそうだった。

「ちゃんと食べなきゃだめよ」わたしはそういうと、両手を広げ、テーブルにのせた。祖母がわたしの手に自分の手を重ねる。とたん、祖母の目に、堰《せき》を切ったように涙があふれた。こんなに泣く祖母を見るのは、わたしが高校生のとき、《ピーターパン》のウェンディを演じたとき以来だろう。しばらくして祖母がおちつきをとりもどしたところで、わたしたちは食事にとりかかった。

祖母はチキンをひとつ取り、端を少しかじった。

そうしてデザート——フレッシュ・フルーツに、カリフォルニアのトリプルクリームのチーズを添えたもの——を食べはじめたところで、わたしは祖母にいった。

「ゆうべのことを少し話さない？」

うなずく祖母。

「おばあちゃん《グランメール》はエドに、秘密をばらされたくないだろうとかなんとかいってたでしょ？秘密って何なの？」

「まったくね……。あのときは腹が立ってしょうがなかったから」

「わたしも知っておかなきゃいけないの。ね、エドにはどんな秘密があったの？」

「ツアーのご婦人といっしょにいるところを見たのよ」

「ガイドの人？」クリスティーンを怒らせた、あの、けばけばしい脱色ブロンド女性だ。

祖母はうなずいた。「ロイスのB＆Bにチーズを届けたの。あの人はあそこに泊まっているようだったわ」

「ツアーガイドの女性ね」

「そうしたら、エドが彼女を訪ねてきたわけ」

エドという人を知っていれば、わたしなら〝訪ねる〟という表現は使わない。女たらしが、〝訪ねる〟だけですむかしら？

「あっちはわたしに気づかなかったけど、わたしはしっかり見たのよ」

エドが浮気をして、クリスティーンがそれを知り、彼を殺した？　うちのショップのまん前で？　彼女なら、その可能性は十分にある。激情にかられて罪を犯す人は、場所やタイミングなんか考えないだろう。アーソは彼女のアリバイの裏をとっただろうか？

「エドはわたしに、自分の面倒だけ見ていろっていったわ」

彼はヴィヴィアンに非難されたときもおなじ台詞をいった。

祖母は立ちあがると、力のない足どりでシンクまで行き、コーヒーをわかす準備をした。そしてガラス細工のニワトリをいじりながら、できあがるのを待つ。あれはわたしが去年の誕生日にプレゼントしたもので、ニワトリたちはカウンターの上に並び、日差しを浴びて赤いとさかが輝いていた。それから数分。祖母はあまりおいしくはないけれど、湯気のたつコーヒーの入ったマグカップをふたつ、テーブルにもってきた。

「エドと口論したあと、クリスティーンを追いだしたでしょ」わたしは話をつづけた。

「ひどいことをいったからよ。フェリシアもおなじ。彼女はもっとひどいことをいったわ」

あのフェリシアが？　クリスティーンといっしょじゃないときの彼女は、とてもいい人だ。でも逆に、人の命令はよくきくタイプだった。クリスティーンが指を一本ふれば、フェリシアはすなおに従うだろう。世のなかには、頭もよくて有能なのに、なぜか自分というものをもたない人がいる。

「フェリシアは何ていったの？」

「ひどいことよ。でも思い出せないわ」

えっ？　メリル・ストリープに負けないくらい膨大な量の台詞を覚えてきた祖母が、はるかに短い文章を思い出せない？　わたしはため息をついた。さすがの祖母も、あまりのストレスに気持ちが萎えているのかも。

「それでどうしたの？」わたしはその先を訊いた。

「三人いっしょに通りを渡って、〈カントリー・キッチン〉に入ったわ」

「三人？　四人じゃなくて？」

「ええ、三人」

「どの三人？」

「どのって……クリスティーンにプルーデンス、ティアンに決まってるでしょ」

「フェリシアは？」

「もちろん、行かないわよ」

「どうして〝もちろん〟なの？」

「フェリシアは、デリラが町に帰ってきてから、あそこには一度だって行ってないわ」身をのりだす。「むかしね、フェリシアはデリラのお父さんと交際していたの」

「お父さんと？」

「フェリシアは結婚したかったのに、あちらにその気がなくて。フェリシアは彼がお店をデリラに任せたことに怒っているのよ」

わたしは考えこんだ。フェリシアは十三年まえに夫を亡くし、もし〈カントリー・キッチン〉が売りに出されたら余裕で買いとれるくらい、とても裕福なのだ。デリラを避けることにたいして意味はないと思うのだけど。ほんとうに、この小さな町がかかえる秘密にはときどきびっくりさせられる。

「じゃあ、フェリシアはひとりで帰ったのね？」

祖母はうなずいた。

「それでおばあちゃんはどうしたの？」

「お散歩することにしたのよ。フェリシアとは逆の方角。時計塔のほう。フェリシアは南へ、ハニーサックル通りのほうに行ったから」

博物館の方向だ。うん、それならよくわかる。プロヴィデンス歴史博物館は、美術愛好家で歴史好きのフェリシアが設立したのだから。場所は住宅地区だけれど、特別許可がおりたおかげで、一七〇〇年代初期に建てられた歴史的建造物の家屋を利用することができた。そうしてできあがった博物館では、かつてのオハイオ先住民の工芸品や、最初の移民たちの遺物、アメリカ人画家のオリジナル作品などが展示されている。去年、博物館の像が何者かに壊され、以来フェリシアは、ドアやゲートの施錠に関して極端に神経質になった。そして大胆にも、みずから大きな懐中電灯をもち、夜の九時と十二時に見回りをしているのだ。

「時計塔にいた時間はどれくらい？」

「わからないわ。まともに息ができるようになって、騒ぎを起こしたまま出てきたことを思い出して、あわてて帰ったのよ。そうしたら、あんな……」下くちびるが震える。「あんなことになっていて……」痩せた手で口を押さえ、泣くのをこらえる。

わたしはやさしく祖母の肩をたたいた。

「あんな男でもね、シャーロット……」祖母はいった。「殺されて当然なんてことはないのよ。エドは心根のやさしい人じゃなかった。でもだからといって、殺されていいはずはないわ」

はたして町の住民は、祖母の意見に全員一致で賛成するだろうか？　わたしは疑問に思った。

7

　殺人事件は、物見高い人たちを大いに刺激した。ショップは来る日も来る日も満員で、マシューとレベッカとわたしはおおわらわ。チーズに興味のかけらも示さなかった住民が、足しげく通ってくる。またクリーヴランドだけでなく、コロンバスやミラーズバーグ、アクロンからもツアー客が訪れ、マスコミはおどろおどろしい話を求めて、ペンシルヴェニアのような遠方からもやってきた。町のホテルやＢ＆Ｂが満室になると、あふれた人たちはキンドレッド・クリークのとなりの自然保護区にキャンプをはった。さいわい、天気が味方してくれて、予報では、しばらく雨は降らないようだ。

　三日間つづけて、わたしたち三人は朝早くにショップに行った。マシューは大量のワインを注文し、わたしは焼きたてのデザート類を並べ、レベッカはワインとチーズのギフト用バスケットを準備する。このバスケットはとても贅沢で、シルクのお花とリボンをふんだんに使っているが、レベッカはまたたく間にコツをつかみ、いまでは立派なギフトづくりの専門家だ。こういった作業がすむと、つぎは三人で、リポーターやお客さんの対応について打ちあわせる。これまで〝ノーコメント〟がうまくいったためしはないのだ。そしてこの先、わたしたちがきちんと対応することが、祖母の事件解決にも影響を与えるだろうという点で、三人の意見は一致した。

ああ、やさしくてすてきなおばあちゃん《グランメール》。わたしは毎日かならず祖母の家に行った。ジンフィズは飲まなくなったけれど、祖母はいまもまだ以前の祖母とはちがった。わたしにできることはないかと考えてみても、無実を証明すること以外に手はないような気がする。わたしはもどかしくてたまらなかった。

「このチーズはどうなの、シャーロット？」けさは、ヴィヴィアンがやってきた。ほかの人のようにゴシップ目的ではなく、骨董オークションの夜会用のチーズ選びだ。オークションはあすの午後、彼女のお店〈ユーロパ・アンティークス＆コレクティブルズ〉で開かれる。当初、彼女はうちのショップに、適度な量でケータリングしてくれないかとたのんできた。そこでわたしは、うちよりもルイージ・ボズート（ボズの叔父さん）がやっている四つ星の〈ラ・ベッラ・リストランテ〉のほうがいいだろうと提案したのだけど、ヴィヴィアンは聞く耳をもたなかった。どうやらふたりは高校の同窓生で、ヴィヴィアンはルイージをあまり好いていないらしい。がさつな男、と彼女はいう。でも、わたしはそれに同意しかねた。ルイージといっしょに料理教室を、それも何度もやった経験から、彼は頭がよくてウィットに富み、才能あるシェフだと思う。少なくとも、わたしのもと婚約者よりは何倍も。わたしが結婚を約束した男は、二年後のある日の未明、パリでシェフになる夢を追い、わたしのもとを去った。そんな彼の突然の旅立ちが、以来わたしを臆病にさせ、男の人にはなかなか心を開けなくなっている。最後に聞いた噂では、彼はいまボロ屋に暮らし、安っぽいクレープ店で働いているとのこと。メレディスは彼を非難し、〝食えないシェフ〟と呼んだ。そういえば、どうしてメレディスは折り返しの電話をくれないのだろう？　あの事件以後、わたしは何度も彼女に電話をしたのだ。年じゅうおしゃべりしているわたしたちが、なぜかあれ以降は一度きりしか話していない。そのときだって、彼女は祖母のことでなぐさめてはくれたけど、いやにそそくさと電話を切った。でもいま、それで彼女を責めるのはよそう。メレディスは感じやすい人なのだ。あんなに近くでエドの遺体を見て、かなりのショックをうけているはずだった。

「シャーロット……」ヴィヴィアンがディスプレイ・テーブルをまわりながらいった。「あなたはまえから、チーズは一種類じゃなくて何種類も出したほうが選べるからいいっていってたわよね」クラッカーの箱と、切るまえの丸ごと《ホイール》のプチバスクを指さす。「だったら、あれはどうかしら？」

わたしはペザントブラウスの袖のギャザーをととのえながら、彼女のうしろについて歩き、「申し分なしよ」と答えた。プチバスクは羊乳のチーズで、お客さんにはとても人気があった。内側のペーストはタフィのような口当たりで、ほんのりカラメルの香りがする。

「バーナデットのようすはどう？」

わたしはあまり細かいことはいわず、近況を伝えた。そして一方で、ヴィヴィアンが夜会用に選んだものをメモ用紙に書きとめていく。あとで注文品をまとめておかなくては。

「事件はどう？　捜査は進んでいるの？　弁護士は気に入った？」

「弁護士さんは口がかたくて、お役所仕事はのんびりしてるっていうこと以外、何もいわないわ」

ヴィヴィアンはチッと舌を鳴らした。

「でも、あなたのかわいいアシスタントはそうじゃないみたいね」

レベッカは、チーズ・カウンターの前で記者に囲まれている。その姿は、はじめてこのショップに来たときとは比べものにならないほどおちつきはらっていた。きょうのお客さんたちのために、服装は清潔な白いブラウスとキャメルのAラインのスカート、髪はひっつめてクリップでとめている。大胆な赤いネイルが上品なソフトピンクに塗りかえられて、薄紅色の口紅とよく似合う。まさか彼女、いずれはテレビのニュースリポーターになるつもりだったりして？

ちりんちりんと、葡萄の葉の呼び鈴が鳴った。のんびりと入ってきたのはジョーダンで、あいかわらずハンサム！　そしてカジュアル。ワークシャツの第一ボタンをはずし、片手はジーンズの前ポケットにつっこんでいる。わたしとしては控えめに、彼に向かって手をふった。デートの誘いを待っているなんて、絶対に思われたくない。こんなふうに感じるのは、〝食えないシェフ〟以来、はじめてのことだった。

「おはよう、シャーロット」ジョーダンがいった。「おはよう、ヴィヴィアン」

「あら、ジョーダン！」ヴィヴィアンはそういいながら、肘でわたしをつついた。ジョーダンはチーズ・カウンターのほうへ行く。「わたしの感想をいわせてもらうとね、シャーロット……」

「ん、彼はただの知り合いよ」

あわててそういったわたしを、ヴィヴィアンはくすくす笑った。

「だれも、そんな話をしちゃいないわよ。だけど、ひと言いわせてもらうなら、あなたから誘うのがいいと思うわ。男って、やたら鈍感だったりするから」

ほっぺたが熱くなってきた。わたしのジョーダンへの恋心はトップ・シークレットのはずなのだ。彼本人だって、想像もしていないだろう。

「それで、さっきわたしがいいたかったのは――」ヴィヴィアンはつづけた。「おばあちゃんの事件についてなの」

「弁護士さんから、自分に任せてくれっていわれているのよ」彼はわたしに具体的なことを話さなかった。少なくともこれまでは。ただ、目撃証言を分析中だとはいった。わたしの記憶にあるかぎり、殺害そのものを目撃した人はひとりもいない。それでも弁護士さんにいわせると、人はショックをうけると記憶を失うことがあるらしい。だから時間がたてば、こちらに有利なことを思い出す人があらわれるかもしれないとのこと。

「その弁護士は調査員を雇うって？」ヴィヴィアンが訊いた。

「調査？」

「理由とか原因とか……いわゆる動機をもった人が、ほかにいないかどうかよ」

そこへレベッカが来て、半分に減ったキャボットのチェダー・チーズのトレイをとり、またカウンターにもどろうとした。

わたしは彼女の腕に手をかけた。

「どうするの？　記者にあげるの？」

レベッカはうなずいた。

「それはだめ！」ついきつい口調になる。

レベッカはすぐにトレイを置き、「彼女のいうとおりだと思います」といった。

「彼女？」

「ウィリアムズさんです」

「わたしのこと？」ヴィヴィアンが首をかしげた。

「調査員を雇う話です。わたしが見たドラマでは……」にやっとするレベッカ。「お話ししましょうか？」

わたしは小さくため息をついた。レベッカは記者の注目の的になるか、でなければわたしに意見をいうかのどちらからしい。

「ええ、聞かせて。《ロー&オーダー》で何ていってたの？」

「裏でこっそり調査するのは、警察のやり方より――ほら、部屋にずかずか入りこんで、むりやり答えを引き出すよりは効果があるらしいです」

「情報をさぐるのね」と、ヴィヴィアン。

「それもこっそり、さぐるんです」と、レベッカ。

「調査員を雇う余裕なんかないわ」うちの貯金はショップのリニューアルですっからかんだ。

「だったら自分でやるとか？」レベッカはわたしの腕をつついた。

「わたしが？　調査を？」まったく、レベッカはわたしが暇だとでも思っているのだろうか？　わたしもマシューも、仕事以外に祖父母とふたごの世話でくたくたなのに……。だけど、でも、情報をさぐるとしたら、わたし以外にだれがいる？

「シャーロットなら、町の人たちをほとんど知っています」レベッカがわたしの心を読んだようにいった。

「わたしはクリスティーンが怪しいと思うわ」と、ヴィヴィアン。「エドは彼女に全財産を残してるわよ。彼が保険に入っていたのはまちがいないと思うし。それも倍額保障でね」

「だけど彼女自身、資産家だわ」わたしが反論すると、ヴィヴィアンは片方の眉をぴくり、とあげた。

「お金がらみとはかぎらないかもね」

「選挙はどうです？」レベッカがいった。「ウッドハウスの奥さんは、おばあちゃんに罪をきせれば、町長選挙で大勝利できますよ。だからお店のチーズナイフを使ったんじゃないでしょうか」

たしかにクリスティーンは、ナイフが並んだテーブルのまわりをうろついてはいた。そして一本、こっそり盗みとった？　女癖の悪い夫をチーズナイフで刺し、その罪を祖母にきせれば一石二鳥だと考えたから？　これはいうまでもなく、常軌を逸した行動だ。だけどクリスティーンは、正常と異常の境界線上にいるような気がする……。そもそも、分別のある人が殺人を犯すはずがないし。分別があれば、ものごとを筋道だてて考え、問題には正面から取り組もうとする。美人コンテストまがいの派手な格好で行進するなんて、いったい彼女は何を考えているのだろう？　どうしていまだに葬儀をしない？　彼女は何かを待っている？

「友人のフェリシア・ハスルトンも忘れちゃいけません」熱が入ってきたのか、レベッカのほっぺたが赤い。「あの人も容疑者のひとりです。ウッドハウスさんといちゃついていましたよ。自分の髪の毛をこんなふうに、指にからめながら」まねてみせる。「あの人がウッドハウスさんにふられて、激怒したとか？」

わたしは笑いをこらえた。わが愛弟子は、犯人さがしに夢中になってきたようだ。

「ほら……」レベッカはまたわたしをつついた。「事件を解決するには、わたしなんかよりこの町のことをよく知っているシャーロットのほうが向いてますって」

「ぼくなら、そんなことはしないな」ジョーダンが、わが〈フロマジュリー・ベセット〉の金色の袋をわきにかかえてやってきた。サラミのサンプルをつまんで口に入れる。あのサラミはモリナーリのトスカーノ・ピカンテだ。

「しないって？　考えないということ？」わたしはうなじにかかる髪を指で無意識に引っぱり、そのことに気づいてぎょっとして、すぐさま手を離した。わたしはフェリシア・ハスルトンとはちがいます。女っぽさを売りにはしません。

「調査だよ」ジョーダンがいった。「アーソ署長は立派な男だ。徹底した捜査をするさ」

「ええ、そうよね」

「リンカーン先生の仕事に何か不満でもあるのか？」

リンカーン先生というのがわたしたちの弁護士で、名前だけでなく、背が高くて痩せている点もあの偉大な大統領とそっくりだった。そして、ストイックなところも。

「彼はきょう、きみのおばあさんと会ったらしいよ」

そう、弁護士さんは祖母とわたしがランチをすませたあと、家にやってきたのだ。外出禁止の祖母のために、雑誌を何冊かもってきてくれた。

「手を差しのべて、よき隣人を演じるだけじゃ――」ヴィヴィアンがいった。「十分とはいえないときもあるわ、ジョーダン。あなただってわかってるでしょう。人はときに、尋常ではない状況で、尋常ではないことをするものよ」

なんだか含みのある言い方だった。でも、わたしには解読できない。そういえば、わたしはジョーダン・ペイスのことをほとんど何も知らないような……。わたしは首をかしげた。彼にはどんな過去があるの？　世間に知られたくない秘密をもっているとか？　ヴィヴィアンはわたしの知らない何かを知っているような……。彼はこの土地の生まれではなかった。三年まえ、荷物も仕事もない状態でカリフォルニアからやってくると、何カ月か後にはペイス・ヒル農場を繁盛させていた。そして口さがない人がいる一方で、年ごろの娘たちは次つぎ彼とデートした。で、いまではその全員が人妻だ。彼女たちの夫が笑っていうには、ジョーダンは心の問題に関する決断がいささかのろいらしい。わたし、シャーロット・ベセットだったら、のろくてもかなり辛抱できるんですけどね。ある程度までは。

ジョーダンは鋭い、射ぬくような目でわたしを見た。

「きみのおばあさんがほんとうに潔白なら、気をもむ必要はないだろう」

「ほんとうに？」わたしはむっとした。彼の疑うような言い方が、わたしを夢の国から現実に引き戻す。「もちろん、ほんとうよ。祖母は自分は潔白だといったの。わたしは祖母を信じるわ」

「わたしも信じています」レベッカがいった。

ジョーダンの顎がぴくぴくっとする。たぶん女たちに、口をそろえてくってかかられるのが嫌いなのだ。まあね、好きな人なんていないだろうけど。

「噂だと、あの晩、おばあさんとエドは口論していたそうじゃないか。エドがきみをここから追い出すとかなんとかで」

レベッカは顔面蒼白。さっきまでの勢いがたちまちしぼんだ。

でもヴィヴィアンはちがった。肩をいからせ、ジョーダンをにらみつける。

「いうだけなら何だっていえるわ。エドはシャーロットに限らず、実際にはだれも追いだしたりしなかったわよ」

「それは、彼が死んでしまったからだ」と、ジョーダン。

女三人は、黙りこくった。

ジョーダンは、いいすぎたと感じたのだろう、そわそわとおちつかなくなった。

「すまない、そろそろ……」腕時計を見る。「帰らないと。でもシャーロット、あまり過激なことはしないほうがいいと思うよ。いいね？」

過激なこと？　どういう意味かしら？　《アニーよ銃をとれ》じゃあるまいし、ライフルをふりまわして町の人を尋問したりはしませんよ。

わたしはチクチクする心で、彼が出ていくのをながめた。殺人事件が起きるまえの日々にもどりたいと思う。ジョーダンがわたしをデートに誘ってくれるかもしれない、と思えた日々に。いまの彼はもう、わたしには興味のかけらもなくなったように見える……。なぜか？　なぜなら、わたしは殺人事件の容疑者の孫だから。いや、ひょっとして、何かほかの理由がある？

わたしは心のもやもやを払うためにヴィヴィアンの注文に気持ちを集中し、彼女を店から送りだすと、商品のディスプレイをととのえていった。ホームメイドのバジル・ペストは半分以上売れたから、また新しくつくらなくては——。

マシューが汚れたエプロン姿であらわれた。エプロンが不潔だといやなので、わたしたちは毎日かならずきれいに洗うことにしている。

「レベッカは記者連中を追い払うのでたいへんそうだから、カウンターにはシャーロットが入ってくれるか？　ぼくはこれからアネックスで、午後のテイスティングの準備をしなきゃいけない。そのあと、おばあちゃんのところへ行ってくるよ」時間の割り振りを考えるように腕時計を見る。娘たちのこと、ショップのこと……そして、ひそかなプライベート・ライフ。ゆうべもまた、マシューが帰ってきたのは夜中の二時だ。ちゃんと自己管理しなくては、からだがもたないだろうと思うのだけど、わたしはよけいなことは口にしなかった。マシューはりっぱな大人なのだ。自分にできることとできないことの区別くらいはつくはず。こんな大事件の最中でなければ、彼が見初めた女性の名前を当ててからかうのだけど。たぶん、デリラ・スウェインよね？　マシューは以前、彼女に社交ダンスを習ったことがあって、クラスではいちばんチャチャチャがじょうずだった。この何日かは〈カントリー・キッチン〉のコーヒーをもってショップに出勤してきたし。でもほかにも、マシューがパン屋さんと話しているのを見たことがある。ここのオーナーは、リンゴほっぺのかわいい女性だ。

「ちょっと待ってよ」わたしは彼にいった。

でも待ってくれない。

わたしはマシューを追ってアネックスへ。

「お店は暇だから、少しおしゃべりしない？」

「どんなおしゃべりだ？」

「最近、だれと会ってるの？」

「だれだっていいだろ」

わたしはバーのスツールに腰かけ、マシューはワインの箱をあける。

「それが首を長くして待っていたピノ・ノワール？」

　彼はうなずいた。

「カリフォルニアのジョセフ・フェルプスだ。なかなか手に入らないんだよ。すばらしいワインでね、香りはブラックベリーとバルサミコ・リダクションと――」

「えっ？　バルサミコ・リダクション？」

「そう。それからビャクダン」

　わたしは思わず笑った。

　するとマシューはわたしに指をつきつけ、こういった。

「おい、おまえだって、チーズには草の香りがあるっていうだろ」

　はい、いいます。牛や山羊、羊が、一年のどの季節に草をはんだかで、できあがるチーズの香りもちがってくるからだ。草が若ければ若いほど、チーズも若い味わいになる。動物がクローバーを食べていれば、チーズにもクローバーが感じられるのだ。

「ワインもそれとおなじだよ。葡萄は土から香りをもらってくる」

　マシューはつぎの箱をあけ、ボトルを十二本とりだした。アルゼンチンのマルベックで、メルローより尖った香辛性の赤ワインだ。というのが、マシューの意見。わたしはまだ味わったことがない。

　そしていまも、その気はなかった。ワインの学習をする気にはなれないからだ。わたしは同居人を追及するつもりだった。祖母が在宅拘禁になってから、ほとんどまともに話せていない。

「いったいどうなってるの？」

「何が？」

「あなたよ」

「何もないさ」

「娘といる時間が減ったでしょ」

マシューはつんと顔をあげ、険しい目になった。

「いいかい、いまここで――」

「非難するつもりも、愚痴るつもりもないわ。わたしにとっては、逆にあの子たちを知る時間が増えたから」この数日は、娘たちと楽しい時間を過ごせたのだ。夜には本を読んでやったり、料理も教えたりした。ただ、クレアには小麦とグルテンとナッツのアレルギーがある。だから料理は工夫してつくるか、二種類用意しなくてはいけなかった。それでもさいわい、チーズがアレルギーを引き起こすことはめったになく、ラグズも動物アレルギーの原因にはなりにくい品種だ。それにうちに引っ越してきてから、クレアはまだ一度もおなかをこわしたり、鼻や目のかゆみを訴えたりしたことがない。だからひょっとして、アレルギーの引き金は自分勝手な母親だったのかも、と思ったりもする。口やかましい彼女がいなくなって、アレルギー症状が軽減されたということだ。

「いまの状況が心配なだけよ。何も問題はないのね？　だれかと交際しているの？　デリラ・スウェイン？」

「だれともつきあっちゃいないよ」マシューはわたしの視線を避けて、ワインをカウンターにのせていく。

「それとも本屋さん？」

「ん？　そう、ぼくは読書好きだよ」

マシューがよく読むのは、ワインや葡萄、そして葡萄が育つ土壌《テロワール》に関する本だ。

「おせっかいなのは、わかってる。でも最近のマシューは、ようすがおかしいんだもの。あんまり口もきかないし。おばあちゃん《グランメール》のことで、気がふさいでいるわけじゃない？」

「うん、ちがうよ」

「もとの奥さんのこと？　連絡があったの？」

「心配するなって」ワインのボトルを、ラベルが正面にくるようひねっていく。「今夜は仕事がすんだらまっすぐ家に帰って、娘たちと過ごすから。な？　それでこの話はおしまいだ」

「マシュー……」

「もういいだろ？　ほっといてくれよ。何も問題はないから。さあ、おまえもショップにもどってお客さんの相手をしたほうがいい」

「レベッカがいるわ」

「だったらキッシュをつくるとか」

「できません。ふたごを学校に迎えに行かなくてはいけないので」

「そうか」マシューは重い足どりで、部屋の反対側の壁沿いにある埋め込み式の新しいワイン棚まで行くと、そこのワイン・ボトルをチェックしはじめた。話し合いはこれで打ち切り。気持ちがすっきりするはずもなかった。わたしは秘密が大嫌いだ。そしてマシューは、何かを隠している。わたしはそれを知りたかった。

8

お店と祖母のことで頭がいっぱいで、わたしは自宅の冷蔵庫の補充を忘れていた。そこでふたごを連れて、週に一回ヴィレッジ・グリーンで開かれる農家の直売市に行くことにした。時刻は、もう少しで日が沈む、というころ。

会場には白と緑の縞の大きなテントが張られ、そこにフルーツと野菜、手作りパン、コーヒー、肉類、スイーツ、ナッツの売り場が十二列並んでいる。一見、町民の半分がここに買い物に来ているかのようだった。

わたしとクレアの少し前を、エイミーがスキップしていく。この子は祖母からファッション・センスを引き継いだようで、青いスカートに紫のシャツ、同系色のヘアバンドを黒髪に巻き、肩には水色のケープだ。

わたしたちはフルーツの売り場を見ていった。それから野菜売り場へ。エイミーは二度、くるっと旋回して、お客さんにぶつかった。ほんとにあの子は、祖母に似ている。わたしはエイミーを押さえつけたくなかったけれど、かといって、手に負えないいたずらっ子だという評判がたっても困る。そこで短く口笛を吹いてみた。エイミーはこちらをふりむき、やんちゃな顔でニッと笑う。

わたしは一つひとつゆっくり見ていった。紙袋にはリンゴ、サラダの材料、ブロッコリ。クレアは——質素な白のブラウスに、ミント色のカプリパンツ——長いブロンドをおっとりと手ではらい、イチゴの箱に目をとめた。

「おいしそう。わたしでも……」鼻をひくひくさせる。「食べられる？」

「ええ、もちろん。フルーツは食べても平気よ。よさそうなのを自分で選びなさい。緑っぽいところがなくて、赤くぷっくりしたのがいいわね。おばあちゃんにも、おみやげでもっていきましょうか」

クレアは箱をひとつ手にとると、向きを変えてよく見てから、もとにもどした。そしてべつの箱をとりあげる。と、両手がぶるぶるし、そのうち肩まで震えはじめた。

「クレア、どうしたの？」

少女は首をまわし、わたしを見た。涙があふれ、こぼれおちる。

「わたし……ひいおばあちゃんのこと……心配なの。みんな学校で……」くちびるに落ちた涙をなめる。

わたしはクレアをふりむかせると、ブロンドをなで、肩からはらった。そして指先で、小さな顎をちょこっともちあげる。

「ほおら、いい子だから。ね。ひいおばあちゃんは大丈夫よ。わたしが約束する」

「でもエイミーが……エイミーがいうの」クレアはしゃくりあげた。「わたしもみんなを殴んなきゃだめだって」

わたしは笑いたいのをこらえた。

「暴力で解決するのは、いい方法じゃないわね」

「わたしもエイミーにそういったの。だけど聞いてくれないの」肩が小さく震える。

「おばあちゃん《グランメール》に会いたい」

「じゃあ、夕飯はおばあちゃんちで食べようか？」

クレアはうなずいた。

そこへエイミーが駆けよってきて、自分のケープの縁を見ながらくるっと一回転した。

「きょう、学校であったことを話したっけ？」

「ううん、まだ聞いてないわ」

「ウィラミーナ・ウッドハウスが、放課後に居残りさせられたのよ」エイミーはその場で小さく飛び跳ねた。

わたしの胃が縮む。ウィラミーナをあおったのが、エイミーでなければいいけど。

「その……原因は何？」

「先生に生意気な口をきいたから」

「メレディス・ヴァンス先生に？」

「うん」エイミーはウィラミーナをまねて、髪を手でふわふわっとさせた。そして鼻にかかった声で――「わたしのおとうさまのお葬式は二日後なの。でも、先生は来ちゃやだめ」

ふむ。クリスティーンは夫の葬儀の日程を決めたらしい。ようやく、いまごろになって。

「それで先生は、なんていったの？」

「直接訊いて」エイミーは指さした。「ハーイ、ヴァンス先生！」

メレディスが市場の反対側、オーガニックのコーヒー売り場の前にいた。顔をあげ、あたりをチェックするミーアキャットさながら、右を、そして左を見て、しゃがみこむ。飛びこめる穴はないはずなのに、なぜか彼女の姿は消えた。どこへ行ったのだろう？　腹ばいになって移動した？　彼女にはわたしの姿が見えたはずだった。もしかして、わたしを避けたの？　いささか不愉快。だけど、そこまで深く考える必要はないわよね。いまのところは。

わたしは買い物をすませると、娘たちに〈カントリー・キッチン〉に行ってソーダを飲もう、といった。じつは今週、わたしはふたりにソーダを許可していなかったのだけど、メレディスがあんなふうだから、わたし自身少し気持ちをおちつけたかった。それには一杯のソーダがちょうどいいような気がする。

五〇年代スタイルのレストランは繁盛して、うるさかった。赤いチェックのテーブルと赤いシートのボックス席は、ティーンエイジャーや大人たちでにぎわっている。頭上のスピーカから聞こえてくるのはロックンロール。曲目はテーブルにセットされた小型のジュークボックスで、お客が自由に選択できた。また、〝きょうの音楽〟が日替わりで一曲決められ、お客がこれを選択すると、デリラとウェイトレスたち、デリラのお父さん（愛称は〝おやじさん〟だ）がキッチンから出てきて、それを歌いながら店内を行進するのだ。なかでもデリラの歌声がひときわ大きく、また音程もしっかりしていた。

わたしたちは赤いラミネートのカウンターに行き、スツールに腰かけた。まんなかがわたしで、ふたごは左右に分かれる。娘たちはスツールにすわると、手から肘までがなんとかカウンターにのる程度だ。わたしたちは元気のいいウェイトレスに、ママ・ボズートのルートビアを注文した。ボズート・ワイナリーはここ何年かで生産品を増やし、そのひとつがナチュラルソーダでとてもおいしい。濃密な泡がたち、キャラメルの香りが強くて、デザートといってもいいくらいだった。

わたしはソーダを飲みながら、何人かのお客さんがこちらを見て、ひそひそ話しているのに気づいた。でもそんなことは気にしない。噂話と好奇の目は、想定ずみだから。

デリラが通りかかった。制服のフリルつきスカートを着て、トレイを片手でバランスよくささえている。彼女はわたしにウィンクした。

「注文したものは届いた？」

わたしはうなずく。

エイミーがわたしの袖を引っぱった。

「ウィラミーナの話の続きがあるの」ソーダをずずずっと、音をたてて飲む。

わたしはエイミーをにらみつけた。

少女は首をすくめてあやまると、「それでね、ウィリーは居残りなさいっていわれてね」

「〝ウィラミーナ〟でしょ」

「うん、だけど本人が、ウィリーのほうがいいっていうの」

それを聞いたら、母親のクリスティーンはがっくりするだろう。

「で、どうなったの？」

「それでね、ウィリーはヴァンス先生の横を通りすぎてから、舌をぺろっと出したの」

「嘘でしょ！」とはいったものの、クリスティーンの子どもだから、何をするかわかったものではない。〝リンゴは元の木から離れて落ちることはない〟すなわち〝子は親に似る〟というのは、クリスティーン親子にも当てはまるだろう。でも逆に、エイミーとクレアが、あの無分別な母親の子だという目で見られたら困る。それではふたごがかわいそうだ。

「そのあとはどうなったの？」

「ヴァンス先生は泣きながら、教室から走って出ていった」

気の毒なメレディス。あした、彼女に会いにいってみようか……。

「あっ、また先生だ。コーヒーを買ってるわ。ね？」

わたしはそちらに目をやった。そう、レジの前にメレディスがいる。テイクアウトのコーヒーを買ったようだ。彼女が市場から帰ったのは、わたしの姿を見たから？　そんなふうには考えたくないけれど……。腕にかけているのは〈オール・ブックト・アップ〉のトートバッグで、本が何冊かのぞいている。メレディスはかなりの読書家だから、きっと市場を出て、今週読む本を買いに行ったのだろう。

「あんたたち、ちょっとここで待っててね」わたしはふたごにそういうと、友人のもとへ走り、肩をたたいた。

メレディスがくるっとふりむき、明るい茶色の髪が顔にかかって、口が開いた。でも、言葉は出てこない。

「調子はどう？」わたしは彼女に訊いた。

「ええ、元気よ」

「とってもすてきね」わたしは顎を小さくふって、彼女のサファイアのネックレスをさした。

「新しく買ったの？」

メレディスは反射的に首に手をやり、顔が燃えださんばかりに真っ赤になった。

「これ……アンティークなの」

そうだろうと思った。見るからに高級品だ。

「おばあちゃんの遺品？」メレディスの家は男系で、彼女がゆいいつの女性だった。そこでおばあちゃんが亡くなったとき、宝石はすべて彼女がもらったのだ。

メレディスが答えるより先に、デリラと彼女の父親（髪をつんつんにとがらせている）、そしてウェイトレスふたりの計四人が、エルヴィスの《テディ・ベア》をうたいながら厨房から出てきた。いつものように、お客さんたちも合唱する。

大音響のなかで、メレディスがいった。

「わたし、もう行かなくちゃ」

「え？　何かあったの？」

「いいえ、何も」

「どうして電話してくれないの？」

「いまは話せないわ」

「きょう、学校であったことは聞いたわ。あのウィラミーナが――」

「ごめんなさい、ほんとうに急いでいるの。保護者面談があるのよ」それ以上は何もいわず、彼女はコーヒーを手にとると、足早に出ていった。

「ちょっと待ってよ、メレディス！」

彼女は待ってくれなかった。わたしは大きなため息をひとつ。保護者面談の日は、きょうではないのだ。わたしはそれをボズから聞いて知っていた。どうしてメレディスは嘘をつくのだろう？　身内に殺人事件の容疑者がいるわたしは、もうつきあう価値のない人間になったとか？　わたしは被害妄想ぎみで、何もかも悪いほうにとってしまっている？

「やめてよ！」エイミーの大声が聞こえた。

デリラたちの歌声がぴたっとやんだ。

なんとお店の反対側で、エイミーとウィラミーナ・ウッドハウスがとっくみあいのけんかをし、ウィラミーナはエイミーの髪をひっつかんでいた。まったく、あの子の母親はどこにいるの？　わたしは駆けよると、娘たちの腕をつかんで引きはなし、あいだに割りこんだ。

エイミーはわたしに向かってもがきながら叫ぶ。

「そっちが先にやったのよ」

「わたしじゃないわよ」

ウィラミーナは、なぜかホームレスの子のようだった。顔は泥で汚れ、髪はぼさぼさで、ところどころかたまっている。まるでずっとお風呂に入っていないみたいだ。と思った瞬間、わたしは本気でソーシャルワーカーの気分になった。この子のために、何かしてやらねば。

そのとき、ウィラミーナがわたしに噛みついた。

わたしはひっぱたいてやりたいのを全身で、全力でこらえて訊いた。

「お母さんはどこ？」

「選挙運動よ」

エドの葬儀を控えているのに？　亡くなったのは、彼女の夫だ。

「あなたたち、いったいどうしたの？」わたしはつづけて訊いた。

「この人、おばあちゃんの悪口をいったの！」エイミーがわめく。

「そんなことといわないもん」

「いったわよ。犯人はあの意地悪ばあさんだって」

わたしのなかで、何かがはじけた。ウィラミーナの腕をつかんでいた手に力をこめ、一度だけ揺すってたずねる。

「どこでそんな話を聞いたの？」

「わたしが勝手につくったの」

「それはちがうでしょう」この子の頭で、あんな台詞を思いつくはずがない。「お母さんに伝えてちょうだい、これからはそんなことはいわないでくださいって」

「お母さんじゃないもん。テイラーさんがいったんだもん」

ティアンが？　どうして？

わたしはウィラミーナをじっと見つめた。

「だれがいったかは関係ないわ。ともかく、もう二度といわないでね。さ、お帰りなさい」

わたしはつかんでいた腕を放した。「それからもう、エイミーには手を出さないでちょうだい」

ウィラミーナは泣きわめきはじめた。両膝をぶつけるようにして走り、お店から出ていく。

デリラがフリルのエプロンで手をふきながら、わたしの横に来た。

「まったくね。あの子は厄介だわ」

お客さんたち全員がこちらを見ていて、わたしは顔がほてるのを感じた。

デリラが両手をあげ、頭の上でぱんぱんとたたく。

「さあ、もうおしまいですよ。お騒がせしました。これ以上の騒ぎが起きないようにしましょうね。わたしからみなさんに、ソーダを一杯おごっちゃいます。おやじさん、《テディ・ベア》の再開よ！」

＊

その晩、夕食のテーブルは陰気だった。マシューは背をまるめ、目も暗い。わたしが昼間、ショップで追及したことをまだ怒っているらしい。ラグズまで緊張したムードを感じとったのか、わたしの足首に頭をこすりつけては、足のあいだを8の字を描いてうろついた。

全員がおし黙って、生クリーム《クレム・フレシュ》をかけたブラックビーン・スープを飲む。わたしは祖母のことを考えて気持ちがおちつかなかった。しかも、ウィラミーナとエイミーの騒動もあったし。また、エド・ウッドハウスの葬儀が近く、クリスティーンは悲しみにくれる妻を大げさに演じて、葬儀にひとりでも多く列席させようとした。嘘でも涙を流してみせれば、同情票が集まると思っているらしい。

「きょう、メレディスに会ったのよ」わたしはマシューの意見を聞きたくて、いってみた。「でもなんだか、よそよそしいんだわ」

「そんなことはないだろう――」カチャン。マシューはお皿にスプーンを落とした。「おしゃべりしないっていう、ただそれだけの理由でよそよそしいとか、何か隠しごとがあるかのように思うのはよくないな」

「仲がよければ何だって話すんじゃない？」

「お父さんとお母さんは仲がよかったわ」エイミーがいった。

マシューは顔をしかめる。わたしもおなじだ。ごめんねというかわりに、わたしはマシューの手に自分の手を重ねた。ところが彼はそれをふりはらうと、椅子をうしろへ押しやり、立ちあがった。ラグズがテーブルの下から飛びだしてきて、部屋の外に逃げる。

「どこへ行くの？」

「ちょっと調べものがあるんだ」

「わたしも手伝う」エイミーが立ちあがり、父親のそばに行った。

「いや、いい」

「ねえ、お父さん」娘は父親の目をのぞきこんだ。「わたしのせいで怒ってる？」

マシューの表情がやわらいだ。

「怒ってなんかいないよ。ただ……」目じりと口元の皺がさびしそうに見えた。「少しだけ、ひとりになりたいんだ」

だったら、わたしは？　ひとりになる時間なんか必要ないって？　わたしはシングルマザーじゃないわ。ただ愛情から、いとことその娘たちをわが家に呼んだだけよ。その結果、わたしが手に入れたものは何？　ここで文句をいったら、スタートしたばかりの共同経営が台無しになるかしら？

マシューはエイミーの前でしゃがみこみ、娘の頬にキスをした。

「お父さんには片づけなきゃいけない仕事があるんだ。ただそれだけなんだよ」マシューはそういうと書斎に入り、ドアを閉めた。

わたしは、しかめっ面。今夜、マシューが娘たちと過ごす時間はこれでおしまいってことだ。

「ねえ、シャーロットおばちゃん、本を読まない？」

クレアが深刻な顔つきでいった。目を見開き、指の関節が白くなるほど、スープのスプーンを握りしめている。

わたしは胸が痛んだ。なんてわがままなおばちゃんなんだろう。わたしはこの子たちのために、冷静な大人でいなくてはならない。父親がアホだからって、おばちゃんのわたしまでアホになる必要はないのだ。

「そうだね、本を読もう」

握りしめたクレアの手がゆるんだ。それでもまだ目と口元は険しい。いいたいことがあれば我慢せずにいえばいいのにと思うけれど、人間はそんなにすぐに変われるものではないから……。喪失感は痛みをもたらし、痛みは心を複雑にする。もっと時間がたてば、クレアの心もやわらぎ、おさえていた魂が美しく花開くにちがいない。

「お皿はそのままで、こっちへいらっしゃい」わたしはホットココアを入れたマグを三つと、クリームチーズのグルテン・フリーのボタン・クッキーをトレイにのせ、屋根裏に向かった。先頭に飛びだしたのはエイミーで、きしむ階段の音を聞いていると、まるで子象がのぼっているようだ。

わたしは屋根裏の片隅に、フェイクファーの枕と、〈ソー・インスパイアード〉で買ったキルトの小ぶりのブランケットを置いていた。田舎ふうの小さな書棚に並ぶのは、娘たちが喜びそうな本ばかりだ。そしてあちこちに、波模様の笠がかわいい真鍮《しんちゅう》製のランプ。この屋根裏には、長年なじんだ埃とライラックの香りがただよっていた。

赤いオークのロッキングチェアは、亡くなった母のものだ。わたしはその横の小さなサイドテーブルにトレイを置いた。

「エイミー、悪いけど窓をあけてくれない？」

エイミーが丸い屋根窓の取っ手をまわし、ひんやりした夜気が流れこんできた。

「これがいいわ」クレアがわたしにさしだしたのは、ディーディー・ジャクソンの「冴えた探偵《クラフティ》」シリーズの一巻目だった。十代の主人公がビーズの細工《クラフト》を使って事件を解決するというものだ。

わたしは自分がエド・ウッドハウス殺人事件を解決できるほど知恵《クラフティ》がまわるだろうかと考えた。いや、それよりも、わたしがあんまり首をつっこむと、アーソ署長が怒るかしら？

「ビーズの袋をとりなさい」わたしは娘たちにいった。

袋には色とりどりのビーズに針と糸、そして物語の進行とともに三連のブレスレットをつくる説明書が入っている。娘たちは枕の上にすわりこんだ。エイミーは青、クレアはアクアグリーンがお好みだ。わたしはロッキングチェアのクッションに腰をおちつけ、ニードルポイントの刺繍をほどこしたオットマンに足をのせた。そしてわけもなく、胸がいっぱいになる。母がここにいて、祖母をとりまく不可解な出来事の解明に手を貸してくれたらいいのに……。あるいは父がいて、マシューの心を開いてくれたら……。祖母の話では、父は人に悩みを語らせるのがうまく、よく相談にのったらしい。父はプロヴィデンス高等学校の校長で、学校にはいまも、父を讃える額がかかっている。だけど悲しいかな、娘のわたしは父の長所を何ひとつ受けつがなかった。

「痛っ！」クレアの声に、わたしは現実にもどった。少女はどうやら、針で指を刺したらしい。

「指ぬきを使いなさい」と、わたし。

「指にはめる手袋みたいなやつよ」エイミーが、かつてわたしが使った表現をくりかえした。

第一章が終わるころ、娘ふたりともが大あくび。緊張がつづくと、いくら元気いっぱいでも、さすがに疲れるのだろう。

わたしのベッドは、頭部と足部の板が橇《そり》のように反ったスレイ型だ。そこに横たわって、わたしはまた殺人事件に思いをめぐらせた。もしクリスティーンがエドを殺したとして、わたしはそれを証明できるだろうか？　祖母の話だと、フェリシアは博物館のほうへ向かい、クリスティーンとプルーデンス、ティアンは〈カントリー・キッチン〉に入ったようだ。レストランを出たあとのクリスティーンを、だれか目撃しているだろうか？

わたしはベッドから出て、部屋を歩きまわった。興奮しているせいか、全身が熱くなり、皮膚がちくちくする。そこでとりあえず指を折って数えながら、頭を整理してみた。

その一――〈フロマジュリー・ベセット〉の新装開店祝いは、祖母とクリスティーンが口論したあとも継続した。

その二――お客さんたちは、ワインとチーズとおしゃべりに夢中だった。エドが刺されたとき、おそらく九時十五分から三十分くらいのあいだに、だれか外に出ていっただろうか？

その三――祖母の話では、自分は時計塔に行った、そして十時ごろにもどってみると、エドが倒れていた。だから助けようと思って駆けよったものの、エドはすでに息絶えていた。彼が絶命したのは、最低でもそれより数分まえ、おそらくはもっとまえだろう、と祖母はいう。あたりを見回したが、走って逃げていく者はいなかった。

その四――そのすぐあとにメレディスがやってきて、悲鳴をあげた。彼女はどこから来たのか？　祖母にかかわる何かを目撃したのか？　それをわたしに話すのを恐れている？　だからわたしを避けるのか？　だれか――たとえばクリスティーン――が、彼女を脅迫しているとか？

その五――もしクリスティーンが犯人なら、祖母やメレディスのように、服に血がついているはずだ。彼女は自分のブティックに行き、大急ぎで着替えたのだろうか？　ブティックは〈カントリー・キッチン〉に近い場所にある。そして汚れたドレスと手袋を捨て、新しい服でこっそりブティックを出た？

そこで足が止まった。化粧箪笥のそばの鏡に映る自分の姿を見つめる。さっき屋根裏で、エイミーはクレアに何ていったっけ？　指ぬきのこと。〝指にはめる手袋みたいなやつよ〟

開店祝いのとき、クリスティーンとお仲間たちは手袋をはめていた。あのオリーヴの柄のナイフを手袋でつかんだのなら、ギフトボックスであれナイフであれ、指紋は残らないだろう。

でも指紋なんて、いまさらどうでもいいのでは？　クリスティーンがエドを殺したのなら、血のついた手袋は捨てるしかないはず。ゴミの収集は、きょうから三日後だ。そう、手袋はいまも彼女のブティックの裏、ゴミ収集容器《ダンプスター》のなかにあるかもしれない……。

9

翌朝、わたしは子どもたちを学校へ送ったあとで、プロヴィデンス警察署に行き、アーソの執務室に入っていった。縦型ブラインドの隙間から日が差して、ベージュの壁に光と影の、監獄もどきの縞模様ができている。いささかぞっとしたけれど、それで立ち止まったりはしない。

「アーソ署長――」わたしはスプリットネックのワンピース（トルコブルーと茶色の渦巻き模様で、抜群にかわいい！）の皺をそっとのばして、胸をはった。ここに来たのは抗議ではなく、提案をするためだ。

アーソがデスクの向こうで立ちあがった。そびえるほどの巨体で、わたしに堅い椅子のどれかにすわるよう手をふる。

わたしはそれを断わり、彼のデスクの前を行ったり来たりした。とても大きなデスクだけれど、きちんと片づけられ、書類も整然と積まれている。壁もさっぱりして、きどったものはひとつも飾られていなかった。それでもスチールのファイル・キャビネットの上にだけ、銀の額縁がある。そのなかに入っているのは、両親や兄弟が写った家族写真。

「血のついた服と手袋があるかも」と、わたしはいった。

「どういうことだ？」アーソは立ったまま、リラックスしたようすで、両手を組むこともない。

わたしは自分の推理を話した。

「なあ、シャーロット」アーソは言葉を選ぶようにしていった。「きみをまきこむわけにはいかないんだよ。わかってるだろ」

「べつにまきこまれていないわ。可能性を考えているだけよ」

「それならおれも考えている。一日じゅう、考えている。チーズを切り分けるときだけじゃなくね」

わたしはむっとした。

「いやいや、悪かった、シャーロット、すまない。さして深い意味はないから……」アーソは太い首をかくと、その手を広げ、あやまるようにさしだした。「要するに、それがおれの仕事だから。そして、きみの仕事ではない。きみはそんな――」

「鈍い頭で、よけいなことまで考えるなって？」わたしは喧嘩ごしでいった。「あなたたち男は、まったく！」

一瞬、アーソの顔色が変わった。彼はほかの男とはちがうから、こんなふうに十把ひとからげでいわれたくないらしい。でも彼は、どちらかというと利発な女性が好みだった。高校生のとき、彼はわたしが歴史のテストで最高点をとったあと、はじめてデートに誘ってきた。

わたしは丁重にお断わりをしたけれど、それは彼の外見が理由ではない。ハンサムとはいえないながら、あのテディ・ベアの雰囲気で、目はやさしいし、笑顔はとても温かいのだ。理由はそうではなく――メレディスが彼に夢中だったから。わたしは大切な親友を失いたくなかった。その後、彼が離婚したあと、今度はわたしからデートに誘ってみようかと迷っているところへ、ジョーダン・ペイスがあらわれた。そして、まあね、わたしはジョーダンのほうに夢中になりました。

「シャーロット、約束するよ、手がかりや目撃情報は徹底的に調べるから。容疑者をきみのおばあちゃんひとりに絞ったわけでもないしね」

「あのとき、クリスティーンはどこにいたの？」

「ティアン・テイラーの自宅まで、娘を迎えに行ったようだ」

ティアンはクリスティーンにべったりだから、それを否定することはないだろう。でも娘を自宅に連れ帰ったあと、ふたたび出かけてエドを殺すというのも、クリスティーンならやりかねない。

「凶器の指紋は検査したの？」

「もちろん」

「結果はどうだった？　うちの祖母の指紋はあった？」

アーソはくちびるをなめた。

「時間がかかることは、このまえ話しただろ」

「意地悪しないでよ、ユーイー」わたしは彼をニックネームで呼び、デスクをこぶしでコツンとたたいた。「それでも何かわかったことはあるんでしょ？」

「まあね。ナイフの指紋は、きれいに拭きとられていたよ」

ふむ……。つまり、だれでも容疑者になりうるってことだ。そう、だれでも。

わたしは気持ちが晴れないまま警察署を出てショップへ行き、開店した。するとたちまち、お客さんでいっぱいになった。レベッカとマシューはつぎからつぎへと休む間もなく、オーダーされたチーズを切っては、ショップ特製の金と白のしゃれたワックスペーパーで包んでいく。そしてわたしはラベルの印刷。チーズの産地と、原料乳の種類、チーズ・タイプ、一ポンドあたりの価格を記したラベルだ。お昼ごろになると、数字その他の細かいことが得意なわたしの脳みそも、さすがにとろとろ溶けはじめた。

すると、レベッカがわたしの肩をたたいていった。

「今夜、あそこに行きませんか？　少し息抜きしたほうがいいですよ」

レベッカとメレディス、デリラとわたしの四人は、週に一度、ティモシー・オシェイのアイリッシュパブに行っていた。ここなら世界各地のビールが飲めるし、なんといってもコスモが抜群においしいのだ。ライムジュースをちょっぴり加えたコスモは、色とりどりのお砂糖で縁どりされたグラスで供される。いまやレベッカは、大のコスモ好きになっていた。また彼女は、店内のあちこちに置かれたテレビでスポーツ観戦するのも気に入った。スポーツの種類は問わず、野球ならシンシナティ・レッズよりクリーヴランド・インディアンスのほうを応援し、フットボールならクリーヴランド・ブラウンズ一筋だ。とりわけ、ハンサムなクオーターバックがお気に入り。そしてわたしはといえば、オハイオ州立大学の出身なので、やはりバックアイズの試合を見たいと思う。そしてテレビでフットボールの試合をやっていないときは、アイルランド音楽の生演奏を聴く。母の家系はもともとアイルランドなので、耳を傾けていると母を感じられるような気がするのだ。

「そうね、行きましょう。でも着替えたいわ」

「あら、そんな必要ありませんよ。いまのままで十分すてきです。そのサンダルもかわいいし」レベッカはまたわたしの肩をたたいた。「脚がきれいに見えますよ」

わたしは彼女を仕事にもどし、メレディスに電話をかけた。そして携帯電話にメッセージを残す――ごぶさたね、ちょっと話したいことがあるの。携帯電話というものが、わたしはどうも苦手だ。やはりじかに顔を見て話したいのだけれど、急ぎの用件があるときはたしかに便利。どうかメレディスがわたしの気持ちを察し、休み時間に電話をしてくれますように。

*

気がつけばもう夕方だった。ヴィヴィアンのオークション・パーティの準備をしに行かなくてはいけない。でもアネックスが尋常ではなく混んでいたから、レベッカではなくボズにたのんで、チーズの盛り合わせ皿と手作りパンのバスケット、ワインを〈ユーロパ・アンティークス&コレクティブルズ〉まで運んだ。

ヴィヴィアンはもう、寝ても覚めてもアンティークのことばかり考えていて、状況が許せば、お店にベッドをもちこんで住居兼用にしていただろう。店内は、さながら国際骨董見本市。世界のさまざまな地方ごとに、調度品やギフトが並んでいる。各コーナーには、その地方の美しい風景を描いた絵画や写真が展示され、なかでもわたしのお気に入りはイタリアだ。トスカーナの海岸の写真や、ミケランジェロの彫刻のポスターが壁を飾っている。わたしは数年前にはじめて、祖父に連れられ、イタリアとフランスに行った。チーズの勉強のためだったけれど、せめてもう一度、行ってみたいと思う。でもとりあえず、安定した黒字経営が見込めるまでは、インターネット旅行で我慢するしかない。フランス語に関しても、毎週『ゼッタストーン』を使って忘れないようにする程度だった。

ヴィヴィアンが小走りでやってきた。ボタンをはずしたシルクのジャケットが波打ち、揺れる。

「ありがとう！　すてきな盛り合わせだわ！　ほんとにシャーロットはセンスがいいわね」わたしはヴィヴィアンが選んだチーズ三種（山羊乳、羊乳、牛乳）を楕円のお皿に盛り、つなぎとして、イチゴにグレープ、ドライ・アプリコット、カシューナッツを飾った。

「あっちにセットしてくれる？」と、ヴィヴィアン。生花が飾られたアンティークのサイドテーブルがいくつかあって、チューダー様式のダイニングテーブルには、ナプキンがセットされている。「ワインはあのサイドボードに置いてくれるかしら、ボズ？」ヴィヴィアンはそちらを指さし、逆の手で銀皿の値札を整えた。

ボズはワインを六本、レースのテーブルクロスの上に置いた。そこにはすでに、ヴィンテージのワイン・グラスが十二個あった。葉の模様が刻まれた、とても美しいクリスタル・グラスだ。

「ボズ、申し訳ないけど納戸まで行って、椅子をふたつもってきてくれない？　肘掛けがない椅子で、座面にワイン色のニードルポイント刺繍があるやつ。エアキャップのロールを置いた作業台の先よ」ヴィヴィアンはそちらへ手をふり、ボズは小走りで、黒いベルベットのカーテンの向こうに消えた。「ねえ、シャーロット、食器棚のなかに箱があるでしょ、ナイフはそこに入ってるわ。上にいろんなものがのっかってると思うけど」

わたしは扉をあけた。そしてリンネルの束や古書、卒業アルバム、銀の大皿、写真の額縁をとりのぞいてようやく、黒いシルクの箱を見つけた。そこに、握りがベークライトのナイフとフォークがおさまっている。わたしはナイフのなかから二本を選んで手にとった。

「きれいなナイフね」

「ありがとう。母が愛用していたナイフなの。その箱はね、わたしのお嫁入り道具《ホープ》を入れた箱《チェスト》ってところね。なかのものは、どれも売らずに大切にしまっておくつもり」

わたしの母も、カエデ材のホープチェストをもっていた。そこにはかけがえのない母の思い出が詰まっていて、わたしは年に一度とりだして感慨にふける。母は白いリンネルのテーブルクロスが好きだった。父は釣りのルアーを箱に入れ、百個以上がいつでも使えるようにきれいな状態でおさまっていた。わたしがそれに触れると母はにっこりし、父も目じりに皺をよせてほほえんだ。わたしを見るとき、父はきまってあの笑顔で——。せつない思い出に、涙がにじんだ。あわてて指先でぬぐい、ほっぺたをつねる。過去にしがみついちゃだめ。とりもどすことはできないのだから。

「シャーロット、ちょっと手伝ってくれない？」ヴィヴィアンは、競売品の横のカードを一枚ずつきれいに置きなおしていた。

「オークションを開くときは、いつも食事を提供してるの？」わたしの記憶では、祖父がここにチーズを届けたことはなかったような……。

ヴィヴィアンは首を横にふった。

「今回は特別なの。いつもより豪華にしたほうがいいと思って。観光のおかげで、ビジネスも上向きでしょ。クリーヴランドから、卸業者さんが六人も来るのよ。大口のお客さんってこと」

「それでどうして、ワイン・グラスは十二個なの？」

「マシューから、テイスティングのときはグラスを替えなきゃだめって聞いたから」

「白のあとで赤を入れるぶんには大丈夫よ。逆はだめだけど」

ヴィヴィアンは小さく舌を鳴らした。

「あら、あら、勉強不足もいいところね」不要なグラスを片づけはじめる。

「そのままでいいじゃないの。すてきなグラスだもの」

「そう？」ヴィヴィアンはグラスをまたもどすと、両手を腰にあて、部屋を見まわした。

「何か忘れている気がするのよねえ……」くちびるを噛む。そして指をぱちっと鳴らし、「すぐもどってくるわ」というと、店の奥にある事務室に駆けこんだ。

ドアがぴったり閉まらなかったので、わたしははじめて事務室のなかをのぞくことができた。店舗はこぎれいで、よく整理されているのに比べ、事務室は竜巻が通り過ぎたあとみたいだった。ドアから簞笥《たんす》まで、ところどころパンくずが落ちている。簞笥の引き出しからは鮮やかな青と金色、深紅の布がはみ出し、デスクの上には書類が散らかって、古くさい手回し式の計算機や雑多な骨董が置かれていた。そして書棚には、東洋の骨董品やクリスマスの飾り、ティーカップなど。わたしは苦笑いした。これじゃいつもドアを閉めておくはずだ。町の人にだらしないのを知られたくはないだろうから。

ヴィヴィアンがモノグラムのついた白いリンネルのナプキンを手にもどってきた。束ねていたリボンをほどいて、チーズのそばにセットする。

「きれいなナプキンねえ」わたしは彼女にいった。「そのWの刺繍は手刺しじゃない？　自分でやったの？」

ヴィヴィアンは顔を赤らめ、口ごもった。

「結婚後の苗字のイニシャルが、Wだから」

どうしてそんなにどぎまぎするの？　わたしは首をひねった。そういえば、騒いだあげくの結婚がひと月くらいで揉めはじめ、結局は離婚。夫はシカゴに引っ越したという噂だった。といっても、ヴィヴィアン本人はけっして彼のことを話さない。なのにいまだに彼の苗字ウィリアムズを名乗ってはいた。それもむりのない話で、彼女の旧姓はKやらZやらがたくさんあって母音の少ない、むずかしい名前なのだ。

ボズが美しい椅子をふたつもってきた。椅子の脚は、ライオンの足を模《も》している。

「これでよかったですか？」

ヴィヴィアンはうなずき、テーブルにセットするようたのんだ。そしてわたしの腕をつかんで——

「とても助かったわ。お礼のいいようもないくらい。早くバーナデットが……」胸に手を当てる。「ね、彼女とわたしはこの町で……おなじ音楽を、おなじ演劇を愛してきたの」ヴィヴィアンは、プロヴィデンス劇場のシーズンごとの出し物で、クリスティーンではなく祖母の意見をつねに支持してくれていた。「彼女もわたしも、プロヴィデンスは発展、繁栄すべきだと考えているけど、あのクリスティーンときたら……」

クリスティーン・ウッドハウスは、孤立主義を唱えていた。自分のブティックは地元の常連客だけでも黒字経営である、という単純で無邪気な理由からだ。あんな価格なら、たしかに黒字にはなるだろうけど。

ヴィヴィアンはナイフを手にとり、牛乳のチーズを切った。吐息をひとつ。

「モルビエって、ほんとにおいしいわよねえ……」チーズの皮をむき、皮捨て用に準備したバスケットに入れる。そして、ひとかじり。「たまらないわ。口当たりがいいのよね。それとナッツの香り。かたゆで卵のような感触もあるけど」

わたしはうなずいた。モルビエはもともと二種類のチーズで、一日のうち、異なる時間帯のミルクを使ってつくる。ひとつは朝搾りのミルク、もうひとつは夕方のミルクだ。ただし、現在では大半が一種類だけしか使っていない。それでも視覚的な特徴を残すため、いまでも二層のあいだに野菜の灰をふりかけていた。わたしは自然のままの生乳《オー・レ・クリュ》でつくられたものを、フランシュ・コンテ／ジュラ地方から輸入した。

「それなら——」わたしはいった。「きょうここにもってきた、プロシュットといっしょに食べるといいわよ。あとは、エスタンシア・ピノ・ノワールをひと口ね」

「ワインは飲めないわよ。頭をしっかりさせておかないと——」開いた窓の向こうに目をやり、びっくりする。「どういうことよ……クリスティーンはいったい何を考えてるの」ヴィヴィアンはリンネルのナプキンで指をふくと、皮捨て用のバスケットにナプキンを投げ入れ、わたしの横を通って足早に外に向かった。

ボズとわたしが彼女を追って歩道に出ると、そこに人だかりができていて、真ん中にクリスティーン・ウッドハウスが立っていた。赤いシルクのドレスと、それに合わせた帽子、ツートンカラーの靴。そして手にはチラシ。

「クリスティーン——」ヴィヴィアンが声をかけた。「いますぐ、やめてちょうだい」

「ここは公道よ」クリスティーンは拒否した。

まただわ。わたしは心のなかでつぶやいた。いいかげんにしてほしいと思う。もっているチラシには「わたしに一票を。バーナデットではなく、このわたしに」と書かれている。クリスティーンの率直さには、すなおに脱帽するしかないだろう。これなら読みちがえる人なんていないはず。といっても、チラシをもらおうとする人もいないようで、逆に笑いをこらえ、なかには批判めいた言葉を口にする人さえいた。クリスティーンは聴衆が自分のことを、見苦しいまでに意気ごみ、マナーも最悪だと思っていることに気づいていないのだろうか？

「きょうはうちで集まりがあるのよ」と、ヴィヴィアン。「だからお願いだから――」

「さっきいったことが聞こえなかった？」クリスティーンは顎をつんとあげた。「わたしは警察がこわくて隠れたりしませんからね」

「警察？」

「うちを家宅捜索したのよ。わたしのクロゼットをのぞいて、捨てたゴミまでよりわけて。夫の葬儀の前日だっていうのに！」

わたしは拍手をしたくなった。アーソはわたしの意見をまともに聞いてくれたのだ。彼が行儀よく捜索したかどうかなんて、わたしには関係ない。ただ、その結果をわたしにも教えてくれるといいのだけど。

「それはたいへんだったわね」と、ヴィヴィアンはいった。「でも、お願いだからべつの場所に行っててちょうだい」

クリスティーンは彼女に近づくと、正面からキッと見すえた。

「わたしはね、あんたという人を知ってるのよ。オークションの大切なお客さんに帰られたら困ると思ってるんでしょ？　そんなことになれば満足な収入が得られない、賃料を払えない、そして追いつめられるってことよね？　新しいオーナーの機嫌をそこねたくはないわよねえ」

「いったい何の話？」わたしがいうと、となりでボズがささやいた。

「開発業者がウィリアムズさんの建物を買ったんですよ。それも現金で。ウッドハウスさんが殺さ……亡くなるまえに、契約は成立したみたいで」

そういえば、『デリシュウ』の記者のジニアがその話をしていたような。だけどヴィヴィアンのお店まで関係しているとは思いもしなかった。

彼女の顔から血の気が引いていく。

「もうお店にもどりましょ」わたしはヴィヴィアンの手を握った。「ボズはうちのショップに帰って、レベッカを手伝ってちょうだい」

ボズが走っていなくなると、わたしはヴィヴィアンの手を引っぱって、お店に連れて入った。

「問題ないわよ」わたしはそうあってほしいと願いながらいった。クリスティーンとエドはいい地主じゃなかったし、新しい地主もその可能性はある。賃料を値上げしたり、なんだかんだと理由をつけてテナントを追い出すかもしれない。

「彼女が我を通したら、わたしの生活はむちゃくちゃだわ」ヴィヴィアンがいった。

「あの人が我を通したら、だれだってそうなるわよ。陰険で底意地が悪いんだもの。エドを殺した犯人は彼女かもしれないわ」

わたしはヴィヴィアンのからだをやさしく押して、ジェントルマンズチェアにすわらせた。これはウォルナット材で、座面はダイヤモンド文様のシルク。ヴィクトリア女王時代のものだ。

「おちついて、ヴィヴィアン。そうだ、ヨガを思い出せばいいわ。ゆったりとした波。それをもう一度――」

ヴィヴィアンには、わたしのいいたいことはわかるはずだった。彼女はヨガとジョギングに熱心で、個人トレーナーまでつけていた。

ヴィヴィアンがいくらかおちついたところで、わたしはソーヴィニヨン・ブランのコルクを抜き、グラスに半分ほどついでさしだした。彼女は首を横にふったけれど、ひと口でいいから、となかば強要した。そうして彼女がグラスに口をつけたとき、わたしは外の人だかりを縫うようにして歩くメレディスに気づいた。その手には、きらきら光るリボンで結ばれた銀色のギフトバッグ。わたしは大きな声で彼女の名前を呼んでみた。でも彼女はふりかえりもせず歩いていく。まるで、一刻を争う任務でもあるみたいに。

ようすがおかしいと思いつつも、この場でゆっくり考えている暇はなかった。ともかくいまは、ヴィヴィアンの手伝いをしなくてはいけない。このオークションは、彼女の人生を左右しかねないのだから。

10

　二時間後、わたしはお皿とバスケットをまとめ、ヴィヴィアンのお店の裏手にあるリサイクル用ゴミ置き場にワインのボトルをもっていった。そしてチーズ・ショップに帰還。ヴィヴィアンの期待どおりに品物が完売し、その大半が満足できる価格だったことで、わたしもうれしくなる。ヴィヴィアンがいうには、〈フロマジュリー・ベセット〉がおいしい料理とワインを用意したから、バイヤーのお財布の紐がゆるんだらしい。つぎの町議会の会合で、ショップの貢献度を報告するわね、と約束してくれた。こういう口コミには、とても大きな宣伝効果がある。

　わたしはお皿とバスケットをショップの奥のキッチンに運んだ。そしてチーズ・カウンターにもどったところで、すてきな若い女性が裏口から出ていくのが見えた。あれは〈オール・ブックト・アップ〉という書店のオーナーだ。アーチ道にいるマシューは、ゆうべとはうってかわってごきげんで、胸をはり、瞳は輝いて、顔の色艶もいい。

「あらら……」わたしはにやにやした。「あの人が交際相手？」

「ちがうよ。書店で仕入れるワイン本について訊かれただけだ。ちゃんとした本を置きたいからって」

「へえ、そうなんだ」ウィンクをひとつ。

マシューは顔をしかめ、「お客さんは少ないよ」というとエプロンをはずし、ピンストライプのシャツの皺をのばした。「それでも売り上げは堅いだろう」

最後の言葉は、わたしの耳には甘い調べに聞こえた。そうだ、この調子でマシューとしばらく話してみよう。それで最近の気まずいムードが晴れるかもしれない。

「ねえ、マシュー――」

「きょうは早めにあがらせてもらうよ。アネックスは、レベッカが見てくれるというから。ふたごは午後の美術クラスに出ていて、終わったら、同級生の保護者がおばあちゃん《グランメール》の家まで送ってくれる。夕飯はおまえも、あっちで食べよう」

「うん、わかった」わたしはアネックスに目をやった。お客さんはいないようで、レベッカはこれでもか、というくらい熱をこめてカウンターをみがいていた。

「帰りは遅くなるからね」

「ワイナリーにでも行くの？」わたしもそろそろ地元農家をひとわたり訪問しなくては、と考えていた。まめなおつきあいは、ショップ運営の基本事項だ。「それとも、どこかの本屋さんに行くとか？」

マシューは無言だ。

「でなきゃ、パン屋さんのゾーイ？」

「いいかげんにしろよ、シャーロット」

どうしてデートだっていわないのだろう？　理由は、ほんとにデートではない、もしくは、隠さなくてはいけない何かがあるかだ。

マシューは裏口の横のフックにエプロンをかけると、ズボンからはみだしたシャツの裾をなおした。そして無言のまま、ショップの玄関へ。

葡萄の葉の呼び鈴が、ちりんちりんと別れを告げた。わたしはなんとなくさびしくなり、そんな自分にうんざりもした。わたしはいとこの保護者じゃないし、彼にはプライバシーを守る権利がある。

わたしはアネックスに行き、レベッカに声をかけた。

「ずいぶん、ぴっかぴかにしてるじゃない？」

レベッカはにこっと笑った。

「今夜は予定どおり？」わたしが訊くと、レベッカは背後のシンクに布巾を入れた。

「はい、わたしは行きます」

「メレディスは？」

「連絡がないんですよ」

そこでまた呼び鈴が鳴った。閉店まぎわに駆けこんできたお客さんだろう。わたしはアーチ道を小走りでチーズ・ショップに向かった。と、帽子のつばをゆらゆらさせながら入ってきたのはプルーデンスとフェリシアで、ドアが閉まって立ち止まると、揺れていた薄手のスカートがはらりと垂れて静かになった。

「こんにちは」フェリシアという人は、どう見てもお気楽な印象がある。それはなぜか？　亡夫の遺産のおかげで贅沢な暮らしを送れるからだ。ナイルの川下り。空中都市マチュピチュのハイキング。気球で体験する南フランス。どれもわたしにとっては夢のまた夢……。

かたやプルーデンスは、あいかわらずピリピリいらいらした印象。心から楽しいという経験をしたことがないのかもしれない。また、お金に細かいことでも知られ、ここ何年か、うちでは一度もチーズを買ったことがなかった。噂によれば、彼女が独身をとおしているのは、財産を一ドルだって夫と共有したくないから、だそうだ。

歳月とともに変わってゆく人もいれば、まったく変わらない人もいる。わたしは十代のころ、ニキビだらけで髪の色も冴えなくて、男の子にはふりむかれず、一部の女子グループにはばかにされた。でもカレッジに入ってからは少しずつ自信がついて、おしゃれにも気をつかうようになった。そしていまではニキビに悩むこともなく、ジョーダン・ペイスの前でもじもじすることもない。

ふたりの女性はずかずかと、わたしのほうへやってきた。そしてプルーデンスはテイスティング・カウンターの前に並んだラダーバックの椅子に腰をおろして脚を組むと、マニキュアをした指でカウンターをこつこつたたいた。まるでフェリシアを急かすように――。

「まあ、シャーロット、とてもステキなドレスね」フェリシアがいった。

彼女は極端なリップサービスをする人ではないから、わたしはちょっと照れくさくて、細身のワンピースの襟《えり》に手をやった。

「調子はどう？」フェリシアは口先だけで訊いた。ショップから追い出されないための場つなぎだろう。ガラスの向こうの品物をながめる姿は、罠に仕掛けられた餌をチェックするネズミみたいだ。「あなたのお薦めのチーズを三種類、半ポンドずついただける？　でもひとつはタルトゥーフォにしてね。おいしいって書いてあったから」『デリシュウ』の取材はまだ完了していないけれど、あの女性記者はブログをやっていて、わたしがふるまったチーズをそこで激賞していたのだ。タルトゥーフォはあと少しで売り切れるから、忘れないように仕入れなきゃ。

「だったら、ヴァーモントのグレイソンはどう？」と、わたしはいってみた。グレイソンは牛の生乳でつくったセミソフトのチーズで、タレッジョに似ている。これとチキン、ドライチェリーのリダクション・ソースでパニーニをつくると、すばらしくおいしい。フェリシアはクリーミーなチーズがお好みだった。

「そうね、いいわね。今度の週末に、博物館でガーデン・パーティをやるのよ。資金集めのささやかな会なんだけど」

「博物館は資金繰りに困ってるの？」

「とんでもない！」フェリシアはきっぱり否定した。「でも資金集めはいつでもやっておかないとね。ほんとはエドが寄付を約束してくれたんだけど……まあ、いろいろあってね」瞳の奥で、何かが揺らめいた。あれは悲しみ？　それとも怒り？　フェリシアは気持ちを切りかえるように片手をふった。「そうそう、あのハムとパイナップルのキッシュがあったら、それもお願い」プルーデンスをふりむく。「シャーロットは毎週、ちがうキッシュをつくるのよ。あなたも食べてみるといいわ」

プルーデンスはレモンとグレープフルーツだけで生きている、と思うことがあった。それ以外に食べるものといえば、お砂糖ひとつまみとチーズひと口。そしてお腹のなかには、吐きだされることのない大量の笑い声。

「さあ、ほかには何がいいかしら」フェリシアはゆっくり歩きながら、とんがった爪の先でバジル・ペストの瓶の列をなぞった。

そんな彼女のようすに、わたしはまたあの夜のことを思い出した。クリスティーンたちはまるで閲兵行進のようにショップを見てまわった。全員が、手袋を持って。そしてだれかが手袋をはめ、チーズナイフをつかみ、エドの胸に突き刺して逃げ去った、のかもしれない。箱にもナイフにも指紋を残さずに――。犯人は、血のついたナイフを捨てたにちがいない。少なくとも、片方の手は血で汚れたはずなのだ。そして翌朝、新しい手袋を買った可能性もある。この小さな町で、おしゃれな手袋を売っているのはクリスティーンのブティックだけだ。彼女が犯人でないとすれば、取り巻きのひとりがそうかもしれない。クリスティーンはアーソに、友人のひとりが新しい手袋を買ったと正直に話すだろうか？

わたしはキッシュを急いで冷蔵庫から出し、箱に入れた。目の前のお客さんふたりを早く帰して、いま考えたことをアーソに伝えよう。わたしは箱に、金色のリボンをかけた。

Tartufo

タルトゥーフォ

イタリア語で「黒トリュフ」の意味。イタリアの絶品チーズで、羊の生乳からつくったペコリーノと黒トリュフ、白トリュフからつくられる。

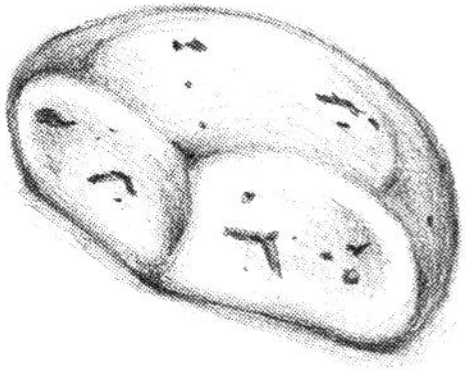

Taleggio

タレッジョ

イタリアのウォッシュタイプの代表格。

「これでいいかしら、フェリシア？」

「ううん、まだほかにもほしいわ」

お買い上げ、ありがとう……。

「まったくしょうがないわね」プルーデンスがいった。彼女はフェリシアのように歩きまわらず、手のひらでカウンターを軽くたたいて、わたしのほうに身をのりだした。「フェリシアはね、がっくりきてるのよ。エドが土壇場になって、寄付をとりやめたから。ひどい話よねえ」

「どうしてやめたの？」

「決まってるじゃない？」プルーデンスはわざとらしく目をむいた。

えっ！ ひょっとしてエドは、博物館への寄付とフェリシアとの交際を交換条件にしたとか？ そして彼女はそれを断わった？ ショップのリニューアル記念の日、ふたりはかなり親しげだったけれど……。

「ねえ、シャーロット」フェリシアが入口近くでわたしを呼んだ。「このハチミツもふたついただくわ。チーズはおいしいものと組み合わせるともっとおいしくなるっていうのが、あなたの意見でしょ？」

「ええ、そうよ」わたしは軽く、明るくこたえた。でも頭のなかでは、新たな仮説がくるくるめぐっている。

「ところで、バーナデットのようすはどう？」と、フェリシア。「みんな噂しているけど、わたしはどうしても信じられないの。あのバーナデットが……」指先で、頭をこつこつたたく。

いいえ、気がふれたりはしていません。「祖母は辛抱強いから」

「でもわたし、部屋着姿で庭をふらふら歩いてるのを見たわよ」

プルーデンスが舌打ちした。「いいじゃないの、あの人の好きなようにすれば」

「本人は、久しぶりに休暇がとれてよかったと思ってるわ」この表現は、わたしと祖父がゴシップ対抗用に考えたものだった。

「そんなじゃ選挙に負けるわよ」と、プルーデンス。「投票日はもうすぐじゃないの。頭がおかしくなったなんて思われたら困ると思うけど」

わたしはぐっとこらえた。それをいうなら、プルーデンスの友人のクリスティーンだって、けっして正気には見えない……。

フェリシアはハチミツの瓶をもってカウンターにもどってきた。

「選挙はクリスティーンの勝ちで決まりよ」

わたしはむっとした。ヴィヴィアンやレベッカがいうように、クリスティーンに夫殺しの嫌疑がかかれば、逆に祖母が当選するんじゃない？

「でも、クリスティーンに三役もこなせるかしらねえ」フェリシアが、支払いのレジの横に瓶を置いていった。「町長をしながらブティックを経営して、不動産も扱うなんて。エドは新しい開発業者と提携したんでしょ？　業者は新しい血をほしがると思うわ」ゴールドの細工があるヴィンテージのルーサイト・バッグから、クレジットカードをとりだす。でもこちらには渡さず、手にもったまま、ふりまわしながら語気を強めた。「エドはね、あなたたちを追いだす気だったわけよ。それを聞いたバーナデットは激怒して、理性を失った。というのが町の噂だわ」

わたしの両手が、げんこつになった。この人たちは要するに、祖母の潔白を信じてはいないのだ。一刻も早く、追い返さなくては。でなきゃふたりに顔面パンチをくらわしてしまいそうだ。わたしはチーズを切り分け、包装し、ショップの金色の袋に入れると、フェリシアにつきだした。

「あら、ちがうのよ、ちがうの」フェリシアは片手をあげた。「お皿に盛って、配達してもらいたいのよ。ヴィヴィアンのときはそうしたでしょ？」

わたしはまたもや、かちんときた。ヴィヴィアンは友人だから届けたのだ。でもフェリシアの場合は、ただの営業。わたしは毅然としていった。

「じゃあ、レベッカに届けさせるわ」

「いいわよ、それで。もちろん、チップもあげるから。そんなに怖い顔をしないでよ」

怖い顔をしているつもりはなかった。考えることが多すぎて、あたふたしているだけだ。そしてフェリシアは、人を召使いのような気分にさせた。彼女やクリスティーンのような人たちは、たぶん自分を抑えられないのだろう。でもだからといって、ぶしつけな態度をとって許されるものでもない。

「きれいに盛りつけてね」フェリシアはいった。「フルーツとかいろんなものも足してちょうだい。ほら、ここのオープン記念のときみたいに。見映えって、たいせつだもの。みんなに感心してもらいたいわ」

「それには料金がかかるけど」

フェリシアはちょっと顔をしかめたものの、すぐ真顔にもどり、手をひらひらさせた。

「ええ、ええ、もちろんそうよね。だけど、それにしても、あなたのおばあさまとエドのあいだに、いったい何があったのかしらねえ……」わたしにクレジットカードをさしだす。

「あの晩、別れたときは、バーナデットにとくに変わったようすはなかったわ。ほら、あなたの姪の件で、クリスティーンといいあったあとよ」

「祖母はエドを殺したりしていません」わたしはキーボードで数字を入力しながら、きっぱりいった。

「じゃあ、だれが犯人なの？」

クリスティーンか、あなたじゃないの？　なんて露骨なことをいおうものなら、フェリシアは黙りこくってしまうだろう。それに事件の真相を知りたければ、ともかく人の話に耳を傾け、情報を集めるしかない。そこでわたしはプルーデンスにこういってみた。

「あの日、あなたとクリスティーンとティアンは〈カントリー・キッチン〉に行ったんでしょ？」

「まあ……ね」プルーデンスの表情は読めない。まるで大理石の彫刻だ。

「それでフェリシアはどこに行ったの？」

「博物館よ。それが一日の締めくくりの仕事だから。でも、どうして？」

「時計塔でうちの祖母を見かけなかった？」

「残念だけど、わたしは見ていないわね」プルーデンスは立ちあがると、つかつかつかと展示テーブルまで行った。そして身をかがめて、三ポンドあるブリー・チーズのホイールを見つめ、吐息をひとつ。「いい香りねえ……」

どうやらプルーデンスは鼻がきかないらしい。あのブリーはまだ若く、ラッピングしたばかりなのだ。

「あなたとティアンは何時くらいまで〈カントリー・キッチン〉にいたの？」わたしはプルーデンスに訊いた。

「クリスティーンの愚痴を一、二分聞いただけで帰ったわよ」くすっと笑う。「コーヒーの一杯も飲まずにね。デリラ・スウェインはさぞかし気分が悪かったでしょう」

「そのあとクリスティーンは、娘を迎えにティアンの家に行ったの？」

わたしの問いに、プルーデンスとフェリシアは同時にうなずいた。

彼女たちの家の方角はばらばらだから、事件発生当時のアリバイがあるのはふたりだけ、ということだ。もちろん、嘘をついていなければの話。

「あなたは見なかったの、フェリシア？」

「えっ、わたし？」

「博物館に行く途中で、だれも見かけなかった？」

フェリシアは首をかしげた。立っていた帽子の羽根がふわりと横になる。わたしを見つめる彼女の目は、仲間に餌を横どりされそうな雌鶏のそれだった。

「見なかったわねえ……寄り道して、姉のロイスの家でおしゃべりしたから」

かすかな光が見えた。フェリシアのアリバイを証明するのは、ロイスってこと？　フェリシアにとっては最悪の証人だろう。午後五時以降のロイスは、いささかお酒を飲みすぎるので有名だった。

11

ご婦人方が帰るとすぐ、わたしは警察に電話をした。するとアーソ署長は不在で連絡がとれないという。わたしはフェリシアの怪しいアリバイについて短いメッセージを残し、お店を閉めて、レベッカといっしょに夜の息抜きに出かけた。

いつものことながら、ティモシー・オシェイのアイリッシュパブはクリーミーな泡と苦味のギネス、そして飲み客の人いきれでむんむんしていた。地元の人や観光客がびっしり並ぶカウンターは、美しい手彫りが施されたアンティークの木製で、ティモシーがアイルランドで買いつけたものらしい。お客さんの大半は首をのばしてテレビを見ながら飲んでいる。テレビは四台あって、どれも音声は消され、字幕になっていた。スポーツのビッグ・イベントがないかぎり、ティモシーはお客さんたちが会話をし、笑いあい、アイルランド音楽を楽しむのを好んだ。音楽はお店の奥のコーナーで、三人が演奏している（エレクトリック・ヴァイオリン二挺、伝統的な太鼓がひとつ）。わたしはリズムにあわせて太ももをたたきながら歩き、アイルランドのクロッグ・ダンスを習おうかな、と考えた。いちばん近い教室は、コロンバスにある。

レベッカがわたしをつついた。「あっちへ行きましょ」

何か思うところでもあるのか、レベッカは硬材の床をずんずん進んでいった。かぎ爪脚の丸い木製テーブルのあいだを縫うようにして、たどりついたのはつきあたりの壁ぞいに並ぶボックス席だ。仕切りが床から天井まであるので、席どうしのプライバシーは保てる。

「それで……」レベッカはわたしの向かいに腰をおろし、メニュー立てから食前酒のメニューをとった。「デリラは今夜はムリですって。リハーサルがあるらしいですよ」

だったら、メレディスは？　親友なら、とりあえず連絡くらいしてくれるでしょう——と、わたしのなかの楽天家がささやいた。一方、押さえつけてもなお首をもたげる悲観論者は、なにやら想像もつかない不吉なことが進行している、とつぶやく。メレディスはもうわたしとはつきあわないつもり？　わたしは何か、彼女を怒らせるようなことをした？

レベッカが、握ったこぶしでコツコツとテーブルをたたいた。

「おーい、シャーロットさあーん、お元気ぃ？」

「はいはい、元気ですよ」わたしは心配事を口にするのが嫌いだった。とりわけ、夜には。両親が交通事故で死んでからあと、わたしは懐中電灯と本を手にしてベッドに入るようになった。そして上掛けの下にもぐりこみ、完全な静寂に浸るのだ。祖母は何もいわず、わたしの好きにさせてくれた。ただ、わたしを捨てた〝食えないシェフ〟は、わたしのことを棘《とげ》で身を守るヤマアラシのようだ、といったことがある。まあ、それはさておき、きっとメレディスは学年末をひかえて多忙なのだろう……と思うほど、わたしはのんきではないし、彼女はすでに保護者面談の件でわたしに嘘をついたのだ。それも面と向かって。

グラスでいっぱいのトレイを持ったウェイトレスが、わたしたちのブースの端で立ち止まった。

「いつものやつ？」

レベッカがうなずく。彼女はコスモで、わたしはギネスだ。ここには世界各地のビールが六十種類もそろっていて、わたしはそのすべてを制覇するつもりでいる。とりあえず、これまでためした二十二種類のうち、いちばん気に入っているのはギネスだ。ウェイトレスがいなくなり、わたしはレベッカに、夕飯は祖父母の家でいっしょに食べようと誘った。ところが彼女は、なんとデートの約束があるという。

「だれとデートするの？」

レベッカの頰が染まった。彼女は農家の青年ふたりに好意を抱いてはいたけれど、あちらからはなかなか声がかからなかった。アーミッシュということもあり、ちょっと二の足を踏むのかもしれない。

「ねえ、いったいだれなのよ？」

「お店に来た記者のひとりです」

「あらら……」最初に思い浮かんだのは、祖母の拘束でわたしを追及した、あのトンボメガネのイタチ男だった。

「とってもすてきな人なんですよ。事件記者ってどんな仕事かとか、どうやって特ダネをつかむかとか、いろんなことを教えてくれるっていうんです。取材ノートも見せてあげるよって」

ノート以外のものも見せる気なんだろう、とわたしは思う。

「記者がつかんだ情報をもらすわけないわよ」

「わかってます」レベッカは指に髪を巻きつけながらいった。「わたしもそんなにばかじゃないし」

「ねえ、レベッカ――」

「わかってますって。わたし、実家にいたままだったら、デートする相手も選べなかったんですよ。結婚だって……まわりで決められて。だから――」

「たしかにね」わたしのなかで不安が大きくなった。レベッカは成長が早すぎる子馬のようで、自分では広大な草原を走り回れると思っている。もう少しペースをおとして、もっと用心深くなってくれるといいのだけれど。でもわたしが何をいおうと、耳を傾けてはくれないような気がした。用心深くするなんて、つまらない。彼女はわくわくしたいのだ。

「シャーロットはどうです？」レベッカはわたしに訊いた。「気になる男の人はいますか？」

つまり、レベッカは気づいていないということ？ ふむふむ。それはよかった。わたしは自分で思う以上に、人前で自己抑制できているらしい。

「だれかいるはずですよね」レベッカが催促した。

「どうしてそう思うの？」ジョーダンと知りあうまでの何年間か、わたしは独身でも十分にハッピーだった。もちろんたまにはデートもしたけど、自分のやりたいことをやって暮らせるのなら、一生独身でもかまわないと思うようになっていたのだ。それよりまえは、あの〝食えないシェフ〟に自信をずたずたにされ、チーズの専門家になるなんて夢のまた夢のような気がしていた。そしてわたしのやりたいことは――仕事にチーズ、おいしい食べもの、家族、旅行。そう、わたしは旅に出たくてたまらない。といっても、ショップが繁盛して、経済的な余裕ができてからのこと。

「ねえ、シャーロット、教えてくださいよ」

「あら、あれはフレックルズじゃない？」わたしは話題を変えようとして、手をふった。

レベッカがそちらに目をやり、「うわっ。プルーデンスも。わたしはあの人が笑うところを一度も見たことがありませんよ」ときつい調子でいった。「それに……あれは『デリシュウ』の記者さんじゃないですか？」

「フェリシアもいるわ」

そう、ジニアだった。きょうも花柄のブラウスで、おなじテーブルには、農民市場を運営する体格のいい男性がいる。テーブルの上には、テープレコーダー。取材をしているのだろうか？　わたしへの取材はあれで終わりということ？　もしかすると編集部から、ベセット家には接触するなといわれたのかもしれない。ほんとうにいやなことばかりだ。どんなかたちであれ、有名になるのはよいことかしら？　いいや、そうとはかぎらない――。わたしはがっくりと肩をおとした。

「カウンターにいるのは、クリーヴランドのワイン・ツアーで来た女の人じゃありませんか？」レベッカがいった。

わたしはカウンターがよく見えるよう、シートの端までずれた。その女性の髪は、ブリーチした金髪。けれど、からだにはりつくような茶色のツアーTシャツではなく、もっとずっとぴちぴちはりつくピンクのTシャツだ。ジーンズもやたらとスリムで、一見、素足に絵の具を塗っただけのよう。彼女はその脚を組み、片腕をスツールの背にまわしていた。そしてとなりの男性は、だらしなくスーツを着て、髪はぼさぼさ。ペンシルをゆらゆらふっている。どう見ても、彼女より十歳は若いだろう。

「あ、いやだ、どうしよう……」レベッカが、手の甲を口にあてた。「あの……あの人……」目がうるんでいる。

「ひょっとして、彼と約束していたの？」わたしがたずねると、彼女はうなずいた。

「キグリーっていう名前です」レベッカは鼻をすすると、まるで世慣れた中年女のように首をすくめた。「いいです、べつに気にしません」小指で涙をぬぐう。「あの人、わたしが出したチーズはどれも気に入らなくてね。味オンチなんですよ」

その判断基準はいいかも、とわたしは思い、すぐにジョーダンの顔が浮かんだ。彼はチーズを味わい、ワインを楽しんだ。そして料理も。オハイオという土地も。わたしが愛する何もかもを。

ウェイトレスが飲みものを運んできた。

　レベッカはコスモをごくっと飲み、くちびるをなめていった。

「あのツアーガイドの人がエドを殺した可能性はないでしょうか？　彼女が町に来た日、男がひとり死んだ。偶然でしょうか？」

「町に来た人はたくさんいるわよ。たまたま人が殺されたからって、全員を容疑者にはできないわ。それをいうなら、ジニアだって容疑者のひとりよ」

「でもあのガイドは、エドといちゃいちゃしてましたもん。エドが彼女に食べさせて、彼女がエドの指をなめたのを忘れました？」

　とんでもない、よく覚えています。わが〈フロマジュリー・ベセット〉のリニューアル・オープンの日、わたしはあからさまにクリスティーンを無視するエドが気になってしかたなかった。祖母の話では、エドはあのガイドに会いに、ロイスのB&Bまで行ったらしい。ふたりは男女の関係にあったのか？　彼女がいわゆる痴情《クリム・パシオネル》ざたで、エドを殺したとか？

「それよりも」と、レベッカはつづけた。「わたしをデートに誘った人は、ほんとうはあのガイドの夫か恋人で、エドに異常に嫉妬して殺したのかもしれませんよね」ぶるっとからだを震わせ、両手にくっついた何かをはらいとるように手をふる。「ああ、いやだ。考えるだけで気持ちが悪くなる。わたしは殺人犯とデートしたかもしれないんですよ。さあ、事実をはっきりさせましょう」レベッカは腰をあげ、立ちあがろうとした。

「正気なの？」わたしは彼女の腕をつかみ、引き止めた。

「どうしてですか？」と、レベッカ。「彼女とエドが長いつきあいかどうかをはっきりさせるんですよ。クリスティーンと結婚するまえから、エドとあの人は恋人だったのかもしれません。結婚したのはほんの九年まえだし、エドにはたくさん恋人がいたでしょうし」

わたしはあいた口がふさがらなかった。レベッカは短期間のうちに、テレビやインターネットでずいぶんいろんなことを学んだようだ。すると、彼女がこういった。

「あっ、ジョーダンが来ましたよ」

その瞬間、わたしはレベッカの腕から手を離し、軽く髪をととのえた。レベッカはこの機を逃さず立ちあがる。

「すみません！　嘘でした！」にやつくレベッカ。

ふむ。わたしは自分で思うほど、自己抑制できていなかったらしい。最悪！

レベッカはツアーガイドを目指して、つかつか歩いていった。いったい彼女は何をしたいのだろう？　ガイドと殺人事件の関係をスクープする？　それとも自分をデートに誘った男をあたふたさせたい？　そんなことをすれば、人前で恥をかくのは彼女のほうだ。わたしは走ってレベッカに追いつくと、ウエストに腕をまわし、Uターンさせた。

「あの人たちには動機もチャンスもあったんですよ」レベッカは抵抗する。

「もうよしなさい、新米探偵さん」レベッカは《ロー＆オーダー》や《ＣＳＩ》など、その手の番組を見すぎなのだ。「ここは静かにしているのがいちばんよ」そして席にもどったところで、こういった。「ところで、あしたのフェリシアのガーデン・パーティ、わたしひとりじゃむりだから手伝ってね」

レベッカは悔しそうな顔をしながらも、「わかりました」といった。「お店を出るまえ、シャーロットが話しているのが聞こえましたよね。フェリシアさんも犯人の可能性がありますよね。エド・ウッドハウスが博物館の寄付をとりやめたから、激怒して刺したとか」コスモをひと口。「アーソ署長に、家宅捜索するように話してみましょうか？　あの晩に着ていた花柄ドレスが、血に染まって見つかるかもしれません。今週はまだゴミ収集がないから」

わたしとおなじことを考える人はほかにもいる、ということだ。わたしが訪ねたとき、アーソはさぞかしムッとしたことだろう。そのうえ、わたしが残したメッセージを聞いたら、どんな気分になるか……。わたしはレベッカより、はるかに浅はかだった。

「そうだ、わたしたちで彼女のゴミ箱をのぞいてみましょうか」レベッカの目が輝いた。

「それか、いっそのこと……」

わたしは仰天して目をぱちくり。

「博物館のゴミ箱をあさってみるといいかもしれませんね。わたしなら、血のついた服は捨てますよ。裏手にある、あの大きな収集容器《ダンプスター》に」レベッカは親指をつきたて、勢いあまってシートの背にぶつけた。とくに酔っているわけではないけれど、彼女にはコスモ一杯が限度だった。「いまから行きましょうよ、おばあちゃんのところへ行く途中に。さっきの夕飯のお誘い、いまからでもよければ、受けさせていただきます」

「もちろんいいわよ」祖父母ともに、レベッカを歓迎するだろう。「だけど、博物館は通り道じゃないわ」

「いやだ、かたいことはいわないでください。フェリシアさんが外に出るのは九時くらいでしょう？　いまはまだ七時です」レベッカはテーブルに、ふたりぶんのドリンク代をぴしっとたたきつけた。そして入口に目をやってから、わたしのほうに身をのりだしてささやく。「博物館に入ったりはしません。ちらっと寄るだけですよ。ね？」

どうやらわたしも、ビール一杯が限度らしい。なぜなら、レベッカの計画には何の問題もない、と思えたからだ。どっちみち、ゴミは公共物なのだから。

12

「梯子《はしご》はないんですか？」

博物館の裏手の路地の端で見張りをしていたレベッカが、こちらへ近づいてきた。

わたしは小さくうめきながら、ダンプスターの周囲をもう一度まわってみる。まったくどうして、フェリシアの小規模な会社がダンプスターを使うのだろう？　一般的な住宅のように、小さな緑のプラスチック容器で十分ではない？　無意味でもなんでも、よほど人とちがうことをしたかったのかも。経済的に苦しい場合をべつにして。

「では、わかりました」と、レベッカ。「わたしがシャーロットをもちあげますから、それでなかをのぞいてください」

「えっ、本気でいってるの？」

「わたし、力持ちなんです」

「そういう問題じゃないわよ」思わず深いため息。タイトなワンピースとサンダル姿で、巨大な金属のゴミ箱をよじのぼるはめになるなんて……。

「さ、ここに足をのせてください」レベッカは前かがみになり、両手の指をからみあわせた。

「心配しないで。弟たちには、よくこうしたものです。任せてください。あなたを地面に落としたりしませんから。ちょっとのぞくだけですもんね」

なんだかマヌケな子どもになったような気分で、わたしはレベッカの手の〝鐙《あぶみ》〟に片足をかけた。そしてダンプスターの上側の角っこと、上下に走る出っ張りを片手でつかみ、えいやっ、とからだをもちあげる。

「いったい何のまねだ？」うしろでアーソの声がした。威圧的、かつ温もりナシ。

わたしは地面にとびおりた。心臓は破裂しかけ、腕には鳥肌がたつ。アーソの懐中電灯のまぶしい光から目を守る。どうしてこの時刻に懐中電灯なんか使うのよ？　理由は、わたしを脅すためだ、きっと。そして効果はてきめんだった。レベッカは縮こまり、震えている。わたしは恐怖をはらいのけ、レベッカをなだめた。アーソなら、危険はない。と、少なくともわたしはそう期待している。

「それで？」アーソは懐中電灯を消すと、ベルトのケースにしまった。「なくし物でもしたのか？」わたしのドレスをじっと見る。

その視線を追って、わたしは顔から火が出そうになった。ワンピースの裾が、太ももまでめくれあがっていたのだ。コートとオーバーシューズがいますぐほしい！　わたしは急いでスカートの裾を膝までおろし、胸をはった。でも、それでどうなるというものでもない。アーソの前で、わたしは救いようのない愚か者になった気分だった。

「血のついた証拠品をさがしていた、なんていうなよ」と、アーソ。「たとえば、フェリシア・ハスルトンの服とかね」

アーソの目にばかにしたような笑いが浮かび、わたしはむっとした。エドを殺した犯人は女だと、わたしが信じているのはなぜか？　まず第一に、これは痴情のもつれから起きた事件だから。なんといっても、エドは心臓を刺されていたのだ。そしてもうひとつの理由は、祖母が犯人ではありえないと思っているから。何事にも手際がよく率直な人だから、よしんばエドを殺そうと考えても、おそらくナイフではなく拳銃を使っただろう。祖母はひいおじいちゃんからもらった、小さな回転式拳銃をひとつもっている。でもこの話をアーソに教える気はない。祖母の嫌疑を濃くする可能性があるからだ。

「で、何か見つかったかな？」アーソがいった。

「なかを見る時間なんて、百万分の一秒もなかったわよ」つっけんどんな言い方でもかまわないと思った。

「クリスティーン・ウッドハウスのブティックは捜索したよ」

わたしに喜べといいたいの？

「証拠になるようなものは、ひとつもなかった。彼女はシロだろう」

いろんな言葉が、頭のなかを駆けめぐった。シロ？　とんでもない。アーソは頭がおかしい、たぶん。そんな言葉を押しこめようと、わたしは指でくちびるをたたきながら考えた。

「だったら、クリスティーンが服と手袋を燃やした可能性は？　でなきゃ、埋めたとか」

「トイレの奥に詰めたかもしれません」レベッカが元気をとりもどした。わたしの態度を見て安心したのだろう。「そういうのを《ＣＳＩ》で見たことがあります。服じゃなくてドラッグでしたけど、似たようなものですよね。わたしはそう思います。たいして変わりません」

アーソはため息をつき、「もうこんな時間だから」といった。「そろそろおばあちゃんの顔を見て、家に帰ったらどうだい？　それから、ズークさん……」

「はい？」

「犯人さがしはやめたほうがいい」

「わたしはべつに――」

「いろいろ詮索していただろう？」目が険しくなる。「じつはね、おれもあのパブにいたんだよ」

わたしとレベッカは、同時に目をまんまるにした。

「すぐそばのボックス席にいたから、話は全部聞かせてもらった」

最低！　わたしたちを泳がせたのね？　そうしてタイミングを見てつかまえた。アーソはあくどいやつだってことを心に刻んでおくわ、今後のために。

「じゃあ、またな」アーソはそれだけいうと、路地を歩いていった。笑いをこらえているのだろうか、角を曲がるときの彼の肩は震えていた。

と、姿が見えなくなってから、わたしは気づいた。フェリシアだけでなく、クリスティーンの友人たちにまつわる話を伝えればよかった。でも、いまのアーソに電話をかけるのはよそう。きっとまともに聞いてはくれない。早くても、あしたの朝だわ。

一方、夕飯は待ってくれないから、女ふたりはとりあえずショップに帰った。わたしはワインのなかからマーカムのソーヴィニヨン・ブランを選び、昼間つくっておいたアプリコット・クリーム・チーズ・コーヒー・ケーキを箱に入れた。ケーキはクレアも食べられるよう、グルテン・フリーにしてある。そしてふたりで南へ、祖父母の家へと向かった。道中、レベッカはああでもないこうでもないと推理に余念がなかったけれど、わたしはうんうんとうなずいて聞き流した。

すると、グレース通りとチェリー・オーチャード通りの交差点に近いところで、なにやら音楽が聞こえてきた。音の出所は祖父母の家だとすぐにわかる。白いフェンスぞいに、三重もの人垣ができているのだ。まいるなあ、と思った。ついさっき、警察署長ともめたばかりなのに。

〈ナッツ・フォー・ネイル〉のオーナーのナカムラさんが、にこにこしながらわたしに手をふった。

「無料コンサートはいいねえ」アーモンド形の目が笑っている。ナカムラさんは、楽しみを見つけるのがとても上手だ。以前、わたしが釘を大量に買いに行ったとき、ナカムラさんは〝子どものころ、ずいぶんいろんなことを間近に見たんだよ〟と語った。具体的に何を見たのかは知らないけれど、わたしは彼に同情した。「今夜はとくに、音楽にいい晩だね」ナカムラさんはそういいそえた。

ええ、ほんとうにすてきな夜。気温は二十三度で、暑くもなく寒くもなく。なのにどうして、わたしは汗をかいているのだろう？

人垣をぬっていくと、だれかがわたしの腕にふれた。牧師の奥さんのグレーテルだ。とても心のやさしい人で、ブロンドを三つ編みにした姿は、故郷のアルプスでヨーデルを歌っているようだった。

「おばあさまは心の広い方ね。つぎのバレエのリハーサルを公開してくださるなんて」

そうか、この曲は《ヘアスプレー》の「グッドモーニング・ボルティモア」だ。甲高い弦楽器バージョンで、地元の十人編成のオーケストラが演奏し、それを録音したものだろう。指揮をしたのはたぶん、わが意地っ張りのおばあさまだ。いったい何を考えているのだろう、在宅拘禁の身でこんな派手なまねをするなんて。

「きっとすばらしい舞台になるわ」グレーテルはウィンクした。「多少きわどいところがある作品だけど、わたしにはそれくらいがちょうどいいわ」彼女もデリラとおなじくニューヨーク暮らしが長かった。出版者になるのを夢見たようだけれど、何年かたった後、プロヴィデンスに帰ってくると、より簡素な、魂の充足を求める生活を送りはじめた。以前、わたしは彼女から、こんな話を聞いたことがある——夕刻に町のはずれの丘を散歩して、美しい星ぼしを仰ぎ見れば、それだけで神とともにあることを感じられるの。

ああ、わたしもそんなひと時を体験してみたい……。

「ほら、彼女の出番よ！」グレーテルは拍手した。ブロンドの三つ編みが揺れる。

主人公のトレーシーを演じるデリラが、脚の部分にスリットの入った古臭いドレスであらわれた。あたりをつま先旋回《ピルエット》しながら、とある男の腕のなかに倒れこむ。彼は地元農家の人だけど、仕事が終わると劇団の主役級の俳優として活躍していた。その彼が、デリラのからだをのけぞらせ、彼女は両腕を高く、優美に上空へかかげる。ここで、ほかの踊り手たちが──ボルティモアの街路の通行人役だ──歓声をあげた。

「彼女はみごとね」と、グレーテル。

はい、たしかに。デリラはしなやかで、かつたくましい。その顔はいま、役に入りこみ、きらめいていた。

「あなたのおばあさまは見る目があるわね。すばらしいわ」

そこへ祖母が、マーサ・グレアムばりのシックな黒いレオタードに巻きスカートといういでたちで家から出てきた。動きはきびきびし、颯爽として、精神的にもおちついたようだ。音楽にあわせ、ステッキでポーチの床をたたく。

「ほんとにお元気ね。心配事なんかひとつもないって感じだわ」

「濡れ衣だもの」と、わたしはいった。「祖母は犯人なんかじゃないわ」

「ええ、そうよね。でも、いったいだれが犯人なのかしら?」

それがわかったら苦労はしないのだけど……。

「真犯人はまだわからないみたい。だけどきっと見つかるわ。それじゃ、またね」わたしはワインとデザートの入ったトートバッグを持ちなおし、軽く会釈した。「そろそろ夕飯だから」

「わたしたちはいつもお祈りしていますって、おばあさまに伝えてちょうだい」

わたしはレベッカをうしろに従え、出演者たちのあいだを抜けてポーチへ向かった。そしてデリラの横を通り過ぎるときに声をかける。

「ねえ、デリラ、練習が終わったら、うちでいっしょに食べない？」

デリラはうなずき、音楽に遅れないよう、すぐに小さくジグを踊って踵を鳴らした。

ポーチの階段をあがりきったところで、わたしと祖母は軽く抱擁。からだを動かしたせいか、祖母のからだは温かかった。

「元気になったみたいね」

わたしの言葉に、祖母は当たり前でしょ、といわんばかりにぞんざいにうなずく。

「子どもたちはもう来ているわよ。おまえの猫もいっしょにね」

祖母は、ラグズには目もくれない。どうしてそうなのか、理由は不明。でもわたしが子どものころ、祖母はペット飼育を禁止した。いま網戸ごしに、クレアがラグズといっしょにリビングの床に寝ころがっているのが見える。エイミーはカウチにすわり、膝の上にアルバムを広げていた。

「おじいちゃんはキッチンでお料理の最中よ」と、祖母。「ズッキーニとオニオンのキッシュをつくってるわ。わたしがどうしても食べたいっていったから」

わたしのキッシュのレパートリーは、どれも祖父から伝授されたものだ。さくさくの生地をつくる点で、祖父は天才的といっていい。

「レベッカがキッシュを嫌いじゃないといいのだけど」

祖母の言葉に、レベッカは「とんでもない、キッシュは大好きです」と答えた。

そこへ、なんともすばらしいチーズの香りが漂ってきた。そうかそうか……。祖父は名品の誉れ高い、あのサラダもつくっているらしい。わたしのお腹が鳴った。博物館のゴミ箱探検も、食欲減退にはつながらなかったようだ。

「マシューは来てる？」わたしは祖母に訊いた。

「さっき、遅くなるっていう電話があったわ」

「ふうん……」マシューはいったい何をしているんだろう？　デリラはここにいるから、彼女とのデートじゃない。時間的にワイナリーは閉まっているから、仕事で出かけたとは思えない。だったら、映画？　それともジム？　どこかカードゲームをやる場所でも見つけたとか？　あるいは、何か問題をかかえているのか……。もしかして、わたしに冷たいメレディスといっしょに、こそこそどこかに行っているなんてことは……ないわね、とわたしは苦笑いした。メレディスの話だと、彼女の交際相手は詩の朗読ができる人らしい。マシューにとって「詩」と呼べるのは、ワインのラベルの文句ぐらいだろう。それに一時間まえ、マシューはゾーイとおしゃべりしていた。彼女のベーカリーは、この時間にはもう閉店しているはずだ。

「何がおかしいの？」祖母がいった。

「ううん、べつに」肩の力が抜けた気がした。ほんとに笑いは良薬だ。「リハーサルは何時ごろまで？　ごはんを食べられるのはいつかしら？」

「いますぐよ」祖母はステッキで床をたたいた。

リハーサルを終了させ、祖母が団員に言葉をかけるなか、わたしは網戸を押してなかへ入った。それから、レベッカ。数分後にはデリラも。

わたしたちはダイニングで食事をした。この部屋の壁紙は、ワインレッドのフロッキー加工で、テーブルは寄木づくりのフランス田舎ふう。食器棚には、ホワイトとゴールドの帯模様があるレノックスの陶器《チャイナ》が並んでいる。テーブルの上にはワインレッドのマットとナプキンが置かれ、お皿が美しくセットされていた。祖父がつくったサラダは、青物野菜とスライスしたローマトマト、レッドオニオン、そこに砕いたハンボルト・フォグを散らしてある。ドレッシングは祖父の特製で、オイルとビネガーにつぶしたニンニク、マスタード、お砂糖ひとつまみ。これがもう、すこぶるつきのおいしさだ。

だれもが明るい会話に努めた。祖母の状況、立場には触れない。娘たちがいるから、マシューと別れた奥さんのことも話題にしない。デリラはリハーサル中のエピソードを話した。主役の男性が彼女の足を踏んづけた、それも五回もやったといったときは、みんな声をあげて笑った。そう、祖母でさえも。

わたしがキッチンで手作りのエスプレッソ・マスカルポーネ・アイスクリームをお皿に分けていると、デリラが入ってきた。そして食器棚にもたれ、「彼に会いたかったわ」といった。

　やっぱり！　デリラはマシューに関心があるのだ。

「マシューは最近、よくあなたのお店に行くでしょ」わたしがそういうと、デリラはうなずいた。

「ええ、彼はブラック・コーヒーが好きね」

「あなたたち、お店でよく……おしゃべりするの？」

「少しだけね。マシューは店に来るとすぐにコーヒーを飲んで、さっさと帰るから」

　デリラの口調に、さびしさは感じられないような気がした。でも、彼女のお店に長居しないとしたら、マシューはどこに行っているのだろう？　訊いてみようかと思ったところへ、エイミーがやってきた。わきにアルバムを抱えている。わたしはそれを見てやや緊張。あのアルバムには、マシューの結婚式の写真がある。つまり、逃げた母親も写っているのだ。

「調子はどう？」わたしはエイミーに声をかけた。

　少女はテーブルの椅子にどしんとすわり、「ママから連絡がないわ」といった。

「たぶん忙しいのよ」

「何に忙しいの？」

「わたしは失礼するわね」デリラは小さな声でそういうと、キッチンを出ていった。

「うーん……」半端な返事をしてはいけない、とわたしは思った。「きっと仕事を始めたんでしょう」

「どんな仕事？」

「ウェイトレスじゃないかな。あなたのお父さんと知り合ったときは、そうだったから」

「いいウェイトレスだった？」

「もちろんよ」知りもしないのにそう答えた。実際のところ、彼女はソムリエのマシューに目をつけたとき、レストランで働いてはいなかった。そして出会いから一週間後、完全にウェイトレスを辞め、マシューの家にころがりこんだのだ。「お金目当てね」と祖母はいったけど、その後、夫と娘のもとを去るとき、彼女は一セントも要求しなかった。マシューと彼女は、かわいい娘たちがすてきなドレスと高級シューズを今後何年も身につけられるくらいの貯蓄をしていたのだけれど。

「アイスクリームを出すのを手伝ってちょうだいな」わたしはエイミーの鼻の頭をちょこっとつまんでいった。

「クレアも食べられる？」

ふたごゆえか、エイミーはクレアをとても気遣う。わたしはそれがうれしかった。ふたりの絆は、片親になったことでいっそう強まったのかもしれない。わたしの場合も、両親が亡くなってから、祖父母とのつながりがより強固になったような気がする。

「グルテン・フリーだから大丈夫よ。でも、いちばん大きいのはエイミーが食べていいわ」

少女はにこにこし、アルバムをテーブルに置くと、アイスクリームのボウルをふたつ持ってキッチンから出ていった。

こうして夕食が終わったのは、もうすぐ九時というところ。

「さあ、そろそろ寝る時間よ」わたしは娘たちにいった。「食べたものを片づけなさい」

レベッカはあくびをし、祖父母においしい食事のお礼をいって帰っていった。自宅はここから一ブロックのところにある。メレディスの家もそうで、わたしはちょっと寄ってみようかと考えた。でも予告なしの訪問は、わたし自身が好きではないし。

デリラが帰るまぎわ、祖母が彼女の腕に触れ、来週、自分の代わりに朝のダンス教室で指導してくれないかとたのんだ。年配の生徒は練習を休むわけにはいかないの、それに女性はここの庭で練習するのはいやでしょうから。

そして時間と報酬の交渉になり、デリラは無報酬にしてくれといいはった。わたしはラグズをさがしに行き、リビングの床に寝そべっているのを発見。何を考えているかわからない顔だけど、いまはニタニタ笑って見える。床には雄鶏の絵の小さなお皿があり、パイクラストのくずが残っていた。小さな野獣は祖父に、キッシュの味見をしたいとねだったのだろう。祖父はわたしに知れたら怒られると思い、こっそりここまでもってきたのだ。

「この、ものぐさクン」わたしはラグズを抱きあげた。

祖父がリビングのアーチ形の戸口に姿を見せ、にやっとする。

「おばあちゃんも――」と、祖父。「すこしは元気になっただろ?」

「うん、そうね」

「わしはあの晩のことを考えると――」

「おじいちゃん《ペペール》のせいじゃないわ」

「アーソ署長が、わしにきついことを訊くんだよ」

「それが彼の仕事だもの」

「バーナデットはエドと口論した。ただ、それだけのことなんだ」

わたしは祖父の肩を軽くたたいた。

「ねえ、〈イグルー〉を出たあと、自分のほうへ走ってくる人を見かけなかった？」アイスクリーム・ショップの〈イグルー〉は、クリスティーンのブティックの北側、三軒となりにある。もしわたしが犯人だったら、現場からは遠ざかりたいと思うだろう。そしてわき道をぬって自宅に帰る。ひとりくらい、彼女の姿を見た人がいないかしら。

「だれも見かけなかったな」祖父は指先で顎をたたきながら考えこんだ。「事件のまえの晩、エドがヴィヴィアンといっしょにいるところは見たんだけどな。彼の事務所で、言い争っていたよ。ヴィヴィアンがあんな大声を出すとはなあ……。彼女はどんなときでも淑女だと思っていたが」

意見の対立が殺人の動機になるなら、わたしたち全員がエドを殺した容疑者になりえると思う。例外は、祖父くらいのものだ。祖父はけっして口論しない。そりゃ、フランス語で悪態をつくことはあるけれど、面と向かって人に罵声をあびせることはない。

「たぶんヴィヴィアンは、エドが建物を売る気なのを知ったのよ。わたしだって、大声を出したくなるわ」

「うん《ウィ》、うん《ウィ》。事件のことを考えると、頭がおかしくなりそうだよ」祖父は脚をぴしゃっとたたいた。「バーナデットもヴィヴィアンも、事件には無関係だよ。有罪と断定できないかぎり、何人《なんぴと》も無罪である。これがアメリカ式だ」

被害者の返り血をあびた人をのぞけばね。

わたしは右と左と、祖父のほっぺにキスをした。

「ゆっくり休んでね。事件はあしたにでも解決するわ」

「家まで車で送っていこう」

「だいじょうぶよ、歩いて帰れるから」

「いいや、送っていこう」祖父は頑固な人だ。

わたしはふたごを呼び、祖母におやすみのキスをして、祖父の車へと向かった。アウディの助手席のドアをあける。と、そのとき、隣家からジョーダンの声が聞こえた。美しいヒイラギの生垣の向こうだ。

ジョーダンはポーチにいて、美人と話している。彼女は先週、プロヴィデンスに引っ越してきたばかりだった。祖母は彼女の噂を聞いたら教えてくれるといっていたけど、いまのところはまだない。どんな仕事をしているのだろう？　お店をオープンしてはいないし、夫や子ども、ペットがいるようすもないわね、と好奇心旺盛な祖母はいった。女性はたくましいからだつき、はっきりした顔立ちで、腕にもむだな肉はついていない。その半面、ウォール・ストリートのブローカーを大商いで組み伏せてしまいそうな印象もあった。というわけで、祖母とわたしは冗談で、彼女を〝謎の女〟と呼んでいた。

でもジョーダンは、そんな女性とどんなつきあいがあるのだろう？　どうして、彼女と抱きあったりするの？

13

カウボーイのような姿。ハスキーな声。謎の女に両腕をまわし……。わたしはジョーダンのことばかり考えて、まんじりともせず夜を明かした。エド・ウッドハウスの葬儀のために黒いスーツを着て、細いヒールをはき、なおいっそう気持ちが沈む。これじゃだめ、何か前向きなことをしなくてはと思い、アーソに電話をかけてみた。一日の最初の電話がわたしだとわかっても、彼はうれしくなかったらしい。きょうの葬儀には参列するから、という彼に、わたしもそのつもりだけど、それより先に話しておきたかったの、事件の日、クリスティーンが友人たちと別れたところを見た人がいるはずよ、といった。そして祖父から聞いた話を手短に伝えると、アーソはしぶしぶ、町の住民全員のアリバイを調べることにしよう、といった。ただし、葬儀のあとで。

会衆派教会は、参列者であふれんばかりだった。見慣れた顔も多く、デリラとお父さんや、メレディスをはじめとする学校の先生方、フレックルズと工芸仲間、ナカムラさんと小柄な奥さんもいる。そうして時間ぎりぎりに入ってきたのが、アーソだった。紺青色のスーツがすばらしくよく似合う。

祭壇の向こう、半円形の後陣には、一メートル半もあるような大きな蠟燭が並んでいた。新約聖書の場面を描いた六枚のステンドグラスを、早朝の日差しが照らす。内陣にある茶色のベルベットの椅子には、ヒルデガード牧師と奥さんのグレーテルがすわっていた。

会衆席の横の通路を、喪服に身をつつんだクリスティーンがしずしずと歩いてくる。顎をつんとあげ、きれいにととのえられた髪には黒いヴェールをつけた帽子。娘のウィラミーナも黒い服を着て、母親のうしろをとぼとぼと歩いていた。かわいそうに、顔は土色だ。鼻は真っ赤で、まぶたは腫れ、両手でハンカチを握りしめている。一方、クリスティーンは娘のほうを一度もふりかえらずに、会衆席の最前列に向かった。ウィラミーナがわたしの横を通り過ぎるとき、わたしは少女を抱きしめ、なぐさめたいのを我慢した。母親を挑発するようなことを少女が望むはずもない。

母と娘のうしろに、フェリシアとプルーデンス、ティアンがつづいた。三人とも、黒いシフォンのワンピースに、黒いレースの手袋、黒いリンネルのハンカチ。こういったものを、クリスティーンは彼女たちにどれくらいの金額で販売したのだろう？　と考えて、そんなことを考える自分を叱る。こうして女性たちは一列めの席に腰をおろした。ウィラミーナは、母親とフェリシアのあいだだ。

アーソはうちの祖母に、特例で葬儀参列を認めてくれたけれど、祖母はクリスティーンがいやがるだろうと考え、参列しないことにした。だからわたしのとなりには祖父がすわり、その向こうにマシューとふたご、さらにレベッカとつづく。開式まぎわになってから、ヴィヴィアンがダークブルーのスーツのボタンを首までぴっちりとめてあらわれると、レベッカの横に腰をおろした。周囲は無言で小さく会釈。

　厳粛な面持ちの牧師さまが、心に響く声で、これからの人生についてのお説教を始めた。残された家族は、故人に愛されていたことを慰めとしなくてはいけないという内容で、ほんとうにそうだったのだろうか、とわたしは疑問に思ったものの、お話そのものはとてもよかった。参列者のなかでも、家族を亡くして日が浅い人たちはすすり泣き、わたしも両親のことを思い、涙が頬を伝っていく。父や母が生きていたら、わたしの人生はどんなだったろう？　でも、過去を掘り起こしてはだめ、と祖母はいう。そんなことをしても、待っているのは涙だけだと。

　悲しみに満ちたバッハのオルガン曲の演奏が終わると、牧師さまはクリスティーンに、参列者への語りかけはありますか、とたずねた。わたしだったら、そのまま何も語らず式を進めてもらっていただろう。でもクリスティーンは、このチャンスにとびついた。すかさず立ちあがり、恐ろしい形相でわたしたちのほうを見る。わたしは緊張した。ベセット家を非難するつもりだろうか？　やはり葬儀に参列すべきではなかった？

　祖父がわたしの手を握った。

　わたしは祖父の手を握りかえし、「おちついて」といった。祖母のために、堂々と葬儀に参列するよう祖父を誘ったのはわたしだった。わが家の友人たちは――真の友人たちは――祖母の無実を信じてくれているのだから。

冠をいただきにいく女王さながら、クリスティーンは正面まで進むと、ふくらはぎまであるスカートをほんの少しもちあげて、絨毯の敷かれた階段を説教壇まであがっていった。一段ずつ。ゆっくりと。慎重に。

クリスティーンは演壇の前に立ち、両手をわきにたらしたまま、こぶしを握った。関節が白くなるほど強くだ。そうして大きく息を吸いこみ、天井を仰いでからふたたび、参列者に顔を向ける。

「ご列席くださったみなさま――」クリスティーンは、感情をおしころした調子で語りはじめた。参列者を、ゆっくりと見まわす。ただ、わたしのいるほうは、ろこつに避けた。「ここでみなさまにお目にかかれるなんて、とてもうれしい、などといってはいけないのでしょう。でもエドは、きっと……」軽くくちびるをなめる。「きっと、とてもとても……」ふたたび言葉に詰まる。これは演技だわ、とわたしは思った。「エドはきっと……」そこで嗚咽がもれた。と思うまもなく、むせび泣き。

参列者はいっせいに息をのんだ。

クリスティーンは片手の甲を口に当て、わたしは大丈夫よ、というようにもう片方の手をかかげて間をとった。あたりはしん、と静まりかえる。ややあって、クリスティーンはおちつきをとりもどすと、手袋をはめた手の小指でほっぺたの涙をぬぐい、ふたたび語りはじめた。

「エドはすばらしい人でした。わたしは彼以上の人に、出会ったことがありません」

わたしはあるわ。何十人。何百人も。わたしはぐっと自分をおさえた。

「エドはすばらしい夫、すばらしい父親でした」クリスティーンはそういいながら、ウィラミーナをちらっとも見ない。少女は背をまるめ、肩を震わせていた。「エドはわたしのよき理解者であり、最高の支援者でした。彼はわたしに――」

さあ、ここからだわ、とわたしは思った。自己PR。悲しみの未亡人はわたしの祖母を刑務所に送り、自分がプロヴィデンスの町長になりたいのだ。わたしは祖父の手を握りしめた。

「エドはわたしに、プロヴィデンスをオハイオ一の町にする活動をつづけてほしいと願っていることと思います」

ほおら《ヴオワラ》！　やっぱりね。予想はみごとに的中。

「わたしはここで、みなさんにお約束します……」クリスティーンはまた口に手を当て、鼻をずずっと鳴らして涙をこらえた。メロドラマの主人公顔負けだ。「これからも自分の思いを貫くことで、エドの魂を生かしつづけてゆくことを。わたしはみなさんを、エドを誇りに思っております。葬儀にご列席くださり、ほんとうにありがとうございました。心から感謝いたします。ほんとうに、ほんとうに、ありがとうございました」そこでなんと、投げキッス。まるで《エビータ》を見ているようだ。善人ぶって、群衆を手玉にとるエバ・ペロン。

クリスティーンはつかつかと娘のほうへ行き、参列者が立ちあがる。でも、わたしはからだが硬直して動けなかった。ふてぶてしい人。じつに厚顔。ウィラミーナは、かわいそうに、身をちぢこまらせている。手をさしのべてくれる兄弟姉妹はいない。おじいちゃんもおばあちゃんもいない。クリスティーンは手をのばし、娘の頭をなでた。と、ウィラミーナは母親の手をふりはらい、通路へ走っていった。

わたしは気をとりなおして立ちあがると、みんなといっしょに教会の外へ向かった。クリスティーンとウィラミーナは出口に立ち、親しい人と言葉をかわしている。エイミーとクレアはウィラミーナにやさしく声をかけ、ウィラミーナもすなおに応じて、わたしは胸がしめつけられた。少女は友だちがほしくてたまらないように見えたのだ。

外に出ると、おばあちゃんにいわないほうがいいわよといい、祖父はうなずく。クリスティーンの演説のことは、おばあちゃんにいわないほうがいいわよといい、祖父はうなずく。

明るい日差しのもとで、わたしはジョーダンをさがした。軽く挨拶だけでもしたいと思う。教会のなかでは見かけなかったけれど、もしかして来ているかもしれないから。

「シャーロット！」わたしの肩をたたいたのはヴィヴィアンだった。「ひどいわよね。あそこであんな話をするなんて」

「ほっときましょ」

「でもあんまりよ。品がないったらありゃしない。まったく、あの女もエドも……。ふたりは結婚すべきじゃなかったのよ」

でもふたりは結婚した。そしてその後は、みなさんご存じのとおり。

「犯人はきっと彼女よ」と、ヴィヴィアン。「お金は大きな動機になるもの。遺産はどれくらいあったのかしら？　アーソやあなたの弁護士は、そのあたりを調べたの？」

わたしには見当もつかないし、いま遺産のことなんて考える余裕もなかった。だからヴィヴィアンに、いずれアーソや弁護士さんに訊いてみるわ、とだけいった。

マシューとふたごとわたしの四人は、自宅にもどった。服を着替え、ラグズを抱っこし、マシューのジープで娘たちを学校へ送ってからショップへ。そんなに気を遣う必要があるかどうかはさておき、ともかくウッドハウス家に配慮して、開店は遅く、十時とする。

それからあとは、またたく間に時間が過ぎた。わたしとレベッカはお客さまの相手をし、マシューはあしたの夜に予定しているテイスティング会の準備をする。会にはかなり大勢が集まると思われた。いまのところマシューは、きのうの夕飯に顔を出さなかったことについて何もいわない。というか、ほとんどしゃべらないのだ。わたしは場所と目的と相手と理由と……いろんなことを訊きたくてたまらなかったけれど、我慢した。小うるさい女にはなりたくないし、お店は順調で、エイミーの騒動をのぞけば、娘たちも元気にしている。わざわざ波風をたてる必要はないものね。

それに、わたしにはもっと大きな問題もある。ジョーダンのあの彼女に対抗するにはどうすればよいか？　殺人事件の犯人はクリスティーンで、祖母が潔白であることを証明する方法はあるか？　とりあえずジョーダンのほうは、あしたまた考えるとしよう。あしたは定例の農場訪問日だから、〝謎の女〟についてかまをかけてみる。うまくいけば、デートの約束ができるかもしれないし。

午後に入ってからは、お客さんの注文に応じたり、サイトにのせる新しい写真のことでボズと打ち合わせ、ボズはさまざまなチーズの画像をじつに美しく並べてくれた。そして三時ごろ、お客さん向けのニューズレター第一号を執筆。わたしはこれを、できれば月刊にしたいと思っている。しばらくまえから、レジの横にゲストブックを置き、常連客で気が向いた人にeメールのアドレスを書いてもらっていたのだけど、それがもうほとんどいっぱいになっていた。最初のニューズレターでは、原料乳が山羊と羊と牛と、タイプのちがうチーズを三種類とりあげてみた。そして食べ方のコツもいくつか。わたしが好きなのはケアフィリという、牛乳でつくった白くてもろいチーズだ。原産はウェールズ地方。これにアプリコットのジャムをかけ、刻んだカシューナッツを散らすと絶品だ。ちょうどマシューがやってきて、ケアフィリにはイタリアの赤ワイン、アダナダ・ドルチェット・ダルバが合うという。長ったらしい名前だけれど、とても味わい深い。

午後四時。チーズ・カウンターにもどると、レベッカがすこし休憩したいといった。

「じゃあ、そのまえに冷蔵庫からモルビエのホイールを持ってきてくれる?」カットしたモルビエは早くも売り切れていた。うちのお客さんは口がこえているのだ。

レベッカがチーズをとりにいき、気がつけば、わたしは最近ではめずらしく軽くハミングしていた。と、そこへ、何かをたたく音が聞こえた。そして、蹴る音。つづいて悲鳴。ううん、あれは悲鳴じゃなくて、けたたましい笑い声だ。レベッカが冷蔵庫に閉じ込められたのだろう。きょうもまた。

「何かあったの?」よちよち歩きの子を連れた女性のお客さんがわたしに訊いた。

「いいえ、大丈夫ですよ」笑いながらこたえる。すぐ助けにいったらレベッカは怒るだろうから、逃げ道を自力でさがす時間をせめて六十秒くらいは与えることにした。「ご注文は？」

お客さんがふたり入ってきて、まっすぐワイン・アネックスに向かった。

「手を貸さなくていいの？」と、さっきのお客さん。

「自分で出てこられますから、問題ありません」前回は、そうだったのだ。

お客さんはトスカーノ・ピカンテのサラミとプロシュット、マンチェゴ・チーズを注文。わたしがそれを用意していると、葡萄の葉の呼び鈴がちりんちりんと音をたてた。急ぎ足で入ってきたのは、記者のジニアだ。彼女はわたしのところまで来ると、

「ちょっと話があるの」といった。そしてお客さんの子どもといないいないばあをしはじめる。わたしの仕事のキリがつくのを待つ気なのだろう。

わたしがレジに向かったところで、バタンという音と、フランス語の下品な言葉が聞こえてきた。レベッカが寒い牢獄から脱出したのだ。賭けてもいいけど、彼女は意味もわからないままあのフランス語をつぶやいている。ほんとうのところを知ったら、赤面して縮こまるにちがいない。わたしから、意味を教えてあげなくちゃ。だけど、もっとあとで。お客さまに聞こえないところで。

レベッカが疲れた足どりであらわれた。野獣と戦ったあとのようで、ポニーテールはくずれ、乱れた髪が上品な顔にはらはらとかかっている。シャーリングネックのワンピースにつけていたエプロンは、ほとんど真後ろまでねじれていた。それでも彼女はにっこり。おちゃ

めな笑顔でこういった。

「帰ってきましたよ。スツールさまさまです」

冷蔵庫の内側のハンドルが、ときたま動かなくなるのだ。いつもより力をこめれば開くけれど、万が一、クレアやエイミーが出られなくなったときに備え、わたしは脚立式のスツールを冷蔵庫のなかに置いていた。これに乗れば高い位置から、いつもよりハンドルを強く押して回せるようになる。痩せっぽちのレベッカにも、毎度このスツールが役に立った。

「シャーロット、ちょっといいかしら？」ジニアがしびれをきらしたようにいった。

わたしはカウンターから出て彼女のほうへ、バルサミコ酢とエクストラ・バージン・オリーブオイルを並べてある場所へ行った。

「話って？」わたしが訊くと、彼女は、

「プロヴィデンスを引きあげなきゃいけなくて」といった。

「あら……」わたしへのインタビューは完了していない。

「きちんと取材できなかったのは、わたしがいけないんです。記事はちゃんと書きますし、好意的な内容になるのはまちがいありませんから」

とりあえずは、ひと安心。

「それから、ロイスのB&Bで、こんな情報も仕入れましたよ」彼女はわたしのシャツの袖を引っぱり、顔を近づけてささやいた。「あのね、クリスティーン・ウッドハウスは娘の信託基金を管理したがっているみたいなんですよ」

「えっ？　どうしてそんな？」

「お金に執着するタイプなのでは？　エド・ウッドハウスは彼女にたいした遺産を残さなかったんじゃないでしょうかね」

アーソに話さなきゃ、とわたしは思った。殺人事件の動機として、金銭はいちばんわかりやすい。

「あなたはこの建物を買いたいんでしょう？」と、ジニア。「いまなら格安で手に入るかもしれませんよ」

いくらお金に困っていようと、クリスティーンが値を下げるとは考えにくかった。だけどとりあえず、不動産業者のオクタヴィア・ティブルに相談するのはいいかもしれない。ふたごを学校に迎えにいきがてら、彼女に電話をかけてみようか——。

＊

プロヴィデンス小学校は一階建てのしゃれた煉瓦づくりで、おなじような建物の中学校と高校にはさまれて立っている。三校とも、祖母と町議会の力で新しい体育館をもち、教室のペンキを塗りかえ、青々した草地のそこかしこでペチュニアが美しい紫の花を咲かせる。

わたしは白いフォード・エスコートを、小学校の車回しに入れた。

すぐにエイミーが駆けよってきて、フロントの扉をたたき「助手席に乗る！」といった。

クレアはうしろに乗ってすぐ、ｉＰｏｄに夢中。ブロンドの髪がカーテンのように顔を隠した。母親がいなくなってから、マシューは娘たちにそれぞれｉＰｏｄを買いあたえ、音楽を二十五曲ほどダウンロードしてやった。いまではふたりとも、全曲そらで歌えるほどだ。声がいいのはクレアのほうで、エイミーは元気いっぱいに大声でうたう。

「おばあちゃん、きょうは元気？」エイミーが、青いバックパックをダッシュボードの下に蹴り入れながらいった。

「あんたたちに会いたがってるわ。大好きなおやつを用意しておくって」

「ピーナツバター・アップルかな？」エイミーは守銭奴さながら両手をこすりあわせた。これは祖母オリジナルの小さなサンドイッチで、パンとレーズン、ピーナツバター、リンゴ、チェダー・チーズでつくる、ほっぺたがおちるほどおいしいおやつだ。「おばあちゃんちにミルクはある？」

「ええ、もちろんよ。クレア用のおやつもあるから、心配しなくていいわよ。おばあちゃんが特製のパンをつくってくれたわ」こちらはグルテン・フリーでとてもやわらかく、焼く必要がない。後ろの座席にちらっと目を向けると、クレアが顔をあげた。でも、その目がうるんでいるのでびっくり。「どうしたの、クレア？」

「なんでもない」クレアはあきらかに嘘とわかる返事をし、ｉＰｏｄに視線をおとした。

あとできちんと話を聞かなくては。

「メレディス・ヴァンス先生からね、おばあちゃんのことを訊かれたの」エイミーがいった。

「だからとてもさびしそうでしたって答えといた」

わたしは顔をしかめた。家族以外の人が、祖母が気弱になっていることまで知る必要はないだろう。

「それで、先生は元気だった?」あれからずっと、メレディスのようすはおかしいままだ。葬儀でも、わたしとは目を合わせようとしなかった。いったいどうしたのよ? ねえ、メレディス? わたしは心のなかで語りかけた。わたしが何か気にさわることをした?

「先生はご機嫌がよかったわ」と、エイミー。

子どもはすぐにだまされる。にっこり笑えば、その人は機嫌がいいのだ。

「クラスの子も噂してるの」クレアがいった。

「どんな噂?」

「おばあちゃんのこと」

わたしはバックミラーに目をやった。クレアが見つめかえしてくる。目には涙がたまっていた。わたしは車を道の端に寄せると、エンジンを切って、うしろを向いた。

「おばあちゃんは元気になるから。心配いらないって」

「でも有罪になったら?」クレアはくちびるを噛んだ。「それをお母さんが知ったら? わたしたちをとりかえしに来るんじゃない?」

わたしの首筋から頰がかっと熱くなった。クレアの不安はよくわかる。でも、母親はおそらくあらわれないだろう。あの人は選択をしたのだ。いまさらとりかえしには来ないはず。

エイミーが膝をぱちっとたたいた。

「ねっ、わたしたちが調べたらいいんじゃない？」

「調べるって、何を？」

「犯人を見つけるのよ」

「だめよ、そんなことをしちゃ」わたしは厳しい声でいった。「そういうのは、専門家の人に――」

「学校でも、みんないろいろ話してるし」

わたしは両手をのばして、娘たちの手をつかんだ。

「おばあちゃんは無実よ。わかった？　犯人なんかじゃないの。何があろうと、わたしたちは家族でしょ？　ばらばらになんかならないわ。いつもいっしょよ。わたしのいうこと、信じてくれる？」

ふたりはうなずいた。クレアはこぼれた涙を手の甲でぬぐう。

「万が一に備えて、周囲の動向に注意していればいいのよね？」エイミーがいった。

「どこでそんな言い方を覚えたの？」

「レベッカから」

わたしは笑いをこらえた。はい、納得しました。新米探偵のレベッカさんね。

ふたたびエンジンをかけ、数分くらい走って祖父母の家に到着。祖母はあざやかな赤のカプリパンツをはき、赤い縞のスカーフを頭に巻いていた。リビングに入ると、わたしが子どものころに遊んだ指人形の舞台がセットされ、そのわきに木箱があった。なかには、かわいい人形が肩を寄せあってぎっしり。

ふたごは、わいわいきゃあきゃあいいながら自分のお気に入りの人形を選び、わたしは不動産業者との待ちあわせ場所に向かった。

＊

オクタヴィア・ティブルを見ていると、牧羊犬のボーダーコリーを思い出す。つねに動いて、じっとしていることがない。彼女から、待ちあわせ場所はオフィスではなく公立図書館にしてもらえないかといわれた。司書の仕事も請け負っているようで、図書館を閉めてから住宅に案内するのは、べつに大変なことではないらしい。彼女はオハイオ州立大学で英文学の学士と博士号をとり、カレッジ・レベルの学生なら教えられるものの、教師よりも時間の制約がない不動産業のほうがいいという。

行ってみると、オクタヴィアは未就学児童の部屋にいた。『ジュニー・B・ジョーンズ』のお話を椅子にすわらず立って読み、足もとでは十人くらいのちっちゃな子たちが、気どらない低い声の語りに聞きいっている。彼女はお話を読みおえたところで本を閉じると、さあ、みんなでジュニーを応援しましょうね、といった。子どもたちはそれに歓声でこたえる。

図書館はとてもお行儀のいい場所だ。

母親たちが子どもを迎えにきて、オクタヴィアはわたしのほうを見ると、ガラスで囲まれた区画に手をふった。そこの大きなコルク板には、赤や青、黄色の紙風船が明るくかわいらしく留められていた。

オクタヴィアはわたしにだけ椅子を出し、自分は立ったままで、黒髪をいじった。髪はチョコレート色の顔のまわりで、きれいにコーンローに編みあげられている。

「で、お嬢さん――」オクタヴィアはわたしより三十歳以上、お姉さんだ。「ちょっと面倒なことになったのよね」

「彼女は売らないっていってるの？　殺人事件の捜査があるから、売りたくても売れないのかしら？　それとも、遺言書の検認の問題？」わたしは法律には暗い。仕事の契約書を理解して署名する以上にもっと法律を勉強しようかと思ったこともあるけれど、ホームページの開設とおなじで、なかなか時間をつくれなかった。

「そうではなくて、べつの買い手があらわれたのよ。しかも、もっと高値をいってきたの」

14

わたしのストレス対処法は、おいしい食事をして、フード・ネットワークの番組を一時間見て、ぐっすり眠ることだ。そしてきょう、最初のふたつはできたのに、三つめがうまくいかない。ベッドに横になっても、お店があの建物から追い出されないためにはどうしたらいいか、そればかり考える。高い値をつけた買い手は、うちとの賃貸契約を解消できるのだろうか？　新装開店するまえに、エドと期間延長の契約をした。建物の持ち主が替わったら、その契約は無効になる？　それにだいたい、その買い手は男性なの、女性なの？　ボスのお父さんは何カ月もまえから、弟が経営する〈ラ・ベッラ・リストランテ〉に対抗して自分もレストランを開く場所をさがしていた。それにナカムラさんも、工具店を大きくしたいとしょっちゅう話していて、場所はいまのお店の近くでなくてもいいらしい。とにもかくにも、〈フロマジュリー・ベセット〉をリニューアル・オープンしたのだから、そう簡単に追い出されるわけにはいかないのだ。

わたしはベッドから出て、熱いシャワーを浴びた。頭に首に、肩に、いくらお湯をたたきつけても緊張はほぐれない。気に入っているサマードレス——色はアクアグリーンでベスト付き、ネックラインにきなりのパイピングがある――に着替え、金のイヤリングをつけてみる。そしてアンティークの鏡に自分を映し……悲しいことに、気分はぜんぜんもりあがらなかった。

祖父のようにぶつぶついいながら、わたしは階段をおりてキッチンに行った。と、入口で足が止まり、うめき声がもれた。シンクの上の二重窓からさしこむ朝陽が、きのうの夕食のピザのお皿を照らしている。お皿はいまも、御影石のカウンターに置かれたままだ。娘たちは寝るまえに、簡単に洗ってから食器洗い機に入れておく、と約束していたのに。でもいまのわたしは、あの子たちを起こして叱る気にはなれない。ただがみがみと、口うるさくいうだけになってしまいそうだから。

わたしは日常生活の王道をいくことに決め、汚れたお皿を洗い、外に出て新聞をとり、ライラックの花を摘んだ。そしてキッチンにもどり、レッドオークのシンプルなテーブルに新聞を置き、花瓶に水を入れてライラックを挿して、窓の下枠にのせる。しばしその香りに、うっとり。

自分用の朝食をつくる。酸味のあるパン種でつくったパンをトーストし、そこにダルマチアいちじく《フィグ》スプレッドをぬって、ペラン・オートサヴォワの分厚いスライスを一枚のせ、香りを吸いこむ。牛乳のチーズから漂う八月の、青々した牧草とクローバーの甘み、芳香はなんともいえない……。コーヒーをついで、カップとトーストをテーブルに置き、椅子に腰をおろす。そして神の食物《アンブロシア》をひと口かじって味わいつつ、新聞を広げると――演説するクリスティーン・ウッドハウスの写真が目にとびこんできた。写真の右にある記事によれば、有権者の支持は祖母の有罪・無罪によって変わるだろうとのこと。

わたしは新聞を投げ捨てた。「くだらない。ほんとに、くだらないわ」食欲は消えうせ、わたしはお皿にラップをかけると、あと片づけをして、マシューの部屋に行った。閉じたドアごしに、子どもたちの面倒を見てね、と声をかけると、ぼそぼそした答えが聞こえた。まだ目が覚めてはいないのだろう。でも、もう知らないわ。ふたごは学校に遅刻をするかもしれないし、しないかもしれない。あとは野となれ山となれだ。

ショップへは遠回りをして、祖父母の家に寄った。わたしの運動といえば、ヨガ教室に通い、冷蔵庫からカウンターまで五十ポンドのチーズを運ぶくらいだから、もっとしっかりからだを動かさなくちゃいけない。てっとりばやいのは、ウォーキングだ。

祖父母とも、庭に出ていた。祖母はすさまじい勢いで雑草を抜き、祖父は夏の開花にそなえてバラの剪定《せんてい》だ。祖母は見るからに元気をとりもどしたようで、麦わら帽子の陰になった顔はうっすら日焼けし、健康的だ。短期間でも、忙しく走りまわる毎日から解放されたのがかえってよかったのだろう。殺人容疑で在宅拘禁の状態でさえなければ、町長職を忘れたほうが元気かもしれないと思う。かたや祖父のほうはやつれ、頬がこけて見えた。髪もとかしていないし、ボタンダウンのシャツも、裾をズボンの外に出したままだ。

わたしは朝刊を木の下に蹴ってから、ゲートを押して入った。クリスティーンの最新情報をわざわざふたりに読ませる必要はない。祖母はわたしの両方のほっぺたにキスをすると、三人ぶんのお水をとりに家に入った。

「おまえ《シェリ》、店のほうはうまくいってるのか？」祖父はせつなげな顔でわたしに訊いた。たぶん、ショップの手伝いをしたいのだろう。もちろん、祖母とふたりでいるのがいやなわけではない。日がな一日、自宅でぶらぶらするのがつらいのだ。引退したといっても完全な隠居生活とはちがい、仕事を減らしたにすぎなかった。

「モルビエとブリーは売り切れたわ」と、わたしは報告した。「おじいちゃん《ペペール》が注文したドライ・ジャックも残り少ないし。大ヒットだったわね」ドライ・ジャックはカリフォルニア産のチーズで、モンテレー・ジャックを七カ月ほど熟成させてつくる。そうすると、ナッツの香ばしさをもつシャープなハードチーズができあがるのだ。サンドイッチに最高！

「よし、よし」祖父は剪定する手を休めずにいった。「で、マシューはどうだ？　ワインのほうは？」

「テイスティング会をする予定なんだけど――」

「おはようございます、エティエン」どこからか声が聞こえてふりむくと、アーソが家の角を曲がってこちらにやってきた。制服姿で、車ではなく歩きだ。

　いやな予感がした。いったい、こんなに早い時間に何の用件だろう？　散歩を日課にしているとは聞いたことがない。でも、サイレンを鳴らしたパトカーはいないから……祖母を連行しに来たわけではないのだろう。とりあえず、きょうのところは。わたしは心のなかで、神さまに感謝の言葉を述べた。

「やあ、おはよう」祖父はガーデニング用の手袋をぬいで、アーソと握手した。そして手袋を足にたたきつけ、埃を払う。うすい土色の煙がわたしの顔の前までただよってきて、なぜかわたしはフェリシアを思い出した。彼女は資金集めのガーデン・パーティを開く。でも、気になるのはそれではなく……バラだ。彼女は家の裏庭で、赤やピンクなど、二十種類ものティーローズを育てていた。博物館の庭では、もっとたくさん。

わたしはひとつ、咳払いをした。体内でアドレナリンが噴きだしている。

「ねえ、アーソ」

「なんだい？」アーソは、つば広の帽子をちょこっと上にあげ、わたしをじろじろながめた。頭のてっぺんからつま先まで。そして満足げにニヤリと笑う。あの顔はたぶん、ゴミ捨て場でのささやかな出会いを思い出しているのだ。祖父に話す気だろうか？　それとも、めくれあがったスカートのおかげで見えた、真っ白ですべすべしたわたしの太ももを脳裏によみがえらせているだけ？

「手袋よ」わたしはつい大きな声でいった。どうしてまた、火遊びを見つかった十歳の少女のような気分になるの？　と自分を叱る。祖母の無実をしめす証拠をさがすことの、どこがいけないの？　堂々としていいはずだわ――。わたしは胸をはり、「手袋よ」と、くりかえした。

「クリスティーン・ウッドハウスの手袋のことなら、もう聞いたよ」

「手袋？」眉間に皺をよせ、祖父が訊いた。

「新装開店の日の手袋のことなの」と、わたし。

「殺人事件が起きた晩――」と、アーソ。「被害者の妻は手袋をしていたんですよ」

「フェリシアも、プルーデンスも、ティアンもね」

アーソは広い、大きな胸の前で腕を組み、眉をぴくっとあげた。いいかげんにしろ、といいたいらしい。

「それくらいは調べたよ」

でしょうね。あなたはマヌケじゃないもの。

「全員調べたが、ぴっかぴかにきれいだった」

「わかったわ。でも、園芸用の手袋も調べた？」やや挑戦的な口調で。「フェリシアがガーデニング好きなのは有名よ」

「そうだ、そうだ！」祖父が勢いこんでいった。「わしは一度、フェリシアが庭いじりしているとき、そばにエドがいるのを見たことがある。博物館の運営について話していたようだった」

「ほかにもいろいろ話すことはあったんじゃない？　おじいちゃん《ペペール》が来たから、話題を変えたのかもしれないわよ。ふたりはひそかに愛しあっていて――」

「ひそかに――」

「エドから別れ話をもちだされて、フェリシアは――」

「もういいよ、シャーロット。それじゃまるでレベッカだ」アーソは苦笑し、両手をズボンのポケットにつっこんだ。「《ジェシカおばさんの事件簿》の見すぎじゃないか？」

「もしフェリシアが――」わたしは引き下がらなかった。「クリスティーンかもしれないけど、ガーデニング用の手袋をもって――」

「そこまで！」アーソは片手をあげた。「これは停止命令だ。警察官としての命令だぞ。憶測だけで人を疑ってはいけない」

「でも、ユーイー……」

「言い訳なし！」アーソはわたしの腕をつかんだ。「勝手な憶測ばかりしゃべっていると、そのうちやっかいなことになる。たとえば、名誉毀損とかね。クリスティーン・ウッドハウスがおとなしくしているなんて期待しないほうがいい」

「おばあちゃん《グランメール》は犯人じゃないわ」

「もっと嫌疑の濃い者があらわれたら、すぐにでも解放するよ」アーソはそこで声をひそめた。「おれはね、きみのおばあちゃんが大好きなんだ」

わたしは彼の言い方に、何か含みがあるような気がした。ひょっとして、わたしに対するアピールとか？　彼とデートすれば、祖母の待遇を変えることができるかも……。でもいま、アーソはとくに何もいわない。きっとわたしの考えすぎね。

わたしは彼の手をふりはらった。

「わかったわ。アーソには警察官としての責任があるものね」媚びるような言い方をしないよう気をつける。わたしはジョーダン・ペイス一筋だから、勘違いされては困るもの。「あら、こんな時間だわ」わたしは時計を見もせずにいった。「急がなきゃ」

それから何分か後、わたしは肩で息をしながらショップに飛びこんだ。アーソにはもっと強くいえばよかったと後悔する。しっかりした捜査をしてくれと要求することに何の問題もないのだから。彼には真実を明らかにする義務がある。

わたしは開店準備にとりかかった。チーズの表面をきれいにし、ラッピングしなおす。ディスプレイをととのえて、レジの準備。そして一時間後、マシューがやってきた。ほほえみを浮かべ、足どり軽く。手には〈カントリー・キッチン〉のコーヒー。

「おはよう。娘どもは遅刻せずに登校したよ。それでシャーロット、あとでちょっと話せるかな？　十二時ごろにでも」

マシューの笑顔を見て、わたしは思いっきり胸をなでおろした。いとこ同士、たとえ問題があってものりこえられるってことだわ。

「もっと遅くでもいい？」わたしはいった。「きょうは予定があるのよ」予定というのは、チーズその他の取引先農家の訪問だ。一軒ずつまわると、帰りは早くても三時になるだろう。

「いや、それはまずいな。だったら夜、テイスティング会が終わったあとはどうだ？」

「うん、いいわよ」マシューの気分を害さないよう、この建物の買い手があらわれたことはいわずにおいた。アーソから、事件に関して釘を刺されたこともだ。いずれ、仕事が終わってから話せばいいわ。

＊

最初に訪問した取引先は、ハワイ出身のナチュラリスト、イポ・ホーがやっているクウェイルリッジ養蜂場だ。ここの花ハチミツは最高級で、わたしたちは商品についてたっぷり三十分ほど語りあった。そのつぎはツー・プラグ・ニッケルズ牧場を訪ねて最新のマスカルポーネをいただき、そこからシュガーメイプル農場とエメラルド牧場へまわる。どちらも新しい山羊チーズを試食させてくれ、片方はハーブで風味づけしてあった。そして締めくくりが、ジョーダンの農場だ。

彼のペイス・ヒル農場までは、青々した緑の谷と、オークの巨木が散在する丘がつづいている。途中にあるハーヴェスト・ムーン牧場では、母屋の向こうの丘にある見晴らし小屋で、平日の結婚式がとりおこなわれているようだった。すると、いつのまにかわたしは、《白雪姫と七人のこびと》の「いつか王子さまが」を鼻歌でうたっていた。まったくね、あきれたものです。そこでむりやり切り替えて、「美しきアメリカ」を大声でうたう。こっちのほうがずっとマシ。わたしはけっして、幼稚なロマンティストじゃないから。少なくとも、自分ではそう思っている。そしてオハイオっ子の目から見たアメリカは、とってもとっても美しかった。

なだらかな山々にそよ風が吹き、麦穂が揺れてフラダンスを踊る。木の葉が暖かい日差しをきらきらとはねかえすなか、草々の甘い香りが車内にまで流れこんできて、わたしはからだの奥で新たなエネルギーが湧きあがるのを感じた。こういう日は、何だってできそうな気がする。

ペイス・ヒル農場には、ひときわ目立つ赤い納屋がある。わたしはそのとなりに車を停めて、外に出た。赤っぽい砂利を踏んで軽く走り、青々茂る温室を通り過ぎて、改築された母屋へ向かう。そこがジョーダンの住居兼オフィスだった。玄関は開け放たれていて、わたしはなかに入ると、左手のオフィスに通じるアーチ形の戸口で足を止めた。ジョーダンはデスクの前にすわり、書類に何やら書きこんでいる。ずいぶんと広く開放的な部屋で、アーミッシュの天然木の家具はシンプルだ。あとは革張りの椅子がふたつと、赤煉瓦の暖炉があるだけ。何枚もの賞状と、野生の花が咲くオハイオの丘陵地帯の写真が壁を飾っていた。大きな窓から、午後の陽光がさしこんでくる。わたしが部屋に入ると、硬材の床が音をたてた。ジョーダンが顔をあげ、額に髪がはらりとかかった。彼はそれを手ではらう。わたしのなかの何かがキュッと縮んだ。もちろん、心地よい痛み。

彼はペンを置き、「驚いたよ」といった。オークのデスクの向こうで立ちあがると、両手をジーンズで拭いてから、右手を差しだす。

握手をする彼の手は温かかった。ずっとこうしていたい、と思いながら手を放す。これ以上握っていると、思いが強くなるばかりだから。

「忙しいの？」と、わたしはたずねた。〝謎の女〟との関係を訊きたくてたまらないけど、さすがにその勇気はない。

「建物を改築するためのローンの書類をつくっていただけさ」

「あら、やっぱりこだわりの強いタイプね」わたしは冗談をいった。彼はこの農場を買ったとき、五カ年計画でつくりあげる、といっていたのだ。

「うん、かなりね」ジョーダンはにっこりし、その笑顔にわたしの胃は宙返り。ああ、彼の過去を知りたい！　プロヴィデンスに来たいきさつは？　まえの土地に、何か残してきたものはある？　わたしは必死で自分をおさえた。

「で、きょうの調子はいかが？」

「こちらからきみに、おなじ質問をしよう」右手をジーンズのポケットにつっこみ、左手をふる。その先、暖炉のそばには、心地よさそうな革張りの椅子があった。

わたしはすわるのを控えた。そわそわして、すわってなんかいられません。

「きょうはね、定例のご挨拶まわりよ」わたしは窓辺まで行き、外をながめた。「すばらしいところね」

ジョーダンも来て、わたしのうしろに立つ。体温を感じられるほど、すぐうしろに。

「うん、いいところだよ」

わたしはふりかえった。心臓がばくばくする。どうか、胸が大きく波打っているのに気づかれませんように。もしわかったら、わたしの気持ちまで透けて見えてしまうから。ゆっくりと息を吸いこみ、わたしは息を整えてからいった。

「最前線の現場を案内してくれない？」

わたしの仕事のいちばんいいところは、チーズづくりの現場をじっくり見られることだ。そしてわたしはこれを、祖父から数年まえに引き継いだ。このあたりで最大規模の農場はジョーダンのところで、はじめて熟成《アフィナージュ》センターを開いたのも彼だった。センターは山腹を掘削してつくったコンクリートの施設で、小規模農家による高品質のチーズ製造を対象に、彼のスタッフが熟成過程を管理する仕組みだ。実際、熟成施設をもたない農家は多かった。噂によれば、オハイオのチーズ製造業界は、ジョーダンなら安心して製品の管理を任せられるといっているらしい。

「はい、喜んで」

ジョーダンはそういい、わたしたちは部屋の横のドアから出ると、屋根のついた小道を渡って、煉瓦とセメントのまだ新しい施設に入っていった。なかは広々した熟成室で、さらに山の奥へといくつも部屋がつづいている。わたしは以前にもここを見学したことがあって、ここなら世界各地のありとあらゆるワインを楽しむパーティが開けそうだった。わたしなら、聖歌隊つきのクリスマス大パーティを催したい。歌声が壁に、天井に響き、こだますることだろう。開催準備は、きっと祖母がやってくれる――刑務所に入ってさえいなければ。と考えて、また気持ちが沈んだ。わたしにできることは何かないだろうか？

ジョーダンが壁のバスケットから紙のブーツとヘアネットを二組とりだし、ひとつをわたしに差しだした。

「衛生管理のためだ」

それを身につけ、わたしたちはドアのひとつをあけて洞窟のなかに進んでいった。床は水ですべりやすく、これは湿度を保つためだろう。熟成室の湿った香りは、どこもとてもステキだった――やわらかく熟成するチーズの部屋、ウォッシュ・タイプの部屋、そして圧搾タイプのチーズの部屋。どの部屋も明るい照明で、一度に大量に運べる最新システムが備えられていた。すべてのチーズにラベルが貼られ、部屋ごとに熟成具合を示すチャートと、メンテナンスのスケジュール表がある。

「これは何？」わたしはスチールの棚がついた機械を指さした。まえに来たときはなかったものだ。

「それはターニング機構といってね」ジョーダンは、にやっとした。「まあ、専門的にはそういうんだが、ともかく、チーズ・ホイールを反転させるものだ。同時に十個、処理できる」

「へえ……」これまで、丸いチーズは手で裏返してきたのだ。それにしても、皮の湿り具合はほんと、申し分なし。

「ゴーダは毎日、手づくりだよ」先に進みながら、彼がいった。

ここのゴーダ・チーズは一級品だとわたしは思う。純朴でクリーミーで、口に入れるとフアッジのようにやわらかい。

「原料は、成長ホルモンを使っていない生乳だ」

わたしはうなずいた。どれもすでに知っている内容だけれど、それでも熱心に耳を傾ける。うちのショップに来るお客さんたちは、自分が買おうとするチーズの製造過程について、わたしにいろいろ質問してくるのだ。ジョーダンの農場では、一日に二回搾乳するので、原料の牛乳は一時間まえにしぼったばかりということも多い。また、牧草地には殺虫剤や除草剤、化学肥料の類は使っていなかった。

わたしたちは熟成室から熟成室へとめぐり、ジョーダンはそれぞれのチーズについて解説してくれた。たとえば、近くの羊牧場のチーズは〝キンドレッド・ブレビス〟というヨーグルトふうの新製品で、カラメルと牧草、クローバーの風味があるという。

こうしてツアーを終えて事務室にもどったところで、ジョーダンがいった。

「おばあさんのようすはどう?」

「がんばって耐えているけど、弁護士さんが申請しても、まだ在宅拘禁が解かれないの」

「で、おじいさんは?」

「調子はいまひとつね。ストレスをかかえこんでいるから。食欲もあまりないのよ」わたしは壁にかかったものを鑑賞しながら話した。ここの農場がもらった種々の賞状、オハイオのさまざまな著名人と握手するジョーダンの写真。でもプロヴィデンスに来るまえの写真は一枚もない。彼は証人保護プログラムの被保護者となり、人生を再スタートさせた、ということはわたしも噂で聞いて知っている。なんだか怖い話、と思う反面、ちょっぴり興奮もしてしまう。

「なあ、シャーロット」ジョーダンがいった。「ひとつ、訊いていいかな?」

わたしは彼をふりむいた。ほっぺたが熱くなる。彼のことをあれこれ考えるのは、もうやめなくちゃ。その気にさえなれば、彼はきっとわたしを誘ってくれる。いま、ジョーダンはデスクから腰をあげ、両手を組んでいた。

「ん？　何かしら……」

「店の経営は順調かな？」

「ええ、とりあえずはね――」わたしは彼のほうに寄っていった。「でも、まずいこともあるのよ。きのう、不動産の仲介業者と会ったの。うちであの建物を買いたいと思って。個人名を伏せて、会社としてだけど」なぜか顔がほてってきた。「ともかくね、エドはあそこを売る気だったのよ。でも……彼が亡くなったあとで、わたしより高値をいう買い手があらわれたらしいの」

「建物を所有するかどうかは、そんなに大きな問題じゃないと思うが」

「でも新しいオーナーは、わたしたちを追い出すかもしれないでしょ？」

「そんなことをするとは思えないけどな」

わたしはジョーダンの一メートルほどまえで立ち止まった。ほんの短いあいだだけれど、無言で見つめあう。彼は首をかしげ、小さくほほえんだ。そしてわたしは、反対側に首をかしげる。たぶん、憧れのスターに見とれる少女のような顔になっているだろう。我に返るためにほっぺたをつねるなんて、ばかなことはできないし。わたしは一歩あとずさると、親指でドアを指した。

「そろそろ失礼するわね。とつぜん押しかけてごめんなさい。これからもおつきあいのほど、よろしくお願いします」

「いや、ちょっと待ってくれ」彼はわたしに近づき、腕にふれた。ずいぶん深刻な顔つきだ。そして大きく息を吸いこむ。わたしに何か悪い知らせでもあるの？　もしそうだったら、わたし、耐えられないかもしれない……。「きみさえ、もしきみさえ――」

「ジョーダン！」

部屋の入口に、〝謎の女〟が立っていた。

15

わたしは謎の女を見て、ジョーダンを見て、また女を見た。じつに人目を引く女性。セクシーなタンクトップに巻きスカートで、左手を高くあげてドア枠にもたれている。黒髪は、わざと乱れたスタイルに。これならヴォーグ誌のモデルだってかなわないかもしれない。当然、わたしは逆立ちしたってムリ。

だけど、わたしがここから一刻も早く逃げだしたいと思ったのは、それが理由じゃない。大きな危険信号を発したのは、彼女があげた左手の、四番目の指できらめくダイヤモンドだった。もしかして、彼女はジョーダンの奥さん？　でなきゃ、もと妻？　その視線はいかにもじっこんで、親しい間柄に見えた。彼にはお似合いの、魅惑的な女性――。

「ぶしつけでごめんなさい。でもローンの打ち合わせをしたくて」彼女はドア枠から手を離すと、大きなブランド品のバッグを開き、書類をとりだした。

ジョーダンはデスクのペーパーに目をやり、つぎにわたしを見た。彼はあの家を謎の女に買ってやったのだろうか？　彼女とふたりで、祖母の家のとなりに住むつもり？

「あ、あの……」わたしはあわてていった。「もう帰るわね。そのうちまた連絡……します」わたしは足早に謎の女のわきを通って外に出た。車を走らせていると、空がにわかにかきくもり、どしゃぶりの雨。わたしの頬の涙とおなじ。ジェラシーなんてくだらない、と自分にいいきかせても……まったく！　わたしはジョーダンが好きなの。たとえ秘密があっても、好きなの。

雨はショップに着くころにはやんで、わたしの気分も多少は上向いた。どん底よりはマシ、という程度には。

顔に微笑をはりつける。でも、目のまわりはむりだろう。そこでレベッカに、晴れているうちに外の空気を吸ってくるといいわ、といった。お客さんは、ひとりしかいなかったからだ。それも、わたしがさっき訪ねたばかりの養蜂家イポ・ホーだ。彼はわたしが帰ってきたのに気づかないらしく、並んだ香辛料のラベルを熱心に読んでいる。

わたしはエプロンをつけながら、「マシューは？」とレベッカに訊いた。

「外です」

「外って、庭に出ているだけ？　それとも何かの用で外出？」

「外出です」レベッカはエプロンをフックにかけ、水色のブラウスの身ごろをととのえて、ボタンをきれいに一列にした。あれはたぶん、新しいブラウスだ。やりくりはうまくできているのかしら？　気にはなったけれど、立ち入った質問だし、いまはともかく、あまり会話をする気になれなかった。

「それで、どこに行ったの？」気にするなといってても無理だった。どうしてレベッカをひとりにして出かけたのだろう？　店番は原則としてふたりでやる、というのがマシューとわたしの取り決めだったはずだ。いま、祖父は愛妻につきっきりなので、人手は足りない。

「お買い物です」と、レベッカ。

はあ？　わたしはぽかんとした。テイスティング会は始まっていないから、前菜が足りないなんてこともない。ブラウンとゴールドのロゴが入ったナプキンはたっぷり用意してある。わたしはアーチ道まで行って、アネックスをのぞいた。バーの準備は完了。テイスティング用のグラスもセットされている。マシューと相談してつくったワインの解説カードも、寄木細工のテーブルにきちんと置かれていた。マシューはやるべき仕事をやってから出かけたらしい。だったら、あまり堅いことはいわないようにしましょうか。わたしはチーズのカウンターにもどると、商品のディスプレイをチェックした。

すると、呼び鈴がちりんと鳴った。あらわれたのはヴィヴィアンで、右手に乾いた傘を持ち、左手にはきれいな袋をいくつもぶらさげている。

「よかったわ、シャーロットがいてくれて」ヴィヴィアンは、ドアの横にある真鍮のスタンドに傘を入れてからカウンターまで来ると、床に買い物袋を置いた。「ねえ、メレディスはどうしちゃったの？」

「ん、何が？」わたしはドキッとしつつも、何気なく訊いた。

「さっき、彼女に無視されたのよ」

あらら……。メレディスが縁を切りたがっているのは、わたしひとりじゃないらしい。

レベッカがわたしの横に来ていった。

「マシューが帰ってくるまで、わたしもお店にいましょうか？」

どうやらレベッカは、休憩よりゴシップに魅力を感じるらしい。

「さっきね」と、ヴィヴィアン。「町民としてささやかながら景気を刺激しようと思って、買い物に出かけたの」

わたしを除く町民は、労働の成果を消費活動に使っている。わたしも一日くらいなら、買い物セラピーをしたほうがいいかもしれない。

「それで〈シルヴァー・トレイダー〉に入ったら――」と、ヴィヴィアン。「カウンターにメレディスがいて、店員さんがかわいい銀の箱にロケットふうのものを入れていたの。豪華なリボンがついたステキな箱よ。知ってるでしょ？」

わたしはうなずいた。早くその先を聞きたい……。

「それでこんにちは、って声をかけたの。そうしたら彼女、悪巧みがばれたみたいにぎょっとしてね。挨拶もせずに真っ赤な顔でバッグをつかんで、お店から飛びだしていったのよ。買った品物を見られたくなかったみたいだわ」

「それはもらった品物、かもしれません――」レベッカが声をひそめていった。「ちょっとした噂を聞いたんですよ、あの人から」頭をふった先にいたのは、イポだった。まだ瓶のラベルを読んでいる。「エド・ウッドハウスは、物騒な取引をやっていたらしいんです。不動産の貸付で大金が儲かるようなね。しかもそのパートナーが、愛人だそうで」

「愛人？」ヴィヴィアンは真顔になった。「たしかなの？」

「メレディスはエドの愛人なんかじゃないわ」思わずわたしはいった。

「そうですか？　でも……」レベッカは爪の先でカウンターをたたきながらつづけた。「エドはその愛人にアクセサリーとか小間物をたくさん買って与えたそうですよ」

「でもメレディスじゃないでしょう」と、ヴィヴィアン。「彼女とエドは、親子くらい歳が離れてるんだから」

「そう、ありえないわ」わたしは友人をかばった。といっても、背筋がかすかに寒くなる。もしや、彼女はそれが理由でわたしを避けているとか？　エドとの関係がうしろめたくて？そういえば、新装開店の日のエドは……メレディスにすりよっていった気がする。彼女のお尻にさわって、彼女はそれをはねつけて。あのときは、まさかふたりが特別な関係にあるなんて想像もしなかったけど。

ちがう、ちがう！　絶対にありえない。

「ねえ、イポ！」レベッカが呼んだ。

イポはiPodのイヤホンをつけていた。ぶらさがるコードの先はポケットのなかだ。

「イポ！　ちょっと！」レベッカは肩にかかった髪を払い、にっこりした。イポがこちらをふりむく。レベッカの美しい声が音楽ごしに聞こえたのだろう。「イポっていう単語は、ハワイ語で〝愛しい人〟って意味らしいですよ。すてきじゃないですか？」笑みが大きくなる。歯磨き粉のCMのオーディションを受けているみたいだ。「ねえ、イポ、ちょっとこっちへ来てくれない？」

　イポは巨漢で、ハワイ式宴会《ルーアウ》があると火のついた松明を投げたりする。でも、いまレベッカをふりむいた彼は、膝に抱っこしてもらいたい子犬のように見えた。そう、レベッカの膝に。わたしもジョーダンにあんな顔で見られたいなあ、と思う。イポはイヤホンをはずすと、太い指をジーンズのポケットにつっこみ、ゆっくりとこちらへやってきた。

「やあ、レベッカ」彼の声はハスキーでセクシーだ。「あんた、ほんとに……かっこいいよ」

「シャーロットたちに、エド・ウッドハウスの話をしてくれない？　ほら、《ジェシカおばさん》のことを話していたときに、いってたでしょ」レベッカは人差し指を魔法の杖のようにして、イポの肩をたたいた。

　彼は額にかかった黒髪を払う。

「ああ、あの話か。いいよ。みんな、おれみたいな蜂屋は耳が聞こえないと思ってるんだろうな。ほら、フードとかで保護してるから。でも、あれ、鉄製じゃないんだよ。まあともかく、おれが農場にいたとき、ロイスが――ほら、B&Bをやってる彼女だよ――蜂蜜が切れたからって、仕入れに来たんだ。ロイスは最近、ハイティー（夕刻のお茶と食事を兼ねたもの）を始めたからね」どうやらイポは、話しはじめたら止まらないタイプらしい。しかも寄り道をする。「そんときのロイスはさ、まあね、大あわてって感じでさ――」

「あのね、イポ」レベッカがさえぎった。「要点だけ話してくれる？」

「ああそうか、わかったよ、うん。で、ロイスには連れがいてね。クリーヴランドから来たスウージーなんとかっていう若い女だ」

それはあの、色っぽいツアーガイドだ。Tシャツと、じゃらじゃらしたシルバーのネックレスが趣味の人。

「で、ロイスはさ、そう、若い女にうちの農場を見せてまわりながら、ふたりでエドの話を、エドが相棒《パートナー》といっしょにやってる仕事の話をしてたんだ。クリーヴランドじゃ、いまひとつ合法じゃない取引をしたとかしないとかね」

「合法じゃないって、どういうこと？」わたしは訊いた。

「借り手をだましたんだろ」

「エドとパートナーは、それで大儲けしたらしいですよ」レベッカは高利貸しのように両手をこすりあわせた。「そしていうまでもなく、エドはそのパートナー兼……」わざと言葉を切る。「愛人に、特別の感謝の印を与えました」

イポがうなずいた。

「スウージーはロイスに、妹に注意しろって、忠告していたよ。そう、あの……フェリシア・ハスルトンさんは、エドとビジネスのつきあいがあるからって」

それはたぶん、博物館への寄付の件だろう。

「スウージーはパートナーの名前をいわなかったようですけど、もうわかりますよね」レベッカは、拍手を求めるマジシャンさながら、わたしとレベッカに両手をさしだした。「エドのパートナーは、メレディスだったんです」

「それは考えられないわ」わたしは首を横にふった。

「メレディスは、新しい服やアクセサリーをたくさんもってますよ」と、レベッカ。

「彼女はそのてのお金儲けはしないって。それよりクリスティーンのほうが怪しいわ」というわたしを、ヴィヴィアンが鼻で笑った。

「ロイスがクリスティーンのことを〝エドの愛人〟なんていうわけないわ」

「じゃあツアーガイドかしら？」わたしは何とかして、友人の嫌疑を晴らしたかった。「それともフェリシア？　エドのやり方がきたないのをわかったうえで、自分も仲間に加わったとか」

「それでどうして殺したりするの？」と、ヴィヴィアン。

「彼から別れ話をもちだされたのよ、公私ともに。エドは資産を売り払っていた。この建物もそうだし、ヴィヴィアンのところもでしょ？」

「おれが《ロー&オーダー》で見たやつだと――」イポが話にわりこんできた。「女が仕事のパートナーを殺した動機は、そいつに契約解消を宣告されたからだった」

「その話は《ロー&オーダー》じゃないわ」と、レベッカ。「たしか――」

「そういうトラブルは、ふつうなら弁護士が処理するのよ」わたしがレベッカをさえぎると、彼女は指を一本たてて反論してきた。

「だったら、メレディスが教師という立場や評判を守りぬきたくて、エドを殺害したという可能性は？」

「ほんとにもう、お願いよ」

「メレディスはエドとの関係を終わらせたかった、エドのほうは汚い仕事にかかわったことをばらすぞ、と脅した」レベッカは止まらない。「それなら理屈はとおりませんか？」

「くだらないわ」

「でも、メレディスの態度がおかしいのは、殺人事件のあとからでしょう？　シャーロットが電話してもなしのつぶてだし、ヴィヴィアンさんのことも無視した。それにショップのリニューアル・オープンの日は、ダイヤモンドのイヤリングをつけていましたよ。学校の先生で、あんな高価なものが買えるでしょうか」

わたしはメレディスと偶然〈カントリー・キッチン〉で会ったときのことを思い出した。わたしがサファイアのネックレスのことを訊くと、彼女はあわてて手で隠したっけ。

「それに服だって最新モードで、ずいぶん値が張りそうに見えますけど」これじゃレベッカは、意気揚々と反対尋問するテレビ・ドラマの弁護士だ。

「ありえないわ」と、わたしは小さくいった。

「同感よ」ヴィヴィアンがわたしの腕をつかんだ。「メレディスは冷徹な殺人犯なんかじゃないわ。疑うならクリスティーンのほうよ。エドは何人も愛人をつくっていたから、逆上して殺したかもしれない」

「女は傷心と不信で正気を失う」レベッカの台詞は、まるでテレビガイドの見出しだ。「メレディスの家を訪ねて、直接訊いてみたらどうです？　この時間なら、ご自宅にいるんじゃないですか？」

「ええ、たぶん。でもね……」

三人の視線が、わたしに集中した。わたしなら、古代遺跡の宝物庫をあけられるかのように——。そうね、答えがほしければ行動あるのみ、ね。

わたしは両手をぴしゃっと合わせた。

「じゃあレベッカ、お店番をしてくれる？　ヴィヴィアンは——」

「ついていくわ。あなたをひとりで殺人者のところに行かせたりできません」

あら。ヴィヴィアンは、メレディス潔白説ではなかったの？

わたしはエプロンをとり、バッグをつかんだ。

「マシューに電話をしてちょうだい、レベッカ。それでもし〈プロヴィデンス・パティスリー〉で暇つぶししているようだったら、わたしがどこに向かったかを伝えて」

「アーソ署長はどうするの？」ヴィヴィアンはバッグから携帯電話をとりだした。「わたしから連絡しましょうか」

そのときお店の玄関が開き、ジョーダンが入ってきた。農場からここまで全力疾走したかのように顔が真っ赤だ。

「ちょっと話せるかな？」

「ごめん。これから出かけるのよ」通り過ぎようとすると、腕をつかまれた。

「きみはさっき、あわただしく帰って——」

「いまは時間がないの。あとじゃだめ？」いまこの瞬間たいせつなのは、恋愛ではなくメレディスだから。

「アーソはどうする？」ヴィヴィアンが携帯電話をふった。

「署長になんの用事があるんだ？」ジョーダンはわたしの腕を放すとヴィヴィアンをふりむき、またわたしに視線をもどした。眉間に皺。

「ううん、ヴィヴィアン、彼には連絡しないで。いまのところはなんの証拠もないから」

わたしは外に出て、ヴィヴィアンも買い物袋と傘をとり、うしろについてくる。

そしてジョーダンが、わたしたちを追って道路に出てきた。

「何があった？　どこに行くんだ？」

わたしは雨に濡れた黒い歩道を足早に進んだ。チェリー・オーチャード通りを南へ。メレディスの家はうちの祖父母の家からそう遠くない。ジョーダンはしつこくついてきていた。

「シャーロット、事情を説明してくれ！」

ヴィヴィアンが彼に、イポから聞いた話を伝えた。

「くだらない」と、ジョーダン。「メレディスは、ぼくにひけをとらないくらい潔白だよ。早合点もいいところだ。エドのパートナーは男かもしれないだろ？」

わたしは思わずジョーダンをふりむいた。たしかに、エド殺害の動機がありそうな人間をすべて考える、なんてことはしなかった。ロイスもひとり合点していたのではないか。エドのあくどい商売の相棒は、男だった可能性もあるのだ。愛人に関しては、まだよくわからないけれど。では、わたしはジョーダンについて何を知っているか？　彼のすべてが謎だ。彼の過去も。何もかもが。

よしなさい、シャーロット。わたしは自分を叱った。ジョーダンは殺人犯なんかじゃありません。

（そしてメレディスもね！）わたしの心の声が叫んだ。

でも、何かがおかしいのはまちがいない。その点は、はっきりさせなくちゃ。

わたしたちは、空色の家の前に到着した。このヴィクトリア様式の家は、メレディスが祖父母から相続したものだ。剪定をしていないバラがひょろひょろと伸び放題で、ポーチの板も手入れをしていないのだろう、ずいぶんささくれだっている。屋根もたわんで、見るからに修理が必要。門は蝶番《ちょうつがい》がはずれ、開いたまんまだ。どう見ても、お金持ち女性の住まいではなかった。

ジョーダンがわたしの肩に腕をまわして止めた。

「行かないほうがいい、シャーロット。たぶん後悔する」

「わたしははっきりさせたいの」

車寄せに、メレディスの車がある。つまり、彼女はご在宅ということだ。

「きみはショップの開店とおばあさんの在宅拘禁で、ストレスつづきなんだ」ジョーダンはそういった。「だからひと息ついて、もう少しじっくり考えたほうがいい」

わたしはジョーダンの腕をふりほどくと、壊れた門を横目で見ながら敷地に入り、玄関に向かった。すると扉が、ほんの少し開いている。わたしは呼び鈴を鳴らした。

返事はない。なかで動く気配もない。

全身がざわっとした。もしや強盗に襲われたとか？　わたしはドアをそおっと押して、なかをのぞきこんだ。待ち伏せしている者はいないようだ。書斎にも、キッチンにつづく廊下にも人影はなかった。

「そこまでにしておけ、シャーロット！」ジョーダンがこちらへやってくる。

「メレディスの身に何かあったかもしれないわ。玄関があいていたのよ」

「鍵の調子がおかしいだけかもしれないわ」ヴィヴィアンがいった。「ジョーダンのいうとおりよ」

わたしはホールに足を踏み入れた。と、声が聞こえた。場所は二階だ。メレディスが話そうとするのを、だれかが黙らせた、という感じだった。

気がつけば、からだが動いていた。ジョーダンとヴィヴィアンが追ってくるとふんで、わたしは階段を、一段とばしで駆けあがった。

16

メレディスの部屋の扉を、勢いよくあける。とたん、足がすくんだ。真鍮のベッドを呆然とながめる。眼前の光景に、うめき声すら出なかった。

かたやメレディスは、きゃっと叫ぶと、花柄のベッドカバーを首まで引っぱりあげた。その横に、わたしのいとこ、マシューがいる。胸をはだけて。くちびるをかたく結び、肩を小刻みに震わせて。ただし、怯えているのではない。笑いをこらえて震えているのだ。

「あ、あなた……」舌がもつれ、首筋からほっぺたが熱くなった。「ご、ご、ごめんなさい……」

ジョーダンとヴィヴィアンが到着し、わたしの肩ごしに部屋をのぞいた。

「いったい――」ジョーダンが大きく息を吐くのを、わたしは耳のすぐそばで感じた。

「だからいっただろ、なんていわないでね」わたしは彼に、力なくつぶやいた。

ジョーダンは無言だ。そして無言のまま、ゆっくりと廊下へ出てゆく。階段をおりる彼の足音が聞こえ、わたしは憂鬱になった。軽はずみな行動が、ジョーダンとの関係も傷つけてしまったかもしれない。ヴィヴィアンは動かず、わたしの右側にじっと立っている。

「これでもう、秘密じゃなくなったわね」メレディスは明るい茶色の髪を軽くととのえ、からだを隠しているベッドカバーをおさえるように腕を組んだ。「隠すのは、たいへんだったわ……」マシューに目をやる。その目には、まぎれもない愛情がたっぷり。「わたしたち、しばらくまえからつきあっていたの」

「彼女に詩を読んであげたわけ？」わたしはマシューに訊いた。

「どのような名で呼ばれようと、バラの香りは甘いのだ……」マシューはくくっと笑った。

「だめよ、笑っちゃ」メレディスが彼をつつく。

マシューはこらえようとした。でも、むりだった。

「わたしも彼も、ふたごのことが心配だったの」と、メレディス。「わたしがマシューを好きだから、あの子たちにいい顔をしてる、と思われるのがいやで。ゆっくりと時間をかけて、信頼関係を築いていきたかったのよ。心からわたしを信頼してくれるようにね。あの子たちは母親のせいでつらい思いをしているでしょ。だからもし、わたしに対して不信感をもつと……」

「大丈夫だよ」マシューがいった。「心配いらない」メレディスの手に自分の手をからめ、親指でいとおしそうに、彼女の人差し指をなでる。「この愛はほんものだから」

どうして断言できるのよ？　ふたりが知りあったのは、ほんのふた月まえじゃない？　それで永遠の愛だとわかるの？　愚見をいわせてもらえば、マシューはいささか感情に溺れている。でも、わたしがいちばん心配なのはそういうことではなかった。わたしの親友は、わたしから離れていくのか？　それともすでにもう離れてしまった？　いとこのもとへ行くために？

しん、と静まりかえり、わたしはおちつかなくなった。

ヴィヴィアンが、わたしは下で待っているわね、といった。

ううん。わたしは彼女の腕をつかんで引き止めた。

「ところで、ここに来た用件は何だったの？」メレディスが現実にもどって訊いた。

わたしは言葉に詰まった。まさか、レベッカとヴィヴィアンがあなたを殺人犯だと疑ったから、なんていえない。かといって、メレディスとマシューを調べていたように思われても困るし。わたしは返事に窮し、その場につったっていた。するとヴィヴィアンが、「エド・ウッドハウスにはね」と、話しはじめた。

「愛人がいて、その人といっしょに悪辣な不動産取引をしていたようなの。想像だけど、エドはたぶん、その人に贈り物をたくさんしたでしょう。それで、あなたと宝石店で会ったとき、あなたはわたしを避けたから――」

「最近、メレディスはわたしたちを避けっぱなしだったわ」わたしははっきりいった。ヴィヴィアンひとりのせいにはできない。進んでここに来たのは、このわたしなのだから。

「エドの愛人は、わたしだと思ったの？」メレディスは片手を口にもっていった。関節を、くちびるに押し当てる。頰がみるみるピンクに染まった。そして事情が見えたのか、片手を口から離してだらりとたらす。傷ついた目――。「わたしがエドを殺したとでも？」

「シャーロットはちがうっていったわ」と、ヴィヴィアン。「彼女は否定したのよ」

「エドの年齢はわたしの……いくらなんでも」メレディスは深く、大きく息を吸った。「ありえないわ」

「アクセサリーを贈ったのはぼくだよ」マシューがいった。「あいつが――」歯をくいしばる。「まえの妻が、ぼくが与えたものは全部もって出たからね。おふくろの宝石も何もかもだ。メレディスには、ぼくの気持ちをかたちにして伝えたかった」

メレディスは、首にかかったチェーンに手をやった。きょうはサファイアではなく、ハート形のペンダントがついた美しい銀のネックレスだ。

「これはわたしがお店で選んだの。マシューがなかに言葉を……〝約束〟って言葉を彫ってくれて」

「いまのぼくにできるいちばんのことは〝約束〟だからね」マシューはメレディスをふりむき、もう一方の手も握った。「ぼくは約束するよ、きみを愛して、きみに誠実で、きみに――」

メレディスが肘でマシューをつんと押し、彼はほほえんだ。そしてふたりで軽やかに笑う。明るい笑い声に緊張した空気がなごみ、わたしはほっとひと息ついた。

「ごめんね、シャーロット」メレディスはあやまった。「わたしがよそよそしくしたから、こんなことになって……ほんとにごめんなさい」

「よしてよ。あやまるのはわたしのほうだわ、とんだ早合点をして。許してちょうだい」

「ええ、ええ、もちろんよ。長いつきあいじゃないの」メレディスはにっこりした。「それにヴィヴィアン、念のためにいっておくけど、わたしは事件が起きたとき、チーズ・ショップの裏でマシューとキスしていたの。そうしたら悲鳴が聞こえて……。マシューにはお店にもどるようにいって、わたしひとりで玄関のほうにまわったのよ」

「ぼくも行くっていったんだけどね」と、マシュー。

「わたしは護身の訓練をうけているもの」メレディスは教師仲間と護身のレッスンに通い、以前わたしも誘われたことがある。

わたしはふたりに背を向けた。早く帰って、反省がてらじっくり考えよう。

「ちょっと待って」メレディスがひきとめた。「できれば、子どもたちには話さないでくれる？」

わたしは顔だけうしろを向いて、「時期がきたら、直接うちあけるでしょ？　わたしから余計なことはいわないわ」といった。

メレディスとマシューの笑顔に送られ、わたしは階段をおりた。うらやましいなあ、と心から思う。ちょっぴりでも愛を感じられるなら、わたし、何でもするんだけど……。ジョーダンが、外で待っていないかしら。なんて期待したけど、彼の姿はナシ。

「ほんとにごめんなさいね」ヴィヴィアンがいった。「まさかああいうことだとは……」

「ヴィヴィアンのせいじゃないわ。焚きつけたのはレベッカで、それをわたしが煽ったんだから。もう忘れましょう」

外に出ると、地平線に黒雲がもくもくわいて、つぎなる攻撃をしかけてくるように見えた。雨が降るなら、日が暮れてからにしてほしい。せめてもう少し、明るい日の光にいやされていたいから――。わたしとヴィヴィアンは無言で来た道をもどり、聞こえてくるのはツグミとムシクイのさえずりだけだった。わたしは祖父から聞いてずっと気になっていたことを、ここで彼女にたずねてみようと思った。

「ねえ、ヴィヴィアン、うちのおじいちゃんがね、事件のまえの晩、あなたとエドが口論しているところを見たっていうの。おせっかいだとは思うけど……」

「話せば長くなるわ。でも要するに、わたしとの賃貸契約の件」喉に手を当てる。「エドって、ほんとに意地悪なのよ。わたしには……わたしの将来にとってはたいせつな話なのに」

「建物の売却？」

ヴィヴィアンは乱暴にうなずいた。

「クリスティーンにも頼みこんだの、新しいオーナーに口をきいてほしいって。だけど拒否されたわ」

「うちの建物も買い手がいるらしいの。もしかして、ヴィヴィアン？」

「そんなお金はもってないわ」

「そっちの建物は、だれが買ったの？」

「いくら訊いても――」ヴィヴィアンは首を横にふった。「クリスティーンは口がかたいの」

「それがきっと、ツアーガイドがいうエドのパートナーね？」ほんとによかったわ、メレデイスじゃなくて。

「愛人っていうのはごまかしで、クリスティーンじゃないかしら。エドが生きているうちに、何もかも自分の名義にしておくのよ、債権者が押しかけてきた場合にそなえて」

「その後、彼は殺された――」

「クリスティーンには、エドの財産をねらう必要はなかったかもしれないわね」

「レベッカがいうように――」わたしはうなずいた。「人はジェラシーで分別をなくすわ」

ショップに到着。ヴィヴィアンはわたしの頰に軽くキスした。

「ごめんなさいね。わたしもゴシップは嫌いなんだけれど……半端なことをいわなきゃよかったわね」

「でもほんとうのことがわかって、ほっとしたわ」

「真理はあなたたちを自由にする、っていうから」ヴィヴィアンは信仰復興運動の推進者が喜びそうな口調でそういうと、早足で〈ユーロパ〉に向かった。肘からぶらさがる買い物袋が揺れていた。

＊

マシューは夕方五時ごろショップにもどってきた。リニューアル・オープンからこちら、からだに染みついていた緊張感がとれている。わたしがメレディスの家に押しかけた件については、ひと言もいわない。わたしも今後、けっしてむしかえすことはないだろう。

ほどなくして、地元のワイン専門家《レプリゼンタテイブ》が三人やってきた。男性ふたりに女性がひとり。今夜披露する十二種類のワインについて、お客さんたちに簡単な解説をしてもらおうと、マシューが彼らを招待したのだ。そしてとりあえず彼は、それぞれのワインのステーションからステーションへ専門家《レップ》を案内し、紹介の仕方について自分の考えを伝えた。あらかじめワインのそばには、簡単な解説と、おすすめするペアリングを記したカードを並べている。

彼らがワインについて熱のこもった会話をしているあいだ、わたしはチーズのカウンターに行き、レベッカに準備はオーケイかと訊いた。

すると彼女は親指を立て、おじいちゃんがいらしていまキッチンにいます、といった。

わたしは祖父に、お店には来なくていいといっていた。でも祖母が、家から出ていけと命令したらしい。たぶん、祖母はふたごといっしょに女性向きの映画をテレビで見て、ひと晩わいわいやるつもりなのだろう。

午後六時。わたしはお店の玄関をあけると、カット・チーズの形をしたドアストッパーをさしこんだ。夕暮れの涼しい風といっしょに、町の人と観光客が数人入ってくる。

デリラとフレックルズもやってきて、まっすぐテイスティング・バーへ。

最年長のレップ——カリフォルニアから来た、真っ黒に日焼けした男性——がアーチ道でふたりを出迎え、自分の持ち場に案内した。

するとメレディスが来て、やさしくわたしの腕をつかみ、

「水に流してね」といった。

「うん、もちろん。こっちこそ、あんなことをしてごめんなさい」

メレディスはわたしの口に人差し指を当てた。

「もう〝ごめん〟はよしましょ。さっき、うちに来たとき、あなたのうしろにジョーダンがいたようだけど、そっち方面の調子はどうなの？」

「ぜーんぜんダメ」わたしは〝謎の女〟のことを話した。

「きっと何か事情があるのよ。新装開店の日の彼のようすを見ていると、〝超〟がつくらいシャーロットを意識していたわ」

それをいうなら、超無関心じゃない？　きょうみたいな騒ぎを起こせばなおさらのこと。

「シャーロット！」祖父がこちらに歩いてきた。「お客さんたちがおまえに訊きたいことがあるそうだ」

メレディスはわたしの頰にキスすると、マシューのほうへ行った。

「訊きたいことって？」

「いいブリーと悪いブリーの見分け方だよ」

わたしは祖父のほっぺたをつねった。

「おじいちゃん《ペペール》が教えてあげたらいいでしょ！　わたしの〝ヨーダ〟なんだから」外皮のやわらかいチーズを選ぶポイントは熟成具合で、わたしはこれを七歳のときに知った。というのも祖父から、熟成しすぎたものをいやというほど食べさせられたからだ。とろっと垂れるほどやわらかく、アンモニア臭がした。曲がった鼻は一生なおらない、と子どものわたしが思ったほどだ。逆に未熟なうちは、もったりとして、中心がチョークのように白い。そしてこちらのほうが、はるかに食べやすかった。

「おまえから教えてもらいたいんだよ」祖父はさびしげな顔をした。

「じゃあ、ふたりで行きましょ」わたしは祖父と腕を組み、カウンターに向かった。

そうしてお客さんたちのお相手をして、会計をすませたころ、祖父の口笛が聞こえてきた。何もかもうまくいきますように、と願いながら、わたしはワインのテイスティングのようすを見にもどった。

「シャーロット、ちょっとこっちに来て」デリラから声がかかった。そばにいるフレックルズは、ワインを噴き出しそうなほど笑いころげている。

「何がそんなにおかしいの？」わたしがたずねると、

「クリスティーンのことよ」と、フレックルズ。

「お葬式以来、どこに行ってもクリスティーンの噂でもちきりだわ」デリラが肩にかかった髪をはらいながらいった。「それも、いい噂じゃなくて」

「ひと口どう？」フレックルズがわたしにグラスをさしだした。

わたしはそれをうけとり、口にふくんだ。白ワイン、グロスのソーヴィニョン・ブラン、わたしのお気に入りのひとつ。柑橘系とメロンのバランスがすごくいいのだ。

「このワインなら、シャーロットが教えてくれたサーモンとマスカルポーネのリゾットと合うような気がするわ」と、デリラ。

うん、おっしゃるとおり。

フレックルズはアーチ道のほうを向き、「あのすてきな男性はだれ？」といった。

「どの人？」

「あなたのお弟子さんといっしょの人よ」フレックルズは笑った。

レベッカに話しかけているのは、ニューヨークから来たレップだった。レベッカのほうは、レジをいじっている。その向こう、テイスティング・バーの前に、フェリシアがいた。めずらしいことにひとりきりで、プルーデンスもティアンも、クリスティーンもいない。クリスティーンに関しては、事件以来、一度もここに来ていなかった。握りがオリーヴ材のチーズナイフを目にするのが怖いのか、エドが息絶えた場所を越えてお店に入るのが耐えられないのか。たぶん前者だろう、とわたしは感じた。

「彼女はほんとに、男性受けがいいわねえ」と、フレックルズ。

「だれのこと？　フェリシア？」

「あら、レベッカよ。わたしの話を聞いてなかったの？」フレックルズはワイングラスに目をやり、苦笑した。「飲んでいるのは、あなたじゃなくてわたしなのに」

「レベッカには、近づきがたい雰囲気がないからじゃない？」デリラがいった。

「で、そういうあなたは？」フレックルズはデリラの肩を軽くたたいた。

「残念ながら、近づきがたい女かもね。プロヴィデンスに帰ってきたときは、一生に一度のほんものの愛を見つけられるかも、なんて期待してたんだけどな。この町の男性は、わたしみたいな世慣れた女を扱えないのよねえ……」自分のグラスをフレックルズのグラスにコツンと打ちつけ、ひと口すする。「シャーロットもそうじゃない？」

わたしはべつに、世慣れていない。祖父とふたりでフランスやイタリアに行ったことはあるけれど、それ以外に世界を広く旅して経験を積んだ、なんてこともないし。ただ、仕事に対する情熱はある。一日の大半は、仕事のことを考えて過ごしている。ジョーダンがわたしと距離をとっているのはそのせいだろうか？　彼もわたしもチーズを愛し、それがふたりの絆をつくると勝手に信じていたのかもしれない。でも、それはただの思いこみでしかなかった。わたしは自分を客観視できないのだ。たぶん、ジョーダンの目にわたしは近づきがたい女に見えているのだろう。彼はもっと気楽な人が好きなのだ。あの〝謎の女〟のような。

「シャーロットさん！」フレックルズがわたしをつついた。「ぼんやりと、何を考えておられますか？」

「ん？」

「いまわたくしどもは、ふたたびクリスティーンの話をしておったのですが」

「クリスティーンは何もたくらんでないわよ」デリラはわたしが聞きのがしたらしい質問にこたえた。身をのりだし、小さな声でいう。「彼女、うちの店で泣いていたもの」

「泣いていた？　クリスティーンが？」わたしには想像もできなかった。

「息が少しお酒くさかったわね」と、デリラ。

「あの人は、お酒に飲まれちゃうタイプだわ」と、フレックルズ。「エドが殺された晩だってそうじゃない？　まったくねえ……」

うん、そうだった。わたしの横を通り過ぎたときのクリスティーンは、丈夫なバーテンダーさえひっくりかえりそうなほど、お酒のにおいをぷんぷんさせていたのだ。彼女は泥酔し、自分がしたことを忘れてしまった？　だからアーソに対しても、「自分は夫を殺していない」と、堂々といえたのだろうか？　ううん、それはない。忌まわしい記憶を完全に消し去ることができる人なんているはずがない。

「いくらとりつくろっても、かならずほころびがあるわよ」フレックルズはパンをひと切れ口に入れた。マシューが用意した、ちぎったパンのバスケットが部屋のあちこちにある。テイスティングの合間に、口のなかをきれいにするためのパンだ。

「噂だと」と、デリラ。「クリスティーンは世間体をたもつのに苦労していたみたいね」

「それは噂じゃなく、ほんとうの話よ」フレックルズは苦笑した。「デリラのお店で、フェリシアと喧嘩していたもの。あなた、フェリシアが外に飛びだすのを見なかった？」

「ねえ、それって……」わたしは話に割りこんだ。「フェリシアがデリラのお店にいたってこと？　祖母から聞いたんだけど、彼女はあそこには絶対に足を踏み入れないって――」

「うちのおやじさんのせいでね」デリラは首をすくめた。「でも最近は、少しくらいなら口をきくのよ」

「で、どんな喧嘩だったの？」

「お金の貸し借りみたい」と、フレックルズ。

「どっちがどっちに借りてるの？」

「クリスティーンがフェリシアに、かな。彼女はフェリシアに、一セントだって払わないっていってたから」

「お金は借り手にも、貸し手にもなるべきではない――」ヴィヴィアンが赤ワインのグラスを手にやってきた。

「貸せば金ばかりか、友までも失う」デリラがつづけた。「シェイクスピアの『ハムレット』ね」

「今夜のフェリシアはめずらしく単独走行？」と、ヴィヴィアン。「クリスティーンはつぎからつぎと橋を燃やしているのね、きっと」

フレックルズが含み笑いをした。

「ところで、シャーロット」ヴィヴィアンはグラスをかかげた。「このカベルネはすばらしいわ。きれいで、濃密で、ブラックチェリーの甘いアロマがあって、ローストしたハーブもかすかにね」

「なんだか、マシューが書いたカードを暗記したみたい」フレックルズがそういうと、ヴィヴィアンは赤面した。

「じつはそうなの。わたしにはグラス一杯が限度だから。このワインにはどんなチーズがあうのかしら、シャーロット？」

「ブリーがいいわ。チーズの王様よ」わたしは習慣からそうこたえたものの、頭のなかは

『ハムレット』の台詞とクリスティーンの口論のことでいっぱいだった。フェリシアはクリスティーンに、エドが約束した博物館への寄付金を払ってくれといったのだろうか？　どうしてレストランでそんな話を？　ふつうなら人に聞かれないよう、どちらかの自宅でするものではない？　ただし、フェリシアがクリスティーンのことを殺人犯だと考え、ふたりきりで会うのを避けたという可能性はある。いや、むしろその逆で、フェリシアは自分に疑いの目を向けさせないよう、あえて人前でごたごたを起こしてみせたのかもしれない。クリスティーンは情緒不安定な人間だと周囲に思いこませるのだ。

わたしはフェリシアのほうを見た。ひとりでも十分楽しそうだった。犯人は、彼女だろうか？　そして旧友に罪をなすりつけようとしているとか？

17

「あと五分で朝ごはんよ!」

わたしは二階に向かって声をはりあげ、キッチンにもどった。フライパンをふたつ火にかける。ひとつはスクランブルエッグ用、もうひとつはパルミジャーノ・ジルクル、ぱりぱりに焼いたパンとチーズ用だ。

きょうは、朝がドカンと爆発するようにしておとずれた。これは誇張ではなく、文字どおりだ。七時ごろにつづけて雷が鳴り、ラグズがベッドにいるわたしのお腹に飛び乗ってきて、電話のベルが鳴った。メレディスからで、ふたごを散歩に誘う電話だった。彼女はゆうべ、テイスティング会に来たとき、父親との交際を娘たちにうちあけるにはプライベートな時と場所がいいと決めたのだ。九時くらいには雨も通りすぎるだろう、と彼女はいった。娘たちは散歩の話を聞いたあと、服を着替えるまでに時間がかかった。クロゼットから浴室に行き、またクロゼットにもどる足音が、ぱたぱた、ぱたぱたと聞こえてきて、わたしはほほえんだ。卵をかきまぜながら、メレディスとマシューの愛がいつまでもつづきますように、と祈る。幼い少女たちには、二度目の別れは耐えがたいものになるだろうから。

ラグズがわたしの足に頭をこすりつけ、ミャゥと鳴いた。

「はいはい、おまえにも朝ごはんね。わかっていますよ」まぐろにスクランブルエッグを軽くトッピングしてやると、ラグズは大喜びする。

マシューがシャツの裾をズボンのなかに押しこみながら、てれんてれんと歩いてやってきた。満面の笑み。

「いまのところ順調だな」

「娘たちにはまだ事情をきちんと説明してないくせに」

「ぼくは何もしないよ」わたしの背中をつつく。「メレディスが、自分から話すといっているから」

わたしは小さく舌を鳴らした。

「まあいいさ」マシューは冷蔵庫からパンを、それからサワー・チェリー・ジャムと、オート・サヴォワのチーズをとりだした。そしてカウンターに置いてからわたしを見て、「おや、きょうはずいぶんきれいだな」といった。

「お世辞をいっても、コーヒーをついであげたりしませんよ。自分でやってね」

「それ、新しい服だろ？」マシューはにやにやしている。

「これは先週も着ました」緑と白のストライプのシンプルな、でもかなり細身なワンピースだ。わたしはフライパンにバターをひき、卵を流し入れた。すぐにジュウジュウ音がして、スパチュラで混ぜてから火を弱める。そしてつぎはジルクル。バターをとかし、そこにけずったパルミジャーノをたっぷり入れてかりかりに焼き、パンケーキのようにする。これが朝・昼・晩、いつでもパンの代わりになって、とてもおいしい。

マシューがトースターにパンを二枚入れ、「おばあちゃんの弁護士さんから何か連絡はあったたか？」といった。

連絡はあったけど、うれしい内容ではない。

「うん、ゆうべは話しそびれたわ。マシューったら、すぐに寝ちゃうんだもの。留守番電話にリンカーン先生のメッセージがあって、とりあえずまだおばあちゃんは自宅にいていいみたい。アーソが許可してくれたらしいわ」

「それはよかった」

「でもねえ……」その先が困るのだ。「アーソの考えだと、おばあちゃんがずっと自宅にいられるとは、あまり期待しないほうがいいって」

「どうして？」

「警察はまだ、クリスティーン・ウッドハウスを容疑者にするだけの証拠を発見していないのよ。血のついた手袋とか、服とか、そういうものがひとつも見つかっていないの」

マシューはうめいた。「ほかに容疑者らしき者はいないってことか……。メレディスの嫌疑は晴れたしな」

「むしかえさないで」わたしはスパチュラを剣のように突きだした。

マシューは両手をあげ、あとずさる。

「信託基金の話はどうした？　クリスティーンはウィラミーナの信託基金に手を出していないのか？」

「どこでそんな話を聞いたの？」

「町長選挙が大詰めだからね、過激な噂が飛びかってるよ」

投票日まで一週間足らず。祖父がこっそり教えてくれた話では、祖母はこの二晩、泣き疲れて寝る状態らしい。選挙に落選するのを確信しているからだろう。

「その噂はいいかげんなものだと思うわ。リンカーン先生の話だと、クリスティーンは財産家だもの」卵をお皿に盛り、スライスしたオレンジを添える。「自分の信託基金に問題があったみたいだけど、それも解決したらしいし。あの人には、エドのお金もウィラミーナの基金もとくに必要じゃないのよ」

トースターからパンがぽんと飛びだした瞬間、マシューはそれをつまんでいた。そして「あちっ！」といいながらブレックファストプレートに置き、ジャムとチーズのサンドイッチづくりにとりかかる。

「だけど倍額保障となったら、かなりの大金だぞ。ぼくならシャーロットの財産なんかどうだっていいけど、動機という点じゃ、かなり有力だ」

レベッカによれば、殺人の三大動機は金、権力、復讐だ。

「なんでも、クリスティーンはフェリシアと言い争ったらしいじゃないか」マシューはつづけた。「原因は何だろうな」

「エドは博物館への寄付を約束したみたいよ」

「だがクリスティーンには約束を果たす気がない？」

「エドは自分のポケットマネーを使うつもりだったのかも」

「そうか、それも動機になりうるな」

エイミーがキッチンに駆けこんできた。つづいてクレア。

「わたし、動機って何のことか知ってるよ」

マシューとわたしの目が合った。

「あら、ま、おふたりともかわいらしいこと」わたしは話題を変えた。

「サンキュー！」エイミーは、青いチェックのシャツに水玉模様の赤いスカートで、くるっと一回転し、お辞儀をひとつ。こういう臨機応変さを祖母が見たら、さぞかし喜ぶだろう。

一方、クレアのほうは、ぐっと控えめな青のショートパンツで、ポニーテールをきゅっと引っぱると、テーブルの自分の椅子にすわって訊いた。

「メレディス先生とどこに行くの？」

「川だよ」マシューがこたえる。

「すごい！」と、エイミー。「それで、動機っていうのは――」

「何をしに行くの？」クレアが訊く。

「石を投げたり、水のなかを歩いたり、なんだってできるよ」マシューはクレアをからかって、ポニーテールを引っぱった。「きっと楽しいぞ」

「頭は使わないんだよね」と、エイミー。「きょうは何も考えない日ってこと。だけど、動機だけはべつ」

「いいや」マシューがいった。「それもナシだな。いいかい？」

「でも学校でね、ナカムラくんがいってたわ、お父さんはウッドハウスさんを殺したかったんだって。理由は、ウッドハウスさんがビルを売ったから」

マシューはしかめっ面で、エイミーに向かって指を一本立てた。

するとエイミーは、口のチャックを閉めるまねをして、おとなしくなった。

子どもは頭の切り替えができていいなあ、としみじみ思う。わたしも動機のことを忘れたい。それから倍額保障や、祖母が泣きながら眠ることも、いろんな人たちのアリバイについても。

「シャーロットおばちゃん、どこか痛いの？」クレアがいった。

わたしはむりやりほほえんで、「ううん、どっこも」とこたえてから、「さ、お腹がすいた人は？」と訊いた。

はいっ、と少女ふたりが手をあげる。

「お父さんはきょう、何をするの？」エイミーは、わたしが置いたお皿に顔をつっこむようにして卵を食べはじめた。

「お父さんは仕事だよ」

その後は明るくのんきな会話がつづいた。わたしもテーブルにつき、深刻なことは考えないようにして、食べることに専念する。それからお皿を洗ってあと片づけをして、娘たちといっしょにポーチで待っていると、メレディスがあらわれた。

三人が乗った車を見送ったわたしは、またあれこれ考えはじめた。まずは動機。クリスティーン以外に動機をもつ者はいないか？　犯人はやはりクリスティーンだろうか？　お金には困らなくても、権力志向の強い人だ。祖母が殺人罪で起訴されたら、クリスティーンが町長にほぼ当選すると考えてよいだろう。エドが建物を売却すれば、ナカムラさんやヴィヴィアンその他、テナントで入っている人たちは行き場を失うことになりかねない。けれどボズの話では、エドが亡くなるまえにすでに契約は完了していたらしい。一方、エドの資金援助がなければ、フェリシアは博物館を閉鎖せざるをえないのかもしれない。そこで最終手段として……。

となりのロイスのB&Bに配達トラックがやってきたのを見て、わたしはイポの話を思い出した。ツアーガイドとロイスの会話はそれこそゴシップでしかないように思えるけれど、そこにいくらかでも真実がまじっている可能性はないだろうか？　エドにはビジネスのパートナーがいた。そして愛人。もしエドがパートナーとの関係を終わらせようとしたら？　それに激怒したパートナーがエドを殺した？　フェリシアもじつはエドの愛人で、自分以外にも浮気相手がいると知り、嫉妬にかられて刺したとか？　可能性をあげだしたら、きりがないような気がする。

網戸の閉まる音がして、ロイスがポーチに出てきた。細い髪を紫のバンダナで包み、ラベンダー色のバスローブの裾が揺れている。手には羽根ぼうき。彼女はそれで窓の隅やアーチ部分をぱたぱたやりはじめた。たぶん、ありもしない蜘蛛の巣をはらっているのだろう。ロイスは毎日欠かさず、恐ろしい形相で蜘蛛の巣を掃除していた。そんなに働きものの蜘蛛がいるとは思えないのだけれど……。彼女の姿を見ているうち、わたしはフェリシアのアリバイを思い出した。殺人のあった夜、彼女は姉のロイスに会ったといっていた。でもはっきりいって、これはあまり当てにならない。というのも、ロイスはときどきお酒を飲みすぎるからだ。当日の記憶は、まちがいなくはっきりしているのだろうか？　もう何年もおとなりどうしとはいえ、そうしょっちゅうおしゃべりしているわけでもない。いま、彼女はわたしに正直に話してくれるだろうか？

手土産がわりに、わたしはライラックを二本摘み、ラベルをはがした古いワインの瓶にさして水を注いだ。それから瓶の首にラベンダー色のリボンを結ぶと、小走りでB&Bへ。

ポーチには花柄のソファがいくつも置かれていた。ロイスはそのソファの上に立ち、危なっかしくも精一杯背伸びして、藤がからまる軒の下の梁《はり》を掃除している。ローブの裾がはだけ、細く真っ白な足が丸見えだ。

「おはようございます、ロイス」わたしは声をかけた。

「おはよう、シャーロット」

「きょうは気持ちがいい日ですね。テーブルにでも置いてもらおうかと思ってもってきたんだけど」

ロイスは首だけこちらに向けて、目の焦点をあわせようとした。彼女は片方の目が弱視で、しょっちゅうまばたきしている。

「お花をわたしに？」サンタからはじめてプレゼントをもらった少女のような笑み。ロイスはソファからおりて、羽根ぼうきを腰のベルトにさしこみ、お花をうけとった。「きれいねえ……。うれしいわ。それにリボンまで。わたしがラベンダー色を好きなのは、知らなかったでしょ？」

いいえ、知っていました。B＆Bの内装は、壁紙からベッドカバー、カーテンまで、パープル系で統一されているから。色の好みを知らずに泊まったお客さんは、目をみはるにちがいない。

「なかへどうぞ」ロイスは指をちょっと曲げて誘った。「お茶でもごいっしょに」

「クウェイルリッジ養蜂場の蜂蜜を使ってるんでしょ？」

「うちはあそこのしか使わないわ。イポがつくる蜂蜜。イポ本人もあまーい男よね？」ロイスは声をたてて笑い、家のなかに入っていった。

わたしはポケットから携帯電話をとりだし、マシューに現況報告のメールを送ってから、ロイスについていった。ショップはわたしがいなくても、マシューとレベッカで開店できる。

ロイスは鼻歌をうたいながらお茶を淹れた。

「ちょうどいい時間に来たわね。泊まっているお客さんはみんな出かけたのよ。プロヴィデンスには楽しむ場所がたくさんあるから」

わたしたちはサンルームの籐椅子に腰をおろした。目の前に置かれたトレイには、淹れてのイングリッシュ・ブレックファストと、上品な花模様のティーカップがふたつ。ロイスはティーカップのコレクターなのだ。リモージュにロイヤル・ドルトン、アヴィランド。それぞれのデザインが最低ひとつはあって、いちばん最近ロイスと会話したときは、ティーカップの歴史で盛りあがった。

「あっちのほうでもよかったんだけど」ロイスは携帯用酒瓶《フラスク》から飲むまねをした。「このひと月はアルコールを抜いてるの。だからいまもね」

「からだにはそのほうがいいですね」つまり、彼女はフェリシアのアリバイを裏づけられる状態だったということだ。「イポといえば――」わたしは紅茶にお砂糖を入れながら話した。

「彼がこちらのお客さんのことを話していたわ。ツアーガイドの女性だと思うけど」そこで指をぱちっと鳴らす。「そうそう、たしか名前はスウージー……」

「スウージー・スウェンテンね。めずらしい名前だわ。スウージー・スウェンテン、スウージー・スウェンテン……」歌うようにくりかえして、にこっとする。「愛らしい女の子ね」

あの大きなバストと、縫い目がはじけそうなぴちぴちしたTシャツがよみがえり、わたしなら〝愛らしい女の子〟という表現は使わないと思った。

「それにおもしろい人なの」と、ロイス。「いつもわたしを笑わせてくれるわ」

「まだ町にいるんですか？」

「ええ、そうよ。ツアーはまる一週間だから。アーミッシュの体験もするの。チーズ農場にも行って。それからワイナリーね。きょうはたしかイポの農場だわ。彼はきっと喜んでいるでしょう。ろくでもない嫁がアーティストやらと駆け落ちして、イポひとりであの農場をつづけるしかなくなったから。そもそも、あの土地を買ったのは、彼女のためだったのに」ロイスは手で顔をあおいだ。「イポはほんとに、ほんとにかわいそうだわ。はるばるハワイから出てきたあげく、アメリカのまんなかでひとりぼっちになってしまって。ただ、いまはね……」身をのりだす。「あなたのお店のお嬢さんを気に入ってるんじゃないかと思うの。だって、わたし、見ちゃったのよ。イポが彼女の郵便受けに紙を入れていたの、それも人目を忍ぶようにして」

「レベッカのことですよね？」

「ええ、ええ。お人形さんのようにかわいらしい子」

「そういえば、思い出しました。あなたの妹の——」

「フェリシアはお人形みたいじゃないわ」ロイスの顔つきが険しくなった。さもいやそうに目を細める。「あの子がどうかしたかしら？」

「いえ、ただうちのショップに来て、ふたりでおしゃべりしたんです」ロイスを不機嫌にさせないように気を遣う。わたしは過去に何度も、ロイスが竹ぼうきでラグズを追いはらうのを見たことがあった。といっても、それはお酒のせいだろうから、アルコールを抜いた状態なら心配することはないだろう。近くにほうきはないし。わたしはつづけた——「フェリシアはチーズが大好きだから」

「わたしも好きよ。でもたくさんは食べられないわ。こってりしてカロリーが高そうだもの」

「ソフトタイプはそうでもないですよ。それに一日にひと口くらいならまったく問題ありません」

「ひと口？　たったひと口でどうするの？」からからと笑い、椅子の背にもたれかかる。どうやら機嫌はなおったようだ。

「それでフェリシアがうちのお店に来て、ふたりでエドの事件について話したんです」

「おばあさまの具合はいかが？」

「祖母は犯人ではありませんから」わたしは習慣になった返事をした。

「あら、疑ったことなんて一度もないわよ」不満げに舌を鳴らす。「町の人はみんなそうだと思うわ」

それを聞いて、わたしは鳥肌がたった。もちろん、良い意味でだ。祖母の裁判がこういう人たちによって行なわれれば、有罪になることはないだろう。

「フェリシアとふたりでアリバイとか、いろんなことについて話していたら、彼女がクリスティーンのことを――」

ロイスが太ももをぱちっとたたいた。

「ほんと、あの女には腹がたつわ」

（あなただけじゃなく、みんなそうです）

「フェリシアによれば、クリスティーンはひとりで帰って、フェリシア自身は博物館に寄ってから、ここに来たと」

「ここに？　あの晩？　いいえ、それはフェリシアの勘違いよ」

「あら……」わたしはびっくりしたのを悟られないよう気をつけた。紅茶をひと口すする。

「わたしは町にいなかったから。伯母の家を訪ねたのよ。もう八十二歳で、腰の骨を折って寝ているの」

「でもここはお客さんが何人もいたでしょう？」

「わたしが外出するときは、夫が代わりにやってくれるわ」

ロイスのご主人はずんぐりした人で、ふさふさの髪は赤く、顔も血色がいい。夜明けから庭いじりをして、日没とともにベッドにつく生活をし、家にいないときは工具店でぶらぶらしている。

「だったら、わたしが彼女の話を勘違いしたのかも」と、わたしはいった。フェリシアの嘘を非難せずに、事情を聞きだすにはどうしたらよいか？「エド・ウッドハウスが博物館に協力するっていう話は、ご存じでした？」

「協力って、寄付金のこと？」

「ええ」

「あの男はろくでなしよ。フェリシアに、できもしない約束をして。フェリシアはね、夫が死んでから、ひとりぼっちになったでしょ。わたしは元気づけようとしたんだけど、姉妹っていうのは……。まあ、ともかく、フェリシアは友人としてエドを頼ったのに、エドのほうはあの子を餌食にしたの」

「餌食？」

「いろいろと、うまいことをいったのよ。生涯の約束をいくつもしてね」ロイスはよいほうの目でウィンクし、小さくうなずいた。「どんな約束か、想像がつくでしょ？」

「奥さんと別れるとか？」

もう一度うなずく。「なのに、ひとーっつも、守られなかったわ」ロイスは背筋をのばし、つんとすまして両手を組みあわせた。「わたしはたまたま知ったのよ、あの男には愛人がいるって」

「たとえば？」

「たとえば、スウージーよ。仕事でもパートナーだったわ」

「えっ……」びっくり仰天だった。イポはまるっきり勘違いしていたってこと？　わたしは気をつけてゆっくりとカップをトレイにもどし、精一杯、そ知らぬ顔でたずねた。「パートナーって、何のパートナーかしら？」

「不動産取引よ」と、ロイス。「フェリシアもエドといっしょに投資をしたかったのよね。でも、儲け話に夫の遺産をつぎこんでしまって……。わたしはしょっちゅう、あの子を旅行に誘ってるのよ。町を出て、ほかの世界を見てみましょうっていうんだけど、いつも断わられるの。それでわかったのよ、まったくお金がないってことが。自尊心が強いから、お金に困ってるとはいえないんでしょう。でも姉妹だったら感じるものよ」ひらひらと手をふる。「結局、フェリシアはエドのビジネス・パートナーにはならないと決めて、そのあと、あの男は寄付の約束を反故にして……」口に手をあて、まばたきして涙をはらう。「フェリシアはときどき、無垢な子どものようになってしまうの」

わたしのなかで、とある思いがゆっくりとふくらんでいった。フェリシアは無垢どころか、その真逆かもしれない……。

18

空気は甘い香りがして、空に黒い雲はひとつもない。そこでわたしはショップまで遠回りをして、祖母の家に寄ることにした。歩きながら、いまロイスから聞いた話は祖母には内緒にしておこうと決める。ぬか喜びに終わってはかわいそうだもの。

祖母は裸足で雑草とりをしていた。お気に入りのピンク縞のカプリパンツと、ビリー・ジョエルの復帰ツアーのTシャツ。首に巻いた水玉模様のバンダナは、汗に濡れていた。

「どれくらいやってるの？」わたしは祖母を軽く抱いていった。

「一時間くらい。もっとかしら」

「お水はちゃんと飲んでいる？」

祖母はわたしをにらんだ。いつもは祖母のほうが、わたしの水分補給にうるさいのだ。

「おじいちゃん《ペペール》はどこ？」

「コーヒーショップよ。あの人には、会話が必要だから。わたしが相手じゃ楽しくないものね」

「そんな言い方しないでちょうだい」

「時間はどんどん過ぎてゆくのよ」祖母はわたしに向かってシャベルをふった。土と葉っぱが宙に舞う。「町はわたしを必要としている。でも彼らはわたしの潔白をアーソ署長に訴えてくれた？　いいえ《ノン》、そんなことはしていない」

「まだこれからよ。わたしは署長に訴えたけどね」祖母の肩をたたく。「芝生でリハーサルする計画はもうないの？」

この質問に、祖母の顔はいくらか明るくなった。

「それなら、きょうの午後にやるわよ。音楽は大音響にするつもり」くすっと笑う。「引っ越してきたお隣さんが気にしなければいいけど」祖母の視線の先に〝謎の女〟がいた。車寄せに停まった、ぴかぴかのシルバーのベンツに乗りこむところだ。

女がこちらに手をふり、祖母が手をふりかえす。

「いったいだれなの？」わたしは〝謎の女〟のもとへ駆けより、問いただしたい気持ちをぐっとこらえた。ジョーダンのオフィスの戸口によりかかった、なまめかしい姿が頭のなかから消えてくれない。

「あのね」と、祖母がいった。「わたしが門の外に一歩でも出られたらね、彼女がどういう人かをおまえにも教えてあげるわ。でも残念ながら外出禁止なものですから……」両手を大きく広げる。「ここまでしか出られません！」

まる一日、庭いじりをしたり家のなかにいることを喜ぶ人も多いだろう。でも祖母はちがった。軟禁状態でもなお。

「おじいちゃんにね」祖母はつづけた。「あの女の人のことを調べてちょうだいってたのんだら、きっぱり断わられたわ」

「名前もわからないの？」

「あ、名前はジャッキーよ。不動産の宣伝看板をはずすとき、わたしから声をかけて挨拶したら、『はじめまして。ジャッキーといいます』といったから」

「それだけ？　苗字はいわずじまい？　『あのね、あたし、この世の果てから来たの』なんてこともいわなかった？」

祖母は首をすくめた。「あれ以上はどうしようもないわ。わたしはトゥ・ソル」

「そうね、ひとり《トゥ・ソル》だったんだものね」わたしは通りに出ていくベンツを、どこから来たかもわからない謎の女ジャッキーをながめた。「すっごく魅力的な人だわ」

「ほんとにね。美しくて、強くて。おそらく、強すぎるくらいでしょう。泣かせた男も、ひとりやふたりじゃないわ」

そのひとりがジョーダンだったりして……。

祖母がシャベルを手に、わたしの顔をのぞきこんだ。

「おまえ《シェリ》、なんでしかめっ面をしているの？」

「ん、べつに——」時計を見る。「もう行くわね。仕入れ品が届くの」わたしには日常の業務のほかに、祖母の潔白を証明するという仕事もある。愛の暮らし（愛のない暮らし、というべき？）についての悩みは、二の次ってこと。「お昼にお弁当をもって来ようか？」

「食べるものならたくさんありますよ。さ、行きなさい」祖母はシャベルでわたしをたたいた。

ショップに到着し、エプロンをつけたところで早速、品物が届きはじめた。フランスからは外皮のやわらかいチーズ、ヘヴンズ・ブリス牧場からはジャムと香辛料、そしてツー・プラグ・ニッケルズ牧場の職人チーズ。このほかに、ウィスコンシンで将来有望といわれるチーズ職人がふたり、予約もなしにやってきた。青かびチーズを売りこまれ、試食してみたところ、悠々合格点。そこで十ポンドほど注文する。マシューが荷の整理を手伝ってくれ、彼はそのあと、きのうのテイスティング会で受けた注文のリストをつくるため、アネックスにもどった。

わたしは届いた香辛料を、お店の正面に近い棚に並べることにした。と、なんとクリスティーン・ウッドハウスがずかずかと入ってきた。しかも恐ろしい目つき。なんでいまごろ？　わたしは予想外のことに驚きつつ、反射的に彼女の右側にある展示テーブルに目をやった。そこにはオリーヴ材の柄のナイフがいくつもあるのだ。でも彼女は、ナイフをちらとも見なかった。

「シャーロット――」彼女はわたしにいった。「あなた、あしたのフェリシア・ハスルトンの会にチーズを出すんですって？」

わたしが彼女に協力しちゃいけないわけ？　祖母とのことを考えたら、わたしがあなたの側につくはずがないでしょ？

「ええ、そのとおりよ」わたしはぐっと自分をこらえていった。

「ふん。だったら前金でもらっときなさいよ」

クリスティーンはそれだけいうと、とがったヒールをくるっと回し、つかつかとお店から出ていった。葡萄の葉の呼び鈴が、明るくちりんちりりんと鳴る。だけどわたしの心のなかは真っ暗だ。

レベッカが小走りでやってきた。「いまのは何だったんですか?」

「わからないわ」もしかするとクリスティーンは、この建物の購入に関し、わたしではなくもうひとりのほう(それがだれであれ)に協力すると、暗にいいたかったのではないか。実際、その交渉はどうなっているのだろう? オクタヴィアにたずねてみなくちゃ。

「すみません、少し休憩してもいいですか?」と、レベッカ。「日光に当たりたくて」

「いいわよ。カウンターはわたしがみるから」クリスティーンはなぜ、いきなりやってきたのだろう? 頭のなかはそれでいっぱいだった。彼女はお客さんがもっとたくさんいると思った? それでフェリシアの窮乏をみんなに印象づけたかったとか?

レベッカが裏口に向かいかけたところで、玄関から男性がふたり入ってきた。ひとりはアーソで、もうひとりは弁護士のリンカーン先生だ。先生は鬚《ひげ》をはやすことにしたらしく、名前だけでなく、外見までかの有名な大統領に似てきたようだ。いま、先生もアーソも、眉間に深い皺を刻んでいた。

レベッカが足早にもどってきて、わたしに耳打ち。

「どうぞ、おふたりと話してください。カウンターにはわたしが入ります」

わたしは彼女にごめんねといい、アーソたちのほうに行った。

「チーズを買いに来たわけじゃないわよね?」

「ベセットさん……」リンカーン先生は深い、おちついたバリトンでいった。「わたしもアーソ署長にかけあったんだが――」

「あのな、シャーロット」アーソが先生をさえぎった。「いくつか苦情が入ってね」

「苦情?」わたしは両手を腰にあてた。

「庭でやっているリサイタルに関してだ」

「あれはリハーサルよ」

「何でもいいさ。まずは、うるさいという苦情だ。それから、不まじめだと」ひとつずつ、指をたてて挙げていく。「つぎに、あからさまな態度……」

「何があからさまなのよ?」わたしはくってかかるようにいった。アーソは祖母から、いまのところゆいいつの楽しみである劇団の稽古をとりあげようとしているのだ。

リンカーン先生が両手をあげて、わたしに一歩近づいた。

「無礼な態度という意味のようです」

「祖母は人に対して無礼な態度なんかとらないわ。あなたに――」アーソに指をつきつける。

「奪われた生活をとりもどそうとしているだけよ。祖母は犯人じゃないわ。どこをさがしても、動機らしい動機が見つからないでしょ? 陪審員だって――」

「彼女は被害者のそばでナイフを握っていたんだよ」と、アーソ。

「それだけで、拘留されてもおかしくありません」リンカーン先生が、明々白々なことをあえて口にするのがためらわれるかのように、小さな声でいった。

「そ、それでも……」わたしは口ごもった。「何か手を打ってください、先生。それが弁護士さんの務めでしょ？　何とかしてください！」

「それはむりだよ、シャーロット」アーソが一歩前に進み出た。「自宅で静かに暮らせないのなら、署で勾留するしかない。おれだって精一杯やってるのはわかってくれるだろ？」

ええ。そうね。アーソを責めることはできないわね。

「わかったわ、祖母に話してみる。で、わたしなりに犯人について考えてみたんだけど――」

「その話はナシだ、シャーロット」アーソはわたしにおおいかぶさるようにしていった。険しい目の下でわたしは縮こまり、ちっぽけな蟻《あり》の気分になる。ん、いいわよ。だったら話さない。だけど調査はやめないわよ。そして内々に弁護士さんに相談して、何か法的な措置をとれないか考えるから。

男性ふたりは帰り、わたしは仕事にもどった。創刊号のニューズレターを受けとったお客さんたちが、〝今月のチーズ／ロルフ・ビーラー・ヴァル・ド・バニエ〟について訊いてくる。これはスイスの牛乳のチーズで、白ワインに漬け、室温で食べるとおいしい。あるいはラクレットの定番で、温めてから削る。もともと〝ラクレット〟とはフランス語で、「削る」という動詞から派生した言葉だ。わたしはたいていこれにポテトやガーキン、ピクルドオニオン、その他ぴりっとしたものを添える。マシューはこのチーズ用に、ヴァレ地方からピノグリを輸入した。

昼下がりになり、レベッカがわたしを軽くつついて、「ほらほら、来ましたよ」とささやいた。眉をぴくりとあげ、顎で右方向を指す。

スウージー・スウェンテン。ブロンドのツアーガイド。ツアー客はみんなジーンズに赤いTシャツを着ている。シャツの胸の文字は「アイ・ラヴ・オハイオ・ワイン」だ。ギフト用のテーブルの前で半円形に並んで立ち、だれかが冗談をいったのだろう、いっせいに笑い声をあげた。

わたしはそちらに行くと、「わたしも仲間にいれてもらえます？」と笑顔でいってみた。

「さ、話せよ」なかの男性がひとり、スウージーの背中をたたく。

「はい、はい」喫煙歴の長さからか、彼女の声はハスキーだった。「スコットランド人を屋根にあげるにはどうするか？」ツアー客を見まわし、最後にわたしを見る。「屋根の上に酒があるといえばいい！」

たいしておもしろくなかった。国や地方はちがうけど、何十回となく聞いたことのあるジョークだ。それでもお客さんたちは声をあげて笑った。このツアーは一日で何カ所も、ワイナリーを訪れてはテイスティングをくりかえしたのかもしれない。

「少し話せないかしら？」わたしはスウージーに声をかけた。

Raclette

ラクレット

ラクレットはフランス語で、例えば“へら”のような「削る道具」という意味。直火で温め、溶けた部分をそぎとってジャガイモなどにからめて食べる。

「ええ、いいわよ」彼女はわたしにどすんとお尻をぶつけてふりむくと、部屋の反対側の壁に手をふった。ふたりきりのほうがいいとでも思ったのだろうか？　そうしてわたしたちは蜂蜜が並ぶそばに立ち、彼女はポニーテールを指ですきながらくちびるをなめた。

「何の話？」

「知り合いから、あなたはエド・ウッドハウスと組んでビジネスをしていたって聞いたんだけど」

一瞬にして彼女は真顔になり、目に警戒の色が満ちた。

「知り合いって、だれ？」

「あなたたちは愛しあっていたとも聞いたわ」

「それは勘違いよ」刑務所の看守のごとく、切り口上になる。そしてふりむき、立ち去ろうとするのを、わたしが腕をつかんで止めた。お客さんが大勢いるから、まさかのときでも安心できる。これだけ目撃者がいれば、スウージーもめったなことはできないだろう。少なくとも、わたしはそう期待した。

「どう勘違いしたの？」

「たしかに彼と仕事をしたわよ。あの人の投機につきあって、貯金をはたいちゃったわよ。だけど愛人なんかじゃない」

わたしはショップの新装開店の夜のことを話した。彼女がエドの指についたオリーヴオイルをなめたのは、ほとんど全員が見たといってもいいくらいなのだ。

彼女は顔面蒼白になり、「だからって、あんたたちが想像するような関係じゃないわ」といった。

「じゃあ、どう考えたらいいの？」

スウージーはそわそわし、おちつかなくなった。

「彼は殺されたのよ」と、わたし。

「やったのは、あたしじゃないわ。え、まさか、あなた――」彼女は目をまんまるにした。

「冗談じゃないわよ。おばあさんが疑われてるんでしょ？　あたしだって、同情してるんだから。でも、ほかに容疑者はいないのよね。おばあさんは元気？」

「あの晩、あなたはどこにいたの？」

「ここよ。ツアーのお客さんといっしょ。ちょっとばかし……」飲むジェスチャーをして、首をかしげる。「それも仕事のうちだから」

事件当夜、何人もがお酒を飲んでいた……。今後、テイスティングする人には目配りするようマシューにいわなくちゃ。わたしはつま先で床をたたきながら考えた。

「あのあと、どこに行ったの？」

「あとって？」

「うちの祖母とクリスティーンが言いあったあとのこと。それから事件が起きたんだけど、そのときあなたはここにいなかったわよね？」

スウージーはひるんだ。ちらっとツアー客に目をやって、またわたしを見る。そわそわと銀のネックレスをいじり、咳払いをひとつ。

「まあね、エドとは少し遊んだけど、それだけのことで、深刻なものじゃなかったわ。ただの気晴らしよ。いっしょに仕事をした仲だもの」

「いかがわしい仕事をね」

「いかがわしい？」彼女はこぶしを握りしめた。

うしろにさがって距離をとったほうがいいかも、とわたしは思った。

「そうか、ロイスから聞いたのね？　まったく、大失敗だわ……。いいわ、わかった、あのね、エドとあたしは賃貸契約で極端な金額をふっかけていたわけよ。あたしとしては気が進まなかったけど、需要と供給のバランスの問題だってエドがいうから」

「彼はパートナー関係を解消するつもりだったと聞いたけど」わたしは嘘をついた。なんとかして彼女を動揺させ、情報を得たい。

「解消？　彼は――」

「そうなったら収入が激減するわね」

彼女は現実の問題に目覚めたかのように、しゅんとした。

「でも彼は解消しなかったわ」

それはあくまで、あなたの主張よね？　そこでわたしはこういってみた。

「あなたにも彼を殺す動機があったんじゃない？　パートナー関係を解消したくなかったとか、逆に汚い仕事にからんで自分の名前がおおやけになるのを避けたかったとか」あのときメレディスを疑ったのとおなじ理屈だ。「ツアーガイドのような人前に出る仕事をしていると、悪い評判がたったら困るでしょ」

「あたしは犯人じゃないって！　むしろエドが死んで途方に暮れてるわ。なんならクリスティーンに訊いてみなさいよ」

「訊くって、何を？」

「決まってるじゃない。エドとあたしはパートナーだった。だからあたしの名前はとっくにいろんな書類に出てるわけ。隠しておけるもんじゃないでしょ。つまりクリスティーンは、あたしが仕事のパートナーなのを知ってたってこと」いきなり大声で笑う。「あなた、ずいぶん驚いたみたいね」

おまえは感情がすぐ顔に出る――と、〝食えないシェフ〟はわたしにいった。たぶん、彼のいうとおりなのだろう。

「こういえばわかるかしら」スウージーはくちびるをなめた。「いま、あたしにあれを売れっていうのはクリスティーンなのよ。しかも、せっかちなんだわ」

なんてお人よしなの、クリスティーン。女好きの夫が亡くなったあと、その愛人を自分の事業で使うなんて。まあ、ともかく、彼女が容疑者リストの筆頭なのは揺るがない。

「だったら、エド・ウッドハウスが殺されたとき、あなたはどこにいたの？」

「いまさらエドもやきもちはやかないわね。といっても、もともと彼は気にしていなかったけど……」一瞬、スウージーの表情が暗くなった。本気で彼を愛していたのかもしれない。

わたしには、その気持ちが理解できないけれど。「あたし、ほかの人といっしょにいたのよ」

「ほかの人?」

「クリーヴランドから来た雑誌記者」

「パブにいた人? ずいぶん若い感じの?」

「そう、その人。キグリーっていうの。お母さんがこの町に住んでいて、会いにきたのよ。ね、やさしい人でしょ? あたしより十二歳若いけど、話していると楽しいわ。野性むきだしの男と寝ると、女にもエネルギーが満ちると思わない?」

そんなこと、わたしにはわかりません。でも、そうだといいなあとは思います。

「だけどエドはぜんぜん気にしなかったの。無関心だったわね」

嘘をついているようには見えなかった。彼女はまっすぐこちらを見て、おどおどしたところもない。たとえアーソでも、彼女のアリバイは信じるに足ると感じただろう。

「もういいかしら、ベセット刑事さん?」

「ごめんなさい……」

「べつにいいのよ。あなたもいろいろたいへんだろうから」彼女は天気の話をする幼なじみのようにわたしの肩をぽんぽんたたいた。「気にしなくていいわ。これからもこのお店をひいきにするし。遠くから来るだけの価値があるチーズ屋さん。それに内装も気に入ったわ。木の香りがして、ゴールドの色調で。いつかうちのキッチンもこんな感じにしたいわねえ。キッチンのある部屋に住めたら、ってことだけど」にっこりする。「あたしなんか、クリスティーンの気分しだいでポイって捨てられるだろうから」

スウージーはツアー客のほうに向かい、わたしはその背中に声をかけた。

「もうひとつだけ教えてちょうだい。あなたはこの建物の売買にもかかわってるの？」

彼女は肩ごしにこちらを見て、「ううん」といった。「この町では何もやってないわ。仕事はクリーヴランドとコロンバスばっかよ」そしてさよならァと手をふり、お尻を右に左に揺らしながら、自信たっぷりな足どりでツアー客のところへもどる。

一方、わたしはとぼとぼとチーズ・カウンターにもどった。自分に腹が立ってしょうがない。またもや拙速に、まちがった答えにとびついてしまったのだ。でも、だったらどうしたらいい？　真犯人が見つからないかぎり、アーソは祖母を警察に留置するに決まっている。わたしの口から、小さなののしり言葉がもれかかった……と、そのとき、入口のドアが激しい勢いで開いた。

駆けこんできたのは、ボズだった。なにやらただならぬようす。

「ミス・B！　外でおかしなやつが、レベッカに会わせろっていってる！」

19

　わたしは外に飛びだした。雛《ひな》を守る母鳥の気分だった。ボズがうしろについてくる。と、わたしは急ブレーキをかけた。外にいたのは、髭をはやした年配のジェントルマンで、そばには馬が静かに立っている。そして荷車――。動悸が一気におさまって、わたしはボズをふりむいた。

「おかしなやつって？　あの人はアーミッシュよ」

「うん、わかってる。だけどあんな髪で、あんな麦わら帽子をかぶってたら……やっぱ、おかしいよね？」

「あの人の目には、きみのほうがおかしなガキに見えてるかもよ。そう思ったことはない？」

「ん、ないよ、ぼくはふつうだから」

「あのね――」わたしは人差し指をつきたてていった。「さっきのような言い方は、二度としないように。人にはそれぞれ自分の暮らし方があるの。アーミッシュはわたしたちとおなじ生活をしていない、ただそれだけのことよ。わかった？」

　ボズはうなずいた。

「だったら、レベッカを呼んでちょうだい。お父さんが来ましたよって」

「え、お父さん？」

わたしは無言のまま、大人の威厳をこめてボズを見つめた。ボズはくるっと背を向け、走ってお店に入っていく。

いつものごとく、やじうまが集まってきた。町にアーミッシュが来ると、かならずこうなる。わたしたちのように、猛スピードで進む文明に生きる者にとって、質素な服装と荷馬車に象徴されるアーミッシュの人びとはめずらしくてしかたないのだ。

「こんにちは、ズークさん」わたしはレベッカのお父さんのほうに歩きながらいった。会うのはこれで二度目だ。町に家具や工芸品を販売しにくるシュヴァルツェントゥルーバー派ではない。

お父さんは握手の手をさしださなかった。ほほえむこともない。

「レベッカは、おりますかな？」うるんだような青い瞳は物思いに沈み、薄いくちびるは引きむすばれていた。

何かよくないことがあったのだ。わたしの心臓がまた早鐘をうちはじめた。お母さんの身に何か起きたのだろうか？　でも、お父さんがそれをわたしに教えてくれるとは思えない。レベッカの話では、お父さんはきわめて内向的なうえ、外の社会との接触を好まないらしい。なのにいま娘に会いに来たのだから、よほどの思いがあったのだろう。

レベッカがショップの入口に出てきた。カプリパンツの上にかけたエプロンをはずし、かわいいペザントブラウスの飾り紐をきれいにととのえている。そして長い髪をクリップできちんと留めてから、父親のもとに行き、顔をあげた。父親は、娘の額にキスをする。しかし抱擁その他、それ以上の再会を祝す接触はなかった。

「どんな用事で来たの？」娘は父に訊いた。「帰ってこいっていうのなら、それは――」

「おまえのばあさんが――」

「わたしに帰ってきなさいって？」

「いいや」

「だったらどうして……」父親はこたえてくれず、レベッカは口に手をやった。「おばあちゃんの具合が悪いとか？」

お父さんは口を真一文字にしたまま、やじうまたちに目をやる。

「お願い、話して」レベッカは父親の手をつかんだ。「ね、お願い。わたしがみんなを悲しませたのはわかってる。ほんとにごめんなさい。でも、こうやって会いに来てくれたんだもの。ね、話してちょうだい」

父親は口をゆがませ、「老衰だ」といった。

「え？」レベッカの目に、みるみる涙がたまっていく。「もしかして……？」

父親は茶色の紙袋をとりだすと、結んでいた紐をほどいた。なかにはオフホワイトの、レースのショール。

「それは……」涙がレベッカの頬をこぼれおちた。「おばあちゃんの……ウェディング・シヨールね」

「ばあさんは、これをおまえにやりたがっていた。おまえは愛されている、と伝えたかったんだ」父親は紙の袋を娘にもたせると、その額にまた口づけた。そして荷馬車に乗り、馬がゆっくりと歩きだす。

レベッカはおもむろに、ゆるゆると、震える肩にショールを巻いた。それはまるで名作映画《めぐり逢い》の、あの有名な場面のようだった。もちろん、状況はぜんぜんちがうけれど、胸がしめつけられる光景であることに変わりはない。わたしはレベッカのウエストに腕をまわした。ふたりでお父さんの馬車を見送り、馬車は会衆派教会がある角を曲がって見えなくなった。

やじうまも散らばっていき、わたしはレベッカに、どんなおばあちゃんだったの、とたずねた。

「おばあ、ちゃん……」レベッカはしゃくりあげた。「村を出て、町に行きなさいって……励ましてくれたんです。おまえは腹をすかせている、このままずっとここにいても、飢えはしのげないだろうって」レベッカは胸に手を当てた。「わたしのことを理解してくれていました」

「いまもあなたを見守ってくれているわね」小さな声でわたしはいった。

レベッカがわたしの胸に顔をうずめた。わたしは彼女を抱いて背中をたたく。そうやって、ずいぶん長い時間が過ぎていった。わたしはレベッカがからだを離したところで、「少し休憩してらっしゃいな。ね？」といってみた。

「いいえ。ほうれん草のキッシュをオーブンに入れっぱなしにしてきたので」

「そんなのはわたしがやるから。庭で本でも読んだら？　時計塔まで散歩するのもいいかもね。おばあちゃん《グランメール》はいつも、ヴィレッジ・グリーンまで元気をもらいに行く、なんていってるから」

「はい。では……そうさせてもらいます」レベッカはまたわたしに両腕をまわしてから、レースの端をぎゅっと握って、力なく歩いていった。

わたしはキッチンに行き、焼きあがったキッシュを冷ますためにラックにのせると、ふたたびエドの事件について考えはじめた。祖母はあのとき時計塔に行っていた。クリスティーンとの口論のあと、ほかの人たちはどこに行ったのだろう？　アーソはとっくに、いろんなお店の主人や、開店祝いに来た人たちに聞き込みをしたはずだ。でも、やっぱりわたしはわたしで直接訊いてみたい。

一時間後、レベッカがもどってきた。目には生気がないものの、お化粧直しはしたようで、今度はわたしのほうが休憩をとる番だといった。土曜はふつう、お客さんが多い。でもわたしはレベッカに、チーズ・カウンターならわたしひとりでなんとかなるから、もう少し休んでらっしゃい、といった。だけど彼女は、仕事をしているほうが気がまぎれるという。

探偵の真似ごとをしにいく道中、わたしはヴィレッジ・グリーンで、さまざまな花の香りを胸いっぱいに吸いこんだ。フェンスぞいには野ばら。通りの曲がり角ごとに置かれた美しい大きな鉢にはデイジーやペチュニア。どれもひと晩で倍に大きく花開いたように見えた。そう、疲れた心をいやすには、何より自然を感じてたっぷり歩くのがいい。頭のなかでその予定をたててみて――。

だめだ、いまは仕事が最優先だわ。

最初にギャラリーに寄り、つぎにパン屋さん。それから五、六軒に〝聞き込み〟をしたけれど、みんな答えはおなじだった。新装開店の日に来た人は、何も目撃していない。お店で働いていた人も、何も目撃していない。フレックルズのお店に寄ったら、彼女はあの日、編み物教室の生徒たちといっしょにワイン・アネックスにいたという。髪の毛の乏しい〈イグルー〉の店主は、クリスティーンと祖母が歩道に飛びだしてきたことだけは覚えていた。その後、彼のアイスクリーム・ショップはお客さんがたくさん来て、そのなかにうちの祖父がいたらしい。工具店のナカムラさんは、奥さんといっしょにお店にもどって、在庫の整理をしたとのこと。ちょっとばかりワインを飲みすぎていたからね――とナカムラさんはいった――記憶ははっきりしていないが、たしかチェリー・オーチャードとホープ通りの交差点ぎわ、あそこのレストランの外で、プルーデンスとフェリシアがおしゃべりしていたよ、そのときティアンとクリスティーンはいなかったな。

最後に寄ったのは、〈ラ・ベッラ・リストランテ〉だ。お店に入って、薄暗い照明に目を慣らす。煉瓦の丸天井と、枝つきの燭台。町でいちばんロマンチック、という評判のお店だ。わたしもそれには同感だけど、個人的にはまず〝ロマンス〟を、できれば早いうちに実感したい。

「やあ、シニョリーナ、よくいらっしゃいました」ルイージ・ボズートがわたしの腕に手をのせた。「きょうは一段ときれいだね。緑はきみの瞳の色によく似合う」

ほんっと、ルイージはあざとい人だ。アメリカ合衆国で生まれたアメリカ人のくせに、女性のことをシニョリーナと呼び、みせかけのイタリア訛りでしゃべる。カイゼル髭に、染めた黒髪、いつも笑っているような目。古い映画に登場する、憎らしいけど好きになってしまうタイプ、といったところだ。

わたしは彼に訊きたいことがあって来たのだと告げた。でも彼は、わたしが何か食べないかぎり答えてやらないという。わたしは彼といっしょに繁盛しているレストランを抜け、奥の部屋に入った。ここは壁がアンティーク調の煉瓦で、あちこちに古い写真がはられていた。なかには、ボズート家の写真もある。

「すわって、シャーロット。新作料理をもってすぐにもどってくるから」彼はわたしを籐椅子にすわらせると、ぱちんと一度だけ両手をたたいてウェイターを呼んだ。彼のいう新作料理は、たぶんチーズを使った肉料理だろう。新しい料理を考えつくと、きまってわたしに試食させるのだ。もちろん無料。そしてわたしに不満はない。正直いって、お腹がぺこぺこだったから。

ルイージはうれしいアペタイザーを持ってもどってきた。溶かしたタレッジョに浸したアーティチョークだ。ひと口食べただけで、わたしは天にも昇る心地。

「あ、ナツメグの香りがするわ」

「それと白ワイン」ルイージは向かいの椅子に腰をおろし、気どった笑みをうかべた。「ほんのちょっぴりだけどね。ママのレシピだ」

いってみれば、パンのないフォンデュといったところだった。

「つぎの料理教室で、これを教えてくれない？」ジョーダンの横でこんなにおいしい料理を食べている光景を想像するだけで、わたしはぞくぞくした。といっても……彼と謎の女ジャッキーとの関係は？

「で、何を訊きたいって？」ルイージは花瓶をまわし、お花がわたしのほうに向くようにした。

「エド・ウッドハウスが殺された晩のこと――」

「おっと」テーブルをぴしゃっとたたく。「だれも訊きにこないからさ、おかしいなあと思ってたんだよ。おれはね、エドの秘密はとことん知ってんの。高校の同級生なんだから」

「あら、そうだったのね」エドとくらべたら、ルイージは十歳くらい若く見えた。「だけど、だれも訊きにこないってどういうこと？　アーソ署長も来なかったの？」

「なんでおれのところに警察が来るのさ？　おれはあのとき、客でいっぱいのこのレストランにいたんだし、エドを殺す動機もない」

わたしは首をかしげた。

「はい、はい」ルイージは苦笑。「動機なんて、だれにでもありそうだよな。エドは、誉められた男じゃなかった。いつもだれかを裏切っていたし、金にはきたなかったし。おれたちバスケットのチームメイトですら、あいつを信用していなかった」ルイージは足を組み、ニンニクや赤トウガラシがぶらさがる天井をあおいだ。「ごめん、ママ、死んだやつのことを悪くいっちゃだめだよな」視線をわたしにもどす。「きみがここに来たのは、おばあちゃんの潔白を証明したいからだろ?」

わたしはうなずいた。

「おれに何がわかる?」

「ルイージには習慣があるでしょ?」

彼は眉をぴくっとあげた。

「ルイージは、お客さんの応対がひと段落したら、外に出て空気をたっぷり吸うじゃない」

「遠回しにいわなくていいよ」わたしに向かって人差し指をふる。「はい、おれはタバコを吸います、きみもご存じのようにね。禁煙努力中ではありますが」

「あの晩も?」わたしは彼をうながした。

「一本、いや二本吸ったな」

「クリスティーンを見なかった?」〝血にまみれた〟という形容詞はつけない。

彼は髭の先をいじって考えながら、「きみのおじいちゃんがアイスクリーム屋に入るのは見たよ」といった。「ナカムラさん夫婦が店に帰ってきた。ん、ヴィヴィアンもそうだったな」ルイージは宙を見つめた。もしかして、ヴィヴィアンに恋いこがれていたころを思い出している？　彼女がどうしてルイージをうけいれなかったのか、わたしにはふしぎでしょうがない。彼は楽しい人だし、セクシーだし、経営者としても成功している。でもいまのヴィヴィアンは、結婚生活がたった一年で終わったせいで愛を信じられなくなっているのかも。

「あ、そうだ、きみのおばあちゃんがヴィレッジ・グリーンから南へ向かうのは見たよ」

わたしは身をのりだした。「何時ごろ？」

「時計は見なかったからなあ……なんなら、ヴィヴィアンに訊いてみな。彼女は時計を見ていたから。でなきゃナカムラさんか。たしか、どうしてこんな時間まで働くんだって、ぶつぶついってたはずだから。おれなんか、毎日夜中の二時まで仕事をしてるけどさ」小さく笑ってわたしの腕をつねる。「それがレストラン経営のつらいところだ。な？」

わたしはうなずいた。「クリスティーンやティアンは見なかった？」

「うーん」ルイージは顎をかく。「そういえば、ずいぶん色っぽい女が、自分の半分くらいの歳の、若い男と手をつないで歩いていたな。男はなんとなくだらしなくて、髪はぼさぼさだった。ふたりの前にきみのおばあちゃんがいたが、気がついていたかどうか……。歩きながらずっとキスしていたから」

「脱色したブロンドの女性？　からだに貼りついたTシャツと、じゃらじゃらしたネックレスの？」

「そうそう」

スウージー・スウェンテンのアリバイは問題なしってことだ。

ルイージはため息をつくと、「これくらいじゃ不足かな？」と訊いた。

「ううん、あんまり悩ませちゃ悪いものね」彼がクリスティーンを見ていないというなら、ほんとに見ていないのだ。わたしはナプキンで口を拭いて立ちあがった。「ランチまでいただいて、うれしかったわ。時間があったら、アーソ署長のところに行って、祖母を見たことを話してほしいんだけど」

「わかった、いいよ。ほかに何か質問は？」

「じゃあ、ひとつだけ……」わたしは彼の頬に軽くキスして玄関に向かった。「どうしてずっと独身なの？」

ルイージは大きな声で笑うと、「きみみたいなステキな女性とデートできないからさ」といった。「きみはおれより二十歳も若いし、気になる男はほかにいるみたいだし」

「ほかに？」わたしは首をひねって、うしろにいる彼を見た。

「噂をすればだよ」ルイージはわたしを追いこしてレストランの玄関まで行くと、扉を開いた。

まぶしい光が流れこみ、わたしは目を細めた。するとそこに、ジョーダンがいた。謎の女ジャッキーが、べったりとよりそっている。華やかな、深紅のドレス。ジョーダンはいかにも紳士らしく、彼女の背中に片手をあてていた。わたしの心臓が倍の速度で鼓動を打ち、口のなかがからからになる。いま、この場で彼になんて声をかければいい？　それにどうしてルイージは、わたしのジョーダンに対する思いを知っているの？　隠し事は上手なつもりだったんだけど……。

ルイージは謎の女に両手をまわして、両方のほっぺたにキスをした。わたしにしたのと、おんなじ。

「きみはいつ見てもすてきだ」彼は謎の女にいった。

「やあ、シャーロット」ジョーダンがわたしの腕をとり、顔をよせていった。「このまえ、デートに誘うつもりできみの店に行ったんだが、たまたまメレディスの件があって……」皮肉たっぷりに。「もしよかったら、いつかデートしないか？」

わたしの口のなかは、からからどころかフリーズドライ状態になった。話したくても口が動かない。

「今度の土曜にピクニック、なんてどうだい？」

わたしはとなりの女性に目をやった。農場で見たときのように、ううん、もっとずっと魅力的だった。つるつるのお肌。皺ひとつなく。絵にかいたような。

ジョーダンがわたしの視線を追った。

「あ、そうだ、シャーロットにはまだ紹介していなかったな。これはぼくの妹、ジャッキー・ピーターソンだ」

「妹？」わたしは彼のオフィスでの光景を思い出した。ローン契約。妹に家を買ってやった？　ジェラシーはたちまち蒸発し、かわりに早とちりの自分が恥ずかしくてたまらなくなった。胸から首、顔が熱くてたまらない。わたしはジャッキーに手をさしだした。握手をしましょう……。と、手を握るまえに、けたたましい叫び声が聞こえた。

それにつづいて――

「あなた！」

わたしはくるっとふりかえった。

クリスティーンがこちらに向かって突進してくる。手には選挙運動の旗。胸ではためく布には、「わたしに一票を」の文字。

「ここにいるって聞いて来たのよ。キッチンをさがしてもいないし。まったく、あなたって人は……」わたしに指をつきつける。「外に出なさい！　すぐに！」旗でわたしをつつき、外に追いだした。

ルイージもジョーダンも、わけがわからずただ呆然としている。

でも、わたしにはわかる。口の渇きは消え、わたしは旗をたたき落とした。

「いいかげんにしてちょうだい」

選挙運動用の衣装を着た女性の一群がわたしたちをとりかこんだ。そのなかにプルーデンスもいる。いかめしい顔つき。そしてティアンもいた。こちらはおろおろしたようすで落ちた旗を拾い、クリスティーンに渡した。クリスティーンはそれを乗馬の鞭のように脇にはさむ。

「どうしてやめさせないの！」クリスティーンはわめいた。

「祖母が何をしたのかしら？」

「バーナデットじゃなく、フェリシアのほう！」クリスティーンは顎をつんとあげ、「あの人、掘り起こしてるのよ！」といった。

「え、何を？」

あなたの過去を掘り起こしているのかしら？　それとも財務状況？　でなきゃ、あやふやなアリバイとか。

「地面に決まってるでしょ」と、クリスティーン。

「それが何か？」

「何を埋めるかわかったもんじゃないわ！」

「彼女はあしたガーデン・パーティを開くから、植物を植えてるんじゃないかしら。彼女は庭が自慢だもの」

「そんなわけないわ」クリスティーンは怒りでぶるぶる震えている。

「悪いんだけど、あなたとフェリシアの問題と、わたしは無関係よ」

「ね、クリスティーン、帰りましょう」ティアンがクリスティーンの肩をたたいていった。

クリスティーンは彼女をにらみつけ、またわたしに視線をもどす。

「フェリシアは博物館と称する場所に死体を埋めたかもしれないでしょ」

「死体？」わたしはあきれた。「いいかげんにしてください……」

「あなたからアーソ署長にいいなさいよ、わたしの周辺をかぎまわるくらいなら、あの女を調べなさいって」クリスティーンはそういうと、まわりの女性たちに手をふった。全員が、訓練を積んだ兵隊のように、クリスティーンについて歩いていく。ただし、ティアンだけは何かいいたいことでもあるのか、その場でぐずぐずしていた。彼女とわたしは、仲直りをしたがっている幼なじみのように見つめあった。でも、それもほんの短いあいだで、ティアンはちょっとためらってから、小走りでクリスティーンたちのあとを追った。

何かがわたしの胸のなかで湧きあがり、皮膚がちくちくした。これはいったい何なのよ？でも、こんな空騒ぎをするのだから、クリスティーンもかなり追いつめられているのだろう。もう考えるのはやめ！　と思っても、むりだった。まったく、彼女に会うとかならず気がめいる。〈ラ・ベッラ・リストランテ〉の入口を見つめても、なかにもどって、ジョーダンとピクニック・デートの話をする気にはなれなかった。

そしてショップに帰ると、わたしはオクタヴィア・ティブルに電話をかけ、ジャッキー・ピーターソンについて知りたい、と留守番電話にメッセージを残した。なんでそんなことをするのよ、と思われるかもしれない。でもやっぱり、好奇心はおさえられなかった。彼女はどこの出身かしら？　どうしてプロヴィデンスに来たの？　それからわたしはヴィヴィアンに電話。オクタヴィアとおなじくつながらず、折り返しの電話がほしい、と留守電に残す。ルイージのいうとおり、ヴィヴィアンが時計を見ていたのなら、祖母の時計塔のアリバイがそれで裏づけられるかもしれない。

午後もなかばになると忙しさもひと段落して、わたしは自分が疲れているのを実感した。お客さんたちにチーズの由来や〝きょうのおすすめキッシュ〟の材料について説明しつづけ、喉がひりひりする。ちなみに、きょうのキッシュは、ホワイト・チェダーとターキーに、クランベリー・ソースだ。

　レベッカはしょんぼりして、いつになく無口だった。その姿に、わたしは胸が痛んだ。おばあちゃんのレースのショールは店の奥のフックにかけてあり、彼女はちょくちょくそちらに目をやっている。でも、わたしからは声をかけなかった。レベッカが悲しみを語りたくなれば、わたしはいつでも耳をかたむける。そのことを、彼女はわかっているはずだからだ。マシューはアネックスで、地元のワイン業者とおしゃべりしていた。

「五分休憩！」わたしはそういうと、エプロンをはずしかけた。と、そこへふたごが駆けこんできた。

「シャーロットおばちゃん！　きょうは最高の日だったよ！」エイミーがカウンターまでやってくる。

「わたしたち、石投げしたの」クレアもエイミーに負けないくらい興奮していた。

「川にね、おっきな石を投げるのよ」

「水の上を跳ねさせるの」クレアは〝水切り〟のジェスチャーをした。

「それを何回もやったの。そして笑ったの。歌もうたったわ」

ふたりは人差し指でおたがいに指揮しあいながら《かねがなる《フレール・ジャック》》をうたいはじめた。

するとメレディスが、玄関から入ってきた。肌つやよく、目もきらきら。

エイミーはうたうのをやめると、彼女のほうに走っていきながら、

「それからもひとつ、何があったと思う？」といった。「お父さんとね、ヴァンス先生の秘密を知っちゃったの！」

わたしは首をのばし、アネックスをのぞきこんだ。マシューはまだ、業者とおしゃべりしている。

「へえ……秘密って、どんな秘密？」

わたしが訊くと、クレアがこたえた。

「お父さんと先生は、デートをするの」

わたしがほほえんでメレディスをふりむくと、彼女は親指をたてた。どうやら、告知作戦はうまくいったらしい。これでマシューもひと安心。ふたりが地道にデートを重ねていけば、娘たちもむりなく対応できるだろう。

「すごいじゃないの」と、わたしはいった。「さて、それでは、デザートを食べたい人は？」

ふたりとも手をあげる。

「ごめん、十五分休憩してくるわね」わたしはレベッカに声をかけた。するとレベッカは、目にティッシュを当てている。「……大丈夫？」

「忙しいほうが気がまぎれます。早く行ってください！」

〈カントリー・キッチン〉で、メレディスとふたご、わたしの四人は一番手前のボックス席にすわった。わたしのとなりにクレアがすわり、メレディスのとなりにはエイミーだ。デリラとおやじさん、ウェイトレスふたりが、ヴァン・モリソンの声に合わせて、《ブラウン・

アイド・ガール》をうたいながらテーブルのあいだの通路を行進する。

「やだぁ……」エイミーが小声でいい、指さした。「あそこにウィラミーナがいる」クレアがからだをひねってそちらを見る。

「よしなさい、エイミー」わたしはしかった。「指をさすのはダメ」

「あの人たち、どうしていつもくすくす笑ってるの？」クレアがいった。

ウィラミーナは母親とおなじように、とりまき連にちやほやされている。みんな、町でも裕福な家庭の娘たちだ。なかには美容院に行って髪を染めたり、ネイルケアをする子もいる。たかだか八歳でだ。いったい母親は何を考え、娘に虚栄心を植えつけるのだろう？　ウィラミーナが顔をあげ、エイミーに気づいてしかめ面をした。エイミーは舌をぺろっと出す。そしてクレアも。

「よしなさい！」わたしは厳しくいった。「さ、手を洗ってらっしゃい」

ふたりはいわれたとおり席をたち、ウィラミーナのテーブルわきを通って、化粧室に入る寸前にまた舌を出した。いうことをきくといっても、この程度だ。

《ブラウン・アイド・ガール》の歌が終わり、お客さんたちは拍手。デリラはそれからすぐ、わたしたちの席に来て腰をおろした。

「いらっしゃいませ」

「なかなかいい歌ね」と、わたし。

「ブロードウェイにもどりたくなるときがあるわ。せめて、行ってみるだけでもね」ちょっぴり寂しげに天井を仰ぐ。

「これからは祖母のかわりに、もっとダンスのレッスンをしてちょうだい」

「うーん、まあね」太鼓のようにテーブルをたたく。「で、その後どうなったの？　クリスティーンがご機嫌うかがいに行ったんだって？」

メレディスが目をまるくした。

わたしは〈ラ・ベッラ〉の外で起きたことを手短に語った。

「あの人はおかしいわ。フェリシアが庭を掘っていた、あそこに死体を埋める気だ、なんていうんだもの」

「あながち、とっぴでもないんじゃない？」と、デリラ。「彼女は夫をそうしたって噂があるから」

「えーっ？」メレディスの声は悲鳴に近かった。

「フェリシアの夫は骨壺に入ってヨーロッパから帰ってきたの。おやじさんの話だと、しばらくはその噂でもちきりだったたって」

フェリシアが未亡人になったころ、わたしは大学生で町を離れていた。だからこの件はまったく知らない。たまにロイスと話しても、妹の過去に触れることはなかった。少なくとも、きょうまでは。

「ロイスの話だと――」わたしはいった。「フェリシアはエドと仕事をしたかったみたいよ」

「いつロイスと話したの？」

「けさ」

デリラはわたしをつついた。「シャーロットはさしずめ……プロヴィデンスのナンシー・ドルーね」

わたしは食器をわきへどかし、テーブルに腕をついて身をのりだした。

「フェリシアは投資をしたかったんだけど、経済的には厳しかったみたい」

「それをどうしてロイスが知っているの？」

「フェリシアはロイスとの旅行をいやがったのよ。それでエドが博物館の支援を中止に――」

「しっ」メレディスが頭をふった。見ると、ふたごがスキップしながらこちらにもどってくる。

ふたりはウィラミーナのテーブルで止まると、短く言葉をかわした。あっかんべえはしない。いいことだわ、と思っていたら、席にもどってきたクレアはふくれっ面をしていた。

デリラは立って席をあけ、娘たちをすわらせていった。

「お邪魔しました。キャラメル・チーズケーキでもいかが？」

「うん、食べる」と、エイミー。

「クレアはどうする？」デリラが訊いた。

クレアは答えず、ウィラミーナをにらんでいる。眉間には皺、目には怒り。

わたしはクレアの手に自分の手を重ねた。

「どうしたの、クレア？」

「あの子がいったの、うちのおばあちゃん《グランメール》は殺されるって」

20

わたしはカウンター席の上にあるアナログ時計に目をやり、心のなかでうめいた。チーズ・ショップで働いて、姪っ子たちの世話をやき、そのうえ他人の子をしかるには、一日二十四時間ではあまりにも短すぎる。わたしはクレアの手をやさしくたたいた。

「そんなふうにいってみただけよ。言葉遣いはよくないけど、今度の選挙で、ウィラミーナのお母さんが地すべり的勝利をおさめるっていいたかったんだと思うわ」

「地すべり？」クレアの表情がくもった。

「あ、ちがうちがう、そのまんまの意味じゃなくて、それくらい大きな勝利ってこと」

「ウィラミーナはまちがってるわ。選挙に勝つのはおばあちゃん《グランメール》よ」

「うん、うん」

ソーダを飲みおえると、わたしは眉をひそめてウィラミーナを見つつ、同時にかわいそうにも思った。あの子にとって、いまはとてもつらい時期だろう。父を失い、母は選挙運動にかまけている。クリスティーンはせめて、ウィラミーナに乳母的な女性をつけてやるべきだと思う。ひとりで町をうろつく状態にさせてはいけない。

わたしは過保護な親の気分でショップにもどり、レベッカを夕飯に誘った。食事をするあいだ、レベッカがしゃべったことといえば、リゾットは大好きです、くらいでしかない。あとは、メレディスと三人で川に行ったというふたごの話に、ときおり短く言葉をはさむ程度だ。レベッカは水切りが得意らしいけれど、それはただ、ふたごがいっそう熱心に話すきっかけにしかならなかった。

レベッカが帰るとき、わたしは彼女を抱きしめていった。

「あしたはお店を休みなさい。ひとりきりで思う存分悲しむといいわ」

レベッカはわたしのうなじを涙でぬらし、駆けだした。

＊

あくる日の朝、驚いたことに、ショップの入口前でばったりレベッカに会った。どちらも夏らしいピンクの服で、わたしのほうは縁にフリルがついた膝丈のスカート、彼女のほうは細い足にぴったりしたストレッチ・タイプのパンツだ。

「わたしたち、いい勝負ですね」レベッカがいった。

「まっ、とんでもないわ」

二十二歳のころにもどりたいなあ、と思う。自由気ままで無邪気で、足も細くてきれいだった……。そして、いいかげんにしなさい、と自分をしかった。過去をふりかえってはいけないと、とっくに学んでいるはずなのだ。過去は過去で、とりもどすことはできない。とはいえ、ここ何日かはできればそう思いたくなかった。時計を一週間まえにもどすことはできないかしら？　エドが殺されるまえ。祖母が殺人容疑をかけられるまえに――。わたしはため息をつき、かわいいアシスタントの顔を見た。

「どうして休まなかったの？」

「働き者ですから」

「だけどおじいちゃんがマシューを手伝うって話はしたでしょ？　娘たちは一日おばあちゃんといっしょに、劇団の過去の演目を集めたスクラップブックをつくる予定だし」

「スクラップブックですか。おもしろそうですね」

「おばあちゃんは、もし町長選挙に落選して劇団に補助金がでなかったら、町議会でごねてやるっていってるわ」

レベッカは肩にかかった髪をはらい、真剣な目でわたしを見つめた。

「どうか、働かせてください」

だめ、なんていえるわけがなかった。わたしがドアを押し、ふたりでショップに入る。そしてフェリシアのガーデン・パーティ用の盛り合わせを一時間足らずでつくりおえ、十時に祖父が到着。むずかしい顔つきで、手には〈カントリー・キッチン〉のコーヒー。

「何か悩みでもあるの？」わたしは祖父の額の皺を人差し指でなでた。

「おまえのおばあちゃんがな、けさ、大声で歌をうたったんだよ。あいつには計画があって――」自分のこめかみを指でたたく。「前庭で選挙集会をやる気なんだ」

わたしはぎょっとした。アーソが不機嫌になるのは確実だ。とはいえ、祖母がいったんこうと決めたことをくつがえすのは不可能に近い。

「投票日まで――」祖父はつづけた。「二日しかない。おまえもここに来る途中で、クリスティーンのポスターを見ただろう?」

あれはいやでも目についた。クリスティーン軍団はわずかひと晩で何百枚というポスターを貼ったらしい。派手な赤い文字が書かれ、サイズは九十センチ×百二十センチ。

「心配いらないわよ。町の有権者は、ちゃんとわかってるから」わたしは祖父の腕をたたいた。「さ、力持ちおじさん、モルビエをホイールごともってきてくれない?」

祖父はチーズをとりに行く途中で、さっきつくった盛り合わせのお皿から、ダブルクリーム・ゴーダをひと切れ、つまみぐいした。まったくしょうがないわね。わたしは苦笑い。何はともあれ、おじいちゃまは楽観的だ。盗み食いの常習犯でも、絶対につかまらないと信じているのだから。

それから二時間後、わたしは――自分では配達しないとフェリシアにいったのを反故にして――配達用のバンを走らせ、博物館の前で停車した。プロヴィデンス歴史博物館の建物は、チョコレート・ブラウンと白の美しいヴィクトリア様式の住宅だ。レベッカは精神的に不安定だから、ショップの仕事はなんとかこなせても、さすがにパーティはむりだろう。そう思ったわたしは、ボズにアルバイトを頼み、ふたりでここにやってきた。そしてパーティ皿その他を抱え、石畳の道を入口へと向かう。ティーローズがあちこちで咲きはじめ、刈られた芝生とライラックの甘い香りがまじりあうなか、ポーチの階段をあがっていく。そのあいだも心のどこかで、わたしは期待をしていた。このパーティにはさまざまな分野の人が招待され、うちの弁護士のリンカーン先生もそのひとりだ。だから先生と話すことができれば、時計塔に向かう祖母をルイージが目撃したことを伝えられるだろう。

窓のカーテン——ゴールドのブロケードだ——の隙間から見えていたらしく、フェリシアはわたしが呼び鈴を鳴らすまえに玄関をあけた。アンティークな緑のクリノリン・ドレスとハイボタンのブーツ姿で、髪はシニヨン。まるで十九世紀のレディのようだ。

「どうぞ、なかに入ってちょうだい」彼女はそういうと、わたしたちが運んできたトレイに目をやり、「あらあ、すてきじゃないの！」といった。

「あと六つあるの」と、わたし。「それからワインもね」

「ありがとう、うれしいわ。さ、こっちよ」

フェリシアはホールを横切っていった。床は硬材で、こつこつと一定のリズムでヒールの音が響く。

「きょうは野外パーティ日和だと思わない？　空には雲ひとつないし、気温は二十二度よ」

開拓者《フロンテイア》の大理石の像を四つ通り過ぎ、奥のキッチンに入っていく。

わたしは彼女について行きながら、ホールの左右にある部屋をのぞき、あらためて感心した。ここには数えきれないくらい来たけれど、来るたびにどこかが新しくなっている。フェリシアは定期的に展示品のレイアウトを変えるのがとても上手だった。ウッドパネルの書斎は、書物と古い写真であふれんばかり。リビングにはアンティークの椅子とソファが置かれ、壁紙は上品な花柄だ。ガラスケースで展示されているのは、先住民の斧のほかに陶磁器類で、磁器の大半はクリスティーンの曾祖父がコレクションしたものだった。現在の関係を考えると、クリスティーンは返却しろといいだすかもしれない。

わたしとボズは、淡い緑のタイル張りのキッチンでチーズ類とワインを並べ、大皿をいくつか裏庭にもっていった。そこでは青緑色のスチールテーブルが、オークの大木を囲んですでに並べられていた。庭の奥のつきあたりでは、弦楽四重奏団が楽器のチューニングの真っ最中。

それから一時間もしないうちに、ゲストが到着しはじめた。最初はナカムラさんご夫婦、それからフレックルズとご主人。フェリシアは笑顔で迎え、いただいた寄付を派手なバッグにそっとしのばせた。髪をチリチリにカールさせた女性は『プロヴィデンス・ポスト』カメラマンで、せわしなく動いてはゲストの写真をとりまくった。

わたしはナカムラさんのところへ行くと、「すみません、ちょっといいですか？」と声をかけた。そして事件の夜、ルイージがお店に帰るナカムラさんを見たという話をする。「それはだいたい何時ごろだったでしょうか？　ルイージは、ナカムラさんが時計を見たといってるんですが」

「九時五十分くらいじゃない？」奥さんがナカムラさんにいった。「たしかあなた、『おやや、まだ十時十分まえか。もっと遅いと思っていた』っていったから」わたしをふりむく。

「でもこの人の時計は、ときどき早くなるのよ」

「うちの祖母を見かけませんでしたか？」

「ごめんなさい、見なかったわ」

「わたしもこいつも――」と、ナカムラさん。「在庫整理のことしか頭になかったからな」

するとと奥さんが、ちょっと目を輝かせて夫にいった。

「ヴィヴィアンなら見たかもしれないわね？」

そういう奥さんの肩の向こうに、ヴィヴィアンの姿があった。わたしはナカムラさんご夫妻にお礼をいうと、彼女のもとへ急いだ。十歳以上年上の友人は、ヨットの大きな帆のようにさわやかではつらつとして見えた。大胆な青のストライプが入った真っ白なドレスが、スタイルのよさを際立たせている。彼女のすぐうしろには、小麦色のスーツに身をつつみ、なんとも格好良いルイージがいた。彼がヴィヴィアンの腕をやさしくたたき、彼女がふりむく。と、驚いたことに、ヴィヴィアンはルイージににっこり笑いかけた。ついに彼の愛をうけいれたってことかしら？　高校生のころ、彼女はルイージのどこが気に入らなかったのだろう？　ま、ともあれ、わたしはふたりの邪魔をしないことにした。

ふたりの背後を、オクタヴィアが歩いていた。ジャケットの前がはだけてひらひらし、コーンローに編んだ髪が揺れる。彼女は立ち止まると、集まった人びとをぐるっと見まわし、わたしに目をとめた。そして動くな、というように指を一本わたしにつきつけ、フェリシアのさしだした手に小切手をのせてから、人びとをおしわけるようにしてこちらにやってきた。

わたしは彼女に腕をつかまれ、藤の木陰へと連れていかれる。

「ジャッキー・ピーターソンなんて人間は存在しないわよ」

「そんなはずはないわ。ジョーダンの妹なんだもの」

「要するに、身元を隠してるのよ」

「隠す？」

「たとえば、暴力をふるう夫から逃げてきたとかね」

「えっ……」

「静かに」彼女はわたしに黙れと手をふり、目くばせした。

わたしの後方から、ジョーダンとジャッキーが近づいてくる。どちらも片手にワイン・グラスを持ち、少なくともわたしの目には、ジャッキーに虐待の跡は見えなかった。顔には傷跡などひとつもなく、ほっこりした印象の黄色いスーツでとても華やかだ。一方のジョーダンは、皺のよった麻のシャツにジーンズ、ローファーで、颯爽としている。たとえるなら、往年の二枚目俳優、エロール・フリン。しかも刈りとったばかりの牧草のような香りまでして……。わたしの心臓は、小さくタップダンスを踊った。

ジョーダンはわたしの気持ちを見透かしたのか、軽く笑みをうかべていった。

「きのう、ルイージの店では邪魔が入ったから、いまここであらためて紹介させてもらおう。こいつは妹のジャッキー・ピーターソンだ。こちらはシャーロット・ベセット、すばらしいチーズ・ショップのオーナーだよ」

「きのうは失礼しました」と、わたしはジャッキーにいった。

「たいへんでしたね」ジャッキーは小さく笑う。「旗でつつかれたりして」

わたしたちは握手し、横でオクタヴィアが咳払いをした。

「あ、ごめんなさい。こちらはオクタヴィア・ティブルです。こちらはジョーダンの妹さんのジャッキー・ピーターソン」わたしは紹介した。「オクタヴィアは、ジョーダンのことは知っているわよね？」

「苗字が違うのは、ご結婚なさったから？」オクタヴィアの狙いは一点。赤い布に突進する牛のようだ。

「すでに離婚しました」

オクタヴィアは何かいいたげな目で、ちらっとわたしを見た。

ジャッキーは動揺もせずに笑顔で、「シャーロット、この町の歴史を教えてもらえますか？」といった。「とてもすばらしいところだから」

プロヴィデンスの歴史については、フェリシアが情熱を注いで資料収集していることをわたしは話した。でも頭の半分では離婚とか、別れた夫とかについて考え、フェリシアの過去はどうだったんだろうと思った。クリスティーンがいうように、フェリシアが庭に死体を埋めるなんてこれっぽっちも信じちゃいないけど、彼女の夫が亡くなったのはふたりでヨーロッパにいるときだった、といわれている。ひょっとして、彼女が夫の命を奪ったとか？　博物館の資金ぐりのために、そこまでするものかしら？　プルーデンスやロイスの話から考えると、資金が枯渇したフェリシアは、エド・ウッドハウスの女好きを利用して寄付させようとしたのかもしれない。なのにエドは逆に彼女の夢をつぶそうとし、彼女は手を血で染めるしかなかったとか？　それにしても、フェリシアとクリスティーンがレストランで口論したなんて……。フェリシアは自分が警察から疑われないよう、クリスティーンに疑惑の目を向けさせようとしたのかも。

と、耳をつんざくような金切り声がした。

「出ていってよ！」叫んでいるのはフェリシアだ。

彼女はなんとも恐ろしい形相でクリスティーンに突進し、クリスティーンは竜巻のごとき勢いでポーチに飛び乗った。プルーデンスとティアンがフェリシアの両腕をつかまえる。ふたりともおしゃれな格好で、膝丈のワンピースはアニマルプリント、八センチのヒール、クラッチバッグ、黒いレースの帽子と手袋。あの縮れ毛のカメラマンが彼女たちを撮影して『ヴォーグ』に投稿したら、キャプションはたぶん「セックス・アンド・ザ・シティ、野生版」だ。

「何しに来たの！」フェリシアはわめいた。

「招待されたからよ」クリスティーンはこれみよがしに美しい封筒をふりかざした。

「ほんとに来るほどばかだとは思わなかったわ」フェリシアの声は完全に裏返っていた。

「お金がほしいんでしょ？　わたしならもってるわよ」クリスティーンは、なぶるようにいった。「どう？　ほしい？　あなたはひざまずいてお願いするのが得意だって聞いたけど？」

あいた口がふさがらなかった。クリスティーンは恥というものを知らないのだろうか？　フェリシアの顔が、生クリームのように真っ白になった。顎をつんと上げ、スカートのひだをまとめて、博物館のなかに駆けこんでいく。

だれひとり、彼女のあとを追わなかった。プルーデンスも。ティアンでさえ。

わたしはフェリシアと親しくはないけれど、それでもあんな屈辱にひとりで耐えるのはかわいそうだと思った。だからジョーダンたちにちょっと失礼するわねといい、博物館のなかへ入っていった。

「フェリシア――」わたしは名前を呼びながら、早足でキッチンを通りぬけた。でも返事はない。「フェリシア！」彼女が廊下を走るのがちらっと見えて、急いであとを追う。そして玄関ホールで追いつき、腕をつかんだ。

「ほっといて！」フェリシアはわたしの手をふりほどき、表玄関から飛びだした。扉が激しい音をたてて閉まる。

「シャーロット？　あなたなの？」その声は、メレディスだった。ホールの反対側にある図書室で、彼女が開いた本を手に立っている。「なんの騒ぎ？」

わたしは図書室のアーチ形の戸口まで行って事情を説明した。

「クリスティーンという人は、ほんとにひどいわね」メレディスがいった。

「あの人らしいといえばそれまでよ」

「ああいう人は、殺人犯として疑われるか、でなきゃ逆に命をねらわれるタイプだわ」

「ところで、メレディスはここで何をしているの？」

「こそこそ嗅ぎまわってるのよ」と、にっこりする。「なんて、冗談よ。ただ本を読むのが好きなだけ」

彼女の言葉にひらめいて、わたしは玄関に目をやり、それからマホガニーの階段を見た。フェリシアは、エドの寄付を帳簿とかノートとかに書き残していないだろうか？　その証拠があれば、エドの寄付を喉から手が出るほどほしかった彼女は、それを拒絶され——エド殺害におよんだ、ということの裏づけになるかもしれない。彼女の事務室は、二階にあった。以前、博物館見学をしたときに、フェリシアが見事なデスク——蛇腹式の蓋《ロールトップ》がついたもの——の前で仕事に没頭しているのを見たことがある。わたしがデスクの脚の美しい彫刻に感嘆すると、一八九〇年代のものなの、と彼女はいった。あそこに入っている書類がフェリシアの殺害動機を裏づけ、祖母の容疑を晴らしてくれないだろうか？

「プロヴィデンスの歴史をずいぶん学んだわ」メレディスはいった。「フェリシアはすばらしい仕事をしたわね。わたしが発見したことを教えてあげましょうか？」

「ちょっと待って」わたしは玄関まで行くと、扉の横のステンドグラスから外をのぞいた。フェリシアの姿はない。彼女はどれくらいでもどってくるだろうか？　もしわたしなら、あんなことがあったあとで、頭を冷やすのに最低三十分はかかる。

「ねえ、シャーロット……」

パーティのゲストはまだ、博物館の見学を始めていない。いまがチャンスかも。

「すぐもどってくるわね」わたしは静かに階段をあがっていった。ヴィクトリア朝の衣装の展示コーナーと、アンティーク時計のコレクションの前を通り過ぎる。そして事務室にこっそり入り、薄い布のカーテンを閉めた。

21

フェリシアの事務室はきれいに片づき、質素だった。中央に例のロールトップの机と回転椅子がある。小さな丸テーブルには、古めかしいダイヤル式の電話機と、鉄のランプが置かれていた。壁にはキンドレッド・クリークの油絵が何枚も。でもファイル・キャビネットの類は、新旧を問わず、ひとつもなかった。箱やトランクも同様。

机の蛇腹の蓋をあけようとしたけれど、びくともしない。三つある引き出しもあかなかった。道具を使ってこじあければ、美しい机を傷つけてしまうだろう。どこかに鍵はないかしら……と思い、わたしは引き出しの底面に手を這わせてみた。でも空振り。テープで貼りつけた鍵はない。机の背中もなでてみたけど、何の感触もなかった。椅子の裏側もおんなじだ。

部屋の中央に敷かれたハート形のフックドラグの上に立ち、部屋をじっくりゆっくり見回す。フェリシアはどこかに鍵を置いているはずよね？　それとも、わたしのような見物客にうろつかれた場合にそなえ、肌身離さず持っているとか？

あきらめきれなかった。わたしは意地っぱりだから。もしかして、ランプの笠に隠しているかも……。残念。

電話機の下とか？　残念。

じゃあ、衣装のクロゼット？

わたしはそちらへ行って扉をあけた。蝶番がきしんだ音をたてる。その瞬間、全身が凍りついた。外の廊下で何か音がしたような……。でも、変化はない。といっても、わたしが庭にいないことに気づいて、だれかがさがしに来てもおかしくなかった。わたしは杉材のクロゼットをのぞき、アンティークのジャケットやワンピース、帽子、ハイボタンのブーツ（きょう、フェリシアがはいているような靴だ）をざっと見た。上の棚にも、ファイルとかノートっぽいものはない。なかばあきらめつつ、わたしはジャケットやドレスのポケットに鍵をさがし――そこで手を止めた。そうそう、わたし自身はヨガ教室のとき、家の鍵をどこに置く？　ヨガ用の服にはポケットがないから、いつも靴に入れるのだ。

わたしは靴を順番にひっくりかえしていった。そして最後から二足め、つま先だけ白い、茶色の粋な靴を逆さにすると、鍵がぽとりと落ちた。

心臓がどきどきした。部屋の入口まで忍び足で行き、廊下に足音はないか耳をそばだてる。何も聞こえてこない。わたしはデスクにもどると、鍵をさしこみ、まわした――。成功。

蛇腹の蓋をそっと押しあける。まんなかに、ペンが一本と拡大鏡。その右手には、博物館のロゴ入りの便箋に封筒、切手のシート。左右の引き出しには、ペーパークリップ。さがしているのはノートの類なので、左手の小さなボックスをあけてみたけど、そこには名刺とペンしかない。便箋が置かれた上の棚では、アナログの時計が容赦なく時を刻んでいた。

「うーん」わたしはうめき、前面にある三つの収納箱をあけていった。最初のふたつには事務用箋はあったけれど、そこにメモや落書きっぽいものは書かれていない。そして最後に、緑色の冊子があった。それを取りだし、震える指で最初のページをめくる。番号順に、寄付者の名前と日付が書かれていた。二ページめも、三ページめも、名前と日付。

その先を見ようとしたところで、階段をあがる足音が聞こえた。こつ、こつという音が、だんだん大きくなってくる。血液が超高速で全身をめぐり、わたしは隠れる場所をさがした。部屋はとても質素で、クロゼットも遠い。それにともかく、デスクの蛇腹の蓋を閉めるのがやっとだった。ノートを持った手は背中に――。そこで、きしんだ音をたててドアが開いた。

母親の財布からお金を盗もうとした子どもの気分で、わたしはフェリシアに向かってむりやりほほえんだ。

「ここで何をしてるの?」フェリシアは疑惑のまなざしでわたしを見た。

「そ、その……」言葉が出てこない。

「背中に何をもってるの?」

「べつに何も」

「こっちにちょうだい」フェリシアはわたしに近づいてきた。

わたしはノートを両手でこわごわ、盾のようにかざした。

フェリシアはそれをひったくり、「アーソ署長を呼ぶわ」と、テーブルまで行って電話の受話器をとった。

「お願い、よして」わたしは頼みこんだ。いまにも心臓が破裂しそうだった。フェリシアとふたりきりなのはさておき（たとえ何かあっても、パーティのゲストはわたしが彼女を追ったのを目撃している）、わたしがまた事件に首をつっこんだのをアーソに知られるのが怖い。しかもいま、フェリシアは受話器を窒息させんばかりに、恐ろしい力で握りしめていた。

フェリシアはつま先でとんとん床をたたきながら、「それで？」といった。

わたしはつばをごくっとのみこみ、殺人事件にからむ自分の推理を正直に話した。

フェリシアの口から大きなため息がもれる。針でつつかれた風船のごとく。

「お姉さんの——」と、わたしはつづけた。「ロイスがいったの。フェリシアは経済的に苦しくて、いっしょに旅行もできないって」

「経済的に苦しいから？　ちがうわよ、ただたんにいやだからよ！」

「いやっていうのは？」

「決まってるでしょ、姉といっしょに旅行すること！」激しい怒りがぶりかえしたようだった。

「でもフェリシアは経済的に逼迫して——」わたしはつづけた。「お金の問題をかかえて、亡くなったご主人の遺産も使いはたしたとロイスから聞いたわ」さすがに例の噂、ヨーロッパ旅行中に遺産目当てで夫を殺したという噂まではいえない。「それにプルーデンスも——」

「あんないじましい人間にどう思われようと関係ないわ」フェリシアは受話器をもとにもどした。そしてノートの最終ページを開き、その一カ所を指でたたく。「ほら、五百万ドル以上あるでしょ。お金に困ってなんかいませんよ。銀行に訊いてみるといいわ。担当者がいまちょうど、パーティに来ているから」

「でもロイスが――」

「頭のおかしな姉には、はっきりいったのよ、あなたの寝言といびきがひどいから、いっしょに旅行はできないわって」

だったら、事件の夜のアリバイは？

「エドが殺された晩、ロイスはあなたに会っていないといってたわ」

「いいえ、会いました」

「だけど……ロイスはあの日、腰の骨を折った伯母さまに会いに行ったと」

「伯母が骨折したのは先週の話よ。わたしもロイスとおなじ時刻にお見舞いに行ったわ。それは伯母が証明してくれるでしょう。もう八十代だけど、頭ははっきりしているから」

外の廊下から大勢の足音が聞こえ、わたしはそれに励まされた。

「だったらレストランで、どうしてクリスティーンとお金の話でもめたの？」

「もめてなんかいません」

「エドが約束したぶんを払ってくれって、クリスティーンに迫ったでしょ？」

「だれがそんな話を――」

「目撃者は何人もいるわ」

フェリシアはしばらくためらってから、こういった。

「あれは一種の債務よ。エドは確約したんだから」

「あなたが恥ずかしい手段を使ったといってる人もいるわ」

「いいかげんにゴシップはよしてちょうだい。だれがそんなことをいうのか知らないけど、その人たちはまちがってるわ。わたしは恥ずかしい手段なんか使っていません。あのての男は大っ嫌いだもの」

わたしの推理が音をたててくずれていった。その断片が、頭のなかで万華鏡のようにちかちかぐるぐる回転する。

「そんな噂をたてたのは――」フェリシアはつづけた。「姉のロイスじゃないかしらね。あの人はわたしを嫌いなのよ、自分より若くてきれいだからって。一方的にそう思ってるの。まあ、どうでもいいわね、そんなこと。ともかく、その話は嘘よ。エドはどうしようもない女好きで、わたしの気を引くときは決まって寄付の話をもちだしたわ。でも、わたしはばかじゃない。それに博物館には、つねに手を加えなくてはいけない。町でいちばんのお金持ちが寄付してくれるっていうんだから、ありがたい話じゃない？　寄付を申し出てくれる人なら、ほかにもたくさんいるわよ。べつに断わる必要なんかないでしょ？　ルイージ・ボズートもそうだし、ミスター・ナカムラや、あなたのおばあちゃんにぺこぺこする町議会議員三人とかね。プロヴィデンスを地図にのせたかったら、町の歴史保存に資金を出しおしみしちゃだめなのよ。エドはわたしにとってひとつの手段。それ以外の何ものでもないわ」

「それで彼が手を引いたら、ほかの人は――」

「すべて支払い済みよ。寄付金はきちんと帳簿に書いてあります」フェリシアはノートをふった。「わたしにはエド・ウッドハウスを殺す動機なんてひとつもありません」

わたしはその場につったったままで、顔がほてり、あやまる言葉がなかなか出てこなかった。

「ごめんなさい、フェリシア。ほんとうにごめんなさい。わたし……」

「なに？」

「わたしの祖母は……」首をすくめる。「祖母は犯人じゃないの。だから必死で、無実を証明するものをさがしていて、あなたが……」首を横にふる。「ごめんなさい」

フェリシアは怒りのつぶやきをもらした。あたりまえだと思う。わたしには自分の推理を裏づけるものがない。すべて伝聞を根拠にしたものだからだ。だけど、フェリシアが犯人でなければ、ほかにだれがいる？　目と鼻の先にありながら、何かを見落としたのだろうか？

「わたしはクリスティーンが怪しいと思うわ」フェリシアは帳簿をもとあった場所に置き、蛇腹の蓋を閉めた。「あの人、何かを隠してるわよ」

「隠してるって？」

「事件があってからずっと、彼女はわたしを寄せつけないの。追っぱらうのよ！　ずいぶん長いつきあいなのに……。あの日以来、わたしの顔を見ると喧嘩をふっかけてくるわけ」

「あなたに嫌疑をかけたいとか？」

「かもしれないわね」フェリシアはドアまで行くと立ち止まり、肩ごしにわたしを見た。

「あなたもずいぶん、こそこそした真似をするわね。こんな人だとは思わなかったわ」

わたしはまごつき、うろたえながら、裏庭にもどった。ジョーダンとジャッキーの姿はどこにもない。クリスティーンも帰ったようだけど、いつものごとく、竜巻のような破壊と荒廃をもたらしていった。プルーデンスとティアンはチーズのトレイのそばで、途方に暮れた顔をしている。

わたしはだれかにすがりたくて、メレディスやヴィヴィアンをさがした。でもふたりとも帰ってしまったらしい。わたしはいつになったら早とちりの悪癖をなおせるのだろう？　おじいちゃん《ベペール》には小さいころからくりかえし、まずは人の善意を信じろと教えられてきたというのに。おばあちゃん《グランメール》を心配するあまり、わたしは理性を失った行動をとり、生来の〝生きる喜び《ジュワ・ド・ヴィーヴル》〟を汚してしまった。こんなことではもう、ジャッキーについても調べることはできない。

「あら、ティアン！」大きな声がした。あれは赤が大好きな、元気はつらつのＰＴＡ会長だ。彼女がティアンとプルーデンスに向かって突進している。

わたしはクリスティーンの友人ふたりをあらためて見て、首をひねった。どうして彼女たちはパーティに残ったのだろう？　クリスティーンへの忠誠心がうすれたとか？　プルーデンスはうちのショップに来たってチーズには目もくれないのに、なぜかいまはエメンタールをほおばって、ティアンとおしゃべりしている。ただ、顔つきは深刻。見るからに、いらいらしていた。フェリシアをほったらかしたことが、うしろめたいのだろうか？　ＰＴＡ会長は、ティアンとだけ話している。いまならプルーデンスに、あの晩ほんとうは何があったかをたずねることができるかもしれない。

わたしはポーチの階段をおり、プルーデンスのほうに向かった。すると、道なかばくらいで腕をつかまれた。ふりむくと、ルイージだった。

「さっき思い出したんだけどさ」と、彼はいった。「エドは殺されるまえの日、うちの店に来たんだよ。人と待ちあわせていてね。相手は弁護士だった」

「どういう分野の？」

「離婚専門の弁護士だ」

22

わたしは夕方五時ごろショップにもどると、レベッカを——つべこべいわせず——早退させた。それからアーソに電話。すると係の人から、署長は不在だと告げられた。そして、署長は日曜日にはかならず家族に会いに行くんです、とそっけなく教えられる。町民全員が知っているはずなんですけどね、といわんばかりの口調だった。

わたしはがっかりして電話を切った。早く伝えたいけどしかたないわね……。でも頭のなかでは、情報の断片が渦を巻く。エド・ウッドハウスは殺される前日、離婚専門の弁護士と会っていた。それを知ったクリスティーンが、離婚を阻止するために夫を刺したという可能性はある。お金が目当てではなく、自分の体面をたもつために。クリスティーンにとって何よりたいせつなのは地位《ステータス》だろう。浮気なら見て見ぬふりができても、完全に自分のもとを去るのは許せなかったのかもしれない。

六時。ボズがフェリシアのパーティからお皿を引きあげてきた。わたしは彼に洗うのを頼み、とても助かると心からお礼をいって、ボーナスをはずむことを約束する。お世辞ではなく、ボズはアシスタントとしてはピカイチだ。彼が〝おもちゃ〟好きで、そのためならがんばってお小遣いを稼ぐ気でいるのがありがたい。

ボズがキッチンに行くのといれかわりに、マシューが顔を見せた。両方の手にワインのボトル。

「アネックスはもうクローズしたよ。おじいちゃん《ペペール》と話したかい？　夕飯はあっちで食べないか？　ぼくはメレディスを連れていくよ」

「それからワインもね」

「カーライルのジンファンデルだな、カリフォルニアのロシア川地域の。ブルーベリーの香りで、しっかりした、厚みのあるワインだよ」

「あら、いい感じ」

「おじいちゃんがバーベキューをするらしいからね」

「それはまたダブルでいいわ」毎年夏になると、祖父はバーベキューを楽しみ、フード・ネットワークでボビー・フレイを見るのが習慣になっている。「わたしも行くわよ、万難を排して。バーベキューを逃すわけにはいかないもんね」ウィンクする。「それから、おばあちゃんはマシューとメレディスのことに気づいているみたいよ。電話の声が、いやにうきうきしていたから」

マシューは苦笑いした。「そうだな。いつも人より二歩先に進んでいるから」

その二歩を、事件の日も先に進んでくれていれば……。せめて一歩先にいたら、わたしはいとこと友人がベッドにいるのを目の当たりにしなかったかも。

マシューが親指でカウンターをしめし、片づけを手伝おうか、といった。

「ううん、ひとりで大丈夫」

「終わりましたよ、ミス・B」ボズがキッチンからあらわれた。「あした、学校が終わったらまた来ます」そういうと、マシューについて裏口から出ていった。ドアがばたんと閉まる。

ショップは静かになり、電気製品のたてる低いうなり音だけがかすかに聞こえるなか、わたしは祖母の家に持っていく前菜を手早くつくった。それからチーズを冷蔵庫にしまい、照明を消す。そしていつものように玄関に行き、なかから鍵をかけた。厚い板ガラスのウィンドウから外をながめ、無意識のうちにエドが倒れていた場所に目がいってしまう。いまではもう、どうということのない、影になった暗い一角だ。沈みきるまえの太陽が、やわらかい、暖かい光を歩道に投げかけている。それでもわたしはぶるっと震えた。エドが最後にいった言葉は何だったのだろう？ 彼は命乞いをしただろうか？ 犯人はおそらく、彼の知っている人間だ。その犯人は、チーズナイフをエドの胸に突き刺したまま、彼がこときれるのをながめていたのだろうか？

＊

「ね、見て見て、シャーロットおばちゃん！」エイミーがわたしの腕を引っぱった。少女は絵の具とラメで汚れたお絵かき用のスモック姿で、わたしを木製のピクニック・テーブルまで連れていく。もともと家の裏手にあったテーブルを、前庭の芝生に移したらしい。絵の具の缶に筆、ラメ、糊《のり》、布、ネイルなどが、きれいに並べられていた。庭の端には木のスタンドが置かれ（祖父の小鳥の巣箱コレクションから失敬してきたらしい）、芝生には六十×九十センチくらいの選挙用の看板がいくつかあった。そこに書かれているのは――

ドブに捨てるな　貴重な一票
バーナデットに投票しよう！

わたしはほほえんだ。劇団記事のスクラップ作業が、いつのまにか選挙運動のプラカードづくりになったのだろう。祖母には、かわいい小さな手をうまく使う才能がある。

「きれいな色でしょ？」クレアは興奮してほっぺたが赤い。エイミーとおなじように、お絵かき用のスモックを着ていた。

祖母はおそらくだれかにたのんで、プロヴィデンス劇場の美術部からスモックをもってこさせたのだろう。そのだれかとは、たぶんフレックルズだ。彼女はいまテーブルを前にして背をまるめ、看板に一枚ずつ色を塗っていた。左右には、メレディスと牧師の奥さんのグレーテル。ふたごは看板に糊とラメをふりまいていた。

わたしはクレアの肩をつまみ、「かっこいい看板じゃないの」といった。

「おばあちゃんに話したの」と、クレア。「わたしたち、おばあちゃんが殺されたらいやだって」

祖母は舌を鳴らした。「ばかなことをいわないの。だれもわたしにそんなことはしませんよ」

「選挙はおばあちゃんが勝つんだもん」と、エイミー。

祖母は少女たちとおなじように絵の具で汚れたスモック姿で、美術教師さながらアドバイスをしたり誉めたりしながら、後援者たちのあいだを歩いてまわった。外出禁止の在宅拘禁を前向きな活動に変えてくれた祖母に、わたしはほっとした。クリスティーンが知ったら、眉をつりあげてわめくだろう。

祖父が車寄せまでやってきた。太ったお腹にバーベキュー・エプロンをまわし、手には柄の長いトング。

「夕飯だぞ！」

祖母と後援者、ふたご、そしてわたしはのんびりと裏庭に向かった。祖父は庭に松明とランプ用テーブルを並べ、テーブルにはチェックのクロスをかけていた。後援者にそれぞれお皿が渡される。グレーテルが、チーズを五種類使ったマカロニ&チーズを持参してくれ、よく焼けた表面と、とろりとした中身の組み合わせがなんともおいしかった。ありがたいことに、グレーテルはクレア用にグルテン・フリーのマカロニを使ったものも用意してくれていた。そしてフレックルズのほうは、お得意のベークト・ビーンズと採りたて野菜のサラダだ。祖父が焼いたリブとチキンはジューシーで、ぴりっとしたソースは祖父オリジナル。

わたしはテーブルに前菜のトレイを置いた。さっそくエイミーが、マリネにしたオリーヴを口にほうりこむ。クレアも右にならえだ。

「こんにちは、シャーロット」メレディスがキッチンから出てきて、そのすぐあとにマシュー。網戸が勝手にぱたんと閉まった。メレディスは料理があまり得意じゃないので、〈プロヴィデンス・パティスリー〉のぱりぱりに焼いたパンをもってきた。そしてマシューは、コルクを抜いたワインを二本。

「おまえたち、手を洗っといで！」父親の言葉に、ふたごはすなおに従った。

みんな食事に夢中になりはじめたところで、祖母がわたしをポーチのぶらんこに連れていった。ここにすわりなさいと、クッションをたたく。そして骨ばった指でわたしの顎をもち、

「おまえ《シェリ》、疲れているようだね」といった。

「ずっと忙しいから」

「働きすぎなんですよ。もっとお手伝いを頼みなさい」

「だって――」わたしは口をつぐんだ。ショップの外でしていることまで、祖母に知らせなくてもいいだろう。エドと離婚弁護士の件は話したかったけれど、また妙な噂がたっても困るし、祖母にむなしい期待を抱かせるのもいやだ。正当なルートをとって、あしたアーソに連絡するのがいちばんいいだろう。わたしは祖母の頬をやさしくたたいて、「問題ないから」といった。

「だったらいいわ《トレビアン》。ところで、わたしはきょう、だれに会ったと思う？　ひとりはジョーダンで、彼といっしょにいたのが――」

「妹でしょ」

祖母はにっこりした。「おまえに報告しなきゃと思ってね。おたがいに自己紹介して、この夕飯にご招待しておきました」

「え？」

祖母は時計を見て、そろそろじゃないかしらねえ、といった。

わたしはほつれた髪を手でととのえ、ピンクのワンピースの袖を引っぱって皺を伸ばした。フェリシアのパーティのあとで着替えればよかった、と後悔。バーベキューを食べる格好としては派手すぎるもの。

「リラックスなさい」祖母はほほえんだ。「そのままで十分、愛くるしいから」

三十代の女が〝愛くるしい〟というのはいささか疑問だけれど、そんなふうにいってくれる祖母には感謝だ。

「それにね、ジョーダンは顔を出すだけですって。ふたりともほかに予定があるようよ」祖母はブランコから、ちょっとうめいて腰をあげた。「よけいなお世話だけど、あの妹さんは何か問題を抱えているみたいね」

わたしも立ちあがり、服の前と横を引っぱってととのえる。

「どういうこと？　何かおかしな態度でも？」

「いいえ、そうではなくて、心配事があるように見えたのよ」

別れた夫がこの町にあらわれたとか？

「目を見るとわかるでしょう」と、祖母。「心に重くのしかかるものがあるのに、それを笑顔で隠しているような……。ジョーダンとそっくりよ。おまえもそう思わない？」

どうかしら――。彼も何かに悩んでいる？　祖母はときおり、自分には予知能力があるという。これもその類かしら？　エドの事件で祖母の潔白をぶじ証明できれば、わたしも自分自身の人生について、ジョーダンについて、真剣に考えられるかもしれない。

「そこでシャーロット、どうか教えてちょうだい。あなたは彼を愛しているの？」

わたしは声をたてて笑った。

「いやだ、おばあちゃん《グランメール》、愛しているなんて大げさよ」といってみたけど、これは本心よね？　女というのは、恋する男性のことをちゃんと知っておきたいと思う。わたしはジョーダンがおいしいチーズをつくること、食いしん坊だということは知っている。彼とは〈ラ・ベッラ・リストランテ〉の料理教室で二度ほど顔を合わせ、軽口をたたいては、薄切りや、さいの目切りのコツを教えあったりした。だけどわたしは、彼の好きな本も、好きな色も知らない。ほとんど何も知らないのだ。

「わたしはジョーダンが好きよ。彼のことをもっと知りたいと思う。でも人生って、ままならないもんでしょ？」

「何いってるの」祖母は険しい顔をした。「おまえの人生は、おまえの手で切り開くのよ。流されて生きるなんてとんでもありません。いいこと、シャーロット、よく覚えておきなさい！」

「はい、わかりました」わたしは祖母の頬にキスをした。「愛してるわ《ジュ・テーム》」

「わたしもよ《ジュ・テーム・オシ》」祖母がわたしの腕に手をかけ、わたしたちは腕を組んでみんなのほうへ行った。「マシューはしあわせそうね」

祖母の言葉に、わたしは「うん、ほんとにね」と応じ、彼とメレディスをながめた。みんなと少し離れたところに立ち、マシューが彼女の耳に何やらささやいている。彼はとてもしあわせそうだった。そして、彼女も。どうか、これがいつまでもつづきますように——。

「ほら、お出ましよ。ジョーダンはチーズご持参だわ」祖母は組んでいた手を離すと、わたしのお尻をたたいた。「そのかわいらしい目で、ぱちぱちまばたきしてごらんなさい。きっとうまくいくから」

ジョーダンはフェリシアのパーティのときとおなじジャケットを着ていた。ゴーダ・チーズのホイールをわきにかかえ、車寄せを歩いてくる。夕日が彼の額を照らし、ほんとにいつ見てもステキ！　わたしの心臓が、胸のなかでささやかな宙返りをした。

わたしは途中まで彼を迎えに行き、話して笑って、チーズをもらった。

「カット・チーズで十分なのに」

「それじゃ足りないかなと思ったんだ。きみのおばあちゃんの好物だろ？」大きく息を吸いこむ。「ああ……うまそうな匂いだな」

「祖父がね、粗びきこしょうを使った特製のバーベキュー・ソースをつくったの」

「それは楽しみだ」

そこで会話が途切れて沈黙。フェリシアのパーティで、わたしが彼をほったらかしにしたことで気分を害している？　今後、こういう気まずい時間をつくりたくなかったら、ともかく勇気をふるいおこし、みずから一歩を踏みださねば。

「あのお……」わたしはどきどきしながら話しかけた。「このまえ、デートの話をしてたでしょ？　ピクニックのこと。わたしは大賛成よ」お尻をちょっぴりつきだしてみる。相手の気を引くしぐさのつもり。うーん……練習が必要かも。「土曜日に、そんな話をしていたでしょ」

「あした、きみの店に寄るよ。そのときにまた話そう」ジョーダンは背を向け、帰ろうとした。

勇気を出すのよ、シャーロット！

「ちょっと待って」わたしは彼の袖をつかんだ。でも、電流がわたしの手から彼の胸へ走ったような気がして、すぐに離す。「ここのところいろいろあって、わたし、情緒不安定っぽいのね。メレディスのこととか、そのあとフェリシアの――」

「シャーロット！」外の歩道から、ヴィヴィアンの声がした。「ちょっと話があるんだけど！」

彼女がこちらに走ってきた。両手でうちのショップの金色の箱をかかえている。わたしは未練がましくジョーダンを見た。彼の表情はなごみ、口もとがゆるんで、目は笑っている。わたしはほっとした。

彼は両手のこぶしでわたしの顎をはさむと、「デートの件は、あした話すとしよう。いいね？」といった。そしてゆっくりと隣家へ、妹の家へ向かう。途中、ヴィヴィアンとすれちがうときに軽く会釈。

ああ、あしたが待ちどおしい……。

ヴィヴィアンはわたしの横に来ると、船が錨《いかり》をおろすように、片方の靴の踵をセメントに打ちつけた。

「ねえ、エドは離婚弁護士と会っていたんですって？」

「ルイージから聞いたの？」

「いいえ、ルイージがジョーダンに話しているのが聞こえたの、フェリシアの博物館に行く途中で」金色の箱をわたしにさしだす。「ベーコンとエシャロットのキッシュよ。あなたのお店の商品をもってくるのは失礼だと思ったけど、自分の夕食用に買ったもので、ここに来ると、むだになっちゃうでしょ。さあ、それで、どういうことか教えてちょうだい」

バーベキューのほうへのんびり歩きながら、わたしは知っているわずかな情報をヴィヴィアンに教えた。ヴィヴィアンは目をまんまるにする。

「ルイージが知らないだけで――」と、わたしはいった。「離婚専門の弁護士がほかの分野も扱っていれば話はべつだけど、そうでなきゃ、エドは離婚する気だったのよね」

「それでクリスティーンは彼を殺したのかしら？」

「大きな動機にはなるわね。エド・ウッドハウスのもと妻じゃ不満だろうから。アーソには電話をしたんだけど」

「そもそも結婚したのがまちがいだったのよ。あのふたりは水と油だもの」

「シャーロット、ヴィヴィアン！」祖母の声だった。「早くこっちに来なさい。食べて《マンジェ》、食べて《マンジェ》」

わたしは箱からキッシュを出すと、持ちより料理が置かれたテーブルにのせた。そして祖母が用意したケーキナイフのうち一本を添える。ヴィヴィアンがニワトリ模様のお皿を一枚わたしにくれて、自分にも一枚とった。そしておいしいものをたくさんのせる。わたしたちはリブを食べ、コールスローを食べ、キッシュもひと切れ。わたしはマシューおすすめのワインをついだ。

「ありがとう」と、ヴィヴィアン。

「おふたりとも、こちらへどうぞ」グレーテルが自分の横の椅子をたたき、ひとつ向こうの椅子に手をふった。「いっしょにいただきましょう。わたしはゴシップにうといから、フレックルズが仕込んでくれているの。主人にしかられちゃうわ」ブロンドの長い三つ編みをいじり、頰を赤く染めて楽しそうだ。「主人はね、わたしが井戸端会議をするといやがるの」

「あら、わたしは事実を話してるのよ」フレックルズがグレーテルを肘でつついた。わたしとヴィヴィアンはお皿をテーブルに置き、あいた椅子に腰をおろす。「グレーテルには、きょうのフェリシアのパーティで、クリスティーンとプルーデンス、ティアンがどんなドレスを着ていたかを教えていただけよ」

「アニマル柄と黒い手袋ね。まあ、まあ……」グレーテルは苦笑い。

「それ以外には——」フレックルズはくすっと笑った。「ね、ヴィヴィアンはルイージ・ボズートと楽しそうにおしゃべりしていたわよね？」

「あら、それはちがうわ」ヴィヴィアンは鼻に皺をよせた。

「ルイージはあなたが大好きよ」と、フレックルズ。

「わたしが彼と交際しなかったことを不思議がる人がいるけど、べつにわたしから気を引いたわけでもないし」ヴィヴィアンはキッシュをかじった。

「彼はチャレンジ型かもね」と、からかいぎみにフレックルズ。

「理解に苦しむわ」と、グレーテル。「自分に好意をもってくれる女性より、そうじゃないほうがいいってこと？」

「ほんとにふしぎだわ」と、ヴィヴィアン。「シャーロットはどう思う？」

「ん……ぜんぜんわからない」ひょっとして、わたしとジョーダンの関係がそうだとか？　わたしは簡単におとせる女だと思われている？　わたしは注目を集めるのがいやで、適当なことをいってみた。「恋愛なんて、行きあたりばったりでしちゃうこともあるんじゃない？」

「あら、それはちがうわよ。すべてのことには目的がある——『伝道の書』の三章を読めばわかるわ」グレーテルはナプキンで軽く口をふいた。「わたしはいまいるべき場所にいる。運命はさだまっているのよ。わたしが散歩をするのも運命なのかもしれない」

わたしはきょとんとした。「散歩って？　よくわからないわ」

「そうねえ……」グレーテルはまるで語り部のように話しはじめた。「エドが殺された夜も、わたしは丘を散歩していたの。それがいつもの習慣だから。丘の坂道から、たくさんの人が見えたわ。でも、とくに何も思わなかった。アーソ署長にも話さなかった。署長からわたしに質問することもなかったわ。何人もの人が歩いていた。でも……」指を一本たてる。「ゆうべ、ふと目がさめて思い出したの。あの晩、わたしは丘で、クリスティーンに似た人を見かけたのよ」

「えーっ。クリスティーンを？」と、フレックルズ。

「シルエットなんだけど。月の光で輪郭だけ見えたの。あの人は地面を掘っていたわ」

「掘ってどうしたの？」わたしは血に染まった服のことを考えた。

「わからないわ」

「何時ごろだった？」と、フレックルズ。

「散歩はいつも十時くらいなの。そうすると、気持ちを静かにして眠れるから」グレーテルは片方の手の指先をじっと見つめた。「もちろんね、わたしの見まちがいってこともあるけど」

「どうしてそんなことをいうのよ？」ヴィヴィアンが身をのりだした。コールスローをのせたフォークが、口の手前でいったん停止。

「だってあのとき、クリスティーンはティアンの家までお嬢さんを迎えにいったのでしょ？でもね……わたしはまちがいないと思うのよ。神さまが、自分を信じろといってくださってるの」

「確信があるのね？」わたしは念押しした。

「ええ、あるわ」グレーテルはこっくりとうなずく。「聖書にかけて誓います」

23

その晩と、あくる日の朝、わたしはアーソあてに伝言を残した。ほんとに、なかなかつかまらないやつだ！　そうしたら朝の十一時、彼がショップにやってきた。葡萄の葉の呼び鈴がさわやかにちりりんと鳴り、入ってきたアーソの顔は陰険そのもの。つかつか歩いて途中で止まると、両わきに腕をたらした。右手はホルスターの上だ。まさか、わたしに引き金を引く気じゃないわよね？

お客さんが三人いたので、わたしはレベッカに応対を頼むと、アーソに向かい、指で裏口をしめした。

「外で日向ぼっこもいいんじゃない、署長さん？」

アーソはうなずき、こちらにやってきた。それにしても、いやにむずかしい顔をしている。わたしはエプロンをとり、プリーツブラウスの皺をのばして、クーラーからペレグリノを一本とりだした。そして裏口のドアをあけて外に出る。うしろには、アーソ。

新鮮な朝の空気を胸いっぱいに吸いこむと、よし、がんばろう、という気分になれる。事件の真相を明らかにして、おばあちゃんの嫌疑を晴らすのだ。

「伝言を聞いてくれてうれしいわ」わたしはアーソにペレグリノのスパークリングウォーターをさしだした。

彼はキャップをあけてふた口ほど飲むと、「伝言なんて聞いてないぞ」といった。

え？

「だったらどうして来たの？　ルイージが何か話したの？」

「いいや。彼がどうした？」

「だったらグレーテル？」

「ちがうよ」

「じゃあ、どうして……」わたしはごくっと唾をのみこんだ。

「わかってるだろ」

胃がきりきりした。きっとフェリシアが、わたしの事務室侵入を報告したのだ。わたしは庭の端にある瞑想《メディテーション》ベンチに案内し、「すわって」といった。

「いや、立っているほうがいい」アーソはたくましい胸の前で腕を組み、わたしをにらみつけた。

「ごめんなさい……」わたしはうなだれた。「フェリシアに訴えられてもしかたないと思ってるわ。事務室にしのびこんで、書類をさがしまわったりして――」

「おい、何をしたって？」

あら。フェリシアはアーソに話さなかったの？　わたしは顔が熱くなるのを感じた。

「驚いたでしょ。こういうのを、自分でつくった爆弾《ペタール》にやられる、っていうのよね」

「どういう意味だ?」

「ペタールっていうのは、古い時代のフランスの爆弾で、お城の門をこれで――」

「そういうことじゃない!　いったい何をやらかしたんだ?」

「アーソはどうしてここに来たの?」

「こっちの質問が先だ。何の目的でフェリシアの事務室にしのびこんだ?」

「わたしの推理だと、フェリシアが――」あわてて口を閉じた。わたしの推理なんてどうでもいいし、どっちみちまちがっていたのだ。「ともかく、わたしがいけないの。フェリシアは大目に見てくれたけど」

「いいか、シャーロット、よけいな詮索をやめないなら、拘束するぞ。いや、それより、きみのおばあちゃんを快適な家からムショに移すかな。いいか、これは冗談じゃないぞ」

「そのときは、わたしもおばあちゃん《グランメール》といっしょにムショに入れてよ」

「へらず口をたたくな!」アーソは悪魔のような形相でわたしをにらみつけ、水をぐびぐびっと飲んだ。手の甲で、口をぬぐう。「まったく、手に負えないよ」

「それで、どうしてここに来たの?」わたしは正直、むっとしていた。祖母の軟禁を解いてくれるかも、と思って、水道水じゃなくペレグリノにしたのに。

「おれがここに来たのは、きょうの朝、きみのおばあちゃんが庭でポスターをもった女性の大群と大騒ぎをしていたからだ。歌までうたってたってね」

「祖母にも友人とおつきあいする権利はあるわ」

「在宅拘禁なんだぞ。その意味がわかっているのか？」

わたしは彼の腕に手をのせた。

「そんなのはたいしたことじゃないでしょ、ユーイー？」

「その呼び方はよしてくれ」

「ともかく、ルイージ・ボズートと話してちょうだい」

アーソはわたしの手をふりはらい、その必要はないといった。

「彼は重大な証言をしてくれると思うの」

「シャーロット――」

「エド・ウッドハウスは離婚専門の弁護士と会っていたのよ」

「離婚？」鼻からゆっくり空気を吐いて、低い声をもらす。その姿は蜜蜂の巣に手がとどかなくていらつく熊のようだった。「どうして彼はそれを黙っていた？」

「黙っていたんじゃなくて、きのうたまたま思い出したの。その人を教会で見かけて記憶がよみがえったみたい」

「彼はそれをきみに話した？」

「ルイージは、教会からまっすぐフェリシアのパーティに来たらしいの。あなたは家族といっしょにいたでしょ？」わたしはアーソの前を行ったり来たりしながら、自分の推理を語った。クリスティーンがエド・ウッドハウスの妻という立場に固執したこと、政治的野心をもっていたこと。「それが動機にならない？　エドが離婚する気だと知って、阻止するためには手段を選ばなかった……。しかもね、グレーテルが――ヒルデガード牧師の奥さんのことは知ってるでしょ？　彼女が事件の夜に丘を散歩していたら、クリスティーンに似た女の人が穴を掘っているのを見たの。十時より遅い時間よ。ウィラミーナを迎えに行ったというクリスティーンの話は、嘘ってことじゃない？　きっと、血のついた服や手袋を埋めていたのよ」

「おいおい、なんでそんな話がいまごろ……」アーソはベンチにすわりこむと、ペレグリノのボトルを膝のあいだにはさみ、うらめしそうにわたしを見あげた。

すると裏口からレベッカが顔をのぞかせ、「すみません、シャーロット――」と声をかけてきた。

「ちょっとたてこんでるの」わたしはアーソから目をそらさずにいった。「丘にいたなんて、怪しいと思わない？」

「何が怪しいんですか？」レベッカが小走りでやってきて、わたしの顔をのぞきこんだ。

わたしはアーソに話したことをくりかえす。

「ええ、ええ、それは動機になりますね」レベッカは指をぱちんと鳴らした。「《ロー＆オーダー》で見たんですけど――」

「申し訳ないのだが、ミス・ズーク――」

「ミスなんていわないでください、署長。みんなレベッカって呼びます」

「では、レベッカ、悪いんだが――」

「素人は推理なんかするなと？」レベッカはアーソの横に腰をおろし、こぶしでコツンと彼の腕をついた。「真実を知ろうとしてはいけないのでしょうか？　おばあちゃん《グランメール》の無実の罪を晴らそうとしてはいけない？　ええ、たしかに、事件にからむ情報を片っ端から集めるのは、署長さんの、警察の仕事ですもんね。でも、殺害現場から、何か有力な証拠は得られましたか？　怪しい人たち全員の経済状態は調べました？　あの丘で、血に染まった服や手袋をさがす気はありますか？　ね、いかがです？《ロー&オーダー》で見た話だと、離婚を拒否した妻が――」

「それは自分も見て、成り行きも知っているよ」アーソは空をあおいで息を吐き出し、小さく笑った。

「わたしのことをばかにしてますか？」レベッカは立ち上がるとアーソに向きあい、両手を腰にあてた。

「すまない。そうじゃないよ。でも――」笑いをこらえる。「わかったよ、まちがいなく調べるから。まずは、クリスティーン・ウッドハウスの金の出入り、それから、被害者が弁護士に会ったこと、グレーテルが目撃したこと。全力をつくし徹底して、いつ、何が起きたかを調査する。ということで、いいかな？」

「はい、くれぐれもよろしくお願いしますね」レベッカはそっけなくうなずくと、思い出したように、あっ！　といった。「そうだ、忘れていた。わたしはシャーロットを呼びに来たんでした。マシューがさがしていたので」

ぼんやりとイヤな予感がした。「何かあったの？」

「学校で、また騒ぎがあったらしいです」

＊

マシューとわたしは学校へ急いだ。子どもたちがお昼ごはんもほったらかしで騒いでいる。見るからにまじめな印象の受付係が、エール校長先生はふたごといっしょに音楽室にいる、と教えてくれた。校長は音楽も教えているのだ。プロヴィデンスの学校は、ＰＴＡの特別助成金のおかげで、芸術教育に力を入れていた。

わたしたちは靴音を響かせながら、明るくきれいに飾られた廊下を急いだ。角を曲がり、校舎のつきあたりにある音楽室へ向かう。

すると、図書室の入口ぎわに立っている先生に、「静かに！」と注意された。なかでは生徒たちが何人か机に向かい、テストをうけているようだ。もしかしてエイミーは、テスト中に騒動に巻きこまれたのだろうか？　音楽室はここから近い。

もうひとつ教室を過ぎたところで、「シャーロット！　マシュー！」という声が聞こえた。わたしはマシューの腕をつかみ、少しあともどりした。見ると、埃が舞う階段にメレディスがいた。彼女の手には羽根ぼうき。

「何をしてるの？」わたしはメレディスに訊いた。

「マシューとの交際をあなたに隠していた罪をつぐなうための苦行中よ」

わたしは眉をぴくりとあげた。

「ごめん、冗談よ。お昼休みを使って、歴史書の保管庫の掃除をしてるの。フェリシアの博物館の蔵書がすばらしかったから、うちの学校の資料も展示すれば、特別プロジェクトの資金を集められるんじゃないかと思って」ほつれた髪を、頭に巻いた赤いバンダナの下にねじこむ。「で、あなたたちはどうしてここに?」

「エイミーが問題を起こしたらしい」マシューがこたえた。

「ま! わたしには校長先生から何の連絡もなかったわ。わかった、わたしも行く」メレディスは階段を駆けおりてきた。服の埃を払い、マシューの頰にキス。「心配しなくても大丈夫よ」

一列になって歩き、両開きのドアを通り抜けて最後の廊下へ。左手に並ぶ大きなガラス窓から陽が差しこみ、あたりはサウナ風呂のようだ。そのうち、子どもたちがピアノで音階を弾くのが聞こえてきた。下から上へ。上から下へ。さらにオクターブが変化していく。ピアノは二台使っているようだ。わたしは教室のドアの窓からなかをのぞいた。パイプ椅子や譜面台、指揮台などが、小さなオーケストラ演奏用にセットされている。楽器は棚にきちんと整理され、教室の隅のスタンドにはチェロ。その横に踏み台があり、あれはたぶん、わたしがふたごの年齢のころ、〝茶色の怪物《ブラウン・モンスター》〟を弾くときに乗った台だろう。チェロは価格が高いだけでなく、演奏の難度からも、小学校で所有しているところは少ない。小さいころからチャレンジ精神旺盛だったわたしは、ヴィルトゥオーソの情熱で〝茶色の怪物〟にしがみついて弓をひいた。いまはどういう子が演奏しているのだろうか……。

教室の手前の壁ぎわにアップライト・ピアノが一台あり、そのかたわらにはふくよかで、見るからに善人そのものといったエール校長先生がいた。四十代の女性で、五人の娘の母親だ。そしていま、ふたごはピアノの前に並んですわり、校長先生のアドバイスをうけながら弾いている。一方、校庭が見える窓ぎわのピアノの前には、ティアンの息子とウィラミーナがいた。

わたしはドアをあけてなかに入り、つづいてマシューとメレディス。

校長先生がわたしたちをふりむき、こわばった笑みをうかべた。

「こんにちは」

子どもたちが演奏する手を止め、肩ごしにこちらを見た。クレアは弱々しくほほえみ、エイミーはおどけた顔をする。マシューが困りはてたようにわたしを見た。

「メレディスも来てくれたのね」校長先生がいい、

「何も知らされていないのですが」と、メレディスはいった。

「ちょっとした喧嘩よ。あなたをわずらわせる必要はないと思ったの」

「でも、わたしは担任ですから」

「あなたは自分のプロジェクトで忙しかったたし、わたしは以前から、この件がとても気がかりだったから。でも、こうして来てくれて何よりだわ。みなさん、外でお話ししませんか？」手をのばして廊下を示す。そして子どもたちに向かい、「あなたたちは練習をつづけなさい」といった。「メトロノームに合わせるんですよ。音階の練習は指を鍛えます。《威風堂々》をやるまえに、ハ調をあと三回ね。クレア、あなたがリーダーよ。卒業までには上手になりたいでしょ？」

「はい、校長先生」子どもたちは返事をすると、ふたたび鍵盤をたたきはじめた。小さな手の、小さな指の奏でる音が、低い音からだんだん高くなっていく。

　校長先生は教室から出ると、わたしたちの先を歩いて廊下のつきあたり、講堂の入口ぎわまで行って、パイプ椅子を半円形に並べた。

「おふたりとも、すわってください。メレディスは悪いけど、そっちの予備椅子を使ってくれる？」メレディスはいわれたとおりにした。「ここなら内輪で話せますから」

「今回、エイミーは何をしたんでしょうか？」マシューが訊いた。

「いいえ、クレアのほうです」

「クレアが？」マシューとメレディスとわたしは、同時にそういいながら椅子に腰をおろした。校長先生はまだ立ったままだ。

「ウィラミーナ・ウッドハウスと喧嘩をしたのは、クレアのほうなんですよ」

「どうして……」わたしたち三人は、まるでギリシアの合唱隊《コロス》だった。

「ほかの生徒たちから聞いた話では、ウィラミーナがあしたの選挙にからんで大胆なことをいったらしいんです」校長先生はお腹の前で両手を握った。「ウィラミーナは友だちを誘いながら校庭を行進したり、当選するのは自分の母親だと大声でいったりして、それでクレアが……」

「あの子はいつだって、おとなしくていい子なのに」マシューがつぶやいた。

「おとなしい子でも、力に訴えることはあります。クレアは指を鉤爪のようにして、ウィラミーナに突進していったようです」

「先生はそれをごらんになったのですか？」メレディスが訊いた。

「いいえ、子どもたちから聞いただけです……あなたもよく知っているように、子どもはじつに活き活きと再現しますから」先生の顔がほころぶ。「ともかく、クレアはウィラミーナのところまで行くと、髪をつかんで下まで、地面まで引っぱったと」

三人は同時に息をのんだ。

音楽室から、上手とはいいがたい《威風堂々》が聞こえてきた。

「それから取っ組みあいになって、エイミーがクレアを引きはなそうとしても、クレアは自分のおばあちゃんが当選するといいつづけたようです。ウィラミーナもああいう性格ですから、負けてはいません」先生は腕時計に目をやり、人気のない廊下を見やった。「政治は人の悪い部分を引きだしてしまいますね」

「はい……」三人がうなずく。

校長先生は声をおとし、「ウィラミーナはむずかしい子ですね、正直なところ」といった。

「いまはとりわけ、さびしい思いをしているはずです」と、メレディス。

「あの子はエイミーたちを怒らせるコツを心得ているようで、わたしはそれが不安です」校長先生はマシューとわたしの顔を見た。「あすの選挙が終われば、すべてがまるくおさまると期待していますが」

「はたして、そううまくいくかどうか」と、マシュー。

わたしも同感だった。もし母親が落選したら、ウィラミーナはどんな態度に出るだろう？

「トマス・テイラーのことはご存じですね？」先生がいった。

もちろん、よく知っている。ティアンはうちのショップに来るとき、息子のトマスを連れていることが多いのだ。のっぽで無口な少年だけど、母親は息子の好奇心をたいせつにしているようで、トマスは――エイミーのように――すぐにおいをかいだり、何にでもさわったりする。

「トマスがふたりの喧嘩を見て止めに入ったようです。わたしは少し驚きました。トマスはその……その種のことに積極的な子ではありませんからね。どちらかというと、コンピュータに夢中なタイプでしょう」

「彼はエイミーに――」と、メレディス。「淡い恋心を抱いているようです」

「ええ、たぶんね」先生はまた時計を見て、渋い顔をした。「クリスティーンとティアンにも学校に来るよう連絡したのですが」

すると、その言葉が聞こえたかのように、廊下の反対側の両開きドアがあき、クリスティーンがずかずかと、ものすごい勢いでこちらに向かってきた。ハイヒールのたてる甲高い音が響きわたる。彼女はわたしたちのところまで来ると立ち止まり、両手を腰にあてた。からだにはりつくベージュ色のワンピースのせいか、ずいぶん痩せて見える。

「これはどういうことですか！」クリスティーンは大声をあげた。

「ウッドハウスさん、もう少し声をおさえてください」と、校長先生。「子どもたちが音楽教室にいます。わたしたちがここで話していることを聞かれたくありませんから」

「なぜわたしを呼びだしたのかしら？」

「ウィラミーナがまた、いさかいを起こしました」

クリスティーンはわたしをにらみつけた。そして校長先生に目をもどし、「きっかけをつくったのは、うちの子じゃありません」

「いいえ、ウィラミーナです。あなたのやり方をまねたのではないでしょうか。さあ、ともかく、すわってください」

「すわる必要なんかありません！」

「おすわりなさい！」

クリスティーンはメレディスの横の椅子にどさっとすわり、わたしは事の成り行きに顔がほころびそうになるのをこらえた。優雅で上品なわれらが校長先生は、一瞬にして、群れを守る雌ライオンと化したのだ。

「ウッドハウスさん、よく聞いてください」先生はいった。顎のあたりがぴくぴくする。

「わたしはこの学校を、あなたの政治的野心を満たす宣伝の場にする気はありません。わたしが何をいいたいのかは、おわかりですね？」

クリスティーンは黙ってうなずいた。

「あなたのお嬢さんはいま深刻な、情緒的問題を抱えています。親友たちでさえ、彼女を避けるようになりました」

両開きのドアがふたたび開いた。大きな黄色いトートバッグを両手で握りしめ、くちびるを小さく震わせているティアンだった。こちらに近づいてくる姿は、おしおきされるのがわかっている犬のようだ。

「何があったのでしょうか、先生？」

「すわってください、テイラーさん」うってかわって、校長先生はやさしい声でいった。

「はい」ティアンはクリスティーンのとなり、最後にひとつあいた椅子に腰をおろした。蜂蜜色のスカートの生地をぴっと下にのばし、ジャケットの身ごろをととのえる。そしてトートバッグを床に置くと、椅子を少し、クリスティーンから離れるようにずらした。椅子の脚が、甲高い音をたてて床をこする。

クリスティーンの顔がこわばった。友人までが、わが子とおなじく、自分から離れていくのを感じたのだろうか。

校長先生が騒動の経緯を語った。

先生の話が終わると、ティアンはバッグからティッシュをとりだし、目にたまった涙をぬぐって、「わたしたちは何をすべきだとお考えでしょうか？」と先生に訊いた。

「わたしは何もしないわよ」と、クリスティーン。

「ねえ、クリスティーン、わたしは――」

「あなたは黙ってて」ティアンに指をつきつけると、クリスティーンは椅子から立ちあがった。「うちの子に責任はないわ。悪いのは、あの……あの、身勝手なふたごの片割れよ」

「クレアという名前がある！」マシューも顔を真っ赤にして立ちあがった。ポケットのなかで両手が丸まり、外に飛びださんばかりなのがわかる。

「ふたりとも冷静に！」校長先生がいった。

「あの子は手に負えないわ。もうひとりもそうよ」クリスティーンは先生の注意を無視した。

「粗暴で下品なふたごだわ」

「いいかげんにして！」我慢も限界にきて、わたしは立ちあがるとクリスティーンをにらみつけた。「あなたの娘は、町をひとりでうろついてるわ」

「そんなことはしていません！」

「お願いです、みなさん、大きな声は出さないで」と、校長先生。「子どもたちに聞かれてもいいのですか？」

「ウィラミーナがひとりきりでレストランにいるのを何度か見たわ」わたしは止まらなかった。「うちの子たちは、学校の外では祖母や祖父が、でなきゃベビーシッターがかならずいっしょにいますけどね」

「はっ！」クリスティーンはばかにしたようにいった。「話にならないわ」人差し指をぴっしなんだから」

「あなたの祖母なんて、だれからも信用されないでしょうに。だって、人殺しなんだから」

「とりけしてちょうだい！」わたしは声を荒らげた。

「いますぐだ！」マシューもおなじく。

クリスティーンの目が、勝ち誇ったように光った。身をのりだし、顔をマシューに近づける。これだけ人がいるなかで、殴られるはずはないと思っているのだろう。「娘たちに、いいかげんにしろといいなさい。でなきゃ……」全員を見まわし、これみよがしに指をふる。

「そうしないと……」

「なんだ？　ぼくのことも殺すのか？」マシューが吐き捨てるようにいった。

24

マシューとわたしは、学校での自分自身の態度にみずから怒りを覚えつつ、髪の毛をさかだて、わきめもふらず仕事に没頭した。ありがたいことに、ショップもアネックスもお客さんでにぎわい、クリスティーンへの対応をああすればよかった云々と考える暇はなかった。わたしは気持ちを楽にしようとハーシーのキス・チョコを食べ、マシューにもさしだした。でも、彼はいらないというので、わたしはまた何かあったらこれで心をなごませようと、ポケットにしまった。

午前中ずっと、レベッカが腕のたつ検事のごとくわたしを追及した。でも、わたしは学校であったことはいっさいしゃべらなかった。祖母はきっと誉めてくれるだろう。

二時ごろ、スティルトンが売り切れてしまい、わたしはレベッカに「まるで安売りセールの広告でもしたみたいね」といった。

レベッカは笑いながら、「ニューズレターがその役を果たしたんじゃないですか？」という。

ボズのおかげで、ニューズレターの第一弾をきのうeメールで送信できた。そこにわたしはスティルトン・マスカルポーネでつくるトルテのレシピをのせ、マシューによるチリ産ワインの解説をまる一ページ掲載。彼はすでにチリ産のマルベックを特急で配達してほしいと注文していた。

「お客さんには、スティルトンの代わりにゴルゴンゾーラを使うようにいいましょうか？」と、レベッカ。

「そうね、そうしましょう」

ニューズレターを見て集まったお客さんのほかに小口注文も入ってきた。〈ミスティック・ムーン・キャンドル・ブティック〉のオーナーが、未来の夫のご両親にチーズを送りたいといい、牧師夫人のグレーテルがバーベキューのときに飲んだワインをぜひ夫婦で味わいたいという。そして〈ラ・ベッラ・リストランテ〉はタレッジョの在庫が切れたらしく――すまないが、十ポンドばかり超特急で届けてくれないか？

外の新鮮な空気を吸いたいと思い、わたしが配達することにした。到着すると、お店の外でルイージが、両腕を広げて迎えてくれた。わたしはチーズを入れた金色のショップの袋をさしだす。

「急がせて悪かったね」と、ルイージ。「たっぷり仕入れたつもりだったんだが、タレッジョとアスパラガスの前菜が予想外のヒットになったもんだから」

「予想外じゃなく、当然かもね」

「あいつはだれだ？」

ルイージが顎をふった方向を見ると、〈ユーロパ・アンティークス〉の外で、ヴィヴィアンが男の人と笑いながら話していた。彼女は男性のたくましい腕に触れ、彼はたとえるならギリシア神話のアドニスだ。日焼けした肌に、髪はブロンド。ヴィヴィアンより二十歳くらいは若いだろうか。肩にずっしりと重そうなジム・バッグをかけていた。

「あ、彼はヴィヴィアンの個人トレーナーよ」

ルイージの表情が、穏やかならざるものになった。

「気にしなくていいわよ。個人的なつきあいはないから。一週間に二度、トレーニングの指導をしにくるの」

「店でやるのか？」

「彼女はほぼまる一日、お店にいるでしょ。出かけるのはヨガ教室とうちのショップに来るときくらいだわ」首をかしげる。「フェリシアのパーティで、彼女と話さなかったの？」

「挨拶程度だよ」

「デートに誘えばよかったのに」

「よくわからなくてね、彼女がただ焦《じ》らしているのか、それとも、ほんとにまるっきり気がないのか」ルイージはさびしそうな目で、小さく笑った。

「お花でも、もっていったら？」わたしは彼の腕をたたいた。「めげちゃだめよ。彼女は忙しい人だから、率直なほうがいいと思うわ」

ルイージは指二本で敬礼すると、お店のなかに入っていった。

恋のキューピッド役は果たせたかしらと思いつつ、わたしはショップにもどった。少しうきうきした気分になる。でも、それも四時半までのこと。フェリシアがお姉さんのロイスといっしょにやってきたのだ。フェリシアはゆったりしたシフォンのワンピースを着ていて、そのミントグリーンの色に映え、赤い髪がいっそう燃えているように見えた。一方ロイスのほうは両手にショッピングバッグをもち、一日じゅう高級ブティックまわりをしてきたように見えた。フェリシアはたぶん、わたしを非難しにやってきたのだろう。わたしは覚悟した。

ところが、フェリシアの第一声は――

「あらあ、シャーロット、あいかわらずステキねえ」だった。

「え……フェリシアもステキだわ」言葉がつかえた。

フェリシアの目に何かが光ったものの、それは怒りや不満ではない。あれはたぶん、笑い。

「ねえ、シャーロット」今度はロイス。「このまえ教えてくれた、皮のやわらかいチーズをいただきたいわ。脂肪分がないって、フェリシアにも話したの」

「それほど多くはない、ってことですよ」わたしは訂正し、おすすめはこれです、といいながらブリーのホイールを薄くスライスした。

ロイスはそれを口に入れ、満足げな声をもらす。

「気に入ったみたいね」と、フェリシア。「それを一ポンドちょうだいな」

「一ポンドも？」と、ロイス。

「ロイスなら買えるでしょ？　それから、シャーロット、ニューズレターにあったほかの品物もいただけるかしら？」フェリシアはわたしの目をじっと見て、わたしはようやく理解した。彼女は姉に散財させる気なのだ。アリバイの裏づけをしてくれなかった姉に浪費をさせて、恨みをはらすつもりなのだろう。

ロイスはりっぱな大人だから、わたしがあえて肩をもつのもおこがましいと思った。そこでともかく、タルトゥーフォ用の栗の蜂蜜と、ウィスコンシンの手づくり山羊チーズに合うバジルのペスト、ペイス・ヒル農場のダブルクリーム・ゴーダに合う種々のジャムを紹介した。

ロイスが支払いをすませると、フェリシアが姉をつついていった。

「話してよ」

「いやだわ」

「だめ、話して」

「……あのね、シャーロット」ロイスの顔が真っ赤になった。「フェリシアのいうとおりだったの。まちがっていたのは、わたしのほう。伯母のところに行ったのは一週間まえで、事件のあった夜じゃないわ。フェリシアもいっしょだったの。それにエドが亡くなった晩、わたしはフェリシアに会っているのよ。たしか、九時半くらいだったわ」苦笑いする。「もうだめね。お酒のせいにはできないわ。歳をとったということでしょう、たぶん」

「これでいい？」フェリシアがわたしの顔を見た。

「ええ、そうね」わたしは答え、ロイスはチーズがどんなにおいしいかを嬉々として語りながら、妹といっしょに帰っていった。

それからすぐ、レベッカがやってきた。

「今晩、どうです？」飲むしぐさをする。「おばあちゃんの選挙集会へ行くまえに、ちょっとあちらへ？　お店はマシューが見てくれるそうです」

わたしはレジの横の電話に目をやった。アーソから連絡はない。彼はグレーテルやエドの弁護士に会って、どんな情報を得たのだろう？　わたしは知りたくてたまらなかった。お客さんがいなくなって、気をまぎらすこともできないし。一方レベッカは、一時間くらいのゴシップ話を御所望らしい。

「いいわよ、行きましょ」と、わたしはいった。

「よかった！　フレックルズとデリラも行くそうですよ」

わたしはアルバイトに来ていたボズに、ラグズを家に連れて帰る仕事もたのんだ。

＊

いつものように、パブは混んでいた。電子ヴァイオリンが競いあうように協奏し、聴衆がそれに合わせて手拍子を打つ。

レベッカとフレックルズ、デリラ、そしてわたしの四人はボックス席にすわった。わたしはすぐに前菜のメニューを開く。ランチを食べていなかったし、忙しくて何かをつまむ暇もなかった。あ、モルビエのスライスは、つまんだうちには入らない。ともかく、お腹がぺこ

ぺこだ。するとレベッカが、

「あっちを見てください」といった。

「どっち？」と、フレックルズ。

「カウンターの端っこです」レベッカが小さく指をふる。「ジョーダンの妹さんじゃないですか？」

全員がいっせいに首をのばした。スリムなジーンズにチェックのシャツ、襟首には赤いバンダナ――なんともかっこいいのは、ジャッキー・ピーターソンだった。場所は、ウェイトレスの待機所。音楽にあわせ、つま先で床をたたいていた。

「ここのウェイトレスなの？」わたしが訊くと、

「きのうから勤めてるのよ」と、デリラが答えた。ジャッキーに向かって手をふる。「早く注文をとりにきてくれないかしら」

「あら、急いでいるの？」わたしはにやっとした。

「そりゃ、たまにはね」デリラはつっけんどんだ。

「まあまあ、そんなにカリカリしないで」と、フレックルズ。

「裏方稽古《テクリハ》なのよ」と、デリラ。

「だからって、友だちに当たるのはだめよ」フレックルズはわたしの手からメニューをとった。「シャーロットは何にする？」

「きのこの山羊チーズとハーブ詰めかな」わたしにとって、月に一度は食べたい一品だった。

「それからチェダー・チーズとチャイブのポテトスキン」よくまあ、チーズ屋さんをやりつつ、毎日飽きもせずチーズを食べるもんだ、と思う人もいるだろう。でもね、わたしは飽きないの。チーズなしでは生きていけないから。

「うん、わたしもポテトスキンにしよう」フレックルズがメニューをテーブルの端にもどしながらいった。「それでバレエの公演は来週だっけ？」デリラにたずねる。「出来はどんな感じ？」

デリラはわざとらしい笑顔をつくり、「どうか劇場に足を運んで、自分で判断してちょうだいな」といった。

「わたしはチケットを買いましたよ」レベッカが、元気がよすぎる生徒のように手をあげた。

「うん、わたしも買ったわ」と、フレックルズ。「シャーロットは、いつ観に行く予定？」

「初日に行くわ」祖母の公演に関しては、いつもそうだった。祖母に強要されるわけではなく、ただのファンとして待ちきれないだけだ。でも今回、祖母自身が劇場には行けないかもしれない……。

わたしは時計に目をやった。ここに来てから、時間にして八分。ウェイトレスは三人いるのに、だれもこちらに気づいてくれない。デリラが手をふり、わたしもそうした。ようやくジャッキーがふりむいて、すぐに行きますというように指を一本たてた。

フレックルズが、テーブルを太鼓《ボンゴ》のようにたたきながらいった。

「何か情報はないの？」

「情報って、何の？」と、わたし。

「ジャッキー・ピーターソンの情報よ。この町に来たのはほんの一週間まえ、それで町一番の人気店に勤めたわけでしょ？」デリラに向かってウィンクをひとつ。「一番めだったわね。一番はもちろん、〈カントリー・キッチン〉」

「離婚経験があることしか知らないわ」わたしは横目でジャッキーを見ながらいった。もし彼女が、オクタヴィアが想像するように夫から逃げているのなら、この店で働くのは得策ではない。一週間もしないうちに、町のみんなに顔を知られてしまうだろうし、詮索する人も出てくるだろう。とくに男性は。

「しっ！」レベッカが手をふった。「あの人が来ますよ」

「ご注文は？」ジャッキーはそういうと、お店のロゴが入った厚紙のコースターをみんなの前にひとつずつ置いていった。「あら、こんにちは、シャーロット。またお目にかかれてうれしいわ」

「ええ、わたしも。ずいぶん早く仕事が見つかったのね」

「ジョーダンとティムが友だちなの。ほんと、ラッキーだったわ。で、何にします？」

みんなそれぞれオーダーし、ジャッキーはテーブルを離れていった。髪を背中で揺らしながら歩くようすは、なんともセクシーだ。彼女がジョーダンの実の妹で、ほんとによかった。

「そうだ、ジョーダンといえば……」と、デリラ。

「え？　どうしたんです？」レベッカがコースターをくるくる回しながら訊く。

「あなたとは関係ないわよ」デリラはレベッカにそういうと、からかうようにわたしを見た。

「わたしの聞きまちがいかもしれないけど、彼があなたにデートを申し込んだって、ほんと？」

「いけない！　忘れてました！」レベッカが口に手を当て、当てたまま話しだした。「きょう、シャーロットが小学校に行っているあいだ、ジョーダンがお店に来たんですよ」

怒濤のような一日だったから、わたしも彼と〝デート〟について話そうと約束したことを忘れていた。

レベッカが口から手を離し、ほんとにすみません、といった。

「彼はシャーロットとデートしたくて、うずうずしてるってこと？」デリラはわざとらしい訊き方をした。

そんなことは、わたしにはわかりません。お店に来たのは、デートをキャンセルするためだったかもしれないのだから。でもともかく、ここで自分の気持ちをしゃべりたくはなかったから、「ヴィヴィアンに対するルイージの気持ちとはぜんぜんちがうでしょ」といった。そして彼に、お花でも贈ったらと提案したことを話す。

「ルイージはとてもハンサムなのに――」と、レベッカ。「いまひとつ、自信に欠けるようなところがありますね」

「彼は見てくれだけの人なのよ」と、フレックルズ。「しゃれたヘアスタイルに、すてきな笑顔。だけど、ここに――」胸をたたく。「たいしたものはないってこと。少し自己変革をしたほうがいいわ」

「あら、そうかしら？」とは、デリラ。

わたしは彼女に目をやり、そのさびしげな表情におやっと思った。もしかして、ルイージをひそかに慕っているとか？　でも、彼とはずいぶん歳が離れている。デリラに好意をよせているもっと若い男性は何人もいるように思うけれど……。ルイージの弟も、たぶんそのひとりだ。まったく、ため息が出てしまう。だれがだれに恋するか、人の好みは十人十色だ。

「ねえ、ねえ」レベッカが頭を右のほうにふった。

そちらを見ると、プルーデンスとティアンがいた。ティアンは学校に来たときとおなじスーツで、黄色の大きなトートバッグをもっている。ふたりは重い足どりでテーブルまで行くと、腰をおろした。どちらも暗い顔つき。

「なんだか重苦しい雰囲気ですね」レベッカがいった。「あしたの選挙で分が悪いのを感じたんでしょうか？　きょう、お店に来たお客さんたちはみんな、おばあちゃんの勝ちで決まりだっていってましたから」

いまのティアンが、選挙の成り行きを心配するとは思えない。学校で、クリスティーンにあんな態度をとられたあとなのだ。

「クリスティーンのゴシップ対処法って、どう思う？」と、フレックルズ。

「あの人のいつものやり方よ」デリラは両手で目をおおった。「見て見ぬふりをするの」

「《マトロック》の再放送で、こういうのを見たんですけど――」レベッカは耳たぶを引っぱりながらいった。「あ、《CSI・ニューヨーク》だったかな……」

「ずいぶんちがうじゃないの」フレックルズが横やりをいれると、レベッカはにこにこしながら、何でも見るのがわたしの主義なので、といった。

ジャッキーが飲みものその他一式をもってきた。デリラの前にワインのグラスを置き、レベッカの前にはコスモのグラス。

「ともかく」レベッカはつづけた。「会社を経営している女の人がいて、彼女は年じゅう出かけ――」両腕を大きく広げる。と、それがジャッキーの手首に当たり、フレックルズの前に置きかけていたビールのグラスが倒れた。泡立つ液体が飛びだしてテーブルに流れ、床にしたたり落ちる。

そしてわたしのブラウスにも。

「ごめんなさい！」ジャッキーは大きな声であやまると、わたしに向かってとっさに、ナプキンでくるんだ銀のカトラリーを投げた。

わたしはそれを受けとって広げ、フォーク類をテーブルに置いてから、ナプキンでビールの流れをくい止めようとした。でもナプキンは水気を吸わず、まったくの役立たず。

「さあ、早く行って！」フレックルズが立ちあがってボックス席から出ると、わたしを化粧室のほうへ押しやった。

わたしはビールがブラッシュデニムのスカートにまでこぼれないよう前かがみになって、化粧室のドアをあけた。急いで洗面台に行き、ペーパータオルを何枚もつかんでブラウスをふく。たいして効果はなく、祖母の選挙集会ではビールのにおいをぷんぷんさせることになるだろう……。しかたがない、とあきらめて、わたしはボタンをはずしブラウスをぬいだ。そしてビールの跡に蛇口の水をかける。くさいよりは濡れるほうがずっといい。

そのとき、個室のドアが開いた。ティアンが出てきて、ぎょっとした顔をする。まるで、上半身裸の女性を生まれてはじめて見たような。

「ごめんね」わたしはすぐにいった。「ビールがこぼれちゃって」

「あなたひとり？」

「うん。どうして？」

ティアンの顔は涙で濡れていた。いつもなら、ぽっちゃりした顔をつるんとくるむ黒髪が、いまは乱れ放題だ。頭の血のめぐりをよくしようとして、頭をかきむしったとか？ ティアンはいいたいことがあるのをこらえるように、下くちびるをきゅっと噛んだ。

「大丈夫？」わたしは心配になった。

「ほんとにごめんなさいね」ティアンは疲れたようすで洗面台に行くと、両手を洗った。それも力をこめてごしごしと。その姿に、わたしはシェイクスピアの『マクベス』で、マクベス夫人が血に汚れた自分の手に向かい「消えなさい、いまいましいシミ、消えておしまい！」といっている場面を思い出した。

「子どもたちの喧嘩で、ティアンに責任はないわ」わたしは彼女にそういいながら、濡れたブラウスを絞った。これはノーアイロンの生地だから、プリーツにも皺がよらずにすむ。

「もちろん、トマスのせいでもないし」

「トマス……」ティアンは鼻をすすった。「トマスはいい子でしょ？」

わたしはうなずいた。ほんとにそう思うから。

「わたしには、もったいない子なの。それに主人も……わたしより、もっとふさわしい人がいるわ。だれか、わたしより……」涙がぽろぽろとこぼれた。「ごめんなさい。わたし、どこから話したらいいかしら？」

「どこからって？」

ティアンは濡れたまつ毛ごしにわたしを見つめた。

「うちあけなきゃいけないことがあるの。あの、あの晩の……」しゃくりあげる。「エドが殺された晩のことで」

25

わたしは洗面台にもたれかかり、ティアンをまじまじと見つめた。わたしの推理は完全にまちがっていたということ？　エドの浮気相手は、フェリシアではなくティアンだったの？　そして彼女がエドを殺した？　でもグレーテルが丘で見かけた女性がティアンとは考えにくい。身長はクリスティーンくらいだけれど、横幅は五十パーセント増しだから。グレーテルが見た女性は、事件とは無関係だったということ？

わたしは大きく息を吸いこみ、呼吸をととのえてからいった。

「話してちょうだい」公共の場の化粧室で、彼女がわたしを襲うなんてことは考えなくていい。彼女は告白したいのだ。わたしは告解の聞き役になろう。「エドが亡くなった晩のことね？」

「わたし……どうしていいかわからなかったの。おろおろしたのよ。エドはだれにでも色目をつかうでしょ？　クリスティーンはどんどん酔いがまわって、目の焦点は合わないし、ぶつぶつ独り言をいいはじめるし。そうしたらクリスティーンが……彼女が……」ティアンはくちびるをなめた。「わたしに強要したの」

「強要って、何を?」わたしは頭がくらくらしてきた。クリスティーンは友人に手伝わせて夫殺しをしたのだろうか? そのての話は映画で観たり、記事で読んだりしたことはあるけれど。「あなたがエドを殺したの?」

「えっ! まさか! とんでもないわ。わたしは、ただ……」動かないエンジンを刺激するように、手のひらで自分の胸をたたく。「わたしは嘘をつかされたのよ。クリスティーンにそうしろっていわれたの。彼女は……」背筋をのばし、指を一本立てる。「クリスティーンはね、エドが殺された晩、うちまでウィラミーナを迎えには来なかったの。わたしがあの子を家まで車で送っていったのよ」

「それはすばらしい情報だわ、ティアン」わたしは彼女の手を握った。「クリスティーンじゃなく、うちの祖母にとってすばらしい情報よ」

「でも、わたしは嘘をついたの」ティアンはかみしめるようにいった。

「それは犯人から身を守るためでしょ」

「家族はわたしのことを恥だと思うわ」

「すぐにアーソに話さなくちゃね。わたし、電話を入れたバッグをテーブルに置いてきたの。ティアンは携帯電話を持っている?」

「わたしから署長には話せないわ」

「いいわよ、大丈夫。アーソには、あなたを真犯人から守ってもらうわ」

ティアンは黄色いトートバッグから携帯電話をとりだした。

「これでかけてみて。でも、このお店は電波の状態がかなり悪いわよ」

ずいぶん長く待ってから、ようやくアーソが応答した。わたしは彼に、事件に関して重要な情報を得たから、できるだけ早くティムのパブに来てほしいとたのんだ。とはいえ、音がとぎれがちなため、彼の声で聞こえたのは「いまちょうど、そちらへ向かっている」だけだった。わたしは電話を切って、ティアンをふりむいた。

「ああ、どうしましょう……」ティアンは罠にかかった動物のようにおびえていた。逃げたくてたまらないようすでドアに目をやり、それから洗面台の上の小さな窓を見あげる。あそこから外に出るのは、ほとんど不可能だ。

「大丈夫だって。わたしはあの人に絶対いわないし、アーソもしゃべるはずがないもの」

「彼女はプライドのかたまりのような人よ。そしてとても強いわ……アーソ署長はわたしに、何もかも話せっていうわね。だめ、やっぱりだめよ。わたしには話せない」駄々をこねる子どものように、首を横にふる。「ごめんなさい。むりだわ。話せない」ティアンはこちらになかば背を向けると、わたしを壁につきとばすようにして出口に向かった。

よろよろっとしたわたしがバランスをとりもどし、湿ったブラウスを着るころには、もう彼女の姿はなかった。わたしは急いでテーブルにもどる。

「すみませんでした、シャーロット」レベッカがいった。「どうかしましたか？　なんだか具合が悪そうですけど」

「ううん、平気よ」わたしは腰をおろした。ブラウスがビニールレザーに貼りつく。

「そろそろ帰りませんか？」レベッカがつづけた。「あと三十分でおばあちゃんの集会が始まります。七時ぴったりだって、いってましたから」

「支払いはすませたわ」と、デリラ。

「あなたのきのこも、いただきました」フレックルズが笑った。

テーブルには料理のなくなったお皿ばかりが並んでいたけど、べつにかまわない。空腹なんて、どこかへ吹き飛んでしまったみたいだ。

「ほんとに大丈夫ですか？」心配げな顔のレベッカ。「わたしに怒っているとか？」

わたしは化粧室で起きたことを話した。

「じゃあ、アーソ署長はわたしが待つことにします」レベッカが宣言した。「シャーロットは行ってください。おばあちゃんの集会に出ないわけにはいきませんから」

わたしは反論しようと口を開いた。と、そのとき、入口の扉が勢いよく開いて、アーソが大股で入ってきた。不機嫌なのは一目瞭然。

「さてさて、わたしたちは退散しましょ」デリラがそういい、彼女とフレックルズはボックス席から出ると、祖母の集会でまた会おうと小声でいった。

祖母をおおやけの場に出すな、というアーソの言葉がよみがえる。ひょっとして、彼はそれでここに来たとか？　町の噂から、祖母が何かをやらかす気だと察したのかもしれない。

アーソは片手でハットをぬぎ、反対側の手でふさふさした毛をなでながら近づいてきた。

わたしは彼がテーブルまで来たところで、「何かあったの？　不機嫌そうだけど」と訊いた。

アーソは腰をおろしもせずに立ったまま、「きょうは朝からずっと、グレーテル・ヒルデガードや教会の女性陣といっしょに山を捜索したんだよ」といった。「信仰について説教されて、頭がおかしくなりそうだった」手にしたハットで、ぱしっと太ももをたたく。「おれが聖書を十節以上暗誦したら、ようやく捜査に協力してくれたけどね」

アーソはとても信仰深く、十二歳のときにはもう聖書をまる暗記していたはずだった。だからたぶん、文句をいいながらも、女性たちとはうまくつきあえただろう。

わたしは同情するようにほほえんだ。

「それで何かわかったの？」

「どうせ訊くなら、『真理はあなたがたを自由にしたか』といってほしいね。答えはノーだ」顔をしかめる。「服の切れ端すら見つからなかった。掘ったばかりの穴もね。完全にむだ足だったよ。山腹一帯を本格捜査するなら、警察犬や捜査員を何日もつぎこむしかないだろう。牧師夫人が目撃した場所をしっかり記憶していないからね。彼女は純真で、何事もよかれと思ってやっているんだろうが、なんというか……いくらか夢想家すぎる。人間のよいところだけを見ようとして、けっして希望を失わない」

それは心のもちようとして、わたしもたいせつにしてきたつもりだった。とはいえそれも、祖母が逮捕されるまでのこと。いずれまた、おなじように思える日がくるかしら？

「丘に行くまえに、被害者の弁護士にも会ったよ」アーソはつづけた。「もちろん、具体的な相談内容に関しては守秘義務があるが、離婚する気だったのはまちがいなさそうだ」

レベッカが手のひらでテーブルをたたいた。

「ほら、やっぱりね。クリスティーンには動機もチャンスもあったんですよ。ジェシカ・フレッチャーにいわせれば〝ダブルパンチ〟といったところでしょうか。ジェシカというのは――」

「《ジェシカおばさんの事件簿》だろ」アーソはため息をついた。「いいかい、ズークさん、動機のほうはさておき、チャンスがあったとは断定できない。勝手に決めつけるのはよくないな」

「〝ズークさん〟じゃなく、レ・ベ・ッ・カです」

アーソはわたしをふりむいた。「きみのほうは、いやに気分がよさそうだな」

わたしは化粧室でのティアンの話を伝えた。

「ね、ユーイー、だから犯人はクリスティーンなのよ。アリバイで嘘をついたんだもの。お願いだから、祖母を自由にしてちょうだい」

「どうかお願いします」と、レベッカ。

「ともかくティアンと話してちょうだい」

「そうですよ、本人に確認してみてください」

アーソはうなずき、「よし、わかった」というと、ハットの縁をなでながらつづけた。「ところでシャーロット、この事件がぶじ解決したら……」

もしかしてデートのお誘いかしら、とぼんやり感じた。だからあわてて立ちあがり、彼の腕をぱちっとたたく。

「捜査はたいへんだろうけど、がんばってね」

アーソはさよならをいう代わりに小さく会釈し、ハットをかぶって帰っていった。

レベッカとわたしもパブの外、暮れゆく空のもとに出た。肩に、心に、ずっしりと重いものを感じる。もうじき、クリスティーン・ウッドハウスは鉄格子の向こうに入り、祖母は晴れて自由の身になるだろう。

＊

祖母の家に着くと、支援者たちが歩道に列をつくって待っていた。立見席限定のブロードウェイのショーさながらだけど、前庭の芝生では、祖父母がレンタルした照明が十数個セットされ、外よりもっと大勢が半円形に並んでいた。そして前面に、ピクニック・テーブルがひとつ。あれがおそらく、祖母の演壇になるのだろう。エイミーとクレアが集まった人びとに赤・白・青のポンポンやプラカード、巻き笛を渡して歩いている。ざわめきが少しずつ静まり、夕暮れの涼しい風が、いよいよ集会が始まるという期待感をあおった。

そうして、祖母が登場。外見は、まるでアメリカ国旗だった。ひだ飾りのある赤いスカートと、青いTシャツには白い星が散らばっている。祖母はピクニック・テーブルに上がると、手にしたマイクに向かい——

「集まってくださったみなさん、もう少しお待ちください。五分後に開始いたします」といった。そしてわたしとレベッカに目をとめ、テーブルをおりる。祖母はマイクをテーブルに置くと、レベッカを抱きしめた。「よく来てくれたわね。おばあさまが亡くなったと聞いて、心配していたのよ。うちの家族はみんな、あなたも家族のひとりだと思っていますからね」

レベッカの目から涙がこぼれおちた。祖母にしがみつくようにして、肩を震わせ、長いあいだ泣きつづける。そうしてようやく顔をあげると、はずかしそうにわたしをふりむいた。

「泣いたのは、その……自分のことじゃないです。おばあちゃんの嫌疑が晴れたのがすごくうれしくて……」

「え？　わたしが何？」と、祖母。

レベッカは一気にしゃべりはじめ、祖母の目がきらきら輝く。

「ねえ《シェリ》、ほんとうにそうなの？」

わたしはうなずいた。

「すばらしい《マニフィーク》！」祖母はわたしの両手を握った。「きょうは記念すべき日だわ」

「わたし、ティッシュをとってきます」と、レベッカ。

「はい、行ってらっしゃい」祖母はレベッカの背中をたたいた。「わたしの演説はもう少しあとだから」

レベッカはポーチの階段をあがり、家のなかへ消えていった。

「あんなにいい子に来てもらって、おまえはしあわせね」祖母がわたしにいった。

「ええ、十分実感してますよ！」

祖母は両手をたたいた。「アーソがわたしの潔白を信じてくれるなんて、こんなにうれしいことはないわ」

わたしはうなずき、「彼はいま、ティアンに確認しているところだと思うわ」といった。

「そうしたらもう、クリスティーンは正直に話すしかないわよ」

祖母はわたしに向かい、皺だらけの指をふった。

「おまえには、揺るぎない信念ってものがなかったでしょ？　でもわたしは――」胸をたたく。「動じなかったわ。アメリカ的なやり方は、りっぱに機能するのよ」わたしの頬をつねり、それからマイクをとって、またテーブルにあがる。「お集まりのみなさん、あと三分です。七時ちょうどになったら開始します」

うぉーという支援者の声が夜空にひびきわたった。アーソが近くにいて、この喚声に気をもまなければいいけど、といささか不安。ともかくティアンに話を聞いて、はやくクリスティーンをつかまえてほしい。

集まった人たちの端っこに、スウージー・スウェンテンがいた。いつものジーンズと、からだにはりつくTシャツ、銀の多連ネックレス。おしゃべりの相手はヴィヴィアンだった。

わたしはそちらに行くと、スウージーに「知っていたの？」と声をかけてみた。

スウージーはきょとんとし、「何のこと？」と訊く。

「エドは離婚する気でいたってこと」

スウージーは困ったような顔をし、「あたしのためじゃないわ」とつぶやいた。

「だれも、あなたのためだなんていってないわ」ヴィヴィアンが横からいった。

「でも、それを聞いても驚かないのね？」わたしがいうと、スウージーは首をすくめた。

「だって、エドはクリスティーンにうんざりしてたもの。あたしはそれを知っていたし、クリスティーン本人も、彼女の友だちも知っていたはずよ。あの人に訊いてみるといいわ」

わたしはスウージーが指さす先に目をやった。たぶんクリスティーンがいるのだろう、と思っていたら、そうではなくティアンだった。充血したうつろな目をして、こちらにやってくる。上着はトートバッグにつっこまれ、ブラウスの裾がスカートのウエストからはみでていた。いつものきちんとした姿とは、ほど遠い。

わたしは気をひきしめて彼女に近づき、ヴィヴィアンもついてきた。

「ティアン、何かあったの？」

「アーソ署長には話せないわ。どうしても無理」激しくかぶりをふる。

わたしは手をのばした。すると——

「いや！　さわらないで！　あなたのいうとおりにはしないわ。ぜったいに、いや」ティアンはそうわめくなり、まわりの人にぶつかりながら小走りで去っていった。それにしても、どうして彼女はここに来たのだろう？　祖母の応援のためとは思えない。だったら、なぜここに？　彼女はトートバッグを抱きしめるようにしてもっていた。丸めて突っこんだ上着の下に何かあるとか？　ひょっとして拳銃？　それとも、爆弾？

わたしは急に不安になって、彼女のあとを追い、バッグをつかんだ。

「放してちょうだい！」ティアンは身をよじって抵抗した。

「ここに何か持っているの？」

「何もないわ。放してよ！」

わたしはバッグをもぎとった。よろよろっとあとずさり、われながらひどいことをすると思いながら、バッグのなかをのぞく――。とくに、不審なものはなかった。わたしはとまどいながら、彼女にバッグを返した。

「ごめんなさい。でも、どうしてここに来たの？　ようすがへんよ」

「話せないわ……かわいい坊やが……早く家に帰りたいだけ」ティアンはわなわなと震えはじめた。そして全身が大きくびくっと痙攣するや、地面に倒れこんだ。

「ティアン！」わたしはひざまずくと、彼女を抱きかかえた。ヴィヴィアンに「ヒルデガード牧師を呼んで」といい、あたりを見まわす。「あそこにいるわ。急いで！」

すぐにヴィヴィアンが牧師夫妻を連れてきた。

「みなさん、少し離れて。彼女がゆっくり呼吸できるようにしてあげてください」牧師はティアンの横にひざまずき、心配そうな、でもおちついた温かい表情でティアンを見おろした。彼は牧師になる以前、精神科の病院で働いていたのだ。ティアンの手を握り、わたしの目を見てください、安心していいですよ、とささやく。そのうちティアンの呼吸はおちつき、からだの震えもおさまってきた。

「きっと神経がまいってしまったんだわ」わたしはヒルデガード牧師にいった。ハリケーン「カトリーナ」が心に残した傷はもとより、殺人事件で嘘の証言を強要されたのだ。「ティアンを自宅に送って、ご主人と話してもらえないかしら？」

「ええ、もちろんそうするわ」グレーテルがいった。

「さあ、ティアン、立てるかな？」牧師がティアンをまんなかにして、ティアンのからだをささえて立たせてやり、グレーテルは反対側につく。三人は集まった人びとのあいだをぬけ、門を出ていった。外にはもっとたくさんの人がいたけれど、みんな歩道から車道におりて三人を通してくれた。

ヴィヴィアンがわたしのブラウスについた草をはらい、ひゅっと小さな口笛を吹いた。

「いったい何があったのよ？」

わたしがティアンの告白を伝えると、ヴィヴィアンはまた小さな口笛。

「じゃあ事件解決ね。署長はクリスティーンを逮捕しにいくでしょう」

わたしは黙ってうなずいた。

「この上なくすばらしいニュースだわ」と、ヴィヴィアン。

「シャーロット！」オクタヴィアが小走りでやってきた。肩から下げたブリーフケースが、お尻の上でぽんぽん跳ねる。「取引が成立したのよ！」

「あらっ」思わず顔がほころんだ。きょうはいいニュースがつづくわ。「うちが建物を買えたのね？」

「ちがうの、その反対なのよ。建物の新しいオーナーが決まったの」

「えっ。高値をつけた人が買ったの？」わたしはおろおろした。

「ほんとにくやしいわ。Q・ロレーヌ社の実体はベセット家だってことを、クリスティーンが知ってしまったのよ。それでロレーヌ社を蹴ったの」

「どうしてわかったのかしら？　知っているのはボズとあなただけだわ」

「それから、わたしも」と、ヴィヴィアン。「でも、だれにもいわなかったわよ。マシューはどうなの？」

彼が口外するとは思えない。わたしは必死で記憶をたどった。つい、だれかにしゃべらなかったか？　クリスティーンの勘が冴えているだけ？　その点でいえば、クリスティーンはティアンがわたしたちに秘密を漏らしたことに気づいただろうか？　もしやそれでティアンをおどしたとか？　そのせいで、ティアンは精神的に不安定になったのかもしれない。

芝生の照明がつき、あたりがぱっと明るくなった。わたしは一瞬目がくらみ、周囲はおっと声をあげる。そしてスポットライトがひとつ、演壇を照らした。さて、これからは祖母の独壇場だ。一夜のドラマを盛りあげることに関して、祖母の右に出る者はない。支援者たちは拍手をし、ざわめきが一段と大きくなった。

わたしは声がかき消されないよう、オクタヴィアに顔をよせ、大声で訊いた。

「新しいオーナーはだれ？」

「〝プロヴィデンス・クリエイティヴ・アーツ〟とかなんとかいう会社よ。ヴィヴィアンのところも買ったはずだわ。それで改装する計画みたい」

「そういうことね……」ヴィヴィアンがうめいた。「彼はわたしを廃業させる気だわ」

「彼って?」すかさずわたしは訊いた。「だれだか知っているの?」

「一般的な〝彼〟よ。新しいオーナーがだれであれ、うちの店を閉鎖する気だわ」

デリラが巻き毛を揺らしながらやってくると、「お店を閉じるってどういうこと?」といった。

「どこかの会社が、ヴィヴィアンとうちの建物を買いとったのよ」わたしが答え、ヴィヴィアンがつづける。

「彼はきっと、わたしを追いだすわ。この町でテナント・スペースをさがすのはたいへんなのよ。プロヴィデンス・クリエイティヴ・アーツね……ずいぶん気どった名前じゃない?」

ヴィヴィアンは見るからにおちこんでいた。「わたし、どこに行けばいいのかしら……」

「ルイージのレストランの上なんて、どう?」わたしはいってみた。「いまは空いているわ」

ヴィヴィアンは冷たく笑った。「エドにはこうなるって、さんざん注意したのよ」

わたしの心の隅に、もやもやっとしたものが芽生えた。祖父はヴィヴィアンとエドが口論するのを見たといっていた。言い争いの原因はこれだろうか? ヴィヴィアンは自分のお店が追いだされるのを心配するあまり、建物ごと売ろうとするエドを殺したとか? まさかね。ボスの話だと、建物の売却は、エドが殺されるまえにすでに決まっていた。

まったく、人を疑うことしかしなくなった自分がなさけない。自分の友人が人を殺せるはずはないのだ。でも、クリスティーンならやりかねない。いずれにしても——ティアンの告白にかかわらず——アーソがパズルのピースをうまくつなぎあわせてくれるだろう。そうするのが、彼の職務なのだから。

「アーソは丘にいた女の人について、何かつきとめたの？」と、デリラ。

わたしは信心深い女性ボランティアとアーソの山歩きについて話した。

デリラは大笑い。「おもしろいわねえ。彼はそういう相手なら、いくらでも好きに操れるわよ。聖書に関しちゃ、隅から隅まで頭に入っているもの」デリラはわたしよりずっとアーソのことをよくわかっている。町に帰ってきてすぐ、ふたりはつきあいはじめたのだ。しばらくして別れたけれど、わたしはその理由を知らないし、たずねる勇気もなかった。「じゃあ、事件の晩に山をうろついていたのがだれか、まだわからないのね？　それがクリスティーンじゃなかったらどうするの？　フェリシアかもしれないってことでしょ？　だって、クリスティーンは彼女が地面を掘るのを見たんだから。ふたりは似たような体格だし。フェリシアが証拠隠しのために博物館の裏庭を掘ったとして、そのおなじシャベルに山の土もついていたらどうなるかしら？」

わたしはいささかおどろいて、「あなた、レベッカに似てきたわね」といった。

「犯人はクリスティーンに決まってるわよ」と、ヴィヴィアン。「ティアンの話がほんとうなら、クリスティーンは娘を迎えに行かなかったんだもの。きっとエドを殺して、それから山に行って証拠を埋めたんだわ」

「証拠って？」オクタヴィアが訊いた。「ティアンの話って何のこと？」

わたしは子どものころにやった伝言ゲームみたいだと思いつつ、オクタヴィアに事情を説明した。

「陪審員なら十分に納得するわよ」と、ヴィヴィアン。

「ええ、たぶんね」オクタヴィアは時計に目をやり、「悪いんだけど、シャーロット、もう行かなきゃ」といった。「同業の友人に訊けば、さっきの会社の経営者がわかるかもしれないわ」ブリーフケースのストラップを肩にかけなおし、オクタヴィアは小走りで帰っていった。

そこへ彼女と入れかわるように、メレディスがやってきた。顔も服も汚れて、ポニーテールにした髪にはうっすら蜘蛛の巣までついている。

「ずいぶんステキじゃないの」わたしはからかった。

「保管庫を片づけたあとで着替える時間がなかったの。あなたのおばあちゃんは、これでも気にしないでしょ？」

「投票してくれるならね」

集会用の小物を配りおえたエイミーとクレアが、メレディスのところへ駆けてきた。それぞれ右と左の手を握る。

「先生、いらっしゃーい！」

「はい、こんにちは」と、メレディス。「もう学校ではいたずらをしないと約束してちょうだいね。でなきゃ倉庫のお掃除をさせますよ」メレディスは髪の毛から蜘蛛の巣をとると、ふたごの前でゆらゆらさせた。

少女たちはキャッとさけんで「約束します！」というと、メレディスのまわりをくるくる走った。ふたりの笑顔に、わたしの顔もほころぶ。

するとメレディスが、「さっきクリスティーンの話をしていたでしょ？」と訊いた。「わたしたちで彼女をつかまえられるかしら？」

「彼女をつかまえよう！」ふたごが声をあげた。

せっかくのいい気分が吹きとんだ。娘たちにこの種の会話を聞かせてはいけない。

「さ、あなたたち、そろそろ始まりますよって、おじいちゃん《ペペール》にいってきなさい。それからおばあちゃん《グランメール》を演壇に連れていって、練習したとおりに応援するの」

そうやって子どもたちがいなくなってから、わたしはメレディスとデリラ、ヴィヴィアンを近くに寄せていった。

「あの人をつかまえるって、たとえばどうやるの？」

「自白させればいいわ」メレディスがささやく。

「それはむりじゃないかしら」と、ヴィヴィアン。「でも、グレーテルの目撃証言があるから……」

「うん、うん」と、デリラ。「それに、ティアンにも嘘をつかせたしね」

「ティアンは嘘をついていません」黒い服に黒いベールの、背中をまるめた女性がわたしとメレディスのあいだに割って入ってきた。

わたしがベールの奥をのぞきこむと——悪意でぎらついたクリスティーンの目が見返してきた。

爆竹が大きな音をたててはじけ、空中に赤と青の閃光が舞う。そしてもう一回。もう一回。七時ぴったり。いよいよ祖母の演説が始まるのだ。

わたしの両腕に鳥肌がたった。

「嘘をついてないって、どういうこと？　それにどうして顔を隠すの？」

「スパイしているんでしょ」と、ヴィヴィアン。

「演説内容のいいところを盗む気ね？」と、デリラ。

「そんな気はさらさらないわ」クリスティーンはばかにしたようにいった。

「じゃあどうして？」わたしは追及した。さっきはティアンがトートバッグを持ってあらわれ、こんどはクリスティーンがこそこそやってきた。これはもう、はっきりさせなくてはいけない。「祖母の集会を妨害するつもりなら——」

「よしてちょうだい。わたしだとわかったら、なかに入れてくれないと思っただけよ」クリスティーンは背筋をのばし、ベールをあげた。「あしたの選挙は、実力で勝ちますからね」

「それはムリでしょう」ヴィヴィアンがつかつか進み出ると、クリスティーンと真正面から向きあった。こぶしをぎゅっと握る。「町長になるのはバーナデットよ」いまにもクリスティーンを殴りそうだ。と、そこでげんこつがふっとゆるみ、ヴィヴィアンは一歩あとずさった。「あしたになればわかるわ。町はバーナデットを選ぶわよ」

「ティアンは嘘をついてないって、どういう意味かしら?」この点だけは確認せねば。

「事実を話したってことよ」と、クリスティーン。

「あの晩、あなたはウィラミーナを迎えに行かなかった、というのが事実でしょ?」

「ええ、そうよ」

わたしはぽかんとした。彼女は認めたのだ。あっさりと……。

「わたしは娘を迎えに行かなかったわ。理由は、わたしも離婚の件で弁護士に会っていたからよ」

「なんていう弁護士?」小さな町に弁護士はそうたくさんはいないのだ。

クリスティーンは指さした——「あの人よ!」

26

「ナカムラさんが、あなたの弁護士？」

演壇がわりのテーブルぎわ、うちの祖父のすぐそばに、ナカムラさんと小柄な奥さんがいた。聴衆は、祖母に早く演壇に乗るようはやしたてている。

「彼は工具店のオーナーでしょ？」と、デリラ。

「弁護士だなんて聞いたことがないわ」と、メレディス。

「売買契約書を書くのがやっとの人よ」ヴィヴィアンはどことなく不機嫌だ。

わたしももちろんおどろき、それ以上にがっかりもした。クリスティーンには確実なアリバイがあるということだ。しかもわたしの大好きなナカムラさんが証人になる。

自分が話題になっているのを察したかのように、ナカムラさんがこちらをふりむき、にこっと笑った。そして手をふる。わたしはばかみたいに手をふりかえした。でも、ほかにどうしようもないでしょ？　人をかきわけて彼に駆けより、その場で追及するわけにもいかない。

「彼はクリーヴランドで弁護士をやっていたのよ」クリスティーンがいった。「でも、法律の仕事は自分には向かないと思って、この町に越してきたんだわ。手先を使う仕事が好きらしいけど、法律を完全に捨てたわけじゃないのよ」

わたしはこれまで、いろんなことについてナカムラさんに相談してきた。木製品の表面の仕上げ方や、感電せずに、髪の毛を逆立てずにシャンデリアをとりつける方法。でもナカムラさんは、過去の仕事についてひと言も語らなかった。エゴイストのクリスティーンが、どうやってそれを知ったのだろう？　彼女はどんな相手であれ、会話をすれば自分中心の話題にもっていくのに……。

「わたしはナカムラさんに、アーソ署長に話してもいいという許可を与えたわ」クリスティーンはつづけた。

わたしは心のなかでうめいた。彼に許可を与えた？　イングランドの女王さまじゃあるまいし。全身の血液が噴きだしそうになったものの、今夜の主役は祖母だから、ぐっとこらえる。祖母はいまちょうど、ピクニック・テーブルに上がっていくところだ。

盛大な拍手がわく。

祖母はマイクを軽くたたいてみんなの注意を引いた。

「紳士淑女のみなさん、よくいらしてくださいました」マイクがハウリングを起こし、祖母はいったんマイクを祖父に渡した。祖父はスイッチの近辺をいじる。

「しょうがないわね。もう帰るわ」

クリスティーンがそういい、わたしはちょっと待ってと、彼女のブラウスの袖をつまんだ。

「ナカムラさんは事件直後、奥さんといっしょにお店に帰ったのよ。あなたは彼とお店で会ったの？」そんなはずはなかった。もしそうなら、ルイージはナカムラ夫妻とクリスティーンの三人を見ていなければならない。これはわたしなりの引っ掛けだった。

「ちがうわよ。九時半に彼の自宅で会ったの。ちょうどそのころ、エドが……」手で口を押さえ、泣くのをこらえる。ただの演技かどうかはわからない。いずれにせよ、彼女はすぐに立ちなおった。「エドに気づかれないよう極秘で会ったのよ。奥さんは家にいたわね。わたしの姿を見ているわ。ふたりとも、あなたのお店のパーティを早めに引きあげたでしょ？」

わたしには反論できなかった。たしかに、パーティの遅い時間に夫妻を見た記憶はない。

「ナカムラさんといっしょにいた時間は、どれくらい？」

クリスティーンは不愉快そうに、「あなた、ここの地方検事なわけ？」といった。

「どれくらいなんですか？」メレディスがわたしの横に来てくりかえす。

「十分よ。ううん……二十分くらいかしらね」

それなら、ナカムラさんの奥さんの話と合う。お店に行ったのは九時五十分ごろだといっていたから。

「エドはつぎからつぎとビルを売りはじめて――」と、クリスティーン。「わたしにその理由を教えてもくれなかった。だから、よくない投資に手を染めたんだと思ったのよ。彼が離婚する気でいたなんて知らなかった。わたしはともかく、自分の収入を守ろうとしただけだわ。結婚してからずっと、わたしが彼の損失を埋めてきたんだから。でもね、自分の資産を使いはたすわけにはいかないの、いくら彼を愛していても」クリスティーンはわたしをにらみつけた。「そうよ、わたしはエドを心から愛していたの」

「どうしてナカムラさんは、署長にその話をしなかったの？」ヴィヴィアンが訊いた。

「それより、あなたはどうして話さなかったの？」デリラが追い討ちをかける。

「そうよ、話せばよかったのに」と、メレディス。

わたしは検事補チームのがんばりにほほえんだ。彼女たちを友人と呼べるのが、とても誇らしい。

「だって、アーソ署長はわたしを疑っていなかったもの。シャーロットのおばあさんが第一容疑者だわ」

「よくいらっしゃいました、みなさん！」マイクがなおったのだろう、祖母が話しはじめた。

「いまこそチャンスです！」

「おっしゃるとおりよねえ……」クリスティーンがばかにしたように笑った。「申し訳ないけど、わたしは退場させていただきますわ。またあした――みなさんが誠心誠意、わたしに従う日がきてから、またお目にかかりましょう」

クリスティーンは腰をふりふり帰っていった。黒いシフォンのドレスが揺れる。彼女なら、箒にまたがって空を飛んでも驚かないわ、とわたしは思った。

「クリスティーンが犯人でなかったら、いったいだれがどんな動機でエドを殺したのかしら」わたしは平常心にもどってから、つぶやいた。

「スウージー・スウェンテンなら、いろいろありそうよね」ヴィヴィアンがいった。

「ルイージが記者といっしょのところを見たのは、彼女とは別人かもしれないわね」と、メレディス。「ルイージは目が悪いのに、外見を気にしてメガネをかけないから」

「フェリシアの可能性もあるわ」と、デリラ。「本人がなんていおうと、エドを見る目がちがったもの。伯母さんのところに行ったっていう彼女のアリバイとか帳簿とかはチェックしたの、シャーロット？」

いいえ。とりあえずわたしは、このまえのフェリシアの言葉を信じることにするわ。それって、おばかさんかしら？

「ねえ、ヴィヴィアンはあの晩、うちのショップから出ていく人をひとりも見かけなかった？」

彼女は首を横にふった。「翌日の納品のことばかり考えていたから」

「犯人はエドの顔見知りだと思うの」と、わたしはいった。「それなりの期間、彼とつながりをもっていた人よ」

「いまこそチャンスです！」祖母はくりかえした。集まった人びとの頭上で、声が響きわたる。

メレディスがわたしの腕をつかみ、「この件はまたにして、いまはおばあちゃんの話を聞かない？」といった。

そうね、彼女のいうとおり。わたしはとりあえず事件のことは忘れ、祖母を見あげた。

「わたしはプロヴィデンスを愛しています」祖母は熱っぽく語った。「経済活動のみならず、教育と芸術でも、プロヴィデンスは大きな花を咲かせました。この三つは、わたしたちの社会を支える三本柱といえるでしょう。今後も同様に、プロヴィデンスの繁栄を望まれるのなら、どうかみなさん、バーナデット・ベゼットに投票してください。ひとりでも多くの観光客を迎え、わくわくした思いをみんなで分かちあおうではありませんか。どうでしょう、みなさん？」

賛成をしめす大きな喚声があがる。

「でもね、残念ながら……」祖母は小さく笑った。こういう笑いや、強調するときの手の動きなどは、すべて計算ずくだろう。「わたしはいま、少し困っています。人生ではじめての経験をしたのです。わたしは殺人の容疑をかけられながら、みなさんの前に立つしかありませんでした」

「ノー！」人びとは大合唱した。

「わたしは潔白です。それを信じてくださる方は、どうか、わたしに投票してください」

「信じるぞー！」雄たけびのような声があがる。

わたしの視界の隅に、ジョーダンが見えた。車寄せにいる人たちのあいだをのんびりと歩いている。わたしは彼のところへ行くと、横に並んでいっしょに祖母を見あげた。

「来てくれてありがとう」

「来ないわけにはいかないさ。ぼくの一票をささげる人だから」

わたしの心がぽかぽかしてきた。

「妹さんはいっしょじゃないの？」

「あいつは今夜、仕事があってね」空を仰ぐ。「すばらしい夜だ。風はさわやかで、気温もちょうどいい」

「ええ、ほんとに」祖父が放った爆竹の煙ごしに、きらめく星が見える。ただ、西から吹く風は少しずつ強まって、このぶんだといずれ嵐になるかもしれない。

ジョーダンがわたしのウエストに片手をまわし、わたしは腕に心地よいさざなみが走るのを感じた。そんなふうにして、彼とわたしはたっぷり三分間くらいは、夜の光景に溶けこんでいたと思う。

祖母の演説が終わり、支援者たちが解散していくと、ジョーダンはわたしの頬に軽くキスした。

「あら」わたしは一週間は顔を洗いたくない少女の気分になった。

「ごめん、こらえきれなくて、つい。ところでデートの件だけど、きみの店に行っても会えなかったから」

「ええ、あのときはごめんなさい――」

「土曜の十一時はどう？」

これは夢かしら、と思った。日付ばかりか、時間まで決まるなんて！

「もちろんいいわよ」

「シャーロット！」祖父が顔色を変えてやってきた。「すぐ来てくれ。おばあちゃん《グランメール》が……」

わたしとジョーダンは急いで祖父についていった。見ると祖母が、ピクニック・テーブルのベンチにすわりこんでいる。意識はあるようだけど、ほとんど放心状態だ。ジョーダンが駆け寄って、ひざまずいた。片手で祖母の手首をもち、反対側の手をこめかみに当てる。

「熱があるな」

「緊張したんだろう」祖父がいった。

「演説のまえに食事はしたの？　低血糖かもしれないわ」

「興奮しすぎたんだと思うが」祖父は心配そうに両手を握りしめた。

「冷湿布がいるな。それからジュースも」と、ジョーダン。

すぐさまレベッカが、オレンジジュースと濡らしたタオル、そしてキス・チョコをもってきた。わたしが甘いものに目がないことを知っている祖母は、いつも手の届くところにお菓子を用意しているのだ。レベッカが、「さあこれを、シャーロット」とさしだした。

わたしは彼女からうけとると、ジョーダンの横にひざまずいて、祖母の首に冷たいタオルを置いた。そしてチョコの銀紙をむき、ふたつほどむりやり食べさせる。それからジュース。

目の焦点があってきて、祖母は小さくほほえんだ。

「あらあら《モンデュ》、ごめんなさいね。もう大丈夫よ。心配いらないわ」片手をふる。「緊張しすぎたんでしょうね。心臓が……」胸をたたく。「選挙に勝ちたくてね。どうしても勝ちたくてね……」

祖父がとなりにすわり、片手を握った。

「おまえ、自分の《モナミ》……」

「その先はいわないで。自分の歳を考えろ、なんて聞きたくないわ。まだ七十歳なんですから」

「七十二だよ」

「まだまだ、飛行機からパラシュートでとびおりることも、山を登ることもできます。町長さんになることもね」

祖父がわたしにウィンクした。「どうやら元気になったらしい」

祖母は夫の腕をぱしっとたたいて小さな笑い声をあげた。「この、意地悪じいさん！」

「痛いよ、おかあちゃん」祖父はふざけた。

レベッカがにっこりし、ジョーダンもわたしもほっとして立ちあがった。

「少し散歩しないか？」ジョーダンがわたしを誘うと、

「あっ、忘れるところだったわ」と、祖母がいった。なんとかベンチから立ちあがって、わたしの腕をつかむ。「デリラを手伝ってほしいのよ」

「何の手伝い？」

「テクリハよ。これからすぐにやるの。本稽古は二日後だから、このままだと間にあわないかもしれなくてね。デリラは大丈夫だっていうけれど、そうもいかないわ。だから彼女を手伝ってちょうだいな。おまえは全体をよく見て判断できるから」祖母はわたしの腕を放すと、こんどは両手を組んで祈る格好をした。「そうしてくれると、とてもありがたいわ。今回はむずかしい演目だから」

わたしはジョーダンをふりむき、どうしようもないわ、という顔でほほえんだ。

「土曜の十一時ね」わたしは彼にいった。「お散歩とピクニック。サヴォワ座のおいしいトム・クライユーズとプロシュットのパニーニをもっていくわ」

「よし、決まり」ジョーダンはまたわたしの頬に、祖母やほかのいろんな人がいる前でキスすると、芝生を横切って妹の家に向かった。

しばしうっとりしてから、わたしは正気にもどり、子どもたちはどうしようか、と祖母に訊いた。

「今夜はうちに泊まればいいわ。そうすればマシューとメレディスにも、少しは時間ができるでしょう」

「ともかく、一度家に帰って着替えてくるわね」もうビールのにおいはしないものの、エアコンのきいた劇場で仕事をする格好ではなかった。劇場はうちからほんの数ブロックのところだし。

「はい、はい、気をつけてね」祖母はわたしの両頬にキスして、顎をつねった。

「わたしもいっしょに行きましょうか?」と、レベッカ。「テクリハっていうのがどういうものかも見てみたいので」

風が強まるなか、レベッカとふたりで家に到着。わが家はキッチン以外はまっくらだ。ラグズのためにキッチンだけ照明をつけていたのだけど、外から見ると、まるで幽霊屋敷だった。前庭の柳の木は、死を予告する妖精《バンシー》のようにゆらゆら揺れて、家の両サイドではゆるくなった雨戸がかたかた鳴っている。そうだ、雨戸はちゃんと修理しなきゃ。何事も、ほったらかしにしてはダメ。これはビジネスにも通じることだ。

勝手口の鍵をあけて、まずはわたしが、それからレベッカがキッチンに入る。いつもなら、ここでラグズがどこからともなくあらわれて、わたしの靴にまとわりつくのだけれど――。

「ラグズ！」階段をおりてくるようすはない。「ラグズ？」

「外に出たんでしょうか？」と、レベッカ。

「あの子は室内だけよ」

「でも猫用のフリードアがありますから」

「ラグズはあれを一度も通ったことがないの」御影石のカウンターをたたく。「ラグズちゃん！」呼んでも来ないときは、ごはんをあげるふりをして、缶切りのレバーを鳴らす。それでもいま、ラグズは姿を見せなかった。じわじわと、不安が恐怖に変わっていく。「ラグズ！」

「しーっ」レベッカがいった。「ほら、聞こえませんか？」

ほんのかすかに、ミュウ、という声がした。あれは洗濯室だ。わたしは廊下をばたばた走り、洗濯室に飛びこんだ。戸棚の扉が少し開いている。それを引きあけると、重ねたタオルの下で、ラグズがぶるぶる震えながら丸まっていた。

わたしはラグズを抱きあげ、首すじをかきながら話しかけた。

「いったいどうしちゃったの？　ここまで爆竹の音が聞こえたわけじゃないでしょ？」ラグズは猫のなかでもこわがりなほうだった。町を放浪しているとき、大きな野良猫にでも襲われたのだろう。アニマル・レスキューに救われて、それからうちにやってきたのだ。ご近所にオス猫はいるけれど、わたしはラグズをとりあえず外猫とした。ところがある晩、激しい雷雨のあと、ラグズは落ちたカシワの枝の下敷きになり、わたしが見つけたときは、苦しそうな鳴き声をあげていた。さいわい、骨は折れていなかったものの、わたしはそれから何週間も、ラグズに申しわけなくて泣きつづけた。

「かわいそうに、何かこわい思いをしたのね？」ラグズは喉をごろごろいわせ、わたしの首に鼻をこすりつけてきた。「はい、はい、おまえはかわいいわよ」わたしはラグズをレベッカにあずけると、「ともかく、ほっとしたわ。すぐに着替えてくるから、それまでラグズをなでてくれる？」

レベッカはラグズを抱いて、わが子のようにやさしい言葉をかけながらキッチンにもどった。

わたしは玄関ホールのシャンデリアをつけ、階段を早足であがっていった。古い板が、きしんだ音をたてる。

そしてあがりきる寸前、足もとがすべった。わたしはよろめき、思わず手すりをつかむ。と、そのつかんだ部分がぐらりとし、手すりが外側に倒れていった。

「きゃあっ！」わたしは二階の廊下柵の柱に必死でしがみついた。足は踏む場所もなく、だらりとぶらさがる。手のひらがすべり、爪を木にくいこませた。でも、こんなことは長くはつづかない。「レベッカ！」手が離れれば、一階へまっさかさまだ。そうなれば足首どころか、脚の骨まで折れるかもしれない。当然のことながら、激痛はごめんだった。心臓がばくばくし、わたしはまた「レベッカ……」と呼んでみた。

ラグズを抱いたレベッカがやってきた。わたしを見て、悲鳴をあげる。

「古い家は大規模修理が必要ね」と、わたしはいった。

「踏み台をもってきましょう」

「だめ。あれじゃ脚がとどかないわ。時間的にも待ってられない。リビングからクッションをもってきて、一階の床に重ねてちょうだい」

「わかりました」レベッカはラグズを床に置き、かわいいラグズはわたしの真下に来ると、声をふりしぼるようにしてミャオウ、ミャオウと鳴きつづけた。

「大丈夫よ、ラグズ。心配いらない。さ、そこをどいて。あっちへ行ってすわってなさい」ラグズはわたしの下で8の字を描いている。これが犬だったら、いうとおりにしてくれるのだろうけど。「ラグズ！　そこをどきなさい！」わたしは足をふって靴をぬぎすてた。靴が床にどさっと落ちる。ラグズはあわててテーブルの下に逃げこむと、そこから顔だけのぞかせ、わたしを見あげた。どこか裏切られたような、せつない目つきだ。

レベッカがシート・クッションふたつと、もてるかぎりの飾り用クッションをかかえてもどってきた。つま先で、わたしの靴をはじきとばす。そして床にクッションを重ね、「さあどうぞ、わたしがつかまえます」といって、両腕を広げた。

パニックになっていなければ、ここでわたしは笑っただろう。レベッカとわたしと、からだの大きさはたいして変わらないのだ。

わたしはクッションめがけて飛びおりた。まず、かかと。それからお尻。レベッカがわたしの背中をささえてくれた。ラグズがわたしの脚に飛び乗り、太ももに爪をくいこませる。

「痛いっ！」

「えっ、大丈夫ですか？」

「うんうん、平気よ」わたしはラグズを床におろすとよつんばいになり、それからゆっくりと立ちあがった。うれしいかな、とくに痛むところはない。いずれ青や赤の痣《あざ》ができるだろうけど、骨折さえしなければ問題なし。床に頭を打ちつけて、脳震盪も起こさなかったし。何年もまえ、ソフトボールの接戦で脳震盪を起こしたときは、回復までに何週間もかかってしまった。「階段に手すり代わりのリボンを張らなきゃね。何もないと危ないわ」

わたしは裁縫道具を置いてある洗濯室に行くと、巻いたグログランリボンとタオルをとってきた。そして階段の下に立つレベッカにリボンの端をもたせ、わたしは壁ぞいに、慎重に階段をあがっていく。そして二階にあがったところで、廊下柵の柱にリボンを結びつけた。

「いいわよ、レベッカ、下の柱にリボンを結んでちょうだい」

それからわたしはしゃがんで、すべった箇所をタオルで拭こうとした。たぶんふたごが家の決まりを破り、食べものをこっそり二階にもっていったのだろう。

でも、わたしは甘かった。全身に震えが走る。
おがくずが、散っていたのだ。

27

わたしはその場に凍りついた。うちにほんもののシロアリがいるか、でなきゃだれかが手すりに細工をしたか。手すりの柱の根元を見れば、後者だとわかる。ラグズはこれにおびえたのかもしれない。いったい、だれが侵入したのか？　わたしの命をねらってこんなことをしたのだろうか？　ショップに来て怒ったお客さんが、ここまでのことをするとは思えない。不満があっても面と向かって抗議できないお客さんのために、レジの横にご意見カードを置いているけれど、いまのところ一枚も減っていなかった。エドを殺害した犯人が、わたしにつきとめられると思ったのだろうか？　そう考えるだけで、背筋が凍りついた。

わたしはラグズを抱いて、レベッカに、「もう行きましょう。この家から出るのよ、いますぐに」といった。

「でも、アーソ署長を呼んだほうがよくないですか？」

「劇場に行く途中で電話をかけるわ」祖母との約束は果たさなくてはいけない。

「ラグズも連れていくんですか？」

「この子は劇場が好きだから」

足早にチェリー・オーチャード通りを進みながら、携帯電話をとりだしアーソにかける。いつものように応答がないけれど、今回はそれも致し方ないだろう。勤務時間はとっくに過ぎているのだ。わたしは留守番電話にメッセージを残し、これから劇場に行くこともつけくわえた。

道なかばで雷鳴がとどろき、ラグズがわたしの腕のなかでミュンと鳴いた。「そうね、嵐がくるみたいね。でも大丈夫よ、ずっとこうして抱っこしてるから」わたしはラグズの頭、耳のあいだに鼻をこすりつけた。喉のごろごろがひときわ大きくなる。せめて劇場に着くまでは、どうか降りませんように。農家の人たちは恵みの雨を歓迎するだろうけど、ラグズにレベッカ、そしてわたしはあまり喜べない。傘をもたずに出てきたから、たとえ雨が降っても、夜中に帰るときはあがっていてほしい。もし、家に帰るなら、の話だけれど。ふたごは祖母の家にいるから、わたしもそうしたほうがいいかもしれない。あんなことがあった自宅でひとりで眠るのは、いささか不安。マシューはいま、メレディスの家でふたりきりで過ごしている。

「たしか――」レベッカは小走りで、少し息をきらしていた。彼女の靴《エスパドリーユ》が歩道をたたく音が響く。「《ロー&オーダー》で見たんですけど……あ、ちがいます、映画でした。グレン・クロースが出ている古い映画です」

「《危険な情事》かな？」

「いえ、それじゃなくて。ま、ともかく、その女……グレン・クロースと、あれはだれだったかな」指をぱちっと鳴らす。「そう、ブリッジズ、ジェフ・ブリッジズでした」

「だったら《白と黒のナイフ》よ」

わたしは読みたい推理小説がなく、フード・ネットワークで見たい番組もないときは、古い映画を楽しむことにしている。これまでで、アメリカ映画協会のトップ一〇〇作品のうち半分は見ているはずだ。

「ともかく、彼女はタイプライターがきっかけで、恋人がかつての妻に何をしたかを知ってしまうんですけど、それを証明する方法がない。でも彼は、彼女に秘密を知られたことに感づいているはずだった。そこで彼女はベッドに寝て、彼を待つ。彼はマスクをつけて、夜中に彼女の家に侵入すると、大きなナイフをふりかざし――」

「それくらいにして、レベッカ。これ以上、こわい思いをしたくないわ」

「すみません。いいたかったのは、犯人であることを証明するために、相手を罠にかけたってことです。もし十分な証拠がなかったら――」

「アーソがどんな証拠を集めたかなんて、わたしにはわからないわよ。彼が話してくれないもの」

あたりまえのことだと思う。一週間以上にわたって、彼はわたしの祖母を容疑者だと信じてきたのだから。でも、それはもうありえない。祖母がうちの階段の手すりに仕掛けをするなんてことは百パーセントないからだ。

わたしはもう一度、容疑者の候補リストをさらってみた。クリスティーンを除けば、残りは三人だ――エドと恋愛関係にあったスウージー、エドと口論していたヴィヴィアン、庭で不審な行動をとっていたフェリシア。庭仕事の得意なフェリシアは、のこぎりも上手に扱えるだろうか？　そうだ、そういえばルイージにも可能性はある。エドとは高校の同級生で、長年ライバルだったと彼自身認めているのだ。高校生のころはスポーツではりあい、たぶん女の子や、生徒会のポストでも――そしてルイージのことだから、人気投票でも争ったことだろう。そしてどちらも、町では不動産事業で財をなした。とはいえ、この点ではエドのほうが成功したから、ルイージは内心それを快く思わず、長年のライバルの命を奪った……。ひょっとしてルイージは、わたしがやったように、ヴィヴィアンのお店の建物に関して匿名入札したのかもしれない。そしてエドがそれを知り、彼との取引を拒絶した。エドが殺された晩、ルイージはタバコを吸いに外に出て、エドがうちのショップから出てくるのを見かけ、いまがチャンスと思い……。

自分の推理にうんざりして、わたしは思わず立ち止まりそうになった。そもそもルイージが、あのチーズナイフを手にするはずがないのだ。なぜなら、うちのパーティには来なかったから。凶器はうちのショップのナイフだと断定されている。

「到着！」レベッカは立ち止まり、呼吸をととのえた。

プロヴィデンス劇場は町の北部にある。十九世紀の終わりごろに建てられ、その後すたれる一方だったのを、祖母と仲間たちが資金を出しあって補修した。古い舞台を補強し、緞帳や照明をとりかえて、最先端技術も採用。衣装部屋やゆったりした控え室など、楽屋の環境もすばらしいものになった。観客席についていては、ビロード張りの席に寄付者の名前が入った金のプレートをつけることにしてカンパを募り、一年もたたないうちに五百席すべてが新しいものにとりかえられた。あのとき、資金集めがうまくいったことを祝い、祖母はリビングで祖父とダンスを踊った。

金めっきしたドアを押しあけ、わたしはホールに入った。観客席につづく内側のドアはどこも開け放たれている。《グッドモーニング・ボルティモア》の音楽が流れていて、背中がぞくっとした。もちろん、いい意味のぞくぞく感だ。「練習、練習、また練習」が祖母の口癖で、「練習すれば完璧になる」とはけっしていわない。むしろ、完璧なんてありえないのよ、完璧だけを意識すると足をすくわれますよ、と祖母はいう。では、わたしの場合はどうだろう？　あれこれ勝手な推理をやって、足をすくわれていないか？　思いつくまま口にして、それを聞いただれかがわたしを階段から落とそうとした――。

「わあ、すごい！」レベッカが暗い観客席に入って口笛を吹いた。「舞台装置がすばらしいです。踊り手の人たちも……」口笛をもうひとつ。

舞台では六人の踊り手が、シルエットで表現されたボルティモアの町を背景にピルエットをやっていた。頭上のグレイブルーの空には星がまたたく。その六人の前に、赤いレオタードとスカート姿のデリラがあらわれた。長い髪をそのまま背中にたらし、音楽にあわせ、杖で舞台の床をたたく。「そう、そう。ジュテ、サッシェ、ワン・ツー・スリー！　いいわよ」デリラは祖母そのまんまといってよかった。これでどうして、わたしのサポートなんて必要なのよ？

わたしは到着したことをデリラに知ってもらおうと、左の通路をおりていった。すると、右手の奥で人の話し声がした。ふむ、あれは聞きなれた声。そうか、そういうことか……。わたしは最前列の席にラグズを置くと、「ここにいてね」といった。「レベッカもラグズといっしょにいてちょうだい」

「どちらへ行くんですか？」レベッカは座席に腰をおろし、ラグズをなでながら訊いた。

「すぐもどってくるから」わたしはまっすぐ最後部の席に行き、両手を腰に当ててたずねた。

「ここで何をしているの？」

祖母がにっこりわたしを見あげる。

祖父のほうは、あまりうれしそうではなかった——「わしは、まだ外出はだめだといったんだよ」

「おまえは着替えに帰ったんじゃないの？」祖母はわたしにいった。

「いろいろあったのよ。さ、質問にこたえてちょうだい」

「すばらしいと思わない？」祖母は子どものように喜んでいる。

「いい舞台になるわね、きっと」とりあえず、その点は認めよう。

「そうじゃなくて」と、祖母。「外出できるようになったこと。わたしもようやく自由の身になれたわ」

「ねえ、おばあちゃん《グランメール》。外出できるかどうかは、アーソ署長が在宅拘禁を——」

「まだ解除していないよ」アーソが足音高くこちらへやってきた。

まずい……。わたしはうめいた。そう、わたしは彼の留守電に、ここで会おうといったんだった。映写室の明かりが、アーソの怒りの顔の上半分を照らしている。制服のバッジがきらめいた。

「どうしてこんな場所にいるのかな、バーナデット・ベゼットさん？」アーソの声はおそろしい。

祖母が立ちあがり、祖父も立って、妻の小さな背中に手をそえた。

「もし町民があなたの姿を見たら」と、アーソはつづけた。「警察は職務怠慢だと考えますね」

「でもシャーロットが――」

「彼女はまちがっていました」アーソはわたしをふりむき、にらみつけた。

わたしは声も出ない。そう、わたしは演説を終えた祖母に、クリスティーンには新しいアリバイがあり、そのアリバイは確実だという話をしなかった。

「では、行きましょうか」アーソは指を曲げ、通路に出るよう祖母をうながした。ポケットから手錠をとりだす。

「それはやめて！」わたしは頭のてっぺんから声を出した。

「いいや、拘置所に入ってもらう。逃亡の危険あり、だからね」

「ユーイーだってわかってるでしょ？　祖母は逃げたりしないわ。か弱い老人なのよ」

「それはちがいます」祖母がいった。

「お願いよ、ユーイー――」

「おれは〝アーソ署長〟だ」

「ごめんなさい、アーソ署長。でも、せめてあと一日だけ、自宅にいさせてちょうだい。選挙の投票が終わるまででいいから」

「できないよ、シャーロット。警察は――」

「職務怠慢だなんて、だれも思わないわよ。あなたが勤厳実直な署長だってことはみんな知っているわ。町の人たちは、アーソ署長に全幅の信頼を置いているもの」わたしは彼の腕を握りしめた。「お願い。祖母がおそろしい犯人だなんて信じている人はいないはずよ。二度と外には出さないって約束するから」わたしはガールスカウトのように胸に十字をきった。かつてボーイスカウトの最高位だったアーソに、どうか信じてほしいとたのむ精一杯のしぐさのつもりだ。彼はそれをわかってくれたのだろう、手錠をポケットにしまい、こういった。

「ともかく、いますぐ家に帰ってくれ」

「第一幕を観ただけなのに」祖母はぐずぐずした。

「生きていくのはたいへんですよ、バーナデットさん。いますぐ家に帰らないなら、パトカーに乗ってもらいます」

「わかりましたよ、署長さん」祖母は通路に出ながら、フランス語で短い呪いの言葉を吐いた。

祖父も通路に出ようとして、アーソがその腕をつかんだ。

「一筋縄ではいかない奥さんだとは思いますが、どうか、よろしくお願いしますね」

祖父母が出ていくのを見送ると、アーソはわたしをふりむいた。こらえているつもりだろうけど、目が少しだけ笑っている。わたしは胸をなでおろした。彼は本気で怒っていたわけではなく、わがまま勝手な祖母が相手ではああするしかなかったのだろう。

「さて、おれをここまで呼びつけるほどの重大な用件とは何かな？」

「ティアンとは話したの？」

アーソはうなずき、「彼女は証言を変えたよ」といった。「精神的にまいって、鎮静剤を打った。クリスティーンがナカムラ氏といっしょにいたのは確認できたよ。彼は機密特権があるから、おれには話さなかったらしい」座席のアームに腰かける。「では、きみの番だ。今夜はまた、どんな捜査妨害をしたのかな？」

「だれもそんなことはしていないわ。わたしが真犯人に近づいたから、ねらわれたのよ」

「ねらわれた？」

「うちの階段が細工されたの。手すりが壊れるようにね。わたし、危機一髪で——」

「きみの家に行こう」

それからまもなく、雨が降りだすのと同時に、わたしはラグズを抱いて、勝手口から家に入った。うしろからアーソが雨を避けて駆けこんでくる。そして彼はわたしに、キッチンの椅子にすわっていろ、おれは階段を見てくる、といって姿を消した。もどってきたとき、眉間には深い皺が刻まれていた。

「荒されてはいないな」

「床におがくずがあったでしょ」

アーソは黙ってうなずいた。

「手すりを切った人がいるのよ」

「おれが修理してやるよ」彼は椅子をくるっとまわして、またがった。「ところで、そんなことをだれがやったと思う？」

「最初に頭に浮かんだのはフェリシアだけど」わたしは頭を整理しながらいった。「工具の扱いには慣れているから。彼女はわたしがいずれ、このまえ見た帳簿に改ざん跡があったことに気づくと思ったのかもしれない。それに……」あえて間をおく。「彼女のアリバイは嘘かもしれない」

「どうして？」

「あの晩は、お姉さんのロイスと会ったといってるけど、ロイスのほうは町を出て伯母さんの家に行ったというの。わたしがそのことを話したら、フェリシアはずいぶん不機嫌になったわ」

「きみは彼女に話したのか？」

「それからきょうになって、ふたりがうちのショップに来たの。そしてロイスに前言を撤回させたのよ。ロイスはむりやり嘘をつかされたのかもしれないわ」

「よし、わかった」アーソはポケットからメモ帳とペンをとりだし、何やらさらさらと書いた。「ほかに疑わしいと思う人は？」

「あのツアーガイドの、スウージー・スウェンテンも。彼女はエドと組んで仕事をしていたわ。恋愛関係にもあったようだし。エドは離婚して彼女といっしょになるっていいながら、裏切ったんじゃないかしら。それから、ヴィヴィアンもエドとテナント契約でもめていたみたい。ただ、その程度で命までは奪わないわよね。それに契約は、エドが殺されるまえに終了しているの。殺人を犯しても状況は変わらないわ。あとは、ルイージ・ボズートかしら。でも彼は、凶器のチーズナイフを手に入れられないと思うのよね」

アーソは両手を腿にのせ、身をのりだしていった。

「きみはずいぶん、小さな灰色の脳細胞を働かせたんだなあ」

「ばかにしないでよ。で、そちらはどんな情報を手に入れたの？」

アーソは口を引きむすび、メモ帳をぱたんと閉じてポケットにつっこんだ。

「教えてくれないってこと？」

彼は小さく笑い、「今夜はおばあちゃんといっしょにいてくれよ」といった。「手すりは修理してやるからさ。それであした、またすばらしいひらめきが生まれるかもしれない」

わたしは了解してうなずいた。もう疲れていたし、ゆっくり横になりたいと思う。わたしはラグズを抱いて傘をさし、祖母の家に向かった。

おじいちゃん《ペペール》とおばあちゃん《グランメール》は、いやにまめまめしくわたしの世話をしてくれ、これじゃまるで三歳の子どもだわ、と思いつつ、わたしはされるがままになった。

＊

黄色いストライプのカーテンの隙間から朝日が差しこんできて、目が覚めた。祖母がわたしの部屋の模様がえをしてくれたのは、もう何年もまえのことで、色がターコイズブルーから、わたしの好きなキンポウゲの黄色になった。でもいまでもラベンダーが香り、ここにいると安心感で満たされる。わたしは起きあがって背伸びをし、きょう火曜日は長い一日になる、と気持ちをひきしめた。

温かいシャワーを浴びて、ふたごが学校に行くのを見送り、祖父母にじゃあねと声をかけて、肩にのせたラグズとともに自宅に帰る。アーソは手すりをもとの形にもどすと、わたしが張ったグログランのリボンをはずし、代わりに警察の規制テープを渡した。

うちのラグドール種の猫くんはそわそわそわしておちつかず、ごはんをあげてもそっぽを向いて、探偵のごとく家のなかをうろついている。わたしはイングリッシュ・マフィンにトマトのスライス、やわらかくしたコリアーのチェダー・チーズを朝ごはんにして、手早くコーヒーを飲んだ。それからサンゴ色のチノパンと、リブ編みのVネックに着替える。そしてきらきら光るイヤリングをつけ、軽く頰紅をはたき、あわただしくショップへ。

到着してみると、〈フロマジュリー・ベセット〉は大繁盛だった。レベッカはチーズ・カウンターでギフト用のバスケットづくりに専念し、お客さんの注文にはマシューがこたえてくれていた。待っているお客さんは選挙でだれに投票したかをおしゃべりし、わたしの耳に聞こえてくるかぎり、クリスティーンに投票したという人はいない。だれもが祖母の勝利を確信していた。

お店のほうはレベッカとマシューに任せ、わたしは一時間ほどキッチンでキッシュを焼いた。それから事務室でニューズレターの原稿を書き、チーズの業者と農場に今週の納品確認をする。ジョーダンとは電話で短く会話し、それだけで心はほかほか。彼はわたしのパニーニを楽しみにしているといってくれた。そして口にはしないけど、わたしのほうは内心、ほっぺたがおちそうな、彼のキスを楽しみにしている。ただ、彼を心配させたくなかったので、階段の事故のことは話さずにおいた。

午後なかば、レベッカが事務室のドアをノックして入ってきた。ラグズがわたしの膝から飛びおりて、レベッカの足首に頭をこすりつける。レベッカは指をふりふり、「だめですよ、おやつはあげませんからね」といった。でもラグズはうちで朝食を食べていない。まだ侵入者の残り香か何かがあったせいだと思うので、わたしはレベッカに、ここでごはんをやってちょうだいとたのんだ。するとあろうことかレベッカは、ラグズに手でごはんを与えた。気をつけておかないと、ラグズは甘やかされたダメ猫になってしまう。少しでも早くふだんどおりの生活にもどさなくては。

「ゆうべはずっとシャーロットのことが心配でたまりませんでした」と、レベッカ。「《CSI》を見ていたら、毒をもられる話だったんです」

「だれがわたしにそんなことをするのよ」

「《CSI》だと、真犯人をつきとめた人が、その犯人によって毒をもられるんですよ」レベッカはこちらへやってくると、散らかったわたしのデスクの端に腰をのせ、ジェスチャーをまじえながら熱く語った。「それでわたしは考えたんです。もしティアンが、クリスティーンがほかの場所にいることを知ったうえで、エドを殺したとしたらどうでしょう？　あの日は、ティアンの夫が子どもの世話をしていたんですよね？　実際、夫は新装開店の日に姿を見せませんでした。だからティアンが階段に仕掛けをした可能性もありますよ。シャーロットが真犯人をつきとめたと思いこんで」

わたしの容疑者リストにティアンはいなかった。だけど、ひょっとして？

「でもそうすると、グレーテルが丘で見た人はだれなんでしょうね？」レベッカはデスクからおりると部屋を出ていき、答えの出ない疑問だけがとりのこされた。

わたしはドアを閉めに行ってから、またデスクの前にすわった。わたしはうなじに手を当て、前足でわたしのお腹をモミモミする。わたしはうなじに手を当て、天井で回るファンを仰いだ。頭のなかを少し整理してみよう……。グレーテルが丘で見かけたのは、いったいだれなのか？　ティアンでないことは確実だ。彼女は見るからにクリスティーンより太っている。フェリシアは似たような体格だけど、そんな人は町にごまんといるだろう。

ドアがノックされた。

わたしは椅子にすわりなおし、「入っていいわよ、レベッカ」といった。

勢いよく入ってきたのはメレディスで、きょうも髪にはうっすら蜘蛛の巣。

「これを読んでちょうだい！」

彼女は一冊の本をかかげた。

28

またきょうもだわ、とわたしは思った。メレディスはちょくちょくめずらしい本をもってくるのだ。いっしょに楽しんでほしいようで、読書クラブを始めたい、ともよくいう。

「その本は……ん、んっ」わたしは小さく咳払いした。「フェリシアの博物館から借りたもの？」

「ううん。小学校の管理庫を掃除して見つけたの。プロヴィデンス高校の卒業アルバムよ」

「へえ」

「アルバムはたくさんあったわよ、七十年まえのものまでね。いまもプロヴィデンスに住んでいる人たちのおもしろい写真はないかと思って――。ほら、卒業生の人気投票とか、〝ミスター成功しそうな人〟や〝ミスター忍耐強い人〟とか。その写真をビデオでまとめて、資金集めの会で披露してもいいかなって思ったの」

「あ、グッドアイデアね」

「でしょ？　だけど、もともとは歴史的価値が大きいと思ったからよ。ただね、人に見られるのがいやで、寄付金と引き換えに回収する人も出てくるとは思うの」

「ん、どうして?」

「当時は見るからにマヌケ顔だったり、とんでもなくやぼったい人がたくさんいるの」

「それじゃ脅迫だわよ」わたしは笑った。

「だったら訴えればいいんじゃない?」メレディスはウィンクした。「あ、それでね、わたしがここに来たのは……」卒業アルバムのとあるページを開き、デスクに置く。「ほら、見て。たまたま見つけたのよ。この年は、エドとヴィヴィアンが〝ベスト・カップル〟に選ばれてるの」メレディスは口をゆがめた。「でも、悪い冗談としか思えないわ。だって、ヴィヴィアンったら……」

わたしはその写真をのぞきこんだ——ぼてっとした体格のヴィヴィアン、チェックのスカートにセーター、ハイソックス、いやに大きなメガネ。髪にはリボンを飾り、歯列矯正用のブリッジが陽光に光っている。まあ、たしかにダサイ女の子の典型だ。そしていかにも緊張したようすで、エドのとなりに立っている。かたやエドのほうは、亡くなるころはひょろっとして幽霊っぽかったけれど、高校時代はずいぶんハンサムだ。早くも女好きな印象で、頬骨が高く、誘惑的な目つき。これでにっこりほほえまれたら、女の子はころりと参ってしまうだろう。スタジャンでも着れば、ハリウッド映画のうぬぼれの強い青年役にぴったりだ。その後のクリスティーンとの結婚生活が、彼をずいぶん変えてしまったような気がする。

「こんなふうにばかにされて、ヴィヴィアンはどんな気分だったでしょうね」と、メレディスはいった。

わたしは指で写真の縁をなぞりながら、そういえば、とはじめて気づいた。これまでは、ヴィヴィアンとエドがおなじ年齢だなんて考えたこともないのだ。彼女はすらりとして肌もきれいだし、まだ四十代くらいにしか見えない。かたやエドのほうは、とっくに盛りを過ぎた印象だった。それでもむかしは、ふたりはカップル……。どうしてもっとまえに気づかなかったのだろう。ルイージは、自分とエドはチームメイトだった、といった。そしてヴィヴィアンは、高校時代にルイージからデートに誘われているのだ。

「それともだれかにいわれて、わざわざこんなポーズをとったのかしら？」と、メレディス。「立っているようすが……」ぎこちない態度をまねる。「アルバムの製作係がふざけたのかもね。キスさせなかっただけでも、まだましかもしれない」

わたしはこの年齢のころ、はじめてキスをした。相手はいつもわたしの髪を引っぱっては、おまえはブスだブスだという男の子だった。エドとヴィヴィアンの写真に目をもどし、エドも彼女をいじめ、からかっていたのだろうか、と思う。そしてヴィヴィアンのほうは、彼を崇拝していた？　だって写真のなかの彼女は、いつキスされてもいい、という顔で、うっとりとエドを見つめている。ひょっとしてこのあと何十年も、ヴィヴィアンは彼を愛しつづけた、なんてことがあるだろうか？

「子どもって、ときどきろくでもないことを考えるから」メレディスがいった。

わたしはもやもやするものを感じながら、この何日かのヴィヴィアンの発言を思いかえした——エドとクリスティーンはまったくちがうの、結婚したのがまちがいだった、水と油なのよ。ヴィヴィアンは自分とエドのほうが相性がいいと思っていたのだろうか？　彼女はエドに恋いこがれていた？　わたしが彼女にエドとの口論について訊いたとき、彼はわたしの将来についてはひどく意地悪になる、といっていた。あれは自分とエドのふたりの将来のことだった？　エドが離婚弁護士と会ったのを、彼女は知ったのかもしれない。エドは彼女の愛をうけいれるそぶりをしたあげく、土壇場になって彼女のお店の建物を売り、生活の手段を奪った。とどめとなる、残酷な仕打ち。

「ねえ、メレディス、もしも――」

メレディスの携帯電話が鳴った。彼女は、ちょっと待ってねといい、バッグから電話をとりだして応答した。「はい？　あら……たいへんだわ」顔色を変えて電話をきる。「学校からなの。保管庫の配水管が漏れているらしいわ。すぐに帰らなきゃ」

メレディスは卒業アルバムをとろうとし、わたしはその腕をつかんだ。

「悪いんだけど、アルバムは置いていってくれない？　もう少し見たいの」

「いいわよ。ここなら水に濡れずにすむから。ほんとにねえ、つぎからつぎといろんなことがあるわ」メレディスはぶつぶついいながら駆けだしていった。

葡萄の葉の呼び鈴がちりんと鳴って、玄関の扉が閉じた。と、わたしはそこでふとあることを思い出した。

「レベッカ！」

事件が起きたあと、ヴィヴィアンはこの店に来て、独自に調査をしてみろとわたしをけしかけた。クリスティーンはぜがひでも選挙に勝ちたいから、エドを殺してその罪を祖母になすりつけようとしたのではないかと。実際、わたしもその理屈にしがみついたのだけど、いまは漠然と引っかかるものがある……。そうだ、あの日、ヴィヴィアンが開くオークション用に、わたしとボズがチーズを運んだときのこと。

じっくりと、再現してみよう。チーズの勉強をするときのように、頭と心を集中させて――。わたしたちは、チーズを盛った大皿を並べた。そしてナイフはないかとさがし、アンティークの戸棚に置かれた、ヴィヴィアンのホープチェストのなかに見つけた。戸棚には古書その他のめずらしいものも入っていて、「プロヴィデンス高等学校」と印刷された卒業アルバムもあり……どうしてそんなものを、いつまでもそばに置いておくのだろう？　わたしのアルバムは自宅にある。なぜ彼女は、それを仕事場に？　いつでも好きなときにながめたいから？　それに、あのナプキン。ふつうなら忘れてしまうような会話だけれど、わたしがWの手刺繍をほめたら、ヴィヴィアンはいやにうろたえた。そしてWは結婚した後の姓だと、それだけははっきりいった。ただし、その結婚生活は、一年足らずで終わっている。あの話は、ほんとうだろうか？　ひょっとして、エド・ウッドハウス夫人になる日を夢見てつくったものだったりして？　それが理由のひとつで、彼女の結婚は破綻したとか？

「レベッカ！」わたしはもう一度呼んだ。

「すみません」彼女が戸口から顔をのぞかせた。「お客さんがどうしてもモルビエがほしいっていうんですけど、ちょうど切らしてしまって」

「マシューはいないの？」

「ワイナリーの訪問中です」時計に目をやる。「そろそろ帰ってくるころですけど」

わたしはアルバムをわきにはさみ、ラグズの頭をなでてから事務室を出た。

「どうしたんですか？」レベッカがあとを追ってくる。「何か手がかりをつかんだんです

か？」

わたしはバッグから携帯電話をとりだしながら、ざっと説明した。

「ヴィヴィアンはたぶん、お酒を飲んじゃいけない体質なのよ。本人が何度か、限界がある

ってほのめかしたもの。彼女のお店でもそういったし、うちのテイスティング会でもね。そ

のときはたいして気にもとめなかったけど、おそらく、少しのアルコールで衝動や感情を抑

えられなくなるタイプなんだと思う」

レベッカは指を鳴らした。「新装開店の晩、あの人はお酒を飲みすぎたんですね？　エ

ド・ウッドハウスがいろんな人に色目をつかったせいで。それで自己抑制できなくなった」

「ええ、きっとね」

あの日はその後、祖母とクリスティーンがお店から出ていき、ヴィヴィアンはエドのとこ

ろへ行ったのに無視された。彼女はショップの奥でハムとパイナップルのキッシュを食べて

みたけど、それくらいで気持ちをしずめることはできなかった。怒りがおさまらない彼女は

テーブルのナイフをつかみ、彼のあとを追った……。わたしの店で話しているとき、ヴィヴ

ィアンはジョーダンに何といったか――人はときに、尋常ではない状況で、尋常ではないこ

とをするものよ。あのときわたしは、ジョーダンと彼の過去に対する何らかの含みがあると思ったけれど、実際はそうではなく、自分自身のことを指していったのだろう。わたしは玄関へ向かった。

「えっ、どちらへ？」レベッカの声が聞こえた。

「〈ユーロパ・アンティークス＆コレクティブルズ〉よ」

「何考えてるんですか？」レベッカが走ってきた。そしてわたしを追いこしてドアにかんぬきをかけ、サインを「準備中」にしてから、わたしのからだをカウンターのほうへ押していく。「アーソ署長に電話してください」

「裏づけがなくちゃだめよ。またアーソを怒らせたら、おばあちゃんが警察に連れていかれるわ。彼女のお店に行けば、もっと何かわかるかもしれない」

「あの人を追及するわけじゃないんですね？」

「もちろんよ。これで写真をとるだけ」わたしは携帯電話をふった。「あそこでオークションの準備をした日、ヴィヴィアンの事務室はずいぶん散らかっていたわ。町の人があれを見たらびっくりすると思ったくらい。それで、床にクズもあったのよ」

「クズ？」

「パイクラストの残骸よ。エドと何かがあったあと、彼女はハムとパイナップルのキッシュを食べたの。こぼれたクズが服についたんだと思うわ」

玄関をノックする音がした。見ると年配のアニマル・レスキューの人がいろんな大きさの犬たちを連れて外にいる。犬のリードはどれもぴんと張っていた。わたしは「準備中」のサインを指さし、「ごめんなさい、いま緊急事態なの」と、ガラスごしに大きな声でいった。

「時間をおいて、また来てちょうだい」

彼女は寛大で、犬たちに行くよの合図を送り、去っていった。

「服のクズが床に落ちたということですか？」レベッカが訊いた。

「ええ」

「でもそれなら、ヴィヴィアンがここに来て、そのあとお店の事務室に行った、というだけかもしれませんよね？ ルイージが、お店に帰るあの人を見ていることだし」

くやしいけれど、レベッカのいうとおりだった。では――

「彼女が殺害現場から逃げたと仮定しましょう。服に血がついているから、あわててお店にもどり、パニックになって服をぬぎ、クズがこぼれた。ぬいだ服は箪笥に隠す。あの晩、彼女の服はブルーだったでしょ？」

「あの人はいつだってブルーですよ」レベッカは指をたてた。「瞳の色に合うからだって、聞いたことがあります」

「それでね、事務室の開いた引き出しから、青い布がはみでているのを、わたしは見たような気がするの」

「あらっ。でも、あのときどんな服を着ていました？」

「レインコートよね……。彼女は事件現場で、レインコートを着ていたんじゃない？」

「パーティでは着ていませんでしたね」

「ええ」

レベッカは顔をしかめ、首を横にふった。

「だけどグレーテルがあの晩、丘で女の人を見ていますよ。服に関しては、もう手遅れじゃないでしょうか」

うーん。わたしの自信が萎えていく……と、そこでべつの考えがひらめいた。

「服を簞笥にしまえば、引き出しに血の跡が残るんじゃない？」

「《CSI》のチームが誉めてくれますよ！」レベッカはわたしの腕をたたいた。

いいわよ、誉めてなんてもらわなくて！

「アーソ署長に電話しましょう」

「それはレベッカがやって。わたしはヴィヴィアンのお店に行くって伝えてちょうだい」わたしはレベッカの横を通って、入口ドアのかんぬきをはずした。

するとレベッカがまた行く手をふさぎ、わたしの手首をつかんだ。若い女性にしては、いやに力がある。わたしだって、毎日七十五ポンドのチーズ・ホイールをいくつも運んでいるからかなりの力持ちだけど、レベッカの手をふりほどくことはできなかった。

「お願い、行かせて。お店はあなたが見てくれるでしょ？」

「わたしもいっしょに行きます。あなたが襲われるかもしれませんから。あの人は、階段にあんな細工をした人なんですよ」

「あれはわたしに怪我をさせて、動けないようにしたかったのよ。町から逃げだす時間稼ぎだと思うわ。本気でわたしを殺す気なら、とっくにそうしてると思うもの」わたしはそう信じていた。なんといっても、長年の友人なのだ。「どっちみち、彼女はわたしに気づかれると覚悟したはずよ。床にクズが落ちているのを知ったとき、あるいはわたしにお店に帰った時間を訊かれたとき……グレーテルが丘で穴を掘る女性を目撃したと知ったときとかね。だから怪しいのはクリスティーンだっていいつづけたんだわ。さあ、そこをどいて、レベッカ。あなたまで巻きこむわけにはいかないの」

「危険はわたしの本分です」若くてかわいいお嬢さんの顔は、猛牛のようになった。この表情は、あの寡黙な父親から学びとったのだろう。ともかくレベッカは、わたしをひとりではここから出さないと決めているらしい。

　抵抗してもむだかしらね。

　それから何分か後、わたしとレベッカは〈ユーロパ・アンティークス＆コレクティブルズ〉の窓をのぞきこんでいた。

「ヴィヴィアンはどこかしら」わたしは小声でいった。「レジのところにはいないわ」

「お客さんもいませんね。段ボール箱だらけですよ、まるで引っ越し準備のように。もしかして、保管室にいるかもしれませんね」

　絞り染めの服を着た観光客がふたり、〈ミスティック・ムーン〉のウィンドウをながめるのをやめて、うさんくさそうにこちらをふりむいた。

わたしはほほえみ、腕時計をたたいていった。

「きょうはもう閉店したと思っていたけど、ちがったみたいね」ドアの取っ手をまわし、なかに入っていく。うれしいことに、ドアにはちりんちりんと鳴るチャイムがついていなかった。わたしたちの到来を知らせるのは、古い蝶番がたてるきしんだ音だけ。

レベッカがドアを閉め、わたしの背中にどんとぶつかってきた。

「すみません」小声で。「これからどうします？」

「事務室をのぞいてみましょう」

「ヴィヴィアンがいるかもしれませんよ。ドアが少しあいてますから」

「買い物をしにきたっていうわ」店内を見まわしてみる。ふたごの寝室に合うランプをさがしているとか、玄関ホールにテーブルを置きたいとか……。

「古いレジスターがありますよ」と、レベッカ。「あれなら〈フロマジュリー・ベセット〉にぴったりですね」

わたしはレベッカをにらみ、「ほんとに買う気はないわよ」といった。

「わかってます」

骨董品のあいだをぬって、事務室に向かう。そしてふと思いたち、アンティークの戸棚に寄り道。扉をあけて、ヴィヴィアンの思い出の品々を見る。プロヴィデンス高校の卒業アルバムをとりだしてページをめくると、何十人もの生徒の寄せ書きがあった。そして〝ベスト・カップル賞〟のヴィヴィアンとエドの写真――。わたしは思わず目をみはった。左下の隅っこに、なんとか読める程度の小さな文字でこう書かれていたのだ――「きみのために永遠に、そこにいることを約束する。エド」

「どういう意味でしょうね？」レベッカがわたしの肩ごしに見ていった。「〝そこ〟に、何をするためにいるんでしょう？」

「見当もつかないわ」でもいまは、過去の言葉にかかずらってはいられない。卒業アルバムをもとの場所にもどし、わたしは事務室に急ぐと、ドアをそっと押してみた。なかにはだれもいない。床はきれいに掃除され、箪笥の引き出しは閉まっていた。デスクの奥の棚に整然と並ぶティーカップとティーポット。

「そこで見張ってて、レベッカ。ヴィヴィアンが来たら、何か声を出してちょうだい」

「えっ？」

「彼女に質問するのよ、たとえば……さっきのレジについてとか。わたしはこっそり出て、化粧室にいたふりをするから」

レベッカはわたしを指さし、「ずいぶん不道徳ですね」といった。

そんなふうに考えたことはないけれど、たぶん、きっと、そうなのだろう。高校生のときは、夜中の二時に祖父母の家から抜けだしたし、歴史のテストではカンニングをした。それに高く下取りしてもらえるよう、車の走行距離計の数値を減らす方法も知っている。

わたしは忍び足で箪笥まで行き、いちばん上の引き出しをあけた。目にとびこんできたのは、ロイヤルブルーのテーブルクロス。角に吊るされた跡があった。その下をさぐってみる

──。青いドレスはなさそうだ。でも、引き出しの底にパイクラストのクズがあった。警察の科学班なら、これがわたしのつくったパイのものだと証明してくれるだろう。わたしはあのとき、少しぴりっとさせるため、全体に白胡椒をふりかけたのだ。

　パンツのポケットから携帯電話をとりだして開く。カメラ機能を使って、クラストのクズを撮影。この画像をアーソにeメールで送るのだ。そして送信ボタンを押そうとしたそのとき、デスクの向こう、部屋のコーナーに置かれたジム・バッグが目にとまった。少しあいたジッパーから、何かが突き出ている。それは木製の柄《え》だった。その先には、ぎざぎざして光る、歯のようなもの──。あれは、のこぎり。いまも歯の部分に、うちの手すりのおがくずがついているだろうか？

　わたしがバッグに近寄ろうとしたとき、ドアがきしんだ音をたてて開いた。

「レベッカ……」わたしは小声でいった。「ねえ、これをちょっと見てよ」

「あの子は気分がすぐれないみたいよ」

　それは緊張し、ひきつったヴィヴィアンの声だった。

29

わたしはふりむき、思わずあとずさってデスクにぶつかった。ヴィヴィアンの手にはベークライトの肉切り用ナイフが握られている。ただ、ありがたいことに、彼女はプロの殺し屋ではなく、見るからにおどおどしていた。汗がサマードレスの脇を濡らし、額も光っている。とはいえ、目にはえもいわれぬ異様な輝きがあった。それだけでもう、わたしはその場を動けなくなる。彼女はわたしを殺す気だ。

おちつきなさい。わたしは自分にいいきかせたが、心臓はすくみあがり、早く逃げろとわたしをせきたてる。

「レベッカに何をしたの？　ナイフで刺したの？」わたしの場所から見るかぎり、ナイフに血の跡はない。そしてもっと近づいて、それを確認する勇気もなかった。

「倉庫で保管室を整理していたら、音が聞こえたのよ。驚いたわねえ……おたくの店員が、わたしの事務室の前にいるじゃないの。彼女をつかまえて、倉庫に閉じ込めといたわ。心配無用よ。空気はあるから。窒息死はしないでしょう。わたしの持ち物をひっかきまわすやつがいるとわかって、これを――」ナイフをひらひらさせる。「持ったんだけど。侵入者はあなただったのね？」

くやしい。わたしもナイフを持ってくればよかった。ナイフの扱いには自信があるのだ。

「よく音もたてずにレベッカを連れていったわね」

「忍び足よ」はだしの指をわたしに向かってくねらせる。

「彼女はあなたに気づいたら、声をあげたはずだわ」

「ばかな子よね、メールに夢中なんだもの」

アーソに送っていたと思いたい……。

「レベッカに乱暴なことをしたんじゃないでしょうね？」

「息ができない時間はあったでしょう。わたしはトレーニングのおかげで力が強いから」肘を曲げて、力こぶを見せる。「かわいそうなレベッカ。目が覚めたときはどんな気分でしょうね。かび臭い保管室で、さるぐつわをはめられ、縛られているんだもの。あそこにいると、わたしだって閉所恐怖症になりそうなくらいよ」

ヴィヴィアンはわたしに近づいてきた。吐く息にワインのにおいがして、わたしは緊張した。ずっと飲んでいたのだろうか？

わたしは勇気をふりしぼり、「そのナイフをこちらにちょうだい」といって、片手をさしだした。「話しあうほうがよくない？」

ヴィヴィアンは首を横にふる。

「入口には鍵をかけたわ。だれにも邪魔されたくないでしょ？」

うううん、邪魔してもらってかまわない。

「ねえ、そのナイフをちょうだい、ヴィヴィアン、お願いだから」

彼女は刃の輝きを楽しむように、ナイフに目をやった。

「わたしは刑務所なんかに入りたくないのよ」

「そうね、あなたは刑務所には入りたくないのよね」わたしはくりかえした。〝食えないシェフ〟がパリに去ったあと、わたしは彼だけでなく、どんな男性ともうまくいかないのではないかと悩み苦しむのがいやで、セラピストのところに通った。その結果、人生のひとつの転換点として、なんとかうけいれられたのだ。あのとき、セラピストはわたしがいった言葉をくりかえす手法をとり、わたしは自分の話をきちんと聞いてもらえていると感じた。いま、それをヴィヴィアンにしてみようと思う。

「エドがいけないのよ」と、彼女はいった。

「いけないのはエドね。わかるわ」

「彼は約束したの。高校生のとき」

「あなたのために永遠に、そこにいると約束した」

「どうして知っているの？」店内をふりかえり、またわたしに視線をもどす。表情は険しくなっていた。「わたしの日記を見たのね？」

「いいえ、そうじゃないわ」言葉を選ばねば。「まえに話してくれたじゃないの。エドとクリスティーンは水と油だって。だからあなたと彼はそうじゃないんだなって、想像したの。

お似合いのカップルなんだなって」

ヴィヴィアンの目に涙があふれた。

「高校最後の夏は、わたしたち、愛しあっていたのよ」

彼女としては、そういうしかないのだろう。わたしはあの卒業アルバムを見ている。エドは彼女に関心などなかったはずだ。

「彼はわたしに約束したの。カレッジを卒業したら、わたしのところにもどってくるって。なのに卒業して帰ってきたら、よそよそしくなって」

「あなたは人生設計を描いたのよね。彼といっしょの未来を夢みた。だからナプキンにあの刺繍をしたのね」

ヴィヴィアンはうなずき、「彼はだれとでもデートしたわ」といった。「でも、わたしとだけはしなかった。それでも待てばいいんだって、自分にいいきかせた。彼はなかなか結婚しそうになかったし、男の人には遊びも必要でしょ？　そうやって、わたしはひたすら待ったの」

わたしは事務室を見まわし、ヴィヴィアンを拘束できるものをさがした。だけどロープはないし、荷造り用の紐もない。あのジム・バッグののこぎりで身を守ろうか……。だけどジッパーがうまく開かなかったらどうする？　ヴィヴィアンはすぐにナイフをふりかざして襲ってくるだろう。

「そうしたらクリスティーンがあらわれたのね？」わたしは先をうながした。彼女にたっぷり話をさせ、そのあいだに逃亡計画をたてよう。

「うまくいくはずがないのよ！」ヴィヴィアンは金切り声をあげた。「お金持ちのおぼっちゃんとお嬢さんだからって、お似合いだとはかぎらないわ」うちの新装開店の日も、彼女は似たようなことをいっていた。どうしてあのとき気がつかなかったのだろう？「エドはわたしのものよ。彼女が、あの女が……彼を翻弄して……ばかな雌鶏みたいに彼のまわりをうろちょろして……彼はなぜか、それを気に入って」

お店の奥から騒々しい音がした。つづいて大きな悲鳴。レベッカの意識がもどったのだろう。

ヴィヴィアンはにっこりした。「自分で紐をはずしたのね。わたしは結ぶのが得意じゃないから。でもべつにかまわないわ。外には出てこられないから。ドアには鍵をかけたし、携帯電話はとりあげて、メールも削除したしね。いまはわたしのバッグのなかにあるわよ、ご心配なら」

べつに心配じゃないわ。それどころじゃないもの。わたしはナイフをふりおとせる道具をさがした。ものを投げつけるのは、わたしにはむりだ。まともに命中するはずがないから。陶器のティーカップで殴りかかったところで、ナイフを落とすことはできないだろう。

「エドはすぐに後悔したわ」ヴィヴィアンは首をかしげた。「クリスティーンとの結婚はまちがいだったって、うちあけたのよ。そして子どもをつくったことは、もっと大きな後悔だって」

かわいそうなウィラミーナ。母親は身勝手で、父親は愛情を与えてくれず——。「エドはわたしに何でも話してくれたわ」

「エドとわたしは友だちだったのよ。わかる?」と、ヴィヴィアン。

でも愛の言葉だけは、ささやいてくれなかったのね?

わざわざそれを口にはしなかった。そこまでわたしはばかじゃない。

「だけどエドは、クリスティーンが周囲にいばりちらすのを気に入っていたわ。彼は権力を愛していたの。力をもつのが生きがいだった。そうすることで、自分は大物だって思えたんでしょう」ヴィヴィアンはくちびるをなめた。

「ねえ、水を飲みたくない?」わたしはいってみた。デスクの上に水のピッチャーと空のグラスがあるのだ。わたしの手のとどかないところに……。水を浴びせることで、彼女が《オズの魔法使い》の意地悪な魔女のごとく溶けてしまうとは思わないけど、あわてさせるくらいならできるだろう。

「だめ!」ヴィヴィアンは一歩わたしに近づいた。

レベッカのわめき声、ドアをたたく音が聞こえる。こんなにうるさいのに、どうしてとなりの〈ミスティック・ムーン〉のオーナーは苦情をいいに来ないのだろう? そうか、きょうは町長選挙の投票日。彼女もきっと投票に出かけているのだ。

「大学時代の彼は、そうじゃなかった」ヴィヴィアンは独り言のように語っている。「彼は大きな池の、ちっぽけな魚だった。でもプロヴィデンスに帰ってきて、クリスティーンを連れて歩けば、キャンパスじゅうで大物扱いしてもらえた。そして彼女に飽きはじめて、ふらふら女遊びをするようになった」

「でもヴィヴィアンとは浮気をしなかった……。どうしてかしら？」

彼女はわたしを、コンクリートにさえ穴をあけられそうな目つきで見た。

「エドはね、わたしをたいせつに思っているから、浮気相手にはできないっていったわ。もちろん、そんなのは嘘よ。わたしは浮気相手でもよかったもの。だけど彼はそれを知っていながら、わたしを拒否した……。眠れなかったわ。彼のことを考えるとき、横にはいつもわたし以外の人がいるの。わたしは傷ついて、傷ついて、息もできなくて。あなたのお店の新装開店の夜、わたし――」

レベッカがドアをたたく音がやんだ。疲れはてたのか、それともあきらめたのか。どちらにしろ、レベッカを責めることはできない。二十二歳のわたしだったら、きっとうずくまってしくしく泣いていただろう。

「あの晩は、ワインを飲みすぎたわ」と、ヴィヴィアンはいった。

「お酒に手を出しちゃいけないんでしょ？」

「きょうはまだ一杯だけよ」

一杯でもだめなの、人をナイフで傷つけたくなければ。

「どうして昼間から飲んでいるの？」

「生きがいがなくなったから」

「あの晩、あなたは彼を殺して――」

「エドったら。ほんとに、あの人ときたら……」全身からわきあがる怒りの波をこらえるかのように、くちびるを嚙みしめる。「女とみれば色目を使っていたわ。それも中世の騎士きどりで格好をつけてね」

騎士という言葉に、あることがひらめいた。右側に床置きの電気スタンドがある。あれなら槍のように使えるかもしれない。

わたしはじりっ、とそちらに寄った。「それでうちのチーズナイフをつかんだのね？」

「服の袖に入れて、隠したわ」

「それからあなたはエドを追って外に出た」

「彼に向かって叫んだの。でも、なんて叫んだかは覚えていない。彼は両手でわたしの肩をつかんで揺すったわ……おまえの店を売ってやる、おまえは町を出ていけ……。ひどい、ひどい人だと思った」

「ええ、ほんとにひどい人ね」

「やめて！」

「え？」

「取り消してよ！」

「でも、あなたはさっき……」

「彼はひどい人じゃないわ！」

ヴィヴィアンはナイフをつきだし、わたしに向かってきた。でもつま先が絨緞につっかかり、小さくよろめく。

わたしは身をかわし、電気スタンドに駆けよると、笠をはたき落として支柱《スタンド》をつかんだ。そしてヴィヴィアンのナイフをたたきおとす。ヴィヴィアンはスタンドをつかもうとするができない。わたしはスタンドを、大きくふりかぶった。

ヴィヴィアンは両腕で身を守ろうとする。

わたしは上げたスタンドを空中で止めた――「うちの手すりに細工をしたでしょ。あなたはわたしだけでなく、家族全員を危険にさらしたのよ」

「そんなつもりはなかったわ……あなたを傷つけることはできなかった……お願い、やめて」ヴィヴィアンは床にくずおれ、うなだれた。「エドが死んだ夜、わたしは夢を見たの」つぶやくようにヴィヴィアンはいった。「わたしは産着を着た小さな死体を抱きしめていた。その死体はエドなの。彼はあやまったわ。この建物を売ったこと。わたしのプライドをずたずたにしたこと。わたしは彼が出会ったなかで最高の女だっていった。わたしは彼を信じたわ。でも、遅すぎた。遅すぎたのよ……」嗚咽がもれる。「あなたを傷つけるつもりなんかなかったのよ、シャーロット。おばあちゃんを巻きこむつもりもなかったのに……」

わたしは彼女を信じた。

傷つき苦しむ友人を見ていられず、わたしはナイフのことも忘れてスタンドを横に置き、ヴィヴィアンのそばにひざまずいた。そっと、彼女の肩を抱く。

「クリスティーンが疑われると思ったの」小さな声で彼女はいった。「ごめんなさい、ほんとにごめんなさい……」

レベッカが部屋に飛びこんできた。蠟燭立てをかかげ、金切り声をあげる。と、急ブレーキをかけて止まり、わたしを、それからヴィヴィアンを見て、またわたしを見た。そしてふりあげた武器をおろしていった。

「何事もなく終わったようですね」

終わったかどうかはさておき、もうヴィヴィアンが危険なことをするとは思えなかった。彼女はわたしの腕に顔をうずめ、わたしのブラウスの袖が涙で濡れる。

「よく外に出られたわね」わたしはレベッカにいった。

「誉めてください」レベッカはほほえんだ。「〝チーズ屋さんの古い冷蔵庫〟テクニックを使ったんです。アンティークのテーブルに乗って、ドア・ノブめがけて飛び降りたら、ノブが壊れました。そこを、これで外に押したんです」蠟燭立てをかかげる。「このやり方は――」

「《CSI》で見たんでしょ」

「いえ、《私立探偵マグナム》です」

要するに、テレビも役に立つことがあるということ……かしら？

「アーソ署長に電話をしましょう」

30

アーソが〈ユーロパ・アンティークス&コレクティブルズ〉に駆けつけてきた。手には銃をもち、おそろしい形相。若い長身の副署長が、そのうしろにいた。

「銃はしまってちょうだい」わたしはそういって、事務室に案内した。

アーソは副署長をその場に残し、わたしとふたりで事務室の戸口に立った。

レベッカがヴィヴィアンのそばについている。ヴィヴィアンは床にすわったまま、スカートの縁に指をはわせながら、プロヴィデンス高校の応援歌をハミングしていた。

わたしは静かに、いっさいをアーソに語った。殺害の動機、ヴィヴィアンの告白、証拠となるもの——クラストのクズ、ジム・バッグののこぎりとおがくず、古いアルバムとエドの愛の言葉、ナプキンの刺繡、事件現場でヴィヴィアンがレインコートを着ていたこと。血のついたドレスは簞笥にしまわれ、そのあと移されたと思われることも話した。

「いったいどういうつもりだ?」と、アーソはいった。「勝手なことはしないようにいったはずだ」首すじをこする。「まったく、自分ばかりかレベッカまで危険な目にあわせたんだ」

彼のいうとおりで、わたしも猛省中だ。でも、これには祖母の自由が、そして名誉がかかっていた。

「祖母に話さなきゃ」

「おれが許可を出すまではだめだ」

「でも――」

「だめといったら、だめだ」頑固なアーソに二言はない。「それにしても、どうしてヴィヴィアンはきみのおばあちゃんに罪をきせようとしたんだ？」

「祖母じゃなくて、クリスティーンのほうよ。ヴィヴィアンは彼女を憎みぬいて、エドは約束を守ってくれると信じていた。それが彼女の夢だったの」

アーソはうなずくと事務室に入り、ヴィヴィアンのそばにしゃがんだ。ヴィヴィアンはまだハミングしている。アーソは静かに、ゆっくりと、彼女の権利について伝えた。

「わかりますか、ウィリアムズさん？」

ヴィヴィアンはわたしに目を向けた。おだやかで、おちついた表情だった。

「ねえ、シャーロット、いちばんたいせつな証拠をまだ見つけてないでしょ？　どこにあるか知りたい？」

「あなたのドレスね？」

ヴィヴィアンはうなずき、「シートにくるんで埋めたの」といった。

「その場所をアーソ署長に教えてくれる？」わたしの胸は、悲しみでつぶれそうになった。

ヴィヴィアンが片手をさしだす。アーソは紳士《ジェントルマン》のようにヴィヴィアンを立たせ、ふたりはゆっくりと外に出ていった。そのうしろを、副署長がついていく。

＊

わたしとレベッカは〈フロマジュリー・ベセット〉に帰った。アーソの許可が出るまで、事件については口外できない。それから二時間ほどかけて、ショップの棚を端からすべてきれいに拭いて、キッシュを四つほど焼き、冷蔵庫の品物を整理した。きょうは投票日だったので、いつもの二倍のお客さんがあった。それぞれだれに投票したかを教えてくれ、大半は祖母を支持してくれた。もちろん、だからといって安心はできない。人はなんであれ、本心とはちがうことをいえるものだから。

その後、アーソの到着を知らせる呼び鈴が鳴ったときは、ほんとうにうれしかった。あらわれたアーソは見るからに疲れ、顔も制服も埃っぽい。

「彼女の服を掘りだしたが、牧師夫人が思っていた場所とはぜんぜんちがったよ」首を横にふる。「かんべんしてほしいな」

「でも彼女は善意の人よ」わたしはカウンターのなかに入ると、サワー種のパンにアプリコット・ジャムをたっぷりぬって、そこにシェヴレをのせた。この山羊乳チーズは、アーソのお母さんのツー・プラグ・ニッケルズ牧場の手づくり品だ。「さあ、食べて。元気が出るから。ねえ、レベッカ、署長さんにオレンジーナを一本さしあげて」アーソはこれがお好みなのだ。いちばん好きなのはワインだけれど、勤務中にピノ・グリージョを飲むわけにはいかない。

彼はがぶっとひとかじりで、パンの半分を口に入れ、満ちたりた顔をした。

「うまいな。おふくろにも、ジャムをつけろといっとくよ」

「それくらいはもう知ってるはずよ」

「そうかな」残り半分をあっという間に平らげ、オレンジーナをごくごく飲んで、瓶をカウンターに置く。

レベッカがカウンターの上を片づけて、アーソにナプキンを渡し、「ヴィヴィアンのようすはどうですか？」と訊いた。

「拘置所に入ってもらったよ」

「判事は寛大な目で見てくれるかしら？」プロヴィデンスに判事はひとりしかいない。女性でキャリアは長いけれど、殺人事件の経験はないから、どんな対応をとるのかは予想がつかなかった。「心神喪失を受け入れてくれそう？」

「それはわからないよ。おれからとりあえず精神鑑定をたのんだけどね」

「あれはお芝居ではないと思いますよ」と、レベッカ。

わたしはほほえんだ。レベッカは熟練の探偵ばかりか、お医者さまの目ももっているらしい。

「うちの弁護士さんにヴィヴィアンの弁護をたのんでも問題ないのよね？」

アーソはこっくりとうなずき、「心のどこかがくずれたにせよ、確実に有罪で、服役することになるだろうけどね」といった。ナプキンをゴミ箱に投げ入れる。「つまりそういうわけで、きみのおばあちゃんの嫌疑は晴れたよ」

「じゃあ、すぐに伝えるわ」わたしが玄関に急ぐと、アーソが立ちはだかった。

「そんなにあせるな。これはおれの仕事の大事な部分でね。きみはおれが話すまで口外してはいけない。もしそんなことをすれば、きみとミス・ズークが――」こほんと、から咳をひとつ。「きみとレベッカが何をしたかをおばあちゃんに話すぞ。わかったね？」

「ええ、わかったわ」

「はい、わかりました！」レベッカがエプロンをはぎとり、わたしにもエプロンをとって自分に渡せと手をふった。

わたしはすなおに従い、玄関のサインを〝準備中〟にすると、アーソのあとについていった。

通りを行く人たちが、市民軍に参加するように、わたしたちについてくる。手錠をかけられたヴィヴィアンがアーソといっしょにお店から出てくるのを見た人たちが、状況を察して噂を広めたのだろう。

ルイージが行列の先頭にいるわたしのところまで走ってきた。

「どうしたんだ？　ヴィヴィアンに何があった？」

ルイージは、愛する女性がいまどのような状態に置かれているかをある程度は察しているようだった。そんな彼の表情に、わたしは胸が痛んだ。でもアーソから釘を刺されているので、「ごめんなさい、まだ何も話せないの」としかいえない。

ルイージは険しい顔つきのまま、行列についてきた。

ブロックを過ぎるごとに新しい憶測が加わって、行列の声は大きくなっていく。とはいえ、祖母の家の前に到着すると、人びとは噂話をやめ、ひたすら「バーナデット！　バーナデット！」とさけんだ。

アーソが門を開いて庭に入り、レベッカとわたしがつづく。行列は静まりかえり、真実が告げられるのを息を詰めて待った。

祖母が玄関から出てきて、ポーチで立ち止まった。赤いシルクのスカートがそよ風になびく。祖母は首をかたむけた――聞こえてもいない朝のヒバリの歌声を聞くように。

わたしは祖母と目をあわせようとした。どうか慎重にしてほしいと伝えたかったのだけれど、祖母はアーソしか見ていない。

そして「エティエン！」と祖父を呼ぶと、両腕をさしだした。手錠をかけられるのを覚悟したように、手首を合わせる。

祖父が玄関から飛びだしてきた。エプロンをつけ、片手にはスパチュラ、もう片手にはマスカルポーネとチョコチップのクッキーをのせたトレイ。そのおいしそうな香りが、わたしの記憶を刺激した……。両親が亡くなった日。小学校に入った最初の日。生まれてはじめて出演した舞台。

祖父は両手をさしだした妻を見つめ、それからアーソをふりむき、顔色を変えた。アーソがどんな恐ろしい顔をしているのかは想像するしかないけれど、まったくもう、できることなら殴ってやりたい。ベーキングシートから発散される熱など無視して、祖父はクッキーのトレイとスパチュラをポーチのテーブルに置くと、祖母のからだに腕をまわした。

アーソが階段の下まで行って、立ち止まる。

「バーナデット・ベセットさん、どうか、ここまで来てください」

祖母は階段をおりると、アーソを見あげた。顔が太陽の光をうけて輝く。祖母はわたしをふりむき、「ごめんなさいね」といった。

「いやだ、そうじゃないのよ……」わたしはつぶやいた。でもアーソににらまれて、口を閉じる。

「バーナデット・ベセットさん、あなたは正式に――」アーソは大きく息を吸った。効果をねらって、わざと間をつくっているのだろう。つぎの劇団の公演には彼も出演させるよう、祖母にいってみようかな。アーソはどうしようもない、演技過剰の大根役者だ。「正式に、在宅拘禁を解かれました。あなたの容疑は晴れたのです」

あたりがしん、と静まりかえった。そして祖母が、一気に静寂を破る歓声をあげ、祖父に抱きついた。わたしとレベッカが駆けより、みんなで抱きあい、喜びあう。見物人は拍手喝采を送ってくれた。

大騒ぎのなか、わたしはヴィヴィアンの告白を手短に伝えた。レベッカとふたりで証拠さがしの冒険をしたことは隠しておく。取り決めどおり、アーソも黙っていてくれた。

「かわいそうな人……」祖母がつぶやく。「おばあちゃん《グランメール》をこんな目にあわせてすまないといっていたわ」

「それで彼女はどうなるの？」

「精神鑑定をうけるみたい」

「ときには、ここが――」祖母は胸に手を当てた。「思いもかけないことをさせるのね」

視界の隅に、隣家のジャッキー・ピーターソンが見えた。玄関ポーチで、白い籐椅子に腰かけている。わたしの視線に気づき、片手をあげた。

「ちょっとあっちに行ってくるわね」わたしは祖母にいった。「愛しているわ。ハッピーエンドでほんとによかった」

祖母はわたしに向かって指をふり、「帰ってきたら、おまえがこの事件でしたことをきちんと話しなさいよ」と念押しした。

わたしは隠し事が苦手だし、祖母のほうはわたしに関してひどく勘がいい。わたしはほほえみ、「わかった、約束する」とこたえた。

庭を横切って、隣の家へ。町の人びとが祖母にお祝いの言葉をかけにいき、選挙の話をして、祖母の勝利は確実だといっている。わたしが玄関ポーチに向かうと、ジャッキーは雑誌を籐のテーブルに置いた。

「何を読んでいたの？」

「『ヴィクトリアン・ハウス』よ。この家のことを少し勉強しようと思って。内部がちょっと古くなってるの。これでも手先の仕事は得意なのよ。ジョーダンから、あなたも家を修理したって聞いたわ。何かアイデアがあったら、ぜひ教えてちょうだい」

どうしてジョーダンは、わたしが修理したのを知っているのだろう？　うちには一度も来たことがないのに……。そうか、ナカムラさんが話したのかもしれない。あのときはちょっとした修繕でも、ナカムラさんの経験に頼りっぱなしだったから。と思い出して、胸がきゅんとした。内装では、ヴィヴィアンにも相談にのってもらったのだ。

わたしは静かに深呼吸して、ジョーダンはどこにいるのと訊いた。

「農場で仕事よ。どうして？」

「彼にもいい知らせを伝えたくて」わたしは祖母の容疑が晴れたことを簡単に話した。

「だからあんなに人が大勢来ているのね」ジャッキーはそういうと腕時計に目をやった。「じきにもうひとつ、いいニュースがとどくんじゃない？　あと二分で投票が締め切られるわ」

「ええ、そうね」

プロヴィデンスは農業地域なので、地方選挙の場合、投票時間は午前五時から午後五時までとなっている。

「噂では、あなたのおばあちゃんの勝利よ」

どうか、噂が真実になってくれますように。

「お家にもどったほうが、いっしょにお祝いできていいんじゃない？」

わたしはうなずき、じゃあまたね、と帰りかけた。するとジャッキーが、「シャーロット！」と、呼びとめた。わたしがふりかえると、「わたしね、ティムのパブを辞めたの」という。

「あら、それは残念だわ」

「わたしにはウェイトレスの適性がないのよ」長い黒髪をいじる。「わたしは少し自由すぎるみたいなの。この意味、わかるかしら？」

わからなかった。でもあと何カ月かすれば、わかってくるだろう。ジョーダンとデートをするようになれば、きっと。

「陶芸のお店をオープンしようかなって考えているの。子どもやお母さんたちが、お誕生日のパーティとかそういう機会に来て、自分の好きな絵付けができるような場所よ」

「それはいいわね。町にはひとつもないし、観光客も手づくり品が好きだから。これからたぶん、レンタル・スペースも増えると思うわ」どうか、うちのお店がそのひとつになりませんように。

「それに」と、ジャッキー。「このあたりでどんな遊びができるかも教えてほしいわ」

わたしは自分の好みでこたえた——ボート漕ぎ、散歩道、タイヤチューブ・ラフティング、農場ツアーなどなど。わたしだって、いますぐにでも出かけて遊びたいけれど、そのまえに〈フロマジュリー・ベセット〉の経営を軌道に乗せ、オーナーとしてのプレッシャーを軽くしたい。

「女性向きの遊びはない？」

「あら、それならヨガとか、裁縫教室、キャンドルづくりに……メレディスが読書会を立ちあげるかもしれないわ。それからうちの〈フロマジュリー・ベセット〉も、チーズとワインのペアリングを勉強する教室を開く予定なの」

「ほかには？」

うーん。もしかしてジャッキーは、わたしたちのパブの集まりに誘ってほしいのかしら？　このまえの晩はあまり楽しめなかったし、少なくともわたしはビールをこぼされた。でもデリラやフレックルズ、レベッカはわたしをだしにして大笑いをしたっけ。新しい土地で友人を求めている女性にとって、笑い声は魅力的だろう。

「よかったら、わたしたちがパブで集まるときに来てちょうだい」

「あら、ありがとう」

「ちなみに、この会には伝統があってね」わたしは嘘をついた。でも、べつにたいしたことではない。「はじめて参加する人は、集中攻撃をうけるの」

ジャッキーはにっこりした。その目には、ジョーダンとおなじ鋭い光がある。

「わかったわ」彼女はうなずき、「わたしも加えてちょうだい」といった。

祖母の家から、さっきの二倍はあろうかという大きな歓声があがった。

「当選したんじゃない？」と、ジャッキー。「どうか、おめでとうと伝えてください」

わたしが走って家に帰ると、祖母と祖父がほかの人たちと円をつくってダンスをしていた。

「公式結果だよ」祖父がいった。「おまえの前にいるのは、四期連続で選ばれたプロヴィデンスの町長だ」

わたしは祖母の頰にキスをした。

マシューのジープが停止し、なかからメレディスとふたごが飛びだしてきた。旗をふりふり駆けてくる。

「ラジオで聞いたよ」と、マシュー。

「有権者に乾杯！」と、メレディス。

エイミーとクレアが祖母に抱きつき、祖母はまた新しい涙を流した。

「この調子で《ヘアスプレー》も順調にいくといいわね」わたしがからかうと、祖母はこういった。

「おまえ《シェリ》、なんてことを……。最高の出来になるのは、当たり前のことじゃないの」

31

お祝いの夕飯は、じつにすばらしかった。勝利を願って、祖父がみごとなアメリカ式料理を準備していてくれたのだ——アペタイザーはチーズと木の実とフルーツ、そしてフライドチキン、溶かしたタレッジョを使ったクリーミーなポレンタ、付け合わせはぱりぱりに揚げたバジルだ。そしてデザートはニューヨーク・スタイルのチーズケーキで、キャラメル・クリームがとろりとかかり、ハーシーのダークチョコを砕いたものがふりかけられている。どれもマシューが選んだワインつきだ。

自宅にもどったとき、わたしはしあわせで、くつろいで、これ以上ないほどお腹がいっぱいだった。きのうの階段の恐怖など、どこかへ消えている。手すりはアーソが修理してくれたし、ヴィヴィアンは拘置所だ。わたしやわたしの家族をねらう人間など、もうひとりもいない。

スクープをほしがる新聞記者のように、ラグズがわたしにまとわりつき、わたしはキッチンのドアを閉めると、「ええ、ええ、おばあちゃんが当選したわよ」と、教えてやった。「こんど会ったら、鼻をこすりつけてお祝いしてあげてね」

玄関のチャイムが鳴った。

「エイミー！　クレア！　どっちか出てくれない？」

ふたごはわたしにいわれ、しぶしぶ二階で寝る準備をしているはずだった。興奮つづきの一日で、ふたりはいまもまだ神経が高ぶっていた。

またチャイムが鳴った。

「どうしたの？」娘たちの返事はない。マシューはメレディスを家まで送っていった。

わたしはラグズの頭に鼻先をこすりつけ、玄関に向かった。ポーチの照明のスイッチを入れ、ドアの右手にあるカットガラスの窓からのぞく。そこにいたのは、クリスティーン・ウッドハウスだった。隣には娘のウィラミーナ。母子ともに愛国心いっぱいの服装で、手をつないでいた。ウィラミーナは頭上の照明を調べてでもいるように顔をあげ、クリスティーンは無表情でドアを見つめている。

わたしは大きなため息をついた。どうしていまなの？　わたしはからだから緊張をふりはらい、ドアを勢いよくあけた。

「こんな時間に何か？」

「なかに入ってもいいかしら？」いつものクリスティーンらしく、相手の気持ちなどおかまいなしだ。ウィラミーナの手をひっぱって、わたしを押しのけるようにして入ってくる。

ふたごが二階の廊下に出てきて、手すりからこちらをのぞいていた。

「いったい何の御用です？」わたしは険しい口調でいった。

クリスティーンは娘に目をやる。

わたしはあえて長いため息をつくと、「エイミー、クレア」と呼びかけた。「ウィラミーナを書斎に案内して、お父さんが撮った木の写真でも見せてあげて」

まだ寝たくなかったふたごは小走りで階段をおりてくると、それぞれウィラミーナの手を握った。そのようすは、まるで新しい親友ができたみたいだ。「さ、行こ！」三人は書斎に入り、ドアが閉まった。明るく元気にしゃべる声が、どんどん大きくなっていく。

「静かにしなさい！」わたしは一喝。

声がくすくす笑いに変わった。

クリスティーンの口元もほころぶ。そしてようやくこういった。

「今夜はあやまりに来たのよ」

「何の件で？」

「あなたのおばあさまを疑ったこと、思いつくまま中傷したこと、それから……」両手を広げる。「すべての件で。わたしはいやな女だったわ。いろんなことが、わたしの見えないところで進行していて……」両手をおろす。「エドにはずいぶん悩まされたの」

「彼はほかの人たちも悩ませたわ」

クリスティーンの顔がゆがんだ。「おばあさまに、当選おめでとうと伝えてちょうだい」

「直接本人にいったら？」

「ええ、そうね。そうするわ。もう時間が遅いから……」きゅっとくちびるを結ぶ。

「どうしたの？」

「〈フロマジュリー・ベセット〉はいいお店になったわね。建物の売買では申しわけないことをしたわ」

「ええ、とても残念だった」こういえば、彼女は満足するだろうか？

「ウィラミーナ！」クリスティーンは感情のない声で呼んだ。「帰りますよ！」

「えーっ」部屋のなかからウィラミーナの声がした。

「さあ、早くいらっしゃい」

ウィラミーナはいやいや階段をおり、ふたごもそのうしろについてくる。

「じゃあ、またあした学校でね」エイミーの言葉にウィラミーナの顔が輝いた。

わたしはにっこり。子どもって、いいわね。あっという間に仲直りができる。わたしはクリスティーンを見やり、自分ももっとやさしくならなくちゃと思った。ともかく彼女は、わざわざここまであやまりに来たのだから。

「またお店に来てちょうだい。新作のチーズを紹介するわ」

わたしはそれを別れの言葉とし、ドアを閉めた。ポーチの照明を切って、両手をたたく。

「はい、お嬢さんたち、二階へ行って寝なさい。お父さんが帰ってきたときにまだ起きていたら、わたしが叱られるから」

ふたりはくすくす笑いながら階段をあがり、部屋に入った。わたしはキッチンにもどって電気を消す。と、またチャイムが鳴った。クリスティーンが何かいい忘れたのかしら？　わたしは玄関に行くと、ポーチの照明をつけ、カットガラスの窓から外をのぞいた。ジョーダン・ペイスがわたしを見返し、にこっとほほえむ。瞳がきらきら輝いていた。

わたしはホールにある鏡まで走っていった。目、鼻、口が、あるべき場所にちゃんとあるかをチェック。もしなくても、一瞬で整形してやる気分だった。髪を手ぐしでととのえる。そして玄関にもどり、ドアをあけた。

「デートには少し早くない？」

ジョーダンはわたしの頰にキス。そしてジーンズのベルトループに指をかけた。わたしの胸と首が、じわじわっと熱くなる。

「ずっといいたくて、いえないことがあったものだから」

わたしをたまらなく愛している――とか？　ばかもの、と自分をたしなめる。ここは童話の世界じゃないのよ。

「きみの団子鼻はかわいいね、なんていってくれるのかしら？」

「きみの店が入っている建物を買ったんだよ」

「は？」声が一オクターブあがった。かわいい子ぶるのはこれくらいにしておこう。「オクタヴィアから聞いたプロヴィデンス・クリエイティヴ・アーツ社っていうのは、あなただったの？」

「そう。正確にはプロヴィデンス・アーツ＆クリエイティヴ・エンタープライズだけどね」

言葉が出なかった。社名の頭文字をとったらＰＡＣＥ、彼の苗字ペイスになる。完全な不意打ちだった。にっこりほほえもうとがんばってみる。頭をハムスターの回し車のようにくるくる回して前向きな台詞をさがすのだけど……見つからなかった。

ジョーダンは背筋をのばし、両手を広げた。

「クリスティーン・ウッドハウスがきみには売らないだろうと判断して、ぼくらが買うことにしたんだ。町のことを何も考えない大手の開発業者が、きみの店を追いだしたらいやだからね。コロンバスやクリーヴランドの業者だとその可能性がある」

「それで……わたしに売ってくれるの？」

「いや、それはできない」

「どうして？」といったところで、わたしは気づいた。彼は〝ぼくら〟といったのだ。「共同経営者がいるのね？」

「うん、ジャッキーなんだよ。妹にはあの建物がどうしても必要なんだ」

「わたしもそうよ」不快な言い方はしたくなかった。でもマシューとわたしは自分たちらしいお店にしようと、時間を惜しんで働いてきたのだ。祖父母もチーズ・ショップに心血を注いだ。建物ごと所有できれば、いろんな意味でお店の未来は明るくなるだろう。

「ジャッキーは金を隠さなくちゃいけなくてね」

「隠す？」

「あの子の財産は、表向きはすべて会社の所有なんだ」くちびるをなめる。「ジャッキーの夫が、困ったやつでね」

オクタヴィアの想像は当たっていたらしい。

「あの子はありったけの金をもって逃げてきたんだ。そして名前を変えて――」

「苗字はピーターソンじゃないの？」

「ああ」

「でも、その人はあなたを手がかりにして彼女を追ってこない？」口にしたとたん、わたしは自分でその答えを見つけた。「そうか、それはできないのね。ペイスというのも本名じゃないんでしょ？」

ジョーダンはうすい笑みをうかべ、首をすくめた。

「あの子のために、しばらくまえからこの名前でやってるんだ。あちこち引っ越してね」

「わかったわ」とは、口だけだった。ほんとうは、ぜんぜんわかっていない。「あなたはマフィアなの？」

「そんなんじゃないよ」

「じゃあ警察関係？」

これには無言。

「わたしには話してくれないのね？　どうしてここに引っ越してきたか。なぜチーズづくりをしているのか。チーズのことをどこで学んだのか。それを話したら、ジャッキーの夫の手がかりになってしまうのかしら？　あなたはそう考えたってこと？」

ジョーダンは声をたてて笑った。わたしの大好きな、ハスキーでステキな笑い声。

もちろん、訊くまでもなく、彼はそう考えたのだろう。
しばらく沈黙があってから、彼はこういった。
「これでもまだデートしてくれるかな?」
彼は人差し指でわたしの頬をなで、わたしは震えた。もちろん、心地のよい震え。
「答えはイエスよ」そういってから、わたしはレベッカの言葉を思い出した。
危険は彼女だけでなく、わたしの本分でもあるらしい——。

【作り方】

1. パイ・シェルに白胡椒をふりかける。
2. そこにハムを盛り、その上にパイナップルを置いて、ブラウンシュガーをふりかける。
3. ミルクとクリーム、卵を混ぜて、パイ・シェルに流しこむ。
4. 3にチーズを散らし、シナモンをふる。
5. 190℃で35分焼く。きつね色になれば出来上がり。すぐにいただく。

ハムとパイナップルのキッシュ

【材料】

パイ・シェル(家庭で焼いたもの、または冷凍)…… 1つ

白胡椒 …… 少々

薄切りハム* …… 4枚(粗く刻む)

生のパイナップルのスライス …… 2枚(さいの目切り)

ブラウンシュガー …… 大さじ1

ミルク …… 60cc

サワークリーム …… 60グラム

ライトまたはホイッピング・クリーム …… 60グラム

卵 …… 2個

ジャック・チーズ
(エダム/チェダー/モンテレー)…… 60グラム(刻んだもの)

シナモン …… 少量

*シャーロットはアップルゲート農場の
ブラック・フォレスト・ハムを使用

【作り方】

1. ソースパン(6リットル)で、大さじ1のバターをあたためる。
2. ベルギー・エシャロットとたまねぎを加え、しんなりするまで炒める(約3分)。
3. 米を加え、30秒ほど混ぜる。
4. ワインを加え、ジュージュー音をたてるまで混ぜる。
5. スープストック1カップを加える。
6. 沸騰したらすぐに火を弱め、ぐつぐつ煮る。
7. 米がスープを吸いきったら、もう1カップ加える。
8. おなじことを繰り返して、スープ全量を米に吸わせる(約10分)。必要に応じて水を加え(最大½カップ)、焦げつかないようにする。
9. ほうれん草、チャイブ(仕上げのために少し残しておく)、サーモンを加える。
10. 3～4分、混ぜる。
11. 火からおろし、チーズと残りのバターを加える。
12. あたためた皿に盛り、チャイブを散らす。
13. すぐにいただく。

スモークサーモンとマスカルポーネのリゾット

【材料】

無塩バター …… 大さじ2
ベルギー・エシャロット(中) …… 1個(みじん切り)
黄たまねぎ …… ¼カップ(みじん切り)
アルボリオ米 …… 1½カップ
白ワイン(ドライ) …… 1カップ
チキンのスープストック …… 2 ¾カップ
ほうれん草 …… 1½カップ(千切り)
チャイブ …… ¼カップ(みじん切り)
スモークサーモン …… 100グラム強(ひと口大)
マスカルポーネ・チーズ …… 1カップ
塩・胡椒 …… 適量

ピーナツバターとリンゴのサンドイッチ

【材料】

お好みのパン …… 2枚
ピーナツバター …… 大さじ2
レーズン …… 10～20粒
チェダー・チーズ(シャープ)またはエダム・チーズ*1 …… 2枚
お好みのリンゴのスライス*2 …… 2枚

＊1 シャーロットはミシシッピ産のエダムを使用
＊2 シャーロットはピピン種を皮つきのまま使う

【作り方】

1. ピーナツバターをパン1枚にぬる。
2. レーズンを散らす。
3. リンゴとチーズを交互に重ねる。
4. もう1枚のパンを重ねて切って、めしあがれ。

タレッジョと
バジルのポレンタ

【材料】

水 …… 4カップ

塩 …… 小さじ1

ポレンタ用コーンミール …… 1カップ

フレッシュ・バジル …… 1カップ

エクストラバージン・オリーヴオイル …… 大さじ2～4

タレッジョ・チーズ …… 230グラム(薄くスライスしたもの)

【作り方】

1. 鍋に水と塩を入れて沸騰させる。
2. コーンミールを少しずつ加えていく。焦げつかないよう(また、だまにならないよう)つねにかき混ぜること。すべて入れおえたら、火を弱めて25分ほど煮る(5分おきくらいにかき混ぜる)。
3. バジルを高温でからっと揚げる。ペーパータオルにのせて、余分な油をとる。
4. 皿に熱いポレンタを盛りわけ、それぞれにタレッジョのスライスを2、3枚のせる。最後にバジルを飾って出来上がり。

コージーブックス

名探偵《めいたんてい》のキッシュをひとつ

著者　エイヴリー・エイムズ
訳者　赤尾秀子《あかおひでこ》

2012年　4月20日　初版第1刷発行

発行人　成瀬雅人
発行所　株式会社　原書房
〒160-0022 東京都新宿区新宿1-25-13
電話・代表　03-3354-0685
振替・00150-6-151594
http://www.harashobo.co.jp
ブックデザイン　川村哲司(atmosphere ltd.)
三浦逸平(atmosphere ltd.)
印刷所　中央精版印刷株式会社

落丁・乱丁本はお取り替えいたします。
定価は、カバーに表示してあります。
 ISBN978-4-562-06000-9 Printed in Japan